Plata de Indias

JUAN CARTAYA

Plata de Indias

Un caso de Medina y Pacheco en la Sevilla de 1579

ALMUZARA

Primera edición: enero de 2024

Editorial Almuzara • Colección Novela histórica
Director editorial: Antonio Cuesta
Edición de Rosa García Perea
Edición de Miguel Andréu

www.editorialalmuzara.com
pedidos@almuzaralibros.com - info@almuzaralibros.com

Imprime: Liberdúplex
ISBN: 978-84-11319-18-8
Depósito Legal: 2024-2023

Hecho e impreso en España - *Made and printed in Spain*

Cometió el cuidado de la ejecución de la muerte (del secretario de don Juan de Austria, Juan de Escobedo) a Antonio Pérez, como a persona que era depositario, y sabedor de las causas y motivos de ella. La mujer, y hijos del secretario Escobedo, luego en sucediendo la muerte, acudieron al Rey Católico a pedir justicia de ella contra Antonio Pérez. Añadieron en la demanda, que entendían que había sido autor de aquella muerte por orden, y satisfacción de la Princesa de Éboli.

Antonio Pérez (1540-1611)
Relaciones de Antonio Pérez, secretario de Estado que fue del Rey de España Don Phelipe II deste nombre
París, 1598

Fiaba tanto su Majestad de él [Antonio Pérez], que secretos tan grandes de los que a los reyes en materia de Estado se les ofrecen, se resolvían todos con él, y su parecer se tenía y estimaba y él lograba todo. [Y porque] la persona que el señor don Juan de Austria más estimaba y fiaba sus negocios era la de Antonio Pérez, todavía llevó tal lenguaje que entretuvo en balanza a ambas dos personas reales, fiándose cada cual que les decía lo que deseaban saber uno del otro, haciendo el oficio de espía doble.

Francisco de Gurrea y Aragón, conde de Luna (1551-1622)
Comentarios de los sucesos de Aragón en los años 1591 y 1592.
(Ed. Madrid, 1888)

Uno es escribir como poeta y otro como historiador: el poeta puede contar, o cantar las cosas no como fueron, sino como debían ser; y el historiador ha de escribir, no como debían ser, sino como fueron, sin añadir ni quitar a la verdad cosa alguna.

Miguel de Cervantes Saavedra (1547-1616)
El ingenioso hidalgo don Quijote de la Mancha, II, 3.
Madrid, 1605

Índice

DRAMATIS PERSONAE[1]

(Por orden de aparición)

En Madrid y en San Lorenzo el Real de El Escorial

ANTONIO PÉREZ, secretario de Estado de Felipe II desde julio de 1567 hasta julio de 1579.

DIEGO MARTÍNEZ, su mayordomo.

DON FERNANDO MANUEL, gentilhombre de cámara de Felipe II y caballero veinticuatro de Sevilla.

GUILLERMO STAES, paje flamenco de Pérez.

MATEO VÁZQUEZ, secretario personal de Felipe II desde 1573.

FELIPE II, rey de España (1527-1598).

DIEGO DE BUSTAMANTE, antiguo criado de Antonio Pérez, ahora servidor del cardenal Simón de Aragón.

LAS INFANTAS ISABEL Y CATALINA, hijas de Felipe II y de Isabel de Valois.

DOÑA JUANA DE PADILLA, camarera mayor de las Infantas.

MAGDALENA RUIZ, sabandija de la corte.

BENITO ARIAS MONTANO (1527-1598), humanista y bibliotecario real.

PEDRO DE ESCOBEDO Y DOÑA CONSTANZA CASTAÑEDA, hijo mayor y viuda del secretario Juan de Escobedo.

---

1 Los personajes históricos se recogen en versalitas.

Raymond de Rouer, señor de Fourquevaux, embajador de Francia en la corte de España desde julio de 1565.

Álvaro García de Toledo, alcalde de corte.

En Londres

Lord William Cecil, barón Burghley, gran tesorero de Isabel I.

Sir Francis Walsingham, secretario principal de la reina y su jefe de espías.

Isabel I Tudor, reina de Inglaterra (1533-1603).

Don Bernardino de Mendoza, embajador español en la corte de San Jaime entre marzo de 1578 y enero de 1584.

Frances Mylles y Thomas Phelippes, espías a las órdenes del secretario Walsingham.

Pedro de Zubiaur, marino y espía español a las órdenes del embajador Mendoza.

Jean de Simier, enviado del duque de Anjou a la corte inglesa.

Robert Dudley, conde de Leicester.

Michel de Castelnau, señor de Mauvissière (ca. 1520-1592), embajador de Francia ante Isabel I entre 1575 y 1585.

Girault de la Chassaigne, mayordomo del embajador.

Nicolás Leclerc, señor de Courcelles.

Mary Radcliffe, Elizabeth Knollys y Katherine Brydges, damas de la reina Isabel I.

En París y Languedoc

Francisco de Alençon, duque de Anjou.

Un secretario de cifra del duque.

Catalina de Médicis, reina viuda de Francia (1519-1589).

Enrique III de Valois, rey de Francia (1551-1589).

Anne de Batarnay, barón de Joyeuse, gobernador del monte Saint-Michel, después duque, chambelán y almirante de Francia (1560-1587).

En Lisboa y Lagos

Don Antonio de Avís, prior de Crato en la orden de San Juan de Jerusalén, pretendiente al trono portugués.

El capitán Pedro Reixas de Sousa, marino portugués, partidario de don Antonio de Avís.

Una esclava negra, comprada por el capitán en el mercado de Lagos.

Santos Pais, mensajero y escritor a las órdenes del prior de Crato. Participaría en la revuelta portuguesa contra Felipe II, siendo apresado por dicha causa en 1593.

En Namur

Gaspar de Robles, barón de Villy (1527-1585), gentilhombre de cámara de Alejandro Farnesio, hermano de leche de Felipe II y amigo de Benito Arias Montano.

Alejandro Farnesio, Príncipe de Parma (1545-1592), nieto del Emperador Carlos V y sobrino de Felipe II, gobernador de los Países Bajos.

En Sevilla, el río Guadalquivir y Sanlúcar de Barrameda

El maestre de nao Juan Escalante de Mendoza (1529-1596), autor del *Itinerario de Navegación* (1575, impreso en 1985).

ANDRÉS CANEL, mercader y mayordomo de la cofradía de Pasión, hermandad que radicaba en el convento de la Merced calzada.

FRANCISCO PACHECO, beneficiado y capellán real de la catedral sevillana, humanista sevillano.

FERNANDO DE MEDINA, veinticuatro de Sevilla.

GILA DE OJEDA, hija del erudito sevillano Juan de Mal Lara.

ÁLVARO RODRÍGUEZ MORERUELA, contador de la Casa de la Contratación de Sevilla.

El ama del beneficiado Pacheco.

Un mensajero, correo del secretario Vázquez.

DON FRANCISCO ZAPATA DE CISNEROS, conde de Barajas, asistente de Sevilla entre 1572 y 1579.

ANTONIO ENRÍQUEZ, hombre de confianza de Antonio Pérez.

El criado de Mateo Vázquez en su casa de la calle de la Estrella.

DOMINGO DE GAMARRA, oficial de la contaduría de la casa de la Contratación.

El maestre ALONSO DE CHAVES GALINDO, propietario de la nao *San Martín*.

DON ANTÓN SÁNCHEZ DE MOLINA, capellán real y presidente del colegio de capellanes reales.

MANUEL DE MAYA, maestre de la nao *la Magdalena*; ALONSO GÓMEZ, maestre de la *San Juan*; GABRIEL DE HERRERA, maestre de la nao *la Candelaria*.

FRANCISCO DE RIVADENEYRA, corregidor de Sanlúcar en 1579.

Varios alguaciles de Sanlúcar. El alguacil mayor, ESTACIO DE FIGUEREDO, y su segundo, FRANCISCO RENDÓN.

JAN VAN IMMERSEEL y ELÍAS SIRMAN, comerciantes flamencos en la calle de Génova de Sevilla.

Don Cristóbal de Rojas y Sandoval, arzobispo de Sevilla (1502-1580).

Don Alonso de Revenga, deán del cabildo catedralicio.

Luciano de Negrón, canónigo, erudito y humanista sevillano, amigo de Pacheco.

Angélica, Alcina y Marfisa, prostitutas de un burdel de Triana cercano al puerto de Camaroneros.

En Castilla, camino de San Lorenzo el Real

El maestre de campo Gabriel Niño de Zúñiga, que trae desde Namur los restos de don Juan de Austria al Escorial. Sería, tras la unión con Portugal en 1580, castellano de Lisboa.

El prior de la abadía de Santa María de Párraces, en Segovia.

José de Sigüenza (1544-1606), monje jerónimo, después bibliotecario y cronista de El Escorial.

UNO

Martes, 7 de abril de 1579[2]

Madrid

La sala, ricamente decorada, se hallaba ya en penumbra. Apenas algunas velas de cera costosa y blanca repartían una luz somera, limitada a algunas áreas de la amplia habitación. Su único ocupante, el dueño de la casa, la que él mismo denominaba *la Casilla*, su retiro privado, se había retirado esa noche temprano: no había hoy fiesta, música ni juego en su residencia de recreo situada a las afueras de Madrid.

La campana de la vecina parroquia de San Sebastián, cercana al hospital de Antón Martín, tocó la media de la hora; y Antonio Pérez, secretario de su majestad católica don Felipe II, se acercó a los ojos, empañados por el esfuerzo, la carta cifrada que escasas horas atrás había recibido. Tal y como tantas veces había hecho en el pasado, utilizó el código que guardaba en una oquedad bien disimulada en el muro, ubicada tras un mediano retrato que —suprema ironía— representaba al propio Rey Prudente, para descifrarla y así poder leer el mensaje oculto tras las series de letras y de números sin aparente sentido y que, espaciados en grupos, componían el mensaje cuyo significado tanto le interesaba conocer.

2 El calendario es aún el juliano. El actual o gregoriano no se implantaría en España, en su imperio, en Portugal y en Italia hasta tres años después, en 1582.

La carta había llegado tal y como lo había hecho otras veces: un mercader flamenco, que le visitaba a menudo para ofrecerle diversas mercancías exquisitas de las que Pérez era entendido comprador —lo que debido a su bien conocido gusto por el lujo no habría de despertar sospechas— dejaba, en el doble fondo de una de las cajas en las que transportaba el género, la esperada misiva; y cuando el secretario había decidido, dos o tres días después, qué era lo que deseaba adquirir, la respuesta volvía dentro de uno de los bultos que contenían los artículos devueltos.

Hoy la carta era más extensa que en otras ocasiones, y le llegaba —como solía— escrita en francés, un idioma que Pérez, educado durante su juventud en Alcalá, Lovaina, Venecia, Padua y Salamanca, entendía sin dificultad alguna. Al fin y al cabo, pensó, ¿no era el francés la lengua de la alta diplomacia? Y era lógico que estuviera escrita en tal idioma, ya que la carta venía de Francia. La remitía nada menos que *monsieur* Francisco de Alençon, duque de Anjou, defensor de los Estados Generales de Flandes y propuesto —por la larga mano de Guillermo de Orange, que así se aseguraba su valioso apoyo— como príncipe y señor de los Países Bajos. El duque comunicaba a Pérez que un mes atrás había recibido de Inglaterra, de la propia mano de la reina Isabel, una carta en la que le animaba a visitarla con el fin de formalizar entre ambos un futuro compromiso de matrimonio.

—Tiene gracia —dijo para sí, en voz tenue, el secretario—. Una arpía picada de viruelas que ya pasa de largo la cuarentena y un enano deforme de algo más de veinte. Daría gustoso lo que me pidieran por ver la noche de bodas de esos dos.

Apagando la sonrisa que tal idea había atraído, continuó leyendo. Anjou, asociado con Pérez desde tiempo atrás, le reclamaba fondos para poder armar tropas que le ayudaran a cumplir su intención: lograr, quitándoselo primero al rey de España, el trono de los Países Bajos. Pérez recordó, dejando a un lado la carta ya descifrada que tenía en las manos, cómo una trama que había comenzado años atrás para quitarle poder e influencia al duque de Alba, para neutralizar a aquél al que consideraba su enemigo y que era por entonces gobernador de Flandes, se había convertido en algo mucho más peligroso: más arriesgado, sí, pero también más beneficioso.

Felipe II se había convertido en el enemigo a batir en el tablero de Europa, dado el pujante poder de la amenazadora España: Isabel de Inglaterra o Enrique de Francia —los dos, por cierto, habían sido en un momento u otro cuñados del rey español— conspiraban, más o menos abiertamente, con el fin de restringir su dominio. Tras ellos estaba siempre la sombra de Guillermo de Orange, *el Taciturno*, constantemente presente en todas las alianzas, todas las conjuras y todas las salsas en las que se cocinara la oposición al Habsburgo.

Pérez levantó la vista: buena parte de las magníficas pinturas que adornaban la cámara, de los ricos muebles, de las delicadas arquetas, de las mesas de jaspe y de los labrados cordobanes, de los braseros de plata —dedicó, en especial, una lenta mirada al magnífico y sensual Cupido del Parmigianino que colgaba, orlado por unas ricas cortinas de tafetán de colores, de uno de los muros— se habían pagado con unos dineros que siempre provenían de más allá del canal de la Mancha. La reina inglesa le había hecho muy rico; y el príncipe francés podría hacerle incluso más poderoso de lo que hasta ahora había sido. Tras la muerte de Escobedo, el secretario de don Juan de Austria, y después de la del propio hijo natural del emperador, el rey desconfiaba de él: se acercaba cada vez más a ese moro intrigante y envidioso, su otro secretario, ese Mateo Vázquez salido de la nada, que le obstaculizaba y anulaba sus iniciativas y sus decisiones.

—Bien… —dijo para sí— Vázquez ya me las pagará más pronto o más tarde, pero ahora hay que atender a lo que me pide esta carta. Necesito a alguien de confianza, con empuje; que sea capaz de hacer lo que se le mande —dejó a un lado la carta ocultando la cifra en su escondite, la tapó con un libro encuadernado en pergamino e hizo sonar una campanilla de plata que tenía a la mano—. Y sé quién es ese hombre.

La puerta se abrió, y entró en la pieza su mayordomo, Diego Martínez, que como solía esperaba siempre cerca de donde su señor se hallara, atento a cualquier requerimiento suyo. Aragonés, bajo y engrosado, se movía sin embargo con suma agilidad:

—¿Ha llamado vuestra señoría?

—Sí, Diego —respondió Pérez—. Manda de inmediato un paje al Alcázar. Que sea Guillermo, el flamenco. Allí debe encontrarse ahora, creo, don Fernando Manuel[3]. Sin duda estará cerca de la cámara del rey. Que le diga, cuando lo encuentre, que le espero esta noche; no importa la hora en la que venga. Que le haga notar que es urgente. Y si estuviera ya acostado, quiero que se me despierte cuando llegue.

—Así se hará. Si vuestra señoría no manda nada más, salgo a dar la orden.

Pérez le despidió con un leve gesto de la mano, y una vez se hubo marchado el mayordomo levantó el libro que ocultaba la carta secreta, sellado con su *ex libris*: un Minotauro en medio de un laberinto. Se trataba de los *Anales* de Tácito, que tenía a la mano ya que en su escaso tiempo libre estaba empeñado en traducirlos. Pérez miró con cierta lástima el baqueteado volumen, y dejándolo a un lado, dijo:

—Amigo, vos tendréis que esperar. Ahora hay cosas más urgentes que acometer.

Seguidamente tomó una hoja limpia, blanca y gruesa de la rica papelera de ébano y marfil que tenía ante su bufete, y se dispuso a escribir la respuesta para el duque. Como siempre, haría dos copias más: una para él, que guardaría cifrada y bien oculta en un lugar seguro; y otra para sir Francis Walsingham, el secretario de la Jezabel inglesa, que era el grifo que abría y cerraba la espita del dinero que provenía de Londres. Como de costumbre, él mismo —Antonio Pérez, el Minotauro encerrado en su propio laberinto— no debía dejar de dar puntada sin hilo, ni ocasión sin

---

3 Sobre don Fernando Manuel, véase, del autor, *El rey morirá en Sevilla*, en Almuzara Editorial.

aprovechar. Jugaba, como tantas veces había hecho ante la mesa de trucos, a dos barajas.

****

Habían pasado un par de horas desde que don Fernando Manuel recibiera el aviso del paje flamenco de Pérez, que se había acercado desde los arrabales de Madrid hasta el Alcázar: su señor le esperaba, no importaba la hora de la noche a la que acudiera, en su finca de la Casilla. El caballero sevillano no podía saber que el pálido mozo era uno de los correos de los que el secretario se valía para trasladar sus designios a buena parte de los integrantes de la vasta red de comunicación y de influencias que había venido tendiendo a lo largo de los años. Algunos de estos personajes le habían llegado como una singular herencia de su padre, el secretario Gonzalo Pérez, y estaban ubicados en toda Europa. Mercaderes y patricios genoveses, venecianos o florentinos; poderosos burgueses de Amberes, de Brujas, de Holanda y de Zelanda; nobles y príncipes del Imperio. Sin duda, de haberlo sabido, Manuel se hubiera sentido halagado.

Sin embargo, el caballero veinticuatro —que esperaba en la meseta de la escalera que llevaba al piso alto de la casa de recreo a que el mayordomo le permitiera la entrada en la cámara de su amo— se hallaba molesto e inquieto, lo que se advertía en cómo desplazaba hacia adelante y hacia atrás el entalle del anillo que llevaba en el anular de su mano derecha. El rostro del dios Jano, tallado con detalle en la piedra rojiza y oscura, se movía hacia adentro y hacia afuera de su palma de un modo inquietante.

¿Por qué le habría llamado Pérez? En realidad, y últimamente a su pesar, don Fernando Manuel no era un desconocido en la Castilla; de hecho, en los últimos tiempos había participado más de lo que quisiera en las costosas timbas que el secretario del rey organizaba hasta altas horas de la madrugada. Aunque el balance de su participación distaba mucho de ser positivo. Debía ya a Pérez algunos miles de ducados, y el secretario poseía, bien guardados, varios pagarés que, de ser utilizados, le habrían obligado a volver a Sevilla y a no pisar nunca más la corte. ¿Querría Pérez apremiarle el pago?

En cualquier caso, la duda que corroía al caballero habría de disiparse pronto: en ese mismo momento, el mayordomo le estaba haciendo una seña para que subiera a la habitación en donde Pérez le esperaba. Don Fernando dejó a un lado, colgada en la galería, a una magnífica Leda semicubierta por una cortina de tela bermeja, que a lo que se veía estaba disfrutando más de lo debido con el cisne que en esos momentos la visitaba —según le había dicho una vez el secretario, era de la mano del Correggio— y traspasó el vano de la rica puerta labrada que daba acceso al cuarto, en cuyo extremo Pérez le aguardaba de pie junto a una amplia mesa llena de papeles y de libros. La luz era cálida y suave.

—Mi señor don Fernando, qué amable ha sido por venir a mi casa a hora tan tardía. ¿Puedo ofrecerle algo que sea de su gusto? ¿Un poco de vino, quizá?

—Es un honor que me hace, señor secretario, al enviar a uno de sus criados al Alcázar con el mandado de que me acercara a visitarle. Un poco de vino, sí; un poco estaría bien. Templado a ser posible: corre en la calle un viento frío que descompone el cuerpo. Pero dígame qué puedo hacer por vuestra señoría, porque como bien sabe estoy más que dispuesto a servirle en todo aquello que necesite.

—En absoluto, don Fernando; honor el que recibo yo con su visita —Pérez demostraba ante su visitante ser ducho y práctico en el juego de halagos y de eufemismos cortesanos, aunque con rapidez dejó ese registro y su tono se convirtió en mucho más pragmático—. Siéntese, hágame vuestra merced el favor. Diego, puedes retirarte. Ordena que calienten con rapidez algo de vino para nuestro huésped.

El gentilhombre se sentó, disimulando su inquietud ante quien era aún el poderoso secretario del rey Felipe, aunque se rumoreaba en los pasillos de la corte que quizá su medro ante el monarca pronto pasaría a la historia: el asunto de la muerte del secretario Escobedo, y las intemperancias de su patrona —y quién sabía si algo más— doña Ana de Mendoza, *la Tuerta*, princesa de Éboli y viuda de Ruy Gómez, tan cercano consejero del Prudente, estaba alejando a marchas forzadas al ambicioso secretario del monarca al que hasta entonces había manejado con no poco éxito. Entonces, Pérez tomó de nuevo la palabra:

—Querido amigo —el secretario se aproximó a la mesa, sacando de una gaveta unos papeles atados con un bramante, mientras el color del rostro de su visitante palidecía: ahí estaban los malditos pagarés—. Como recordará, en los últimos tiempos vuestra merced ha venido firmándome algunas obligaciones de pago, estas que tengo aquí; y me pregunto si podría causarle su cobro algún disturbio. Como sabe tengo buen trato con los Grimaldo, que me los descontarían si yo se lo pidiera, y estoy considerando hacerlo. Tengo muchos gastos, don Fernando; y las cifras debidas que reconocen estos papeles suman un buen dinero. Pero no sé si, al cobrarlos, puedo quizá ponerle en un aprieto. ¿Qué me dice?

—Don Antonio, le ruego que no desconfíe en absoluto del compromiso en el que he incurrido al firmarle esos papeles. Es cierto que no he tenido muy buena suerte con los naipes en los últimos tiempos, pero mi crédito es solvente. No obstante —en ese momento don Fernando calló, al entrar el mayordomo con una copa de finísimo cristal veneciano, en la que había vertido un vino cálido, humeante y generoso, de un rico matiz oscuro. Esperó, para retomar su discurso, a que el criado saliera de la cámara—. No obstante, como digo, rogaría a vuestra señoría que aguardara un poco más, quizás hasta finales de este mes, para que pudiera hacer efectivo el dinero que le debo sin necesitar implicar a terceros en esta transacción. Le estaría muy agradecido por ello. Estoy aguardando a recibir unas letras de cambio que me vienen giradas desde Sevilla, con las que podré satisfacer de sobras esta obligación.

Pérez sonrió —una sonrisa felina, taimada, o así le pareció al caballero sevillano— y guardó de nuevo en la gaveta el fajo de papeles. Dejando a un lado la mesa volvió la espalda a su visitante, se dirigió hacia la chimenea y extendió las manos —sorprendentemente femeninas, finas, pulidas y cubiertas de costosos anillos—, hacia el fuego para calentarse. Sin darse la vuelta tomó de nuevo la palabra:

—¿Y no le parece, don Fernando, que a lo mejor podríamos buscar alguna solución en la que no tuviera que pagarme esa suma?, ¿e incluso una solución gracias a la cual pudiera obtener un beneficio… digamos, de tres veces —sí, de tres— la cantidad que ahora me adeuda? ¿Qué le parecería a vuestra merced, querido amigo?

El sevillano, buen conocedor de la naturaleza humana, sabía perfectamente que nadie cambiaba maravedís a ducados, pero no le quedaban otras opciones. Tendría que escuchar —y desde luego, con la mayor atención— aquello que Pérez le propondría seguidamente. Así pues, se enderezó en la silla de cuero bayo, ornada con flecos azules y amarillos, y adornando la voz de un tono que quería ser a la vez servil y agradecido, dijo a su interlocutor:

—Sin duda, don Antonio, esa gentileza sería muy de agradecer. Continúe, se lo ruego. Tiene vuestra señoría toda mi atención. Toda, sin faltar un punto —dijo, mientras se reconfortaba con un primer y largo sorbo de la colmada copa.

****

Algún tiempo después, esa misma noche, don Fernando Manuel se encontraba ya en la pequeña cámara que ocupaba en el Alcázar Real durante las jornadas en las que atendía al servicio: poco más que un agujero en medio de una de las galerías secundarias de la antigua fortaleza, que se había ido adecentando para recibir a la corte, cuando el rey decidió convertir Madrid en su capital, en mayo de 1561. Don Felipe había marchado esa mañana a Aceca —los guardas habían mandado recado de que los estanques estaban colmados de peces que ahora podían pescarse con suma facilidad, y eso había animado al rey a practicar uno de sus deportes predilectos—, por lo que no tendría que estar pendiente de una impertinente campanilla o de un premioso paje que le obligara a dejar el sueño para atender al monarca; así pues, el caballero se desvistió sin demasiada premura, despabiló la vela que, apoyada en la pequeña mesa —no cabían muchos más muebles en tan escueto espacio— daba una corta luz que apenas iluminaba la penumbra del cuarto y se sentó en la cama, mientras pensaba sin cesar en la oferta de Pérez.

Demonio de hombre... Pérez parecía saber todo sobre él. O casi todo. Incluso aquel desliz en Sevilla, nueve años atrás, del que pudo salir con bien gracias a su habilidad, a su instinto y a sus reflejos. Freire, el turco... una historia vieja; agua pasada —al menos eso creía—. Pero Pérez, entre bromas y veras, había recordado el suceso ante él como si hubiera ocurrido ayer.

—Bastardo hideputa... eres largo, Pérez; eres muy largo — dijo, para sí, el gentilhombre sevillano. La conversación, o más bien el monólogo del secretario aragonés, había abierto a Manuel un mundo de intrigas, de luchas de poder, de influencias, de riqueza que nunca hubiera podido sospechar—. Es decir, que te entiendes con los franceses y con los ingleses a la vez. ¿Y con el de Orange también? Sabía que apostabas fuerte, mi señor Antonio, pero no tanto. No tanto.

El caballero recapituló. La historia que le había contado Pérez, y que nunca debía repetir so pena de la vida, era increíble. A medida que el secretario hablaba, la tela de araña —tejida a lo largo de toda la monarquía durante diez años— se iba desvelando. Pérez cobraba sobornos y pensiones de Inglaterra, Francia, los Estados Generales, los principados de Italia; incluso del Papa. Era corresponsal del *Taciturno*, de Walsingham y de los Valois; había conseguido con sus intrigas endurecer el corazón de don Felipe, en el que anidó —bien cuidada por el secretario, y abonada día a día— la semilla de una sospecha que enraizó y se avinagró, cuyo fruto final fue el abandono, en Flandes y a su suerte, del medio hermano del rey, el señor don Juan de Austria, muerto pocos meses atrás. Además del asesinato en una oscura emboscada, urdida por los hombres de Pérez, de Escobedo, el *Verdinegro*, su secretario. Aunque Pérez quería más; siempre quería más. Puesto que sabía que su posición ante el monarca no era en los últimos tiempos muy segura, estaba haciéndose la cama con el de Anjou, que le había prometido un puesto a su lado si, finalmente, conseguía el trono de los Estados Bajos. Don Fernando, cuyos lemas eran la desconfianza y la prudencia, se sorprendió por cómo Pérez desnudó su alma ante él: muy agarrado tenía que tenerle para no temer que el sevillano le delatara ante el rey. Ahí fue, por cierto, cuando el secretario le recordó su aventura durante la visita real a la capital del Guadalquivir, hacía ya nueve primaveras. Sí; efectivamente lo tenía bien cogido. Manuel no veía la jaula, pero la sentía y la olía. Podía palpar sus barrotes. Y después, como el caballero que estoquea un toro en la plaza, sin piedad y repentinamente, cuando la brava bestia menos lo esperaba, le había dicho lo que deseaba de él:

—Sevilla, don Fernando. Habrá de volver a Sevilla. Allí deberá asegurarse de que un cargamento que viene de las Indias llegue sin incidencias al lugar a donde está destinado.

—¿Cargamento? Vuestra señoría dirá, don Antonio; tenga certeza de que haré lo que pueda.

—Lo que pueda no, amigo mío. Lo que debe, lo que yo le mando. Ese cargamento debe llegar a manos del duque de Anjou. Se trata de plata, de mucha plata; plata de Indias. En cantidades para armar un ejército. Uno que ayude al francés a combatir al rey. El rey me ha dejado solo, don Fernando. Solo. Y ahora yo voy a dejarlo solo a él, pero el asunto es más complejo de lo que parece, como ahora le explicaré.

El gentilhombre se tumbó boca arriba: abriendo bien los ojos, únicamente vio penumbra en el dosel de la cama que le acogía. Resignado, recordó las instrucciones que Pérez le había dado, claras y concretas. Dejando la vela encendida en la mesa, deshizo el embozo y escuchó el cambio de guardia: un reloj dio una hora tardía, la una. Trataría de dormir, aunque no estaba muy seguro de poder hacerlo. Mañana tendría que hablar con el teniente de mayordomo mayor —el duque de Alba seguía estando expulsado de la corte—, para pedir una licencia y poder regresar a su casa durante algún tiempo. Y ya en Sevilla, buscar al sujeto a quien Pérez le había encomendado: un contable de la Contratación, agente del secretario, que dirigía la trama que desde ahora él mismo habría de supervisar.

—Ah, don Fernando —le había dicho el secretario, justo al despedirse—, no me falle. No —hizo un gesto ominoso con la mano mientras le hablaba—, no me falle. La mercancía deberá llegar a su destino antes de que esté mediado el verano. No podemos permitirnos esperar a que entren los fríos; entonces Flandes será un barrizal, y no quiero que los soldados que esa plata pagará acaben anegados en fango. Recuerde lo que le digo: vuestra merced es responsable del buen fin de este asunto, así es que procure que todo se cumpla como deseo.

Pérez le despidió —otro gesto, esta vez displicente, de la mano; un gesto que encolerizó, aunque no se atrevió a demostrarlo, al gentilhombre— sin volver la mirada atrás, y ahora él, don Fernando Manuel, veinticuatro de Sevilla, rumiaba en la soledad fría del Alcázar los próximos —y prudentes, porque en la prudencia le iba la vida— pasos que habría de dar. Pero ahora su camino —¿quién iba a decírselo esa misma mañana?— le llevaba de vuelta a Sevilla.

DOS

Lunes, 13 de abril de 1579

Sevilla

Hacía frío en el claustro mayor del convento Casa Grande de la Merced calzada. El maestre Juan Escalante de Mendoza se arrebujó en su capa, mientras se dirigía al ángulo de poniente del gran espacio abierto que delimitaban las cuatro esbeltas galerías de arcadas y columnas por las que deambulaban, en silencio o rezando en voz baja las oraciones de sus breviarios, algunos frailes.

Había quedado en la puerta de la capilla de su cofradía, que era la llamada en la ciudad de la Pasión, y a esa temprana hora de la mañana, con algunos de los oficiales que llevaban su gobierno: hoy iban a revisar, a pagar y a dar su conformidad a las obras —que acababan de concluir— que les habían permitido poder ampliar su sede en el convento, tras haber adquirido en junio del pasado año una capilla contigua a la suya primera, ya que aquella donde la congregación se había fundado, era ahora demasiado pequeña para mantener los cultos y las fiestas de su regla, pues la hermandad había crecido y se había enriquecido tras su fundación, cerca de cuarenta años atrás.

Ese año, la estación, que la cofradía realizaba el Jueves Santo, se había formado con gran incomodidad: andamios y materiales habían complicado la salida, desde la estrecha capilla que ahora se estaba ampliando, de las andas que portaban la imagen del mediado y antiguo Jesús Nazareno que era el titular de la cada vez más numerosa confraternidad. «Algún día —pensó Escalante— tendremos que cambiar la imagen del Santo Cristo». Pero aún no era el momento, desgraciadamente: los gastos por la ampliación de la que hasta ahora había sido una pequeña capilla habían sido muchos, y aunque el número de hermanos crecía y aumentaba, las finanzas habían quedado casi exhaustas. Así es que había que medir y tasar cada maravedí y cada ducado que se entregara hoy al maestro de obras.

El maestre, cruzando la sencilla reja de hierro que cerraba la capilla y la separaba del claustro, evitó algunos hachones de cera que aún no se habían recogido del suelo; se dirigió, tras descubrirse la gorra y arrodillarse brevemente ante el rico altar que albergaba la imagen titular, hacia el grupo de hermanos que le esperaban a los pies del recinto. Quienes gobernaban la cofradía acompañaban al maestro de obras, y leían en unos pliegos —comprobándolas cuidadosamente— la memoria y las calidades de los materiales que los alarifes habían utilizado en las obras que acababan de concluir en esa semana.

—Bienvenido sea vuestra merced, señor maestre —dijo el mayordomo de la cofradía, el joven Andrés Canel, que estaba acompañado de los dos alcaldes y del prioste—. Agradecemos grandemente su presencia aquí.

—No hay gracia alguna que dar, señores. Estoy aquí para servir a vuestras mercedes y a la hermandad en lo que sea necesario. Es mi obligación como hermano, y he venido, como me han pedido, para ayudar en lo que sea preciso. Espero hacerlo, al menos antes de morir de frío. Hoy se ha venido la mañana húmeda y fiera.

Los oficiales sonrieron mientras Canel daba los papeles a Escalante, que era experto contable, y hecho como aquellos, mercaderes en su mayoría y con éxito en los negocios, al ignoto mundo de las cuentas y los números. El maestre, marino de raza, experto en náutica y en los complejos cálculos matemáticos que permitían situar una nao en medio de los mares o un cabo en la línea de una costa —había escrito sobre eso un magnífico *Itinerario de Navegación* cuya publicación estaba pendiente de la aprobación del consejo de Indias—, ingresó en la hermandad cinco años atrás, en 1574, cuando algunos miembros de la cofradía, embarcados en la flota del adelantado Pedro Menéndez de Avilés, asturiano como él mismo y que había de partir con destino a las tierras de Florida, le admitieron como hermano, gracias a un poder que para ello habían recibido de los oficiales de la confraternidad: Escalante se hallaba embarcado en uno de los navíos de la flota, el comandado por el capitán Esteban de la Sal, que llevaba armas y bastimentos a la nueva ciudad de San Agustín, y desde entonces había procurado, como hombre concienzudo que era, cumplir la regla a la que su juramento le obligaba. Por eso estaba allí esa mañana, al haber sido convocado para ayudar a los cuatro oficiales —también ahora helados y tiritando como él mismo, expuestos al frío que se colaba por la reja y por una nueva ventana abierta al patio— en la revisión de la rendición de cuentas del maestro de obras. Un breve rato después, el maestre dio su conformidad:

—Las cuentas son correctas, y los materiales que refleja la memoria también. Concuerdan los precios acordados y las calidades. La obra es excelente, maestro —el aludido inclinó, agradecido, la cabeza—. Ni siquiera se advierte ahora que se haya añadido nada nuevo a la fábrica primera. Creo que ahora, señor mayordomo, procede liquidar el pago pendiente: el maestro y sus hombres bien merecen cobrar lo estipulado. Y si no desean más de mí, señores, he de irme: me esperan en la Casa de la Contratación para rendir cuentas de las mercaderías que he de estibar en mi nao, en la *Trinidad*; y como bien saben, los oficiales de la Casa no destacan por su mucha paciencia. Espero que puedan disculparme; nada me gustaría más que quedar aquí por otro rato, pero me es imposible. Queden vuestras mercedes con Dios.

Los cinco hombres se inclinaron, despidiéndose del maestre; este volvió a arrodillarse ante el vencido y ensangrentado Nazareno, y calando la gorra hasta las cejas, poniéndose los guantes y rebozándose otra vez en la amplia capa, buscó la salida por la puerta de la iglesia hacia la calle del ABC. Salió desde ella a la de las Armas, por la que en ese momento corría un viento cortante. Iba con prisas: no quería llegar tarde a la discreta entrada a la Contratación en donde había concertado verse con el escribano que llevaba el asunto de su carga. Y no era cosa —no, desde luego que no— de hacerle esperar. De ninguna manera: nunca se sabía qué podía ocurrir con el impredecible humor de un inspector fiscal.

****

El beneficiado Francisco Pacheco acababa de calzarse unos mitones que abrigaran algo sus manos entumecidas: la casa estaba todavía helada. Había comenzado temprano a trabajar en esa fría mañana, y el humo del brasero que el ama había encendido le hacía restregarse, incómodo, los ojos. Llevaba ya algún tiempo diseñando —como le habían pedido el arzobispo Rojas y Sandoval, su patrón el secretario Mateo Vázquez y el propio rey, que no olvidaba su participación en los hechos que habían tenido lugar durante su visita a Sevilla años atrás— el catafalco, el exorno y el ceremonial de las solemnes exequias que unos meses después habrían de tener lugar, con ocasión del traslado definitivo de los cuerpos de los reyes que hasta entonces —cuando ya por fin habían terminado las obras de la nueva Capilla Real— habían estado reposando en las naves del patio de la gran Seo sevillana.

El trabajo ayudaba, y el clérigo se había entregado a él: eso contribuía a hacerle olvidar los sinsabores y las preocupaciones que le habían comenzado a golpear siete años atrás, en 1572, cuando el cabildo catedralicio, tras una falsa acusación orquestada por sus enemigos en la que se le imputó haber robado libros de la biblioteca capitular —¿robado? Él los había sacado de ella únicamente para ayudarse en sus muchos proyectos e iba a devolverlos después, se dijo, rebelándose frente a lo que había sido una manifiesta injusticia—, le sancionó quitándole su beneficio en la capilla de San Pedro; aunque los canónigos no pudieron anular la concesión de su título de capellán real porque no dependía de ellos, sino del propio rey. A él, después de ese golpe, solo le quedaban sus conocimientos y su prestigio; y ellos —pensó, aún dolido por el maltrato al que sus propios cofrades le habían sometido— serían quienes mejor habrían de reivindicarle, aunque no pudo evitar el amargo poso que aún perduraba, siempre presente, desde que todo aquello había ocurrido; como si fuera un mal sabor de boca que no lograba que le dejara en paz.

El clérigo sorbió una escudilla de caldo poco menos que templado que tenía a la mano —esa mañana ni la sopa calentaba— y tomó de nuevo la pluma, tras mojar los labios en un vaso de vino especiado, que le dejó un gusto dulzón en los labios: las notas que explicarían al maestro Jerónimo Hernández cómo habría de realizar la gran máquina bajo la cual habrían de cobijarse los féretros reales debían estar bien claras. Mientras escribía, desafiando con cada trazo el agarrotamiento de las manos, el beneficiado iba mascullando frases que a otro que no fuera él mismo le habrían resultado ininteligibles:

—De altura… de altura digo, ciento diez. Sí, ciento diez pies. Sobre una base de otros cincuenta. En el primer cuerpo irán cuatro grandes estatuas de bulto: las cualidades de los reyes que honramos. Arriba y debajo otros trofeos y símbolos, y cartelas en latín que los expliquen, aunque no los entienda el vulgo.

Ah, el vulgo… bien lo entiende quien bien lo conoce —pensó—, como ese avispado Mateo Alemán, a quien trataba desde que estudiara con el ya tristemente difunto Juan de Mal Lara, y al que llevaba tiempo animando para que trasladara al papel las desengañadas ideas que tenía sobre la vida de los pícaros y de la gente de la calle; pero inevitablemente recibía siempre la misma respuesta:

—El papel es caro, maestro. Y yo no ando sobrado de dineros, como bien sabe vuestra paternidad.

Además, ahora andaba ocupado con la compra de una nueva capilla para la sede de su cofradía, la de la Santa Cruz de Jerusalén, de la que había sido elegido por hermano mayor. Incluso —creía recordar, mientras de nuevo dejaba la pluma y se frotaba las ateridas manos, que no lograban calentar los gruesos mitones— había redactado sus nuevas reglas. Un hombre curioso, este Alemán. Sabe Dios lo que el futuro le depararía. En fin… —se hizo crujir los dedos, y los sopló tratando infructuosamente de calentarlos— había que seguir. El rey, Vázquez y el arzobispo esperaban los resultados de su trabajo y no podía defraudarles. Además, el encargo le gustaba. No, eso no era cierto: le apasionaba. Así es que Pacheco, inclinando de nuevo la despeinada cabeza sobre los papeles que tenía delante, continuó trabajando. Volvió con ello al mundo glorioso de un pasado que le resultaba fascinante, y que le servía para olvidar sus no pocas preocupaciones.

****

Fernando de Medina se había levantado del lecho un par de horas atrás. Había dejado abiertas las cortinas que cerraban y caldeaban la cama, y ya vestido y aseado miraba a la mujer tendida entre las sábanas. Respiraba tranquila, plácida, sosegadamente. Las mantas y el cobertor delicadamente bordado con un intrincado dibujo, echados hacia un lado, permitían entrever su perfil, pleno, cálido y despreocupado. La piel blanca dejaba advertir el sinuoso dibujo de las venas azuladas.

No era su mujer; no lo era, porque la suya había muerto años atrás, después de los sucesos de los que había sido protagonista, en 1570, con el licenciado Pacheco. Leonor… no la olvidaba, no. Sería imposible olvidarla. Pero la mujer que ahora ocupaba su cama, que había entrado al servicio de la casa poco tiempo después de ese episodio que ahora le costaba recordar, tras morir sus padres y quedarse sola, la había cuidado durante su enfermedad, la había atendido, se había desvivido por ella. La había velado durante noches que habían sido muy largas. Ambas se habían hecho amigas, incluso casi hermanas; y Leonor, ya en sus últimos días, se la había encomendado:

—Cuidadla, esposo. Es un ruego que os hago. Está muy sola; no tiene a nadie en el mundo. Sus padres han muerto. ¿Qué será de ella si la desamparáis? —decía, mientras le observaba expectante, con sus ojos agotados, orlados por grandes ojeras, consumidos por la enfermedad que se la estaba llevando lentamente.

Pocos días después, su mujer murió. Y quien ahora yacía dormida en el lecho había permanecido en su casa durante los años siguientes, cuidando de unas hijas pequeñas que ahora ya no llenaban el patio de la calle de los Levíes de risas y de travesuras, al haberlas acogido —un designio obligado contra el que no había podido, o no había sabido, rebelarse— el claustro. Al fin, el amor nació con el trato: él la encontraba a la vuelta de la calle y del cabildo, siempre en casa, cosiendo un roto de la ropa, sacando agua del pozo, instruyendo a la cocinera sobre la mejor forma de preparar los platos o leyendo, porque era una voraz lectora. En el patio, en la galería, en el jardín, en el pequeño pero elegante oratorio. Las conversaciones, luego las miradas, cada día más sostenidas, más punzantes, provocaron que algunos meses después de una noche primera en la que ambos recuperaron todo el amor que creían haber perdido para siempre, la mujer le hiciera saber que esperaba un hijo suyo. Un hijo al que ahora oía abajo, ya despierto y corriendo gozoso por el patio. Después vino otro, que —por lo que podía oír— en ese momento, trastabillando y tropezándose con los faldones largos de su incómoda ropa infantil abrochada hasta los pies, cargado el cuello de amuletos que protegían de las enfermedades y del mal de ojo, perseguía a su hermano. Entonces la mirada, viendo a la mujer dormida, se le llenó de ternura.

En ese momento, ella abrió los ojos. Ya despierta Gila de Ojeda le miró, y sonrió al hombre que al fin, tras larga espera, justo cuando ya desesperaba de conocerla, le había traído la felicidad.

****

El contador Moreruela no tenía buena fama: bien sabía eso el maestre Escalante. Lo que no sabía era cómo había conseguido eludir la ley, tras ser acusado dos años atrás, en 1577, de dejarse cohechar al evitar el embargo de los bienes de uno de los socios del banquero Pedro de Morga, cuyo establecimiento de crédito había quebrado un año antes, afectado por la suspensión de pagos decretada en 1575. Morga, Fano y Ledesma: los tres asociados de la banca ahora desaparecida habían logrado ocultar buena parte de sus bienes a la justicia con la ayuda —sin duda inestimable— del agrio y pequeño hombrecillo lujosamente vestido que ahora miraba y remiraba, dedicándole toda su atención, el libro registro de mercancías que el marino le había entregado, en donde se recogían todas las mercaderías consignadas que habría de embarcar en su vieja, pero segura, *Trinidad*, para hacer una vez más el camino hacia las Indias. «Se entretiene, y me entretiene a mi, para ver si caigo en su red —se dijo Escalante—. Busca un soborno, un regalo, para agilizarme los trámites».

Sin duda —pensó— de esas dudosas prácticas habían salido la pesada cadena de oro que el tesorero llevaba al cuello y el rico camafeo, rodeado de delicados esmaltes, que de ella pendía. «Pero no pienso darme por enterado de sus manejos». Aclarándose la voz, rompió el espeso silencio que señoreaba en la escueta y solitaria oficina donde ambos se encontraban en ese momento:

—¿Todo bien, contador? Como verá, todo está reseñado y consignado. Y las mercancías, al menos las no perecederas, están a buen recaudo en los almacenes de esta casa.

—Hum... sí, sí, por supuesto —dijo Moreruela: con harto pesar veía que Escalante iba a escapársele sin soltar un ducado—. Todo está correcto, maestre.

El contable tomó la pluma, y certificó el contenido de las dos inacabables columnas de apretada letra, extendidas a lo largo de tres pares de páginas, que indicaban todo lo que habría de cargar, antes de su salida con la flota, el barco del maestre: desde armas hasta libros; desde pieles y ropas de lana y lino hasta vino, aceite y harinas de trigo y garbanzo. Incluso una imagen sagrada que iba destinada a un convento de Lima, un San Agustín que había trazado y esculpido el imaginero Juan Bautista Vázquez, a quien llamaban *el Viejo*. Aún no había salido del taller —la pintura con la que el pintor lo había policromado seguramente ni siquiera estaba todavía seca—, y para evitar que sufriera algún desperfecto se hallaba, esperando la partida de las naos, a buen recaudo en la casa del maestro.

—Tome, maestre. Aquí tiene su registro. No olvide validarlo en la Casa de nuevo antes de cargar la nao —el escribano le entregó, con una inquina mal disimulada, los pliegos que el marino recogió rápidamente, antes de que Moreruela se arrepintiera—. Hemos terminado por ahora: tenga vuestra merced una buena mañana. Ahora discúlpeme; espero a algunos mercaderes con los que debo cerrar igualmente los registros. No le acompaño. Ya conoce la salida.

Escalante se levantó, realizando una breve inclinación, y atravesando la puerta se dispuso a buscar a alguien que le orientara por el dédalo de pasillos que habrían de devolverle al frío de la calle, que no había remitido estando incluso el sol ya en lo alto. Dentro de la covachuela en donde tejía su amplia y pegajosa red, como una panzuda araña negra, el deshonesto escribano esperó a sus siguientes presas: esta mosca lista se le había escapado, pero enseguida llegarían otras, quizá mas torpes y más gordas que la que acababa de marcharse libre, y esas no, esas sin duda que no se le escaparían. En cualquier caso, todo eso era dinero menudo: no como el que esperaba obtener con el gran negocio que llevaba ya tiempo preparando. Un negocio que al fin le haría rico de verdad, y le sacaría de esa astrosa covacha, esa madriguera en la que —al menos, según él pensaba— difícilmente subsistía. Hoy había recibido una carta de Madrid, de su señor Antonio Pérez; y lo que esa carta le decía habría de asegurarle su fortuna, tanto si salía bien como si el plan fracasaba. Porque Pérez no era el único que sabía apostar a un doble juego.

TRES

Martes, 14 de abril de 1579

París

El mensajero estaba descansando, tras haber agotado caballo tras caballo en su viaje. Había llegado al palacio solo una hora antes, poco tiempo después de amanecido. Ahora el duque de Anjou, de pie al lado de uno de los expertos en cifra que tenía empleados, esperaba impaciente la traducción de las —al menos, para él— indescifrables columnas que se extendían a lo largo de la blanca y suave página, de un papel de la mejor calidad, y que guardaban el secreto de un mensaje que debía de ser de gran importancia dado su remitente.

Pérez y Anjou habían llegado a formar una dudosa sociedad: el secretario español había prometido —y según parecía, estaba cumpliendo su promesa— ayudar al eterno desplazado, al siempre segundón príncipe Valois a ocupar el puesto al que su nacimiento, su rango y su linaje le llamaban. Nunca le habían valorado, ni siquiera entendido: sus hermanos, su madre... siempre le habían dejado en la estacada. Pero ahora jugaba la partida con dos buenas cartas: la oferta de Orange para que ocupara el trono de los Países Bajos, y la de Isabel de Inglaterra para que la sacara de una tenaz soltería —y de una no menos tenaz virginidad, aunque de eso no cabía estar tampoco muy seguro—, que le convertiría en consorte de la reina Tudor; y eso le acomodaba, y mucho. Cualquier cosa mejor que seguir soportando las cautelas, los miedos, las prudencias de su madre y de su hermano frente al todopoderoso rey de España, su antiguo yerno y cuñado; una relación familiar que acabó al morir, años atrás, su hermana Isabel, a quien ni tan siquiera recordaba.

Él era solo uno más, el último entre los hijos vivos del matrimonio de Enrique II y Catalina de Médicis, el último varón también. Nunca había contado para nada; nunca le habían dado una oportunidad. Así pues, el rencor y la amargura hicieron una presa fácil. Si al menos le dejaran demostrar su valía... su madre aún no le había perdonado su intervención en la conjura para secuestrar a su hermano, el ya felizmente difunto Carlos IX. Aunque él ya había recibido su castigo: fue encerrado en Vincennes y después en el Louvre, en los mismos aposentos que ahora ocupaba. Pero hoy las cosas habían cambiado. Ahora era duque de Anjou, y quién sabe si tal vez pronto habría de ser algo más...

Sin embargo, en ese momento tenía que esperar —que esperar él, cuyo tiempo era precioso— a que el enojoso hombrecillo que sudaba ante el papel y la tabla de claves desplegados en la mesa tradujera por fin la carta del español. Esperaba que fueran buenas noticias; desde luego, deseaba que lo fueran. Impaciente, se dirigió al concentrado secretario, que se apresuraba en su tarea al haber advertido la evidente incomodidad de su amo:

—Lleváis ya largo rato. ¿Cuándo terminaréis?

—Alteza, ya casi he acabado. Si a vuestra alteza no le importa aguardar un minuto, tendré pasada a limpio la carta descifrada.

—Bueno, acabad de una vez. Ya sabéis que no tengo tiempo que perder. Y vos tampoco querréis ver desvanecerse mi favor, así es que daos prisa.

Miró a la chimenea: en ella campeaba la cifra de su padre, Enrique II, *Henricus Rex*, que había muerto en un torneo para celebrar las bodas de su hermana Isabel con Felipe de España. Sintió frío, y se acercó al fuego: su padre nunca había sentido un gran aprecio por él.

El amanuense pasó, nervioso, un papel secante por la hoja y entregó el escrito al duque:

—Aquí está, mi señor.

—Bien, retiraos. Y olvidad lo que habéis leído. Ahora cerrad la puerta, y decid a mis guardias que nadie, ¿nadie, oís? puede entrar en mi cámara hasta que yo no avise.

El secretario salió, cuidando de no dar la espalda a su amo —cuyas inesperadas cóleras bien conocía— y encajó la puerta desde fuera. Anjou leyó sin pausa la carta: efectivamente era de Pérez. Diablo de español... finalmente había conseguido la suma que le permitiría armar ese ejército que habría de colocarle al frente de los rebeldes holandeses. Solo tendría que esperar uno o dos meses para que el dinero estuviera en su poder. Pérez había logrado traer desde las Indias una gran cantidad de plata, en tres naos que el secretario del rey Católico había fletado usando de terceros. Pero transportar la plata hasta Holanda era peligroso y arriesgado; era muy probable que el cargamento fuera interceptado. Por ello, había ingeniado una argucia que le permitiría mandarle su valor en otro producto equivalente: pimienta. Pimienta y nuez moscada.

La plata viajaría desde la costa, donde estaba oculta en los buques que la habían traído a España, hasta Lisboa, el mayor mercado de especias de Europa: allí se adquiriría el género y se enviaría a Holanda, donde se vendería con una importante ganancia, y Anjou obtendría su dinero y podría costear su ejército. Pérez, según le informaba, había enviado a unos hombres de confianza a hacerse cargo de la mercancía. Limpio, sencillo... y sin dejar rastro.

El duque levantó la vista de la carta transcrita por su secretario: plata y especias... y después dinero. Y con él la llave para abrir, por fin, la puerta que le habría de conducir al trono de Flandes. Desde ese trono sería sin duda mucho más fácil poder conseguir la mano de esa hoy inalcanzable reina inglesa. Pero cuando fuera suya —o mejor, para cuando fuera suyo el trono; la mujer, por lo que le habían dicho de ella, no le interesaba gran cosa, aunque le escribiera largas y sentimentales cartas— Francisco de Alençon, duque de Anjou, sería un personaje a tener en cuenta en el juego de ajedrez que se jugaba en Europa. Como se merecía. Y contraviniendo su acendrada costumbre de fruncir siempre el ceño, lo que habitualmente le avinagraba el gesto, sonrió.

Londres

La lluvia caía incesante fuera, en el patio oscurecido por el final de la tarde; y el frío y la humedad hacían que los dos hombres que se encontraban en la vasta sala, recubierta de una oscura madera en cuyos paneles brillaban las rosas blancas y rojas de los Tudor, se apegaran al resplandor del hogar pese a tener encendida una chimenea, que sin embargo no acababa de tirar como debía. El calor provocaba que brotara un humeante vapor de sus todavía mojadas ropas, aunque aún no había salido una sola palabra de las bocas de los dos personajes poderosos que se habían reunido, tras la celebración del Consejo de ese día, para tratar en privado de un tema incómodo: la próxima visita a la corte del duque de Anjou, Francisco de Alençon.

La reina había presidido la reunión, en la cual Leicester —como siempre, no era de extrañar— la había halagado y adulado, regalándole el oído. Era una lástima que Isabel, o Gloriana —pensó uno de los dos personajes que trataban de calentarse al fuego, el más joven—, o como quisiera que se la llamara, no fuera hoy lo que había sido hacía ya más de treinta años: su gusto por los dulces la había dejado sin algunas muelas, y una peluca rizada y rojiza sustituía a su propia cabellera pelirroja, ya que su graciosa majestad estaba perdiendo el cabello. El blanco de albayalde, la cara cera veneciana tapaba, con una costra espesa, las marcas de viruela de su rostro. En fin, la edad no perdonaba ni a los reyes. Hoy el Consejo había debatido el asunto de la visita del duque, y como era de esperar casi de inmediato se habían formado dos bandos: quienes aconsejaban que la boda no se celebrase —y entre ellos estaban Hutton y el conde de Leicester— y aquellos que animaban a la reina a contraer matrimonio con el fin de asegurar el futuro de la dinastía y de consolidar el poder de esa mujer que, desde enero de 1559, ocupaba el trono.

Entre los que deseaban el buen fin del enlace, que conllevaría además una alianza con Francia frente a España, estaba el hombre que en ese momento se hallaba a su lado, un anciano que sin embargo conocía y manejaba aún con soltura los resortes del poder: lord William Cecil, barón Burghley y alto tesorero del reino. Él mismo, Francis Walsingham, que ahora removía los troncos con una atizadera de hierro para conseguir algo más de calor, era contrario al matrimonio. Había llegado a ser, tras años de trabajos y de esfuerzos, secretario principal de Isabel Tudor, *Defensora Fidei* —en este caso de la fe reformada, por supuesto—, y su jefe de espías.

El silencio era oro —al menos, esa era la opinión de ambos hombres—, pero Walsingham lo rompió mientras miraba fijamente al fuego, que chispeaba, bailaba y formaba rojizos arabescos entre las ya casi carbonizadas maderas:

—Como bien sabéis, lord William —los dos políticos, que se conocían desde muchos años atrás, no empleaban entre sí un trato formal—, nuestra ama escribió al príncipe francés animándole a venir. Y sé, por mis informadores en la corte de Francia, que se dispone a hacerlo pronto. Estará aquí en pocos meses. Su enviado, ese currutaco... ese mono perfumado, Simier, se ufana a diario de ello en las audiencias que mantiene con la reina.

—¿Y qué problema veis en eso, sir Francis? Ya es tiempo de que nuestra señora contraiga matrimonio, y hacerlo con un hijo de Francia sin duda asentará su trono. A mí tampoco me gusta Simier —Cecil sonrió— que se anuncia antes de haber llegado con la nube de perfumes que gasta, pero ha demostrado ser hábil: la ha tratado tal y como a ella le gusta, con reverencia y halagos, y ha alfombrado con regalos —hoy una joya, mañana una tela rica, pasado un encaje— el camino que lleva hacia la buena voluntad de nuestra ama. Simier es sin duda un eficaz e inteligente sodomita.

—De lo de sodomita no tengo duda, y me consta por los informantes que tengo en la embajada; y vistas así las cosas podría daros la razón, señor tesorero, pero he recibido una carta de España que me da otras noticias.

—¿De España? No puedo creer que tengáis a alguien allí. ¿En la corte? Sois, sir Francis, un pozo de sorpresas. Aunque conociéndoos, la verdad es que no sé de qué me sorprendo. Sin duda también tenéis agentes en mi propia casa.

—No me atrevería a ello, mi señor Burghley. Pero mi corresponsal es tan elevado que no puedo deciros, aunque lo quisiera, su nombre. Según una carta suya que acabo de recibir, Alençon, o Anjou —como se llama ahora—, va a conseguir en breve plazo los medios que le ayuden a servirse en bandeja los Países Bajos. Recordad cómo persiguió a los hugonotes en Francia, en las guerras de religión: recordad lo que pasó en Issoire, en junio de 1577. Tres mil muertos. Y en mayo pudo haber ocurrido algo peor en La Charité: y no fue así porque el duque de Guisa lo detuvo. Recordad la noche de San Bartolomé: yo estuve allí, lord William, y nunca la olvidaré. Salvé la vida de milagro. Anjou es un asesino, y si consiguiera el trono de Flandes, quien ocuparía el de Inglaterra al lado de nuestra ama no sería un inofensivo príncipe francés, alguien de quien no tendríamos que preocuparnos, sino un consorte hostil a la Reforma, un subordinado del papa de Roma con peso propio, que tomaría decisiones y que, además, nos enemistaría definitivamente con España. Bien sabéis que el rey Felipe no es plato de mi gusto, pero aún no estamos preparados para combatirle, Cecil. No lo estamos en absoluto. Una cosa es molestar, pinchar, irritar: lo que hacen nuestros corsarios asaltando los buques españoles. Pero otra es comenzar a sabiendas una guerra. Y como sabéis, la reina es de mi misma opinión, aunque Leicester estuvo a muy poco de dirigir una expedición a Holanda hace dos años, como recordaréis.

—No me recordéis eso, Walsingham. Es mejor que no lo hagáis —suspiró—. Ella, como sabéis, no puede negarle nada al conde, a su querido Robin. Ah, Felipe... —Cecil se frotó las manos, aterido— Como sabéis, le conocí. No estaba en la corte por entonces, ya que la reina María me había expulsado de ella: bien sabía que yo profesaba la religión protestante, y sospechaba de mi implicación en el desgraciado intento de lady Jane Gray, pobre niña —el tesorero suspiró—. Devorada por su padre y por su suegro, solo le quedó el cadalso. Pero Felipe, que seguramente quería caer en gracia, intercedió por mí. Como sabéis, también lo hizo por nuestra actual reina, cuya hermana desconfiaba —recordaréis cuánto— de ella. Era listo, muy listo: tenía la buena escuela de su padre, y apreció enseguida nuestras carencias. ¿Recordáis que defendió ante el Consejo Privado la necesidad de construir una armada que fuera el mejor muro de defensa de las islas? Qué buen consejo. Tan bueno, que lo seguí en cuanto pude convencer a nuestra ama, mientras fui su secretario de Estado. Ya sabéis lo tacaña que es. Pero sí, tenéis razón, no debemos ahora despertar a la fiera. No todavía, al menos. Ahí está la cuestión de Portugal, que me preocupa infinito: el rey Enrique es ya casi un hombre muerto, y no tiene descendencia. Por una vez un cardenal que no la tiene —dijo socarrón—, y el rey de España sin duda ejercerá su derecho a la sucesión a ese trono nada más fallezca el clérigo. Si se hace con Portugal y con su imperio podemos darnos por perdidos. Entonces sí, entonces tal vez sea el momento de apoyar a Anjou en sus pretensiones sobre el trono que le ofrece Orange, pero no antes. No antes, sir Francis; e incluso quizás nunca. ¿Estáis de acuerdo conmigo?

—Sí, lo estoy. Absolutamente. Mis informantes en Portugal me dicen que Felipe podría estar moviéndose, anticipándose a la muerte del actual rey. ¿Qué debo hacer entonces?

—Esperar, Walsingham. Esperar por ahora. ¿Saben los franceses los manejos que está tramando Anjou, ese gran enredador? ¿Lo saben su madre y su hermano, el rey Enrique?

—No lo sé, aunque creo que no. Pero nunca se puede estar seguro, con la reina Catalina: cuando uno va, ella ya ha vuelto. ¿Deberían conocerlos? ¿Queréis que lo arregle?

—No en este momento. No todavía. Todo depende de lo que viva ese anciano, el rey-cardenal de Portugal. Desde luego, el hombre es optimista: ¿sabéis que ha querido que el Papa le dispensara de sus votos, para poder casarse y tener descendencia? ¡Por Dios, si tiene casi setenta años! Ese gallo viejo no se ha dado cuenta de que su verga ya no le sirve para nada... suponiendo que alguna vez la haya utilizado, lo que dudo —Walsingham, con esfuerzo, reprimió una carcajada—. En fin, sir Francis, por ahora no intervendremos. Dejemos a Anjou con sus maniobras; no le animemos, pero tampoco se las impidamos. Aunque si el de Portugal muriera, entonces quizá sería el momento de apostar por la rana —¿no es así como le llama la reina en sus cartas, rana? Sin duda, nuestra señora es ingeniosa—, en fin, de apoyar a la rana francesa.

CUATRO

Miércoles, 15 de abril de 1579

San Lorenzo el Real

La niebla de la primera hora de la recién estrenada mañana aún no se había levantado, y solo se veían borrosas y difusas manchas al mirar afuera, tras los cristales sucios y emplomados. El único signo de vida que surgía de la espesa y turbia oscuridad era el grito del santo y seña de los centinelas apostados en la entrada del palacio, justamente debajo de la amplia oficina donde Mateo Vázquez, ya desde antes del amanecer, trabajaba incansable. Aún no habían aparecido el resto de los escribientes y secretarios que componían su amplio negociado, la secretaría personal del rey, a la que había sido elevado en 1573 tras morir su patrón, el cardenal Espinosa, en septiembre de 1572. Tampoco se oía a los operarios y a los albañiles trabajando, aunque en breve el secretario volvería a verse molestado por los ruidos, los golpes, los martillazos y la algarabía que diariamente construían la gran fábrica que don Felipe había concebido como la más grandiosa obra que habría de dejar su reinado a la posteridad, obra que por lo que parecía no iba a terminar nunca. Vázquez hizo rodar, brevemente distraído, los dos tapones de cera de vela que él mismo se había confeccionado para tratar de aislarse en lo posible del bullicio: su trabajo no permitía ninguna evasión.

Sin embargo, no podía quejarse: al menos, su oficina no daba a la amplia zona que aún se hallaba en obras. La iglesia y la biblioteca seguían en construcción; las grúas y las poleas se esparcían por todo el resto de la fábrica. Donde irían —Dios sabe cuándo, se dijo— los jardines, ahora bullía de actividad una pequeña ciudad de cañizos y de adobes en donde se habían instalado obradores, algunas viviendas y talleres, ya que el rey los quería a pie de fábrica para con ello apresurar la labor de los artífices. Día a día las cuadrillas removían tierra, cimentaban, elevaban muros, consolidaban pilares: los canteros, los carpinteros, los alarifes, los pintores, los escultores, los techadores trabajaban como si fueran pequeñas compañías militares, dirigidos por Juan de Herrera, inspector de los edificios reales tras la muerte de Juan Bautista de Toledo, que parecía estar en todas partes a la vez. De hecho, no le hubiera sorprendido que los albañiles llegaran todos los días a la obra a los sones de pífano y tambor, como soldados de unos laboriosos tercios.

El hombrecillo enteco y moreno —bien sabía que sus enemigos, entre los que se contaban ese ladino de Pérez y la atrabiliaria *Tuerta,* la viuda de Éboli, le habían puesto, por su piel tostada y por sus rizos prietos, el mote de *el Moro*— estaba nervioso y preocupado. Una hora después, tras hacer sus devociones, escuchar la primera misa y tomar una breve colación, el rey le esperaba en su aposento; había recalcado en su billete, enviado durante la noche de ayer y escrito con su letra indescifrable y presurosa, que se verían a solas. Don Felipe tenía ya puestos sus ojos en la sucesión de Portugal: el cardenal don Enrique duraría poco, no más de uno o dos años, según los informes que llegaban del embajador, lógicamente cifrados y sellados. No había que preocupar aún a los ya suficientemente atribulados vecinos. Por eso el rey quería, y más tras la muerte de su hermano don Juan en octubre del año pasado, dejar cerrado a toda costa el asunto —el interminable asunto, suspiró— de Flandes, y tener las manos libres para preparar, con la calma precisa, la cuestión relativa al reino portugués.

Flandes… el rey llevaba varios días encerrado en su cámara tras haber recibido el último correo de Alejandro Farnesio, su sobrino, el nuevo gobernador. Un envío que contenía todos los papeles de don Juan. Vázquez sabía que la reunión con Alonso de Sotomayor, que había sido enviado al monarca por su hermano desde su lecho de muerte para llevarle sus últimas palabras, había dejado a don Felipe preocupado. Muy preocupado. Y la revisión y la lectura de los papeles mucho más. Algo sobre ello le había dejado entrever, hasta donde podía hacerlo, fray Diego de Chaves, el confesor del rey, que era un buen amigo suyo. Pero eso no era ninguna novedad: él mismo llevaba largo tiempo advirtiendo e insinuando al rey que lo que Pérez le decía sobre don Juan —que conspiraba contra él, que era un ambicioso irredimible— no era en absoluto cierto.

Recordaba bien como comenzó todo, un año atrás: llegó Escobedo, trayendo los mensajes y las quejas de don Juan desde Flandes, y fue muerto por orden del rey y por las trazas de Pérez y de la Éboli, esa ambiciosa, esa loca Mendoza que pensaba que todo le era debido. El monarca comenzó a dudar de que su decisión hubiera sido la correcta. Aunque Pérez seguía usando de sus cargos —al menos en apariencia: Vázquez sabía que don Felipe le había ido retirando poco a poco de sus muchas funciones—, su soledad, y eso se advertía de lejos en la corte, era cada día más evidente, y sin duda, también más peligrosa: ¿de qué sería capaz una fiera como el secretario, al verse acorralado? Ya había signos claros de que lo estaba, o de que en breve habría de estarlo: el rey había llamado desde Roma a su lado, en marzo, al obispo de Sabina y de Arrás, el cardenal Granvela, según se dijo para consultarle algunos asuntos sobre la pacificación de Flandes. Pero nunca se sabía con Felipe II, y Pérez había comenzado a sospechar que a lo mejor Granvela había sido llamado, en realidad, para sustituirle.

Esa sospecha le hacía impredecible y peligroso. Además, Pérez le odiaba, a él, al minúsculo clérigo sevillano que había osado entrometerse en sus designios, con un odio visceral y cultivado a lo largo de los años. Los dos partidos, grupos, banderías o como quisieran llamarlas, que en su día habían estado encabezadas por Éboli y por Alba ahora lo estaban por Pérez y por él mismo, ya que Éboli había muerto, y el duque, habiendo perdido el favor real, se hallaba en ese momento fuera de la corte. Sobre Vázquez había caído todo el peso de tratar de mantener, ante el rey, la influencia de su propia facción. Por si acaso, el secretario procuraba vigilar su espalda: nunca andaba solo, nunca se alejaba de los caminos frecuentados y únicamente le preparaba su comida su hermana, que le había acompañado desde Sevilla hasta la corte y a la que algún día —si seguía vivo, pensó— habría de casar ventajosamente.

Bien, la hora ya casi había pasado: el secretario se incorporó con lentitud, se limpió las manos con un trapo que mojó en una escudilla llena de agua de la que no había bebido, y guardó en un cajón, que cerró con llave, la carta que había comenzado a escribir a Sevilla; después la mandaría, no había prisa. Se atusó el cabello, se miró las uñas —irremediablemente azules por causa de la tinta, suspiró resignado—, se abrigó con el manteo, se colocó el bonete de cuatro picos y tomó el cartapacio que siempre llevaba consigo. Antes sacudió el polvo de sus ropas, siempre omnipresente debido a las continuas obras. Dos de sus escribientes habían abierto ya la puerta de la sala, y tras saludarle marchaban hacia sus mesas, donde se amontonaban las pilas de papeles y legajos. Se agachó brevemente y sopló la útil lámpara de aceite, de grueso latón y con cuatro candiles: un regalo del rey que le facilitaba trabajar a deshoras. Luego, sin mirar atrás, salió de la cámara hacia el despacho del monarca.

****

La luz entraba, ya más clara, en los aposentos del rey, que había ordenado que el ocupado avispero que habitualmente le rodeaba —mayordomos, gentileshombres de casa y de boca, sumilleres de corps, pajes de cámara, costillers, furrieres, porteros de cadena, ujieres de sala, contralores, guardarropas, ayudas del guardajoyas, chambelanes y demás fauna cortesana— desapareciera de su vista. Ahora el monarca, solo en la amplia sala tras las puertas cerradas, apoyaba ambas manos en la soberbia *Mesa de los peca-*

dos capitales de El Bosco, que había enviado desde el Alcázar a San Lorenzo en 1574 y que desde entonces nunca había salido de su aposento. El gran tablero de madera de chopo representaba, como su nombre indicaba, los pecados capitales: y mirándolo, la frente de don Felipe se nubló. «*Cave, cave, dominus videt*», rezaba una de las leyendas pintadas en la tabla; efectivamente, el rey se sentía bajo la mirada, hoy áspera y acusadora, de Dios, como un nuevo Caín.

Quizá no había matado a don Juan, ese hermano tardío cuya existencia había conocido tras la lectura del testamento de su padre; pero sí le había abandonado a su suerte en las nieblas de Flandes, y era su responsabilidad que hubiera muerto solo y colmado de desesperanza unos meses atrás, en Namur, tal y como le había hecho saber su emisario, Sotomayor. Su hermano, en su muerte, le había encomendado su alma y su cuerpo: que todo lo que tenía «era de su hermano y señor». Todo.

Suspiró, cerró los ojos, y notó con claridad la vena que desde hacía días pulsaba sin cesar en sus sienes.

La envidia... el maestro flamenco la había representado de manera muy gráfica: un hombre cortejando una mujer ajena; una pareja envidiando una hermosa ave de presa que se apoyaba sobre el brazo de un caballero; dos perros que se disputaban unos huesos. ¿Era envidia lo que él había sentido por su hermano? Posiblemente sí, y también desconfianza. Esas bajas pasiones las había azuzado y alimentado Pérez. Lo había hecho lentamente, por menudo, poco a poco; una insinuación aquí, un comentario allá, una ceja arqueada.

Y ahora sabía con certeza que se había alterado la correspondencia de su hermano para que sus misivas dijeran no lo que don Juan había deseado o necesitado comunicarle, sino lo que el propio Pérez quería. Eso era evidente con solo leer las cartas y los papeles de don Juan, al compararlas con las que el secretario había transcrito. En ese momento, el rey recordó tiempos más felices: aún vivía Isabel, su joven reina; su hijo Carlos no había enloquecido y don Juan y Alejandro Farnesio eran dos jóvenes llenos de vida y de ánimos, que alegraban una corte brillante en la que los príncipes eclipsaban —o así lo parecía— la luz del propio sol.

Pero todo eso se había terminado hacía ya mucho tiempo.

Dejando a un lado la mesa volvió a su bufete, que abrió con una llave colgada de la faltriquera. A su lado había dos grandes arcas abiertas y vacías, y los papeles de don Juan, escritos en letra limpia y clara, se apilaban sobre el ahora abierto escritorio, bajo una balda en donde estaba colocado un reloj de caja dorada que daba los cuartos y las horas, cuya esfera se iluminaba por un candil. En ese mueble guardaba los papeles importantes: entre ellos podía ver las ya amarillentas páginas de su horóscopo, el *Prognosticon*, que Matías Haco, el astrólogo, le había regalado en 1549. El rey desvió disgustado la mirada de las pilas de papel blanquecino, posándola brevemente sobre unas bellas láminas ilustradas de pájaros y flores, que esta vez no le aliviaron de sus cuitas.

¿Qué podía hacer? Había que ser cauteloso; Pérez tenía aún mucho poder, y muchos aliados; una red de influencias que don Felipe no subestimaba. También podía hablar, y por eso había llamado a Granvela: ahora había de esperar a que el cardenal llegara, y entonces... entonces, podría darse el golpe y desmantelar así la oscura trama que Pérez había organizado, si es que todavía había tiempo para ello.

Pero el secretario no era ningún tonto: seguramente se maliciaba algo. Por eso, desde algún tiempo atrás, poco después de la muerte de Escobedo, le había mandado tener bajo vigilancia. Pérez no lo sabía, pero el monarca había infiltrado a un hombre de los suyos en su personal. Uno del que el secretario no desconfiaba. Así esperaba enterarse antes que nadie de lo que tuviera previsto hacer. Ese espía le había hecho llegar una nota en la que le daba cuenta de un hecho muy grave, aunque por lo que le decía —en un papel escrito con lo que parecía mucha prisa—, no podía darle aún toda la información sobre aquello que fuera lo que Pérez estuviera tramando.

Entonces sonó un golpe en la puerta: sin duda sería Mateo Vázquez, a quien había citado esa mañana. No sería una reunión breve; había mucho que decir, demasiado que contar. Incluso pecados que reconocer. Tocó una campanilla para que el guardia abriera la puerta desde fuera, y seguidamente el clérigo entró, inclinándose ante el rey.

Lo que Vázquez vio le desconcertó: llevaba una semana sin hablar personalmente con el monarca, comunicándose únicamente por notas y billetes que los pajes llevaban del uno al otro. Que él supiera, únicamente le habían visto, además de los servidores necesarios para su cuidado, su alimento y su aseo, el confesor y la reina. Nadie más, ni siquiera él. Tampoco Pérez, omnipresente hasta hacía tan poco tiempo. El rey había envejecido en pocos días: el rostro estaba pálido y macilento; el pelo, escaso y ralo, dejaba entrever el cuero cabelludo sin la gorra que nunca se quitaba, ahora colgada descuidadamente en el respaldo de una silla. Los pómulos se veían marcados, los ojos turbios. Ni siquiera la mirada del monarca era ahora, como solía, de un azul frío y distante, sino que parecía desconcertada. Humana.

—Buen día tenga vuestra paternidad, señor Mateo. Cierre la puerta. Por esta vez, ambos nos sentaremos —Vázquez se desconcertó aún más: ¿el rey le indicaba un asiento? En los despachos él siempre permanecía de pie frente a la silla donde se sentaba el monarca—, porque la conversación será larga. Voy a contarle muchas cosas: algunas las sabe y otras no las conoce, y quiero que me ayude. Hay mucho que hacer, y también mucho que reparar. Venga, siéntese aquí, a mi lado. Comenzaremos con esta carta, la primera de este montón. No tome nota alguna: todo lo que aquí se diga deberá guardarlo en su memoria.

****

Había pasado ya la hora de la comida cuando Vázquez entraba de nuevo en su despacho, en donde se afanaban secretarios y escribientes. Sin dudarlo un momento, los despachó a todos: por hoy, la jornada había terminado. Vázquez se acercó a la ventana, tal y como había hecho antes, esa misma mañana; pero el hombre que a ella se asomaba no era el mismo que había sido horas atrás. No tras conocer las tremendas noticias que le había revelado el rey. Él siempre había sospechado —y en los últimos tiempos, había estado seguro— de las traiciones de Pérez; pero su larga conversación con el monarca había confirmado lo que durante mucho tiempo no había sido más allá de un pálpito: Pérez, el traidor. El que había traicionado a don Juan, al rey, a unos y a otros. Había podido verlo con sus propios ojos: don Felipe le había mostrado las cartas originales de don Juan y las copias de Pérez, alteradas en puntos sustanciales, siempre con el fin de inducir al rey a que sospechara de su hermano. Carta tras carta, una tras otra; y en ellas el rey, mientras leía, bebía hasta las heces el amargo vino del desconsuelo, del abandono, de la soledad de su hermano. Su hermano, siempre impulsivo, pero siempre leal.

Pasó el dorso de la mano sobre los ojos. Aún recordaba los felices días después de Lepanto, cuando don Juan, el héroe, era recibido en todas partes con aplauso y algazara. Ahora ese héroe había muerto. El rey le había contado cómo había ordenado que, a primeros de marzo, fuera sacado de su sepultura y traído a San Lorenzo, donde sería enterrado con su padre, el emperador. El rey de Francia había dado a sus portadores paso franco por sus tierras, y el dieciocho del mes pasado habían salido en secreto de Namur dirigiéndose hasta Nantes, donde habían embarcado hasta la costa española. Según había sabido don Felipe por una carta del maestre Niño de Zúñiga, que era el encargado de traer los restos, el pequeño cortejo había descendido del barco en Santander el pasado Miércoles Santo. El rey le había mandado que se dirigiera a Párraces, en Segovia, donde podrían velar el cadáver antes de trasladarlo al Escorial. Aún no tenían noticias del pequeño grupo que, silenciosamente, llevaba los restos del héroe; pero era la intención del monarca que el traslado de don Juan a San Lorenzo fuera un acto de reparación. Así se lo había hecho saber a Vázquez.

Eso no había sido todo: a la muerte de Escobedo, al cabo inocente, y a la traición a don Juan y al rey se sumaba una nueva intriga urdida por el secretario. El hombre del rey en la casa de Pérez había logrado conocer —Vázquez no tenía idea de cómo; el monarca no había considerado necesario contárselo— que el aragonés preparaba una nueva traición, por lo que don Felipe sabía en connivencia con el duque de Anjou, y quizá también con Orange y los ingleses: un cargamento de plata venido de contrabando de las Indias habría de financiar la pretensión del francés al trono de los Países Bajos, aunque el rey no tenía más detalles sobre ello.

Ambos estuvieron de acuerdo en que aún no era el momento de actuar oficialmente: Pérez no podía saber lo que ellos conocían. Así es que todo debía ir por otros cauces. En ese momento el monarca le recordó los hechos de 1570 y a los hombres que le habían salvado la vida en Sevilla, y le instó a ponerse en contacto con ellos, contándoles aquello que hubieran de saber necesariamente —nada de la conjura, por supuesto— para que buscaran, y lo más rápidamente posible, un cargamento que, de llegar a su destino, rompería el precario equilibrio que, a duras penas, el rey trataba de mantener aún en Europa: pocos meses atrás, en enero, Farnesio había logrado firmar la unión de Arrás con los estados valones, lo que ya era una notable mejora.

Vázquez se sentó, abrió el cajón en donde horas antes había guardado la breve carta —algunas noticias anodinas, tres o cuatro preguntas sobre cómo iban los preparativos del traslado de los cuerpos de los reyes a la nueva Capilla Real y poco más— que pensaba enviar (ahora tendría que hacerlo con un correo de la mayor confianza, y mandarlo con toda rapidez, matando caballos si fuera preciso) esa misma noche a su ciudad natal, dirigida a su amigo, y protegido, el beneficiado Pacheco. La carta ya no sería breve; y esperaba que Pacheco supiera leer entre líneas el mensaje que ahora él, tomando de nuevo la pluma, iba a escribirle.

Con ella saldría otra más: mucho confiaba Vázquez en quien era su hechura y su satélite, el conde de Barajas, don Francisco

Zapata, al que apodaba como *Vigilancia* en las cartas cifradas que cada cierto tiempo le enviaba. Era, sin duda, uno de sus mejores agentes.

Aún no había dejado su cargo de asistente de Sevilla al que Vázquez le había promovido en septiembre de 1572, aunque el mismo secretario le acababa de conseguir, tras un arduo lance cortesano de influencias y poder, el puesto de mayordomo mayor de la reina y de las infantas —y también el de ayo del príncipe Diego— tan solo cinco días atrás, el diez de abril.

El conde esperaba la carta que le comunicaría oficialmente su nuevo y codiciado puesto en la corte, y por ello aún no había partido de Sevilla. Dada la escasa rapidez de la cancillería real, aún debería pasar un tiempo hasta que el nombramiento fuera firmado por la mano del rey. Zapata no saldría hasta entonces, aunque su relevo, el conde del Villar, ya se encontraba en la ciudad. También Vázquez estaba dispuesto a aprovechar esa oportunidad: no siempre era posible tener en el cargo adecuado al hombre —este además completamente suyo— dispuesto a hacer lo que fuera necesario; y que Zapata estuviera al mando de la ciudad facilitaría mucho las cosas. Con él, el secretario no habría de utilizar disimulación ni argucia o prudencia alguna, pues Barajas conocía perfectamente la calaña de Pérez, y mucho tiempo atrás había elegido ya su bando. Así es que podría contarle todo el fondo del asunto, y también desde su cargo podría agilizar la labor de los pesquisidores que habrían de averiguar el paradero de la plata.

Y además protegerlos, porque la larga mano de Pérez llegaba —él lo sabía mejor que bien— muy, muy lejos.

CINCO

Sábado, 18 de abril de 1579

Sevilla

El ama había irrumpido en la pequeña oficina que el cabildo había dispuesto en la zona administrativa de la catedral para que Pacheco pudiera reunirse cómodamente con los alarifes y operarios que iban a trazar el monumento efímero con el que se deseaba conmemorar a los reyes de Castilla, difuntos tanto tiempo atrás, en su traslado definitivo a la nueva capilla donde descansarían para toda la eternidad. No era un sitio muy amplio, pero el capellán tenía con eso suficiente. La mujer, entrando en la estrecha pieza con un empuje que daba clara muestra de su prisa, le había instado a volver —casi a empujones— a su casa con toda brevedad:

—Dice el correo que a nadie entregará la carta sino a vuestra paternidad. Viene de San Lorenzo el Real, de Mateo Vázquez y es muy urgente. El mensajero debe volver a Madrid mañana, y espera una carta vuestra para el secretario, que habrá de llevar consigo de vuelta.

Pacheco había seguido al ama a todo correr, aunque procurando en todo caso no perder la dignidad: su gruesa constitución le hacía anadear de una forma que podía llegar a ser ridícula, pero ahora no estaban las cosas para preocuparse por eso. Rebasó a un par de canónigos y superó a un grupo de caballeros que iban hacia la siempre concurrida capilla de la Antigua, dejó por fin a un lado las capillas de la Pasión Grande y de las Ánimas, y cruzando la puerta de San Miguel salió a la calle de Génova y se dirigió a su casa, donde le esperaba un mensajero —era el mismo que otras veces le había traído cartas de la corte, según pudo apreciar— vestido de negro con la cifra del rey en el pecho, sucio y cubierto de polvo, que le entregó un pliego concienzudamente atado y sellado, mucho más asegurado que otras veces, lo que no dejó de sorprenderle; a él se dirigió el hombre, con voz ronca y pastosa, debido seguramente al mucho polvo que había tragado en los caminos:

—Hoy haré noche en Sevilla, pero mañana habré de partir de nuevo a San Lorenzo. Pasaré por aquí a primera hora para recoger la respuesta. El secretario Vázquez me ha encarecido mucho que la espera —el mensajero se calzó de nuevo los largos guantes, que se había quitado para entregarle la misiva—. Beneficiado...

El correo se marchó, y el clérigo pudo ver desde su ventana cómo tomaba de las riendas del caballo, brillante de sudor, que le esperaba abajo; y partió en busca de su alojamiento. Pacheco, que ya se había olvidado por ese día de poder hacer cosa alguna que no fuera lo que Mateo Vázquez le hubiera pedido en esa carta, despidió al ama y se dispuso a leerla. Y una vez la leyó, la desazón le invadió sin remedio:

—Otra vez... otra vez, todo comienza de nuevo —suspiró, inquieto—. ¿Y qué querrá Vázquez que haga yo?

El clérigo no daba crédito a lo que había leído en la misiva que ahora descansaba a su lado, sobre la mesa repleta de diseños y de textos aún por perfilar que había apartado para tener sitio. ¿Un cargamento sin consignar, de contrabando?, ¿plata de las Indias?, ¿y qué pensaba su patrón que él podría hacer con eso?

Vázquez le pedía que contactara con aquellos que, nueve años atrás, habían intervenido decisivamente en evitar el asesinato del rey a manos de los turcos, pero el tiempo había pasado y las cosas ya no eran como antes. Los años les habían separado, y habían llevado a cada uno por caminos diferentes: Martel se ocupaba ahora de un corregimiento en México, que había recibido como merced real hacía un par de años; don Juan de Saavedra se hallaba en Madrid, en donde continuaba al servicio del rey, y Pacheco no sabía cuándo volvería, e incluso si lo haría; así es que tendría que hablar con Medina, el único que quedaba del grupo que había logrado deshacer la conjura de Freire.

Medina y él habían continuado teniendo contacto durante todos esos años, y su amistad se había fortalecido; Pacheco le había acompañado desde cerca cuando Leonor, su mujer, murió. Pasó el tiempo, y había vuelto a ser feliz; no había formalizado su trato con la hija de Mal Lara como tal vez hubiera debido, pero el clérigo estaba dispuesto a ser indulgente: era un asiduo visitante de la casa no solo por su amistad con Medina, sino por el aprecio que le había tomado a quien, a todos los efectos, era ahora su mujer. La vivienda de la antigua judería había vuelto a la vida con ella, y eso era muy de agradecer.

Así que se levantó, cogió el pliego de papel, que guardó en un amplio bolsillo que el ama le había cosido por dentro del pecho de la sotana —notó cierta resistencia al abrochar los botones; seguramente estaba de nuevo subiendo de peso—, y tomando el manteo para abrigarse, abrió la puerta de la cámara, salió a la galería iluminada tímidamente por un sol huidizo, bajó las escaleras ensoladas con una geométrica olambrilla y salió a la calle: pasaría primero por el Ayuntamiento, a buscar allí a Medina; si no, se dirigiría hacia la casa de la calle de los Levíes. Pero tenía que solucionar este asunto antes de mañana.

****

El pequeño Jerónimo lloraba, aferrado a las faldas de su madre. Sin duda se había caído mientras corría por el patio. Tal vez había tropezado con alguno de los ladrillos de barro cocido, que, sueltos, convertían el paso en un arriesgado ejercicio. El veinticuatro había prometido, en repetidas ocasiones, que mandaría repararlos. Sin embargo, eso, como tantas otras cosas, se le había olvidado. Ella podía verlo ahora, sentado en una de las salas que daban al patio con el beneficiado Pacheco, sosteniendo ambos una concentrada conversación, pues eran muy amigos. Suponía que algo había ocurrido, años atrás, que había asegurado su amistad, pero no sabía qué había sido y no quería preguntarlo; comprendía que, al igual que ella hacía, los demás guardasen sus secretos. No obstante, fuera lo que fuese, le agradaba ver al clérigo —sonriente, panzudo y agradablemente descomedido— con quien, a todos los efectos salvo por el aval de la Iglesia, ella tenía como su marido. Fue entonces que inclinó la cabeza para consolar al niño y se desentendió de ambos hombres.

Fernando de Medina miraba la escena que sucedía en el patio: Gila consolaba a Jerónimo, el menor de los dos hijos que había tenido con ella. Era una madre atenta, cuidadosa; los hijos eran un bien frágil y precioso en esos tiempos, incluso en los palacios. El año pasado había muerto el príncipe de Asturias, Fernando, con el que el rey se había hecho retratar por Tiziano tras la victoria de Lepanto; cuatro años atrás había fallecido otro hijo, Carlos Lorenzo. Pobre rey: no parecía que, pese a sus empeños, su descendencia estuviera todavía asegurada.

El rey… recordaba el tacto de su mano, fría y seca, pero firme, cuando se despidió de él en la Cartuja. El rey a quienes ellos habían salvado la vida y que ahora, por lo que le estaba contando Pacheco, les pedía un nuevo servicio. Volviendo el rostro de nuevo hacia su amigo, le preguntó:

—Entonces, ¿Vázquez pretende que localicemos de algún modo un cargamento de plata sin consignar? ¿Y sin ayuda alguna?

—Bueno, no exactamente sin ayuda. Además de poner este hecho en conocimiento del asistente —que según me indica nos hará llamar—, en su carta nos remite a dos personas, ambas de su confianza: una es un maestre de nao, Juan Escalante de Mendoza, que por lo visto conoce las flotas como la palma de su mano; la otra es un oficial de la contaduría cuyo nombre es Domingo de Gamarra. Según me dice él, y como acabo de deciros yo mismo, son gente de toda certeza. Por lo visto les ha avisado también, y les ha citado —según me indica en su carta— para pasado mañana, en su casa, o su «casica», como él la llama. Me dice que podemos usar libremente de ella: el criado que la guarda está ya prevenido de que la utilizaremos durante varios días, los que sean necesarios, y estará atento. Por lo visto Vázquez la heredó de su padrino Alderete, que se la legó en su testamento, y nunca la vendió porque quería conservar un apeadero en Sevilla por si las cosas no le iban bien en la corte.

—¿Pero le van bien, no, Pacheco? Según tengo entendido, mejor que bien.

—No os quepa duda, amigo mío. Se ha convertido en la mano derecha del rey. Es discreto y prudente, así es que tendremos Vázquez para rato, creo —Pacheco sonrió—. Aunque a más de uno le pese, según me han dicho. La casa está en la calle de la Estrella, y como me cuenta Vázquez en su carta, el criado nos esperará a la primera hora de la tarde. Eso sí, nos encarece el secreto; nadie debe saber que vamos allí, ni que entramos en su casa. Para acceder a ella hay un portillo discreto en su trasera, que da a la rúa del Horno de las Brujas, que es el que debemos usar.

—Mucha intriga parece esta, ¿no, Pacheco? ¿Y qué fin tendría esa plata que debemos encontrar?

—Cualquiera sabe, Medina, cualquiera sabe... el secretario no me aclara gran cosa. Pero sí me dice que la petición viene del propio rey. Me da también razón de un administrador de su confianza, Francisco Vivaldo, un genovés que lleva muchos años ya en Sevilla y que tendrá abierto un crédito para cuando necesitemos fondos. Me encomienda que usemos de ese crédito con prudencia, pero que no dejemos de utilizarlo si fuera preciso.

—Prudencia... esa parece ser una cualidad del secretario Vázquez, ¿no, Pacheco?

—No lo dudéis, Medina. Vázquez ha prosperado, y ha salido indemne de la pérdida del favor que sufrió su amo, el cardenal Espinosa. Ha logrado ubicarse en lo más alto de la confianza del rey. El propio asistente, Zapata, es su hechura y le debe su carrera. Bien, creo que tendremos que ocuparnos de este asunto, ¿no, Medina? ¿Puedo escribirle diciéndole que haremos lo que pide?

—Claro, amigo mío. Lo haremos. No sé todavía cómo, pero lo haremos y veremos qué es lo que nos encontramos. ¿Plata no registrada? ¿Y en gran cantidad? Me parece, Pacheco, que esto es solo la base de una alta montaña. Y sabe Dios lo que podemos encontrarnos en nuestro camino hacia la cumbre.

****

Don Francisco Zapata de Cisneros, conde de Barajas, había leído con atención la carta del secretario Vázquez tras descifrarla personalmente. Mucho le debía al clérigo sevillano, hombre como él mismo deudo y afín al cardenal Espinosa, cuya muerte le había sacado fuera de la influencia cortesana y le había llevado a gobernar, en nombre del rey, la muy compleja ciudad de Sevilla. Ya tenía experiencia en esas lides tras su corregimiento en Córdoba, donde había recibido a don Felipe nueve años atrás, cuando el monarca convocó allí las Cortes; y creía, con razón, que no lo había hecho mal del todo rigiendo la ciudad que en breve habría de abandonar. Había desecado la laguna de la Cañaverería, a la que también llamaban de la Feria, y formado una magnífica alameda de tres amplias calles en su lugar, cuyo acceso había adornado con grandes columnas y con dos grandes estatuas de Hércules y César, hechas de bulto en piedra por el escultor Pesquera, dotándola de tres ricas fuentes de jaspe que la surtían de agua buena y fresca; había restaurado las puertas del Osario, de la Carne, de Carmona y el postigo del Aceite, y embellecido la puerta de Jerez y el postigo del Carbón; también había construido algo que nunca había existido hasta entonces: un muelle nuevo y fuerte, capaz de resistir las avenidas del río, junto a la Torre del Oro; e instaló otra hermosa fuente, coronada por un elegante Mercurio de bronce, en la plaza de San Francisco. Bien es cierto que otros proyectos, como el de sanear y trasladar la mancebía o el de construir un puente nuevo de piedra sobre el Guadalquivir no habían tenido éxito;

pero según creía su balance final era bueno. A lo mejor hasta le echarían de menos.

También era buena la noticia que Vázquez le enviaba en su correo: al fin, tras años de lo que otro cualquiera hubiera interpretado como un forzado exilio, podría volver a la corte. La reciente caída del marqués de los Vélez, anterior mayordomo de la reina, presagiaba ominosamente la del secretario Pérez, su valedor y amigo; y él estaba contento por haber elegido el bando adecuado, lo que avalaba su nuevo cargo en el Alcázar de Madrid: mayordomo de la reina y las infantas, y ayo del príncipe. De la nada al todo. Ahora la rueda giraba a su favor, y había que aprovechar la bonanza de los tiempos. Eso sí, mientras duraran, así que Zapata tampoco se hacía demasiadas ilusiones.

«Tendré que acelerar —pensó— mi relevo». Un relevo que había sido nombrado casi un año atrás, en agosto de 1578, aunque don Fernando de Torres, conde del Villar, no se había apresurado demasiado para tomar posesión de su nuevo cargo. De todas maneras ya había llegado a Sevilla, y entre ambos habían acordado que, una vez inaugurada la nueva Capilla Real en junio, el traspaso de poderes se haría completamente efectivo. Sin embargo Barajas aún no podía marcharse, ya que el secretario le pedía un último servicio: Pérez había hecho otra vez de las suyas —Zapata recordó, indignado, cómo Vázquez le había contado en su misiva de qué manera sus malas artes habían causado la desgracia de don Juan de Austria— y andaba en tratos con el intrigante Anjou, otro buena pieza como lo era el secretario aragonés, que quería, aprovechando la oferta de un consumado enredador tal era Orange, desnaturalizar Flandes de su señor y hacerse él mismo con un trono que le facilitaría un matrimonio, casi en igualdad de condiciones, con la reina, esa condenada Jezabel inglesa, y para ello iba a utilizar una plata que, según había sabido Vázquez, había venido oculta de las Indias para acabar, del modo que fuera, en manos del francés: y eso no podía permitirse. Bastante había tenido que ceder el rey para aquietar a los flamencos para que Anjou los levantara de nuevo. Además estaba el asunto de Portugal: si el anciano monarca portugués moría, todos los efectivos que el rey pudiera enviar habrían de ser necesarios para afirmar el derecho de don Felipe, al cabo hijo de la emperatriz —que estuviera en la gloria—, al vecino trono luso.

—Bien, pues ahora —se dijo, tomando un pliego nuevo de la mesa y atacando la pluma— procede que escriba una carta. Mañana es domingo, pero habrá que trabajar. A ver qué puede decirme de todo esto el beneficiado Pacheco. No conocía que el secretario Vázquez fiara tanto de él, pero bueno es saberlo.

Y como tantas otras veces había hecho, Zapata almacenó esa información en su cabeza. Ahí estaría bien segura, y lista para ser utilizada cuando fuera necesario.

****

La casa de la calle del Banco se había abierto de nuevo, después de haber estado cerrada durante largo tiempo, para que don Fernando Manuel pudiera instalarse en ella con comodidad. Caía la noche y el veinticuatro acababa de llegar de la corte, agotando un caballo tras otro, para cumplir las órdenes de Antonio Pérez. Este había quemado en su presencia los pagarés que don Fernando había firmado, y así la deuda se había convertido en humo. Desde luego, Pérez sabía como incentivar a quienes trabajaban para él. No venía solo, sino que traía una obligada compañía, la de un aragonés cercano al secretario, un tal Antonio Enríquez, robusto y colorado, pecoso y con una rala barba, que se había convertido en su sombra desde que quien ahora era su dueño se lo endosara para que le acompañara a Sevilla.

—Y sepa vuestra merced, señor don Fernando —le dijo días atrás el secretario, de repente adusto—, que no le causaría cuita alguna a este mi paisano darle la extremaunción por vía de un hierro si no hiciera lo que debe. No sería la primera vez —Pérez sonrió—. Hace no mucho hizo algo de eso y lo hizo bien[4]. Enríquez tiene toda mi confianza; es como si yo mismo le acompañara a Sevilla. Será de buena ayuda, no lo dude. Y es hombre de ideas e iniciativa; déjele hacer.

Y ahí lo tenía, junto a los bultos que acababan de descargar de los caballos, haciéndole lo que le pareció una burlona reverencia tras seguir a uno de los escasos criados que don Fernando mantenía en la casa, al dirigirse al cuarto que el mayordomo le había asignado. Tendría que estar atento y prevenido, pues no se fiaba de Pérez, y por supuesto tampoco de su hombre. Pero habría que hacer de tripas corazón. Así que subió, todo lo conforme que pudo, la escalera y sin quitarse la ropa, agotado tras el largo camino, se tumbó sobre la cama y se durmió en un sueño inquieto. Antes de dormirse totalmente, recordó que al día siguiente debería escribir un billete al hombre de la Contratación que llevaba el asunto de Pérez: sin duda, sería de la misma ralea del secretario —pensó— incluso de la suya propia. Después, el sueño le invadió y todo lo que le rodeaba desapareció de su vista.

---

4 Enríquez participó, como uno de los autores materiales del mismo, en el asesinato de Juan de Escobedo.

SEIS

Domingo, 19 de abril de 1579

Sevilla

Pacheco acababa de terminar de oficiar la misa matutina y en ese momento entraba en su casa con Medina, que había asistido al oficio, para tomar —antes de acercarse al cabildo a ver al asistente— un contundente desayuno que les entonara a ambos y así enfrentar una jornada que, sin haberlo supuesto un par de días atrás, se les había complicado. Ayer tarde, cuando regresó al colegio de San Miguel desde la calle de los Levíes, se encontró un breve pliego en el que el conde le citaba a las diez de esa mañana. A esa hora, el cielo, como venía siendo habitual desde hacía varios días, tenía un color plomizo y amenazaba lluvia.

Se les había complicado la mañana, sí; pero también sus vidas. ¿Cómo podrían encontrar el cargamento que Vázquez les había encomendado hallar? No veían la manera de hacerlo. Además, Pacheco tenía que terminar otro encargo del rey y del propio secretario: el de disponer todo lo que fuera necesario para realizar, con el esplendor y la dignidad con el que don Felipe esperaba que se hiciera, el traslado de los reyes difuntos —don Fernando, don Alfonso, las reinas y los infantes— y el de la venerada imagen de Nuestra Señora de los Reyes a la capilla terminada por Asensio de Maeda en 1575, cuya piedra blanca relucía de nueva.

El beneficiado se dejó vencer en la silla, mientras el ama le comunicaba que había entregado al apresurado mensajero —que había aparecido a recogerla mientras el clérigo se encontraba todavía celebrando el servicio religioso— su respuesta para el secretario Vázquez; y con ella traía un buen número de jarras, vasos y platos bien colmados, e incluso entre ellos dos pequeños barros llenos de un delicioso, amargo y caro chocolate, oscuro y espumoso: un regalo del arzobispo don Cristóbal de Rojas, que apreciaba grandemente a Pacheco y que, sabedor de sus aficiones culinarias, le mandaba de vez en cuando algunos bocados exquisitos. Así pues, haciendo los honores debidos a la mesa, ambos propinaron bocado tras bocado a la colación dispuesta por el ama; y una vez colmados los estómagos, se levantaron cansinamente y tomaron camino, a través de una calle de Génova ventosa y escasamente frecuentada —pues era domingo y la gente estaba en misa o en sus casas, refugiada del desapacible clima— hacia el cercano edificio del ayuntamiento.

Barajas les aguardaba ya en la escueta sala donde solía retirarse para mantener aquellos tratos, o conversaciones, de cariz más reservado: una pequeña cámara en la planta alta del edificio, con una sencilla ventana abierta a la plaza desde la que se veía el escaso trasiego que a esa hora circulaba por el corazón de la ciudad. Sentándose él mismo, indicó a sus visitantes dos sillas y antes de tomar la palabra les observó con brevedad, aunque atentamente. Medina y Pacheco casi podían ver los engranajes de su cabeza moviéndose con rapidez.

El conde conocía de sobras a ambos (no en vano llevaba gobernando la ciudad desde 1572, siete años atrás). Coincidía con Medina en los cabildos, y había llegado a apreciar la sensatez de ese aplomado hidalgo de mediana edad, que le había sido muy recomendado por su patrón Vázquez, al igual que había ocurrido con Pacheco, que en los últimos meses había pasado a visitarle algunas veces para tratar con él diversos asuntos relativos a la procesión que habría de celebrarse para trasladar los restos reales a la nueva capilla que coronaba ya —tras años y años de obras— la catedral. ¿De qué conocería el secretario del rey a estos dos? Barajas no pudo evitar pensar que detrás habría habido alguna historia, una historia que él no conocía y se le escapaba; pero desechó ese pensamiento y dio la bienvenida a los dos hombres:

—Bienvenidos, caballeros. Gracias por venir, como les he solicitado. En domingo, y con este frío. No es natural, ¿no les parece? En abril... en fin, signo de los tiempos. No hay mañana que no enterremos a algún desventurado que ha muerto aterido por esas calles, en las fechas en las que estamos... increíble. Y en Madrid no cesa de nevar desde hace días, según me cuenta el secretario Vázquez. En San Lorenzo es por lo visto aún peor, con las obras que no se acaban nunca y las corrientes de aire que hay por todas partes, incluyendo entre ellas la cámara del rey nuestro señor —miró a Pacheco, mientras seguía hablando y acercaba las manos a un brasero de cobre lleno de cisco incandescente, removiéndolo con una badila—. Pero según me dice también en su carta, eran vuestras mercedes algunos más, ¿no es cierto? Yo esperaba a cuatro.

—Sí, señor conde; pero el alguacil Martel se encuentra en Veracruz, y don Juan de Saavedra al servicio del rey, en Madrid. En Sevilla solo quedamos el veinticuatro Medina y yo mismo.

En ese momento atronaron las campanas de la torre de la iglesia mayor: comenzaba la misa del arzobispo, a la que asistían el deán y buena parte de los canónigos. Pacheco nunca había ingresado plenamente en el capítulo, ya que no había recibido el necesario nombramiento como canónigo, que solo podía dispensar el arzobispo; sin embargo, no haber tomado posesión también le dispensaba de tener que participar en esa liturgia interminable (no había mal que por bien no viniera).

—O sea —el conde, levantándose de la silla y asomándose a la ventana para ver las evoluciones de las campanas, habló de nuevo—, que solo puedo contar con ustedes dos, de todos aquellos que, hicieran lo que hicieran en su día, dejaron tan buen recuerdo en el secretario. Y me habla también el señor Mateo de un piloto, Escalante, y de un contador, Gamarra. ¿Se han visto ya con ellos?

—No, aún no —respondió Medina—. Mañana nos encontraremos con los dos. Según puede contar a vuestra señoría el beneficiado Pacheco, Vázquez le ha indicado en su misiva que tanto Escalante como Gamarra pueden ser de gran utilidad: Escalante conoce bien la flota y Gamarra tiene acceso a todos los registros de la Contratación. Es posible que entre los cuatro podamos dar con lo que el secretario busca...

—La plata —dijo el conde—. La plata sin consignar.

—Sí, la plata. Pero no será fácil. Además, querría hacer una pregunta sobre ello a vuestra señoría.

—Hágala, Medina.

—¿Por qué investigamos esto nosotros? No tenemos cargo ni nombramiento alguno. Sería más lógico que la pesquisa se hiciese desde la Casa de la Contratación.

—Ahí se equivoca, amigo mío. Nadie, nadie puede saber que esa plata existe. No podemos permitir que se abra un atestado o una investigación oficial sobre ese asunto antes de hallarla. Esa plata, la encuentren vuestras mercedes o no, y espero que lo hagan, no existe. De todo esto no ha de quedar rastro alguno. Solo puedo decirles que es asunto del servicio del rey y que el mismo don Felipe sabe que son vuestras mercedes quienes se están ocupando de este caso.

—Es decir —intervino Pacheco— que estamos solos en esto.

—Solos no; pueden acudir a mí para lo que necesiten. Entiendo que lo harán cuando precisen hombres, medios o refuerzos, o algún tipo de respaldo, pero nunca explícitamente oficial. Para el dinero, ya saben que deben hablar con Vivaldo. Él es la persona y tiene un crédito a su favor que si es necesario podrán utilizar. En cualquier caso, deben entender que la rapidez en este asunto es vital: como les ha hecho saber ya el secretario Vázquez, ha llegado a España con la flota un cargamento de plata no declarado que se ha de interceptar. No me pregunten por el uso que se le pretende dar, porque no estoy autorizado a decírselo. He puesto una discreta vigilancia para tratar de evitar que puedan descargarla de los barcos si aún no lo han hecho, aunque si ya la hubieran descargado eso no serviría de mucho. Y desde luego, tampoco esta medida valdrá de gran cosa si los barcos se hubieran quedado en los antepuertos. Pero es crucial que den vuestras mercedes con ella: de ahí la importancia de que colaboren estrechamente con Escalante y Gamarra.

—Bien, señor asistente —dijo Medina—. ¿Podemos entonces contar, al menos, con algún amparo por parte de vuestra señoría?

—Claro, Medina —el asistente alzó al cielo dos altas y tupidas cejas, como asombrándose por la pregunta formulada por el veinticuatro—. Pero todo ha de hacerse con discreción, y sin que nadie pueda conocer del asunto que tienen entre manos, como les digo. Como verán, no es cosa de broma. Ahora, si no tienen nada más que preguntarme, les ruego que me dejen trabajar. He recibido una noticia con el correo: me reclaman en la corte y dejo mi cargo de asistente, aunque no marcharé a Madrid hasta que no haya tenido lugar el traslado de los cuerpos de los reyes hasta la nueva Capilla Real, así es que aún estaré aquí hasta principios de verano; por lo que he de arreglar, como supondrán, mil asuntos. Mientras siga aquí, podré ayudarles en sus pesquisas, pero cuando me vaya ya no podré hacer nada por vuestras mercedes. Así es que dense prisa. Y ahora, si me disculpan...

Barajas se levantó dando la reunión por terminada, despidiéndoles en la puerta de la cámara, y Medina y el beneficiado saludaron con una breve inclinación para despedirse del asistente. Salieron al pasillo y a la galería, y, bajando de nuevo la escalera, volvieron a la calle. Iban sin hablar, preocupados mientras regresaban a casa de Pacheco, donde podrían conversar con tranquilidad y decidir sus próximos movimientos; menos mal —pensó el clérigo— que las malas noticias les habían cogido con la barriga llena.

****

No menos inquieto estaba don Fernando Manuel, que en ese momento esperaba, hojeando por encima un libro que había tomado de su biblioteca, la visita del contador Moreruela en una sala contigua al gran patio central de la casa de la calle del Banco. Le había citado tras la colación del mediodía y estaba intranquilo, aunque procuraba no aparentarlo. Desde que habían salido de Madrid, Enríquez, la sombra que Pérez le había puesto a su lado, no le dejaba un solo momento: ahí estaba, sentado en una silla del estrado, jugueteando con una nutrida bolsa que colgaba de su cinto y mirándole burlón.

—Enríquez, ¿tiene que hacer eso constantemente? Me distrae y no entiendo lo que estoy leyendo.

—Perdone, don Fernando. Lo siento —siguió jugueteando con la bolsa, sin darse en absoluto por aludido—. ¿No venía ahora Moreruela?

—Sí, o al menos eso creo. Mi criado le ha entregado esta mañana la nota en mano, en su casa. Y le ha confirmado que vendrá —en ese momento sonaron unos golpes de aldabón en la entrada, y el caballero se levantó de la silla—-. Ahí está. Venga conmigo, Enríquez. Vamos a recibirle. ¿Vuestra merced le conoce?

—No, no le conozco. Sé que ha trabajado muchas veces con mi amo, e incluso he leído algunos correos suyos, pero nunca le he visto.

—Pues creo que eso vamos a solucionarlo ahora: ahí está, como puede ver —Manuel se adelantó a saludar al visitante—. Contador, bienvenido a mi casa. Creo que tenemos mucho de que hablar.

Moreruela no era, desde luego, un hombre agraciado: procuraba suplir esa carencia con un atuendo ostentoso y llamativo. Una barriga prominente se proyectaba hacia afuera sobre el ceñido cinturón, y su pequeña altura hacía que llevara la cabeza erguida hacia arriba, estirada sobre el cuello corto rodeado por una estrecha gola. Pendía sobre su estómago una rica cadena con un camafeo, y su olor era una confusa mezcla de ámbar gris y de un sudor casi sólido: el veinticuatro retrocedió imperceptiblemente —no sin que Enríquez lo advirtiera, divertido—, y aprovechó el instintivo movimiento para dirigir al contador hacia el estrado: allí al menos unos pebeteros quemaban sahumerios de alhucema, tuya y salvia, y el untuoso olor que exudaba Moreruela se diluiría en algo. El contador se sentía halagado: un gentilhombre del rey le recibía en su casa, y eso no era algo frecuente. Por eso había vestido sus mejores galas. Se dejó conducir al salón donde ya estaba prevista una bandeja con una rica jarra de cristal colmada de vino, unas copas, agua, unos panales de azúcar y algunos dulces de miel; y a la indicación del veinticuatro tomó asiento.

—¿Conoce a Antonio Enríquez, contador? Es hombre de confianza de nuestro común amigo el secretario Pérez.

—No, no. Me alegra conocer a vuestras mercedes. El secretario ya me avisó de que me vería con ambos.

—Bien —dijo don Fernando—, tomemos un poco de vino. Sírvase, Enríquez, y llene la copa al contador. Yo ahora no deseo tomar nada. Moreruela, estamos atentos a lo que haya de decirnos. Los criados no pueden oírnos; les he enviado lejos.

—Por supuesto, señores —el contador tomó un largo sorbo de vino, y lo valoró chasqueando vulgarmente los labios. Esperó unos instantes, seguro de tener la atención de sus oyentes, y entonces comenzó su explicación—. Como bien saben, el secretario Pérez ha conseguido traer de México un importante cargamento de plata; plata sin registrar. La carga está ahora a buen recaudo en Sanlúcar. Ha viajado hasta España disimulada como lastre en tres de los buques de la flota, que ahora están amarrados en la desembocadura del río. Por lo que he sabido por el señor Antonio Pérez, el método usado por los maestres de las naos para cargarla fue ingenioso: cambiaron las piedras que suelen llevar los barcos por la plata pintada de modo que pareciera el lastre habitual, encima colocaron gravilla y piedrezuelas, y con eso el disimulo fue completo.

—¿Y ahora qué ha de hacerse con la plata, Moreruela?

—El señor Antonio supone, y con certeza, que trasladarla sin que la encuentren o intervengan es algo imposible. Por tierra al menos. Por lo que hemos ideado un sistema mediante el cual la mantendremos salva: en unos días iremos a Sanlúcar y la embarcaremos en un par de navíos portugueses que se acercarán a la costa, a la altura de las Arenas Gordas, que son tierras del duque de Medina Sidonia. El duque no sabe nada: como conoce vuestra merced, don Alonso es yerno de doña Ana de Mendoza y hoy, en la corte, eso es más un compromiso que una ventaja. Ya tenemos todo preparado para hacerlo.

—¿Embarcarla a dónde?

—A Lisboa, don Fernando —Moreruela se sirvió otra vez vino y tomó un nuevo trago—. En Sanlúcar la recogerá un agente de don Antonio de Avís, el prior de Crato, que es buen amigo del secretario Pérez y va a colaborar en este asunto. También en Lisboa cambiaremos la plata por pimienta y especias, menos comprometidas de transportar. Una vez las tengamos, las enviaremos por barco a Holanda, y allí las venderemos. Seguramente con ganancia: los holandeses no pueden vivir sin tales condimentos. Ese dinero será el que entregaremos al duque de Anjou, el que le servirá para pagar un ejército.

—Ya... sí, eso me lo ha dicho Pérez. Y entiendo cuales son sus motivos para estar airado con el rey. ¿Pero cuales son los suyos, contador?

—¿Los míos? Los míos... sí, claro. ¿Sabe vuestra merced dónde se encuentra el pueblo del que llevo el nombre, Moreruela?

—No, contador. La verdad es que no.

—Está en Zamora, a algunas leguas de Braganza de Portugal. Mi familia era portuguesa; judíos, como supondrá. En su día se convirtieron en Portugal, en los años en que la princesa, la hija de los reyes Fernando e Isabel, se casó con el rey Manuel. No sé si conocen que obligó a convertirse a los hebreos, tal y como se había hecho en los reinos de España, como condición previa a contraer matrimonio. Mi familia lo hizo, se convirtió: pero aún haciéndolo, se establecieron cerca de la frontera, en el lado castellano, porque no se fiaban del todo. Nunca lo hubieran hecho. Fueron acusados de judaizantes, condenados, relajados y quemados; el proceso fue un formulismo. Mi padre escapó a ese destino al ser aún pequeño: fue recogido por unas almas caritativas, pero nunca olvidó lo sucedido. Murió sin haber podido vengarse; y antes de morir, le juré que yo lo haría en su nombre. Eso es lo que hago.

Mi señor, el secretario, conoce esta historia. Ahora también la conocen vuestras mercedes. Ya saben por qué me he convertido en un traidor. También ustedes tendrán sus motivos, supongo, y no quiero saberlos. Tampoco puedo negar que el señor Antonio me paga bien: muy bien, de hecho. Incluso me ha prometido una parte de la ganancia que se consiga con la venta de las especias en Holanda. Y esa tampoco es mala razón para embarcarse en esta aventura.

—No, no lo es. No pienso juzgarle, Moreruela. Desde luego, no más de lo que habría de juzgarme a mí mismo. ¿Y ahora, qué? ¿Qué debemos hacer?

—En pocos días, cuando estemos ciertos de que pueda trasladarse el cargamento a los barcos, partiremos para la costa. Una vez embarcada la carga, iremos con ella a Lisboa. Allí compraremos las especias, y después yo iré a Holanda con ellas. Enríquez y vuestra merced volverán a España con dos buenas bolsas: en Lisboa espera una orden de pago a su nombre, don Fernando, por valor de nueve mil ducados. Espero que esa cantidad resulte suficiente. Mi señor solo le pide que, a cambio, vigile todo el trato y se asegure que todo sucede como debe y sin sobresaltos. Su posición puede sernos muy útil para desviar miradas demasiado interesadas.

—Las habrá, Moreruela. Seguramente. Pero por nueve mil ducados, voto a Dios si no seré capaz de arrancarles los ojos a aquellos que miren. Los dos, uno detrás del otro. No tenga duda alguna de ello vuestra merced: no tenga ninguna.

SIETE

Lunes, 20 de abril de 1579

Sevilla

El beneficiado Pacheco, con el manteo subido hasta el cuello, el bonete bajado hasta las cejas y el cuerpo encogido frente al viento ululante que recorría veloz las callejas de la collación de San Juan de Acre o de la Palma llenándolas de ramas, de hojas y de polvo, golpeó la alabeada puerta del taller del maestro Jerónimo Hernández mientras sujetaba con una mano su birreta y con la otra el cartapacio lleno de papeles. Enseguida uno de los mozos que el escultor tenía como aprendices le abrió, y el clérigo pudo resguardarse, al fin, del helado viento que había hecho su trayecto desde la calle de Génova hasta el antiguo barrio de San Juan de Acre una verdadera ordalía. Más de una vez había tenido que sujetar con fuerza la atiborrada carpeta de cuero para que no se le volara con el aire.

El ambiente en el taller era, sin embargo, cálido y agradable pese al fuerte olor a cola y a pintura, que estaba aplicando un pintor a una de las imágenes: no lo hacía el propio Hernández porque no tenía licencia para ello, y se veía obligado a contratar a alguien que lo hiciera por él. «Los gremios y sus eternos conflictos», pensó Pacheco. La luz tamizada de las ventanas, situadas en la altura de las gruesas y abrigadas paredes, frescas en verano y cálidas en invierno, y el humo de los braseros dispuestos en las esquinas para caldear más el ambiente, hacían de la atmósfera de la gran sala algo explícito y tangible: «casi podría, incluso, cortarse este aire espeso con un cuchillo», se dijo.

Desde lo más profundo de esa atmósfera difusa surgió el maestro, un hombre bajo y recio, velludo, con algunas canas prematuras y que ya superaba la treintena, cuyo acento —Hernández era natural de Ávila—, permitía identificarle inmediatamente como forastero en la ciudad, que le saludó respetuosamente. El escultor había llegado a Sevilla ya entrada la década anterior, acompañando a su maestro Juan Bautista Vázquez, abulense como él; y contrajo matrimonio con la hija del arquitecto cordobés Hernán Ruiz, aún maestro mayor de la catedral. Había encarrilado su andadura profesional bajo la protección de quien habría de ser su suegro, firmando un contrato en mayo de 1567 para realizar la obra de la capilla de la Estrella en la misma seo, cuando aún residía en la collación de San Andrés; en 1573 se examinaba con éxito como escultor, entallador del romano y arquitecto. Pocos meses atrás, en ese mismo año de 1579, había sido nombrado maestro mayor de la ciudad. Por ello, el beneficiado se encontraba en ese momento en su taller.

—Buen día tenga vuestra merced, maestro —dijo Pacheco.

—Buen día, beneficiado. Venga, acérquese vuestra paternidad aquí, que viene temblando. Acostumbrado como estoy a los fríos de Ávila no me espanto de los de Sevilla; pero bien es verdad que esta humedad... esta humedad se mete en los huesos.

—Gracias, maestro —Pacheco dejó sobre una mesa contigua la carpeta y adelantó las manos, para aprovechar el calor del brasero al que se había aproximado—. Como imaginará, le traigo los textos y los dibujos que he comenzado a diseñar para el túmulo de los reyes. ¿Puede dedicarme algún tiempo para verlos?

—Por supuesto, padre Pacheco. ¿Están en esta carpeta?

—Sí, ábrala, por favor, porque yo tengo los dedos entumecidos —Hernández desató los cabos de cuero que cerraban los extremos—. Como verá, el catafalco debe ser magnífico, digno de nuestra catedral.

—Ya lo veo... vuestra paternidad propone una altura de ciento diez pies, y cincuenta de base. ¿Y el templete, ha de estar sostenido por esculturas? No sé si nos dará ocasión a realizarlas, beneficiado. No con tan poco tiempo, y de modo que puedan sostener el gran túmulo que aquí propone.

—Ya lo imaginaba, y creo que la solución mejor será la de sostener toda la fábrica con cuatro grandes vigas de madera maciza, que irían recubiertas por las cuatro imágenes que propongo en mi proyecto. Si estas se hacen huecas y de papelón, pueden rodear con facilidad las vigas; una vez pintadas, nadie advertirá que no son ellas mismas de madera. Así tendríamos tiempo suficiente para hacerlas, y además podrían realizarse en partes separadas, que después deberían unirse y policromarse. Es tan sencillo como pegarlas entre sí: un poco de crin y de cola y una vez secas estas, toda la pintura que sea necesaria.

—Sí, la pintura la hará Antonio de Alfián. Trabajo con él habitualmente, y eso no será un problema. ¿Y la madera, beneficiado? ¿Ha pensado en eso?

—Claro, maestro. Ya he hablado con el cabildo de la ciudad, y pedirán al Alcázar troncos suficientes. Lo que no hubiera, se traerá del condado de Niebla con tiempo bastante. Pero deberá hacerme una breve memoria acerca de cuanta ha de necesitar, para entregarla al deán y al señor asistente.

—Bien… —Hernández pareció reflexionar—. Desde luego, vuestra paternidad es convincente. No se preocupe; tendrá esa memoria mañana mismo. En el taller tengo ya previstas algunas estructuras que podemos aprovechar, y… venga, beneficiado, acompáñeme: quiero enseñarle algo.

Pacheco acompañó al maestro hasta uno de los extremos del taller, dejando a un lado unas sillas corales en las que los aprendices estaban trabajando, cepillando profundamente la madera, lo que hacía saltar pequeñas lascas por todos lados.

—Esas son para el coro de San Juan Bautista de Marchena, beneficiado —dijo Hernández—. Estas puertas de sagrario también son para Marchena, pero en este caso para Santa María.

Vio, embalados en unos grandes cajones de tablas, algunas imágenes y piezas de retablo, que según le hizo saber el escultor iban a partir al día siguiente para la iglesia de San Mateo de Lucena; dejaron a un lado una hermosa Virgen de la Granada sin pintar que habría de salir, una vez acabada, para Guillena, hecha en pino de Segura. Y otra, una Virgen de la Antigua, sedente y ubicada a su lado, la entregaría en Antequera en un par de meses.

—Parece que las cosas marchan bien, maestro.

—Sí, beneficiado. La verdad es que no damos abasto. Venga aquí; esto es lo que quería enseñarle.

Hernández mostró al clérigo diversas trazas, entre las que, según le indicó, estaban las de un retablo para la iglesia de San Sebastián de Alcalá de Guadaira al que acababa de dar comienzo, y varios modelos de cera y de yeso que, moviéndolos con habilidad y cuidado —las piezas que los conformaban estaban unidas por fuertes pero flexibles alambres—, permitían que las figuras adquirieran las posiciones deseadas.

—Con esto podemos ensayarnos, padre. ¿Qué imágenes había pensado para sostener los cuerpos superiores del templete, los que habrían de formar el túmulo?

—Pues verá, maestro: serán dos virtudes, la Sabiduría y la Liberalidad; las acompañarán la Religión y la diosa Palas. Pero déjeme que se lo muestre con detalle; precisamente traigo conmigo algunas estampas que podrán servirle de inspiración o de modelo, si lo tiene a bien.

Pacheco sacó del cartapacio varios grabados, que enseñó y dejó en manos de Hernández. Este los acercó a los modelos de cera, que comenzó a mover y a cambiar de postura para que coincidieran con las de las imágenes que el clérigo le había llevado. En ese momento sonrió: por fin parecía que las cosas iban tomando forma. Y ya era hora, porque quedaban pocos meses para junio, la fecha en la que habría de realizarse el traslado; no tenía demasiado tiempo para hacer aquello que el cabildo, como siempre —y ahora aún más, desde que se sabía que el asistente iba a marcharse de Sevilla—, le solicitaba con apuros y con prisas. Siempre apuros y prisas —pensó el escultor—, salvo para pagar las cuentas pendientes.

****

Había pasado ya el mediodía, y Pacheco había regresado a su casa y almorzado tras acordar diversas cuestiones con el imaginero. El viento —menos mal— había amainado, y el regreso a la calle de Génova no había sido tan penoso como la ida a San Juan de la Palma. El ama, además, le había preparado una olla de carnero que despertaba a un muerto: y como a él le gustaba, con jengibre, buena pimienta y cilantro. El guiso incorporaba una novedad, unos tubérculos blanquecinos y de sabor suave, cocidos con la carne, que se llamaban patatas y que, por lo que él sabía, eran comida para dolientes. Alguna vez le había hablado de ellas el administrador del hospital de la Sangre. La mezcla, sorprendentemente, estaba apetitosa y el beneficiado no dejó ni un solo resto sin rebañar. Ya comido y descansado y una vez pasado un buen rato, Medina se presentó a recogerle y ambos fueron a reconocer el lugar de su cita con Escalante y Gamarra, aunque la contundente olla que Pacheco había trasegado con tantas ganas le hacía moverse con cierta dificultad.

La casa de la calle de la Estrella era pequeña y estrecha, y su fachada apenas abarcaba ocho o diez varas. En cambio, por detrás —en la calleja del Horno de las Brujas— se abría y se expandía. Hacia allí se dirigieron ambos, llamando Medina con suavidad a la puerta, mientras Pacheco se quedaba detrás, observando receloso a un desgreñado perro vagabundo que hurgaba en las basuras, acumuladas en la esquina. En un instante la puerta se abrió, y un cauteloso criado de edad avanzada miró a ambos lados de la calle para asegurarse que nadie había visto que los dos visitantes entraban en la casa:

—Pasen, señores. ¿El veinticuatro Medina y el beneficiado Pacheco, no es cierto? Los otros dos caballeros ya les están aguardando.

Los dos amigos entraron en la casa, cuya planta se abría en un breve abanico alrededor de un patio abierto y pequeño, húmedo aunque limpio y encalado, austero como convenía a un hombre de iglesia, con un pequeño pozo al fondo y coronado por sus cuatro lados por una estrecha galería sostenida por pilares de ladrillo. Sin duda su fábrica era antigua, tal vez incluso de un siglo atrás. Su dueño había renovado las maderas, sobre todo las que ayudaban a sostener la fábrica, por seguridad; pero había dejado intacto el gastado suelo original de ladrillo dispuesto en espina de pescado. Solo dos cámaras daban al patio, y una estrecha y empinada escalera de peldaños de madera subía hasta el piso de arriba. Se oían voces tenues que salían de la que, al menos a primera vista, parecía la mayor de ambas, que era la única cerrada por una ancha puerta ahora entreabierta; la otra quedaba más o menos aislada del frío, de las humedades o del calor en verano por una cortina de cuero liso y sin labrar. Siguieron ambos al criado, que les anunció:

—Señores, los caballeros que esperaban han llegado. El señor Mateo me ha dado orden de retirarme, pero llámenme si necesitan algo. Esta casa no es grande, y se oye lo que ocurre en ella de extremo a extremo.

—No se preocupe —dijo Pacheco—. Le llamaremos si así lo precisáramos.

—Estaré en una de las cámaras de arriba. Den una voz o una palmada cuando me necesiten —con esto salió, y Medina y Pacheco vieron, gracias a la luz que entraba por el vano de la puerta y de algunas velas que rompían la oscuridad de los rincones de la cámara, a dos hombres de pie que se adelantaban para recibirles:

—Señores —dijo uno de ellos, fornido y más alto que la media, cuyo rostro atezado mostraba una piel dura y recia: sin duda era el marino—, bienvenidos. Soy el maestre Juan Escalante de Mendoza, y mi compañero es Domingo de Gamarra, de la contaduría de la Casa de la Contratación —a su lado se adelantó un hombre menudo y enteco, pálido y cuyos modos acusaban una cierta blandura; inclinó la cabeza ante Medina y Pacheco e igualmente les dio la bienvenida. El beneficiado presentó al veinticuatro y a sí mismo, y cumplidas las formalidades precisas tomaron asiento en unas gastadas, pero limpias, sillas de vaqueta. La casa era modesta, pero estaba impecable. Un buen número de libros asomaban en los anaqueles de lo que sin duda era el despacho de Vázquez cuando residía en Sevilla, y Medina, bibliófilo como era, no pudo evitar que se le escapara la mirada a las rectas y atestadas baldas: ahí se hallaban, a lo que podía ver —escritos los títulos en los lomos con una caligrafía uniforme, cuidada y gruesa—, el *Epicedión*, del maestro López de Hoyos; el *Compendio Historial* de Garibay; un *Vocabulario* toscano de Cristóbal de las Casas; el *Orlando Furioso* de Ariosto; la *Gentis Austriacae* de Terzi; los *Caprici Medicinali* de Fioravanti; o la *Historia de Italia* de Guicciardini. Sin duda el secretario tenía un curioso, y también exquisito, gusto literario. De mala gana dejó de mirar la biblioteca que hasta ahora había atraído toda su atención, y se centró en escuchar al contable, que había tomado —con una voz suave, pero a la vez sorprendentemente grave— la palabra:

—Caballeros, estamos aquí a petición del secretario Vázquez. Como bien saben, nos ha encomendado interceptar un envío de plata que no ha sido consignada: no sabemos quién la envía, y tampoco con qué fin, aunque el contrabando es desgraciadamente un hecho conocido; conocido, y que se repite con cada flota que entra o sale en el puerto. Pero según parece este envío es mayor de lo habitual.

—No sabemos mucho más de lo que acaba de decir, Gamarra —dijo Pacheco—. Y no veo fácil que podamos localizar un envío, aunque sea tan grande como dice, sin tener más noticias sobre él. ¿Sabemos si la plata ha llegado ya?

—Sí, ha llegado. Al menos que sepamos. Así nos lo han hecho saber desde San Lorenzo —intervino Escalante—. Ahora tendremos que esforzarnos en localizarla.

—Entonces, estaría ahora en Sevilla —dijo Medina—. ¿Y dónde podría estar? No debe ser fácil pasarla por delante de los escribanos de la Contratación, ¿no, contador?

—Dice bien, veinticuatro. No, no es fácil —Gamarra sonrió—. No es fácil eludir a los inspectores fiscales, pero puede hacerse. Y parece que quien ha enviado esa plata, sea quien sea, sabía cómo hacerlo. Por eso no sería de extrañar que, si la plata ya ha llegado y han podido ocultarla, hayan recibido incluso alguna ayuda desde dentro de la Casa.

—¿Es eso posible? —preguntó Pacheco.

—Si yo le contara a vuestra paternidad... —terció Escalante— Los armadores, los maestres, los capitanes: muchos de ellos cargan por su cuenta. Un cajón de cacao, balas de seda, libros, plata e incluso oro, algunas veces en cantidades importantes, o hierba de tabaco... el contrabando siempre ha existido, y por mucho que se empeñen los oficiales de la Casa en impedirlo —y no todos lo hacen—, seguirá existiendo. Pero lo que me llama la atención es este cargamento, que según nos han hecho saber es mucho mayor de lo que pudiera ser habitual. Y cuando digo mucho, parece ser que lo es efectivamente: mucho.

—¿Y qué podríamos hacer? ¿Tienen vuestras mercedes alguna idea de cómo deberíamos proceder? —dijo Medina— ¿Hay algún modo de conocer en qué barco vendría y de dónde, y quién hubiera podido recibirla?

—Haberla la hay —dijo Gamarra—, aunque llevará tiempo averiguar lo que el secretario nos pide. ¿Saben lo que es el tonelaje de una nao?

—Claro, contador. La capacidad de carga total que es capaz de desplazar el barco —respondió Pacheco—. Se mide en toneladas, según creo.

—Efectivamente. Un barco de la carrera de Indias puede pesar entre cien y setecientas toneladas, pero los más pesados suelen ser navíos de guerra y no de carga —continuó Gamarra—. Imagino que la carga iría en un navío mercante que desplazará unas cuatrocientas. Al peso del barco hemos de sumar el de la mercancía. Además todos los barcos llevan un lastre, que les permite navegar con seguridad. Más peso. He estado pensando, y precisamente hablábamos de ello el maestre y yo cuando vuestras mercedes han llegado: si conociéramos —aunque como digo, llevará cierto tiempo conseguirlo— el tonelaje exacto de los barcos que han formado la flota, me refiero el tonelaje sin carga, y a eso pudiéramos añadir el de la carga declarada, podríamos obtener el peso final del buque al entrar en puerto. Si hubiera, por ejemplo, una diferencia importante entre lo declarado y lo que efectivamente se haya cargado en los barcos, podríamos ir acotando nuestra búsqueda.

—¿Y eso puede hacerse? —preguntó Medina— ¿No habría algún modo de reducirla más aún?

—De ello estábamos hablando también el contador y yo cuando vuestras mercedes llegaron —dijo Escalante—, y se me ocurre que, teniendo un listado de los capitanes y maestres que forman la flota, podríamos reducir bastante la pesquisa. Verán, aquí nos conocemos todos. En general, llevamos unos y otros haciendo la travesía durante años, y sabemos, o al menos nos maliciamos, quienes son trigo limpio y quienes no. Ahora mismo podría darle varios nombres de algunos de mis compañeros que me consta que llevan, o que en el pasado han llevado, contrabando: bien por su iniciativa propia o bien porque sus armadores les han forzado a ello.

—¿Y es posible conseguir esa lista, Gamarra? —preguntó Pacheco—. De tenerla podríamos dar un paso importante en la investigación.

—Sí, es posible. No será fácil, pero es posible. Puedo acceder a los registros, y copiarlos. Sería cosa de unos días, con suerte. Una vez la tenga la entregaré a Escalante y decidiremos con su ayuda qué barcos podríamos descartar. ¿Qué me dice, maestre?

—Podría hacerse así. Sí, si se hace tal y como vuestra merced dice, Gamarra.

—Bien —dijo Medina—. Parece que ya tienen tarea. ¿Y nosotros, qué haremos?

—Ahora mismo bien poco —dijo Gamarra—. Pero una vez hayamos acotado la búsqueda, entonces sí que podrían ayudar, y mucho. Habrá que reconocer los barcos, y que hablar con capitanes, maestres y armadores. Eso pueden hacerlo, y sin despertar sospechas como nosotros sí haríamos, vuestras mercedes. Al fin y al cabo, ¿quién no embarca hoy mercaderías a Indias? Los dos habrían de aparentar que tratan de embarcar algunas mercancías en los buques que el maestre Escalante les indicará. Así que, señores, ¿les parece que de aquí a dos días volvamos a vernos? Para entonces ya tendré la lista que Escalante ha pedido, y podremos decidir cómo afrontar la búsqueda con alguna esperanza de éxito.

—Muy bien, contador —dijo Medina—. Muy bien. De aquí a dos días, a la misma hora de hoy. ¿Pacheco, tiene que escribir a Vázquez? Si lo hace, cuéntele lo que hemos decidido hacer. Pero recuerden vuestras mercedes que no nos sobra el tiempo. La plata aún debe estar en puerto, o incluso quizá en los barcos; pero no podemos permitir que salga hacia su destino, sea este el que fuere.

—Sea este el que fuere, dice bien, veinticuatro —redundó Escalante con mirada sombría—. Sea este el que fuere. Y podría ser, según me voy temiendo, cualquiera. Poco bueno, señores; sin duda poco bueno puede salir de todo esto.

Londres

La noche se cernía sobre el palacio de Whitehall, e Isabel I, reina de Inglaterra e Irlanda, gobernadora suprema de la Iglesia anglicana, miraba su reflejo en el cristal emplomado de la ventana. Este le mostraba un rostro que no le gustaba mirar: un gorro de dormir, atado a la barbilla, ocultaba la pérdida de la mayor parte de su cabello, que no hacía tanto tiempo atrás había sido grueso y pelirrojo. Varias pelucas, rojizas y cuidadosamente rizadas, guardadas en su guardarropa, formaban ya —desgraciadamente— parte obligada de su suntuoso y abigarrado atuendo de cada día. Se le había caído el pelo de las cejas, que había que rectificar a diario con cosméticos. Y su cara mostraba las huellas del agresivo ataque de la viruela que había sufrido en 1562: una enfermedad que le había dejado la cara marcada para siempre, y que le obligaba a utilizar un maquillaje blanco y espeso que también la estaba envenenando lentamente, aunque eso ella lo desconocía.

Cuando supo el diagnóstico de la terrible y tan a menudo mortal enfermedad, lloró de miedo delante de sus damas: algo que nunca le había ocurrido antes en toda su vida. Y bien sabía Dios que había tenido motivos de sobra para tener miedo, e incluso terror, hasta entonces. Ya las pústulas la cubrían sin remedio, y apenas podía hablar o levantarse de la cama. Al final se agravó tanto que incluso comenzó a hablarse en la corte —entre susurros, había que ser prudentes— de la posibilidad de su muerte. ¿Quién la sucedería? Sin duda María, la reina de Escocia. María, la católica. María, la sobrina de los Guisa. María, su prima, que desde hacía diez años era su incómoda prisionera, y a la que siempre se había negado a ver.

Pero ella sobrevivió: nunca volvería a ser la de antes, y eso se lo recordaba el espejo cada día, al igual que los retratos que colgaban en las paredes de su cámara, que evocaban tiempos mejores. Qué lejos estaba de esa joven —¿trece años tenía, quizá?— que había pintado en 1546 el maestro Scrots, y que ahora la miraba desde la pared con la despiadada fijeza que los adolescentes usan para observar a aquellos que, a sus ojos, eran ya unos ancianos: la muchacha, de tez lisa y pálida, de ojos vivos y oscuros, penetrantes, estaba coronada por una gloriosa cabellera rojiza en parte oculta por una toca bermeja y bordada, realizada con la misma seda de damasco que Bonvisi, el mercader de telas que abastecía a la corte de Enrique VIII, su padre, había traído desde Italia para que los sastres le cortaran el rico traje que vestía. Debajo, un tisú de plata bordado con apliques de oro: una tela adecuada para que la vistiera una princesa, que el mercader había adquirido en Florencia a un precio exorbitante. Un soberbio collar de perlas y un broche con una cruz de oro y esmeraldas, con tres perlas pendientes en forma de lágrima —aún los tenía en su joyero, y debería ponérselos de nuevo, pensó; hablaría con Blanche Parry, que se ocupaba de su guardajoyas—, completaban el costoso atavío de la joven, que sostenía un devocionario entre sus largos, delgados y afilados dedos cubiertos de anillos.

También la miraba, colgada en el panel de madera decorado con un friso de rosas Tudor, blancas y rojas, que recorría todo el cuarto, la alegoría que la representaba como una diosa entre diosas, que el maestro Eworth había pintado algunos años atrás. Pero Isabel no se sentía, en absoluto, una diosa; al menos no como Juno, Minerva o Venus, que la acompañaban en la tabla pintada al óleo por el maestro holandés. Ella sostenía entre las manos lo único que le quedaba ya en la vida: el orbe. Esa manzana de las Hespérides que para ella era su fin, su objeto, su único afán: el poder. Porque poco más le quedaba, ya que la viruela la había dejado estéril; un secreto que casi nadie sabía, ni siquiera Cecil. Ni siquiera Walsingham, que lo sabía todo. Solo su médico, que no diría una sola palabra porque sabía muy bien lo que le convenía.

Un tercer retrato, también colgado en la pared, y el último que le habían realizado a sus cuarenta y seis años de edad, la representaba como una máscara blanquecina e hierática, un vestido suntuoso y bordado, lleno de matices y detalles, habitado por una mujer que ya se había hecho ¿vieja? Vieja, sí, vieja. Sus artistas habían realizado con él un modelo que los copistas habrían desde entonces de repetir hasta la extenuación, porque ella ya no había querido posar más. Para nadie. En el futuro, quería que la recordaran por ese modelo, que representaba toda su sabiduría, su autoridad, su majestad. Su poder. Al fin y al cabo, eso era lo único que realmente importaba: la realidad la creamos nosotros mismos.

Se alejó de la ventana, quitándose del dedo índice un anillo con su anagrama, en oro, madreperla, diamantes y rubíes. Rubíes... un recordatorio de la sangre de su madre, Ana Bolena, muerta por orden de su padre en la Torre. Su madre, de la que nunca hablaba.

Isabel accionó un pequeño resorte y el anillo se abrió, y mostró su propio rostro, su perfil aguileño enmarcado por la gola, y sobre él el rostro risueño de su madre muerta. Lo había mandado hacer porque ella nunca olvidaba aquello que debía recordar. Nunca. La crueldad de los hombres; la crueldad de su padre. Su padre, a quien tanto había querido: el amor —pensó— siempre es algo extraño.

Se aproximó a la mesa, donde descansaba un laúd que hoy no había templado; y un libro en griego —la *Política* de Aristóteles— que hoy no había leído. Recordó a Ascham, a

Grindal, a Belmain: a sus tutores. Le habían enseñado bien: latín, griego, Filosofía, Historia, inglés, francés, italiano, español...

Español. No pudo evitar recordar a Felipe, su cuñado: Felipe, que le había salvado la vida cuando su hermana María estuvo a punto de acabar con ella.

Vida y muerte: qué delgada línea entre una y otra.

Pero la vida se imponía, y de eso se había hablado con frecuencia en las últimas reuniones del Consejo Privado. Su condición —suspiró, molesta— era asunto de Estado. Algún día quizá se vería obligada a elegir a uno de sus muchos pretendientes. Robin —y sonrió, mientras recordaba al siempre impulsivo Leicester— nunca había abandonado la idea de ser, finalmente, el elegido; la sangre de los Northumberland, todo ambición, borboteaba en sus venas. Poder, no amor. También Felipe había querido casarse con ella; y ahora Anjou, ese pequeño príncipe francés.

Por Dios... casi podría ser su madre. Miró su retrato, pintado por el maestro Hilliard, que estuvo a sueldo del duque durante un par de años —incluso llegó a vivir en Francia, según tenía entendido—, y que Anjou le había mandado hacía unos meses: un pequeño naipe ricamente enmarcado reflejaba el rostro voluntarioso y poco agraciado del galo, aunque el pintor había dulcificado sus conocidas deformidades. Bien sabía que en su consejo había defensores —Simier, el enviado francés, había regado de dádivas no pocas faltriqueras— y también detractores de un enlace que por fin uniría Inglaterra a Francia. Pero ella no estaba en absoluto segura.

Le había escrito en febrero, una carta sentimental en la que le animaba a venir a visitarla; pero si finalmente viniera —y Simier había asegurado que lo haría— aún no había decidido qué habría de hacer con él, aunque Cecil la había inundado de memorándums sobre la conveniencia de que, al fin, contrajera matrimonio: el último se lo había enviado diez días atrás. Un listado minucioso y prolijo, muy propio de él, en el que enumeraba los peligros que podrían sobrevenirle —a ella y al reino— de no hacerlo.

Peligros, constantemente peligros… había sabido también que Anjou estaba maniobrando para hacerse con los Países Bajos, empujado por Guillermo de Orange: Walsingham se lo había dicho. Eso fortalecería a su pretendiente, sí. ¿Pero estaba ella dispuesta a tener que depender de un hombre? ¿De un hombre con poder? Hasta ahora, todos los que conocía —salvo Felipe, claro: siempre Felipe— dependían de ella.

Sintió frío; tenía los pies —largos, huesudos, manchados y con las venas marcadas— helados. Se acercó a la cama y se tumbó. Esta noche no sonaría la música en la cámara de al lado de su cuarto: había mandado a los músicos, agotados, a dormir. Pero tampoco se dio cuenta del silencio durante mucho tiempo: el sueño la sometió, la invadió y finalmente la libró de una incómoda consciencia. Mañana —pensó, y fue su último pensamiento lúcido de esa noche—. Mañana habría de hablar con Cecil y con Walsingham de todo eso.

****

Forzando la vista, don Bernardino de Mendoza aplicaba la cifra a la carta que estaba escribiendo para el secretario Zayas, mano derecha de Mateo Vázquez, dándole cuenta de los últimos acontecimientos que habían ocurrido en una corte en la que su propia posición como embajador del Rey Católico se veía cada día más comprometida:

> *Simier fue invitado a asistir a la ceremonia del lavatorio de pies a los pobres, que realizó la reina. Ella lo llama casi todos los días, y van dos o tres horas juntos a ver las obras de unas canchas para el juego de pelota que está haciendo construir, con el pretexto de que son para Alençon.*

Dejó a un lado carta y cifra, restregándose los cansados ojos que un glaucoma apagaría años después, pensando en el cauteloso juego de equilibrios que cada día tenía que realizar ante una reina voluntariosa, que aún —sin duda por el ominoso poder del señor a quien Mendoza representaba— le trataba con consideración, y la hostilidad manifiesta de algunas de las criaturas de la corte, como el escurridizo Walsingham y el gélido sir Christopher Hutton, vicecanciller de la reina, su consejero privado y a quien Isabel favorecía en extremo. Pero aún se mantenían las formas; y en un agotador juego de asechanzas y simulaciones, unos y otros (sus dos señores, Felipe e Isabel, y ellos mismos, que eran las piezas que se movían entre los escaques del complejo ajedrez político que ambos jugaban) atacaban, amagaban, se retiraban o se enrocaban. Mendoza tenía ya por entonces una amplia experiencia, militar, diplomática y también en el escurridizo campo de la inteligencia: hijo del conde de Coruña y sobrino nieto del cardenal Cisneros, se había licenciado con solo diecisiete años en Alcalá de Henares, participando en la campaña de Orán en 1563, en la de Vélez de la Gomera al año siguiente y acompañó al duque de Alba a Flandes entre 1567 y 1577; a principios de ese último año fue nombrado por el rey embajador en la corte de su antigua cuñada Isabel, para sustituir a Antonio de Guaras, que acababa de retirarse. Ya había protagonizado por entonces alambicadas negociaciones ante el papa, los estados de Flandes o los propios ingleses.

El asunto de Anjou —de Alençon, como aún Mendoza le llamaba— le preocupaba: sabía, porque desde Madrid así se lo habían dicho, que el príncipe francés pretendía aceptar la oferta del de Orange y hacerse con el trono de los Países Bajos; y eso había que impedirlo a toda costa. Mendoza, miembro de una de las más importantes familias de Castilla, tenía conexiones suficientes como para conocer toda la información precisa y necesaria acerca de lo que ocurría no solo en Londres, sino también al otro lado del canal.

Sintió frío, y se arropó con unas pieles de conejo que tenía en el respaldo de la silla. Un clima infernal, el de Londres: solo unos días tibios durante un corto verano, y durante el resto del año lluvia y humedad constante. Lo único constante que había en ese malhadado país, a donde había llegado en marzo del año pasado.

«Alençon —pensó, en alta voz—. Alençon, consorte de Isabel. ¿Qué pensará el rey de Francia de eso? ¿Y la reina, doña Catalina? No creo que les guste la idea. Quizá habría que sondear a París, a ver cómo suenan esas cuerdas. Y dudo que toquen una música que le guste al príncipe».

Los franceses, como bien sabía, eran verdaderos maestros en el arte del disimulo: y la de Médicis jugaba no a dos, sino a tres y a cuatro barajas si hacía falta.

Tomó de un doble fondo de la papelera que tenía delante —un ingenioso mecanismo permitía extraer una de sus molduras, a simple vista decorativas, en donde podían ocultarse papeles comprometidos—, y extrajo de ella la última carta, ahora descifrada, del secretario Mateo Vázquez. Mendoza pertenecía, como por otra parte era lógico al haber servido a las órdenes de aquel en Flandes, a la facción que en la corte dirigiera el duque de Alba; y por ello era enemigo natural de Antonio Pérez, pese a ser él mismo tan Mendoza como la princesa de Éboli, la gran valedora del escurridizo secretario. Por ello, Vázquez le tenía al día de los acontecimientos cortesanos, y le había hecho llegar algunos días atrás una tarea que le intrigaba: tenía que conocer, de la manera que fuera posible, la implicación de los ingleses en la intentona de Anjou. ¿Le estaban respaldando de algún modo? ¿La reina, Cecil o Walsingham le apoyaban? Según el secretario le daba a entender, Pérez podría estar implicado —de una manera que no detallaba— en todo ese enredo. Leyó, acercando la crujiente hoja a la vela más cercana, que oscilaba debido al aire frío que se colaba por las junturas de las ventanas, lo que Vázquez le escribía:

> *Sería preciso conocer si en esa corte saben o amparan la intención del de Anjou de seguir los consejos del príncipe de Orange, y si allí le proporcionarían los medios que pudiera precisar para salir adelante con su designio. Según he sabido, el príncipe francés tiene otros valedores incluso en esta corte, lo que tiene en gran desasosiego al rey nuestro señor. Es por su buen servicio por lo que le pido*

que haga por conocer esto que en esta carta solicito a vuestra señoría, de lo que también el rey tiene particular cuenta.

Mendoza carraspeó. El asunto era sin duda grave, y le obligaría a utilizar algunos peones que hasta entonces había logrado reservar. Pero no tenía otro remedio: el rey ordenaba y él cumplía, como siempre había hecho. Le intrigaba, sin embargo, lo que Vázquez solo insinuaba en su misiva: ¿valedores de Anjou en la corte de España? Eso solo podía significar que se estaba fraguando una traición, y Mendoza intuyó con rapidez de quién podía tratarse: solo de Pérez. Únicamente el secretario de Estado podía jugar con las cartas marcadas de ese modo. Mendoza había sabido lo que había ocurrido con la muerte de Escobedo, y cómo Antonio Pérez se veía cada día más acorralado por sus enemigos: no sería extraño que, debido a alguno de sus habituales giros, intrigas y estratagemas, hubiera considerado necesario apoyar al francés. La mente de Pérez —y eso lo sabía bien Mendoza— era impredecible.

En fin; habría de verse con su agente más seguro, un hombre que tenía a la derecha del propio Walsingham y del que el secretario inglés desconocía que estuviera a sueldo de España. Procuraría no atraer la indeseada atención del jefe de los espías enemigos: él mismo no podría hablar con el hombre, porque entonces le descubriría sin remedio, inutilizándolo para futuros servicios. Pero tenía a la persona adecuada para hacerlo; de hecho, más que adecuada.

Tomó de nuevo la pluma, citando mediante un breve billete a Pedro de Zubiaur para que viniera a verle a primera hora de la mañana siguiente. Se pondría en contacto con el inglés con la necesaria discreción, y recabaría las noticias que Mendoza necesitaba sin despertar sospechas. Don Bernardino volvió a guardar la carta de Vázquez en el compartimiento de la papelera, que cerró con cuidado, y miró el reloj de pie que tenía ante su mesa de trabajo: un bigotudo Atlas sosteniendo la esfera de la Tierra, en donde se habían colocado las horas y las agujas que las indicaban. Un candil de aceite facilitaba ver, incluso en la oscuridad, el rápido correr del tiempo. Pero esa noche aún no podía marcharse a la cama. Londres dormía ya, pero él debía seguir velando, sirviendo a los intereses de su señor.

Resignado, volvió a arroparse en las pieles que, más mal que bien, le protegían del frío, continuando con la monótona cifra de la carta semanal que enviaba a Zayas.

OCHO

Martes, 21 de abril de 1579

Lisboa

Don Antonio de Avís había cerrado los ojos y trataba de descansar un poco, aunque solo fueran unos escasos minutos, dejando a un lado durante algunos instantes las muchas preocupaciones que le atosigaban. El prior de Crato iba a tirar sus dados en una apuesta ahora impredecible, pero que quizá le diera un buen resultado en el futuro: en un momento habría de ordenar que aprestaran dos naos que se dirigirían, una vez él lo mandara, navegando con prudencia y preferentemente de noche, al pago de las Arenas Gordas, frontero a la barra de Sanlúcar de Barrameda, donde habrían de recoger con el mayor secreto un cargamento de plata que Antonio Pérez había logrado traer de Indias; y una vez cargado en los buques llevarlo a Lisboa, para comprar con ella valiosas especias.

Don Antonio sabía que su situación no era la mejor en la corte del rey don Henrique, su tío. Tras haber sido rescatado del desastre de Alcazarquivir languidecía y era ignorado, e incluso notaba con meridiana claridad cómo los partidarios del rey de España —que, financiados por el embajador de Felipe II, eran cada vez más— le miraban con no demasiada buena cara. Tampoco le apreciaban los que iban tomando el partido de los Braganza. Las cortes, que acababan de concluir, habían evidenciado aún más su soledad: el rey había nombrado a cinco hidalgos y a once letrados para organizar la regencia a su muerte, y el prior dudaba mucho de que alguno de ellos fuera a tomar partido por él.

Ahora, sin embargo, era el momento de tomar posiciones: el rey, un anciano que nunca le había puesto las cosas fáciles —el prior sanjuanista puso una cara de desagrado que le fue imposible disimular— moriría pronto, y él pensaba postularse para sucederlo.

Aunque bien es verdad que estaba vivo de milagro. Se estremeció involuntariamente y recordó Alcazarquivir y el indecible calor de agosto, el sudor que brotaba por todos los poros del cuerpo, que se metía en los ojos, en las heridas y en los dolorosos roces provocados por la armadura, que le había dejado en carne viva. La sangre y los gritos; el humo de la pólvora. Los relinchos de los caballos alcanzados por la artillería y desventrados en el suelo, entre las sedas y los ricos flecos de las monturas y los palafrenes manchados de sangre espesa y pegajosa; las cabezas reventadas por las balas de los mosquetes. Las voces de los capitanes clamando, ya roncos, Santiago; las moscas, zumbando insaciables. Él había acompañado a la batalla a su primo, el rey don Sebastián, pero el joven monarca había encontrado la muerte bajo una lluvia de lanzadas enemigas.

La locura de los Avís, y la última y fatal expedición a Marruecos. Marruecos… conocía bien ese lugar, y lo odiaba. Había luchado allí durante diez años, y lo único que había conseguido era caer prisionero en una celda infecta, golpeado y maltratado, hasta que Felipe de España pagó su rescate y pudo volver a la corte. Allí no encontró agradecimiento, ni admiración: solo desdén. Al fin y al cabo, no era más que el bastardo del infante don Luis que había tenido con una marrana, una judía cuya familia había evitado la expulsión del reino al convertirse.

«Pero todo esto va a cambiar —pensó—. Ese maldito anciano ha de morir pronto. Y yo puedo, si juego bien mis cartas, llegar a donde quiero».

Bien era verdad que también Felipe de España podía alegar derechos, y muy sólidos, al trono: pero no era portugués, mientras que él sí. Y es verdad que le había ayudado, y dos veces:

una pagando su rescate, y otra años atrás, negociando con don Henrique su regreso, durante su regencia, cuando le había expulsado del reino al tratar de quitarle al regente el arzobispado de Lisboa. Pero las cosas eran así, y la política no permitía el agradecimiento. En los últimos tiempos se había acercado también a los ingleses, y con el dinero de Walsingham —tasado cuidadosamente, dada la tacañería de la reina— y con sus rentas de Crato había ido creando una red de apoyos que provocaba que, cada vez que era reconocido en la calle, el vulgo le aclamara sin cesar, y eso le gustaba. Le gustaba mucho.

Así, ahora buscaba el favor francés para ganar apoyos con el fin de tener más alternativas y poder hacerse con el trono cuando el rey muriera; por eso estaba aprovechando la oportunidad de apoyar a Pérez. Había tratado, y mucho, con él mientras anduvo por Madrid. Entre el secretario resbaladizo y untuoso y él mismo había nacido una alianza. No una amistad, pero sí un conveniente compromiso de apoyo mutuo. También Pérez le había enviado fondos, que serían útiles si hubiera que alistar un ejército.

En ese momento llamaron a la puerta, y don Antonio ordenó al criado, que estaba mudo, de pie junto a la mesa cercana, que fuera a abrirla. Una vez la abrió, hizo pasar a un hidalgo magro pero fuerte, al que su amo había citado para esa mañana:

—Aquí estoy, señoría, como me había pedido.

—Gracias, capitán. Venga aquí, y tome asiento conmigo.

El capitán Pedro Reixas de Sousa se inclinó, y se acercó a la silla contigua a la de don Antonio, colocada junto a una ventana desde la que se veía la rada de Lisboa: la gran ciudad, bulliciosa y vibrante, capital del imperio portugués, yacía ante su admirada vista. Un puerto desde el que se podía alcanzar cualquier parte del mundo: África, la India, las islas de las Especias. Todo ello a sus pies.

—Es hermosa, señor.

—Lo es, capitán, lo es. Y por eso, y por otras razones, debe seguir siendo nuestra. Lo que vamos a hacer podría ayudar a ello. ¿Ha localizado las naves que necesitamos?

—Sí, señor, lo he hecho. Ahora mismo se encuentran en Lagos, amarradas en el puerto.

—Lagos... sí, lo recuerdo. ¿Vuestra merced es de allí, no es cierto, capitán? No lo olvido: estuvo presente en las cortes de hace... ¿Cuánto ya, diecisiete años? Fue además uno de los procuradores nombrados por la villa, ¿no es verdad?

—Sí. Por eso puedo responder por ellas y por sus patrones: los conozco desde siempre y son leales.

—Bien; eso es importante. Pero también lo es que sean hábiles. ¿Lo son?

—Lo son. Conocen la costa como la palma de la mano, y llegar desde Lagos hasta Sanlúcar es sencillo: costeando, llegarán al golfo de Cádiz en pocas jornadas. No son naves grandes; son dos pequeñas y rápidas carabelas. No llamarán la atención.

—Entonces, capitán, ¿está seguro de que puede hacer vuestra merced lo que le he pedido?

—Puedo, señoría. Solo espero su orden para hacerlo.

El prior se levantó de la silla, dando un paseo nervioso por la sala. Se acercó a la mesa, y puso su mano sobre la carta cifrada que Antonio Pérez le había enviado días atrás, pidiéndole los barcos y ofreciéndole su apoyo y una gran cantidad de dinero: dinero que le serviría para comprar voluntades, para tener opciones una vez el rey-cardenal muriera.

«Así mueras y quedes insepulto —pensó Crato—, y te extingas con el mayor dolor que sea posible».

La cólera que sentía contra el rey, que siempre le había maltratado, le animó a decidirse: lo haría. Sí, lo haría. No tenía nada que perder y sí mucho que ganar. Hacer lo que le pedía Antonio Pérez habría de permitirle conseguir sus propios fines, y no lo dudó. Miró al capitán, que se había levantado respetuosamente de la silla donde había estado sentado, y dijo únicamente:

—Hágalo, capitán. Arme esos barcos. Tome esta bolsa —cogió una abultada bolsa de cuero llena de monedas de un bargueño que tenía a su lado—. Recibirá una nota mía cuando hayan de partir.

No tenga cuidado por el dinero; si fuera necesario más, de él tenemos de sobra. Tiene toda mi confianza. Ahora puede irse.

El capitán saludó y salio de la sala tras despedirse del de Crato, y el prior volvió a asomarse al gran balcón desde el que se divisaba la ciudad: la desembocadura del Tajo, la plaza del Rossío, el hospital de Todos los Santos, el Paço da Ribeira y el Terreiro do Paço, los astilleros, los mercados, el Chiado, el castillo de San Jorge y la Alfama, la iglesia de la Gracia... y ciento veinte mil habitantes que serían totalmente suyos si la suerte le acompañaba; y él se había propuesto que le acompañara.

Madrid

Los criados estaban preparando la Casilla para la fiesta que Antonio Pérez habría de dar esa noche, y se oía desde la cámara el ruido, apenas atenuado, de los trapos y las escobas que habrían de dejar la casa impecable para que los invitados —hoy no demasiado numerosos, ya que algunos de los que antes lo frecuentaban estaban comenzando a alejarse ahora del ya no tan todopoderoso secretario— se la encontraran, como era habitual exigencia del amo de la finca, en perfecto estado.

Se estaban cambiando y reponiendo velas, colocando antorchas nuevas en la fachada, perfumes en los pebeteros, las cocinas estaban a pleno rendimiento y los músicos ensayaban ya con sus instrumentos: de eso último daban fe algunos suaves acordes que traspasaban la puerta y la cortina que aislaban a Pérez del bullicio exterior, entre los que reconoció una canzoneta de Cesare Negri, a quien llamaban *il Trombone* —qué curioso, recordó: había sido maestro de danza de don Juan de Austria mientras estuvo en Italia, años atrás— y que despejó en parte los oscuros nubarrones que le invadían en ese mediodía.

Ni siquiera había comido; desde esa mañana tenía cerrado el estómago a cualquier alimento. Mucho se jugaba en la partida que tenía empezada, y sabía que Vázquez sin duda había comenzado a sospechar; y con él quizá el propio rey, del que nunca se podía estar seguro. Una bandeja sin tocar descansaba sobre la mesa contigua, los platos ya fríos, mientras escuchaba distraídamente lo que le decía su interlocutor, el secretario Diego de Bustamante, que le había servido a él mismo en su propia casa hasta el año pasado, cuando lo había introducido en la del cardenal Simón de Aragón, viceprotector de España en la curia de Roma. Uno más de los muchos peones que tenía colocados en los lugares más inverosímiles, y que le permitían mantenerse bien informado acerca de lo que sucedía en toda Europa.

—Hace algunos días escuché, don Antonio, en la casa del cardenal que el secretario Vázquez tenía cada día más la confianza del rey nuestro señor. Se afirmó eso allí, y con mucha consistencia, por parte de algunos señores de la corte que habían ido a visitarle.

—¿Eso decían? —respondió Pérez—. ¿Y qué más? Seguid, Diego. Como supondréis, me interesa mucho.

—También se oyó que vuestra señoría no estaba en los mejores términos con don Felipe. Que desde la cuestión de Escobedo, su privanza estaba en entredicho. Se habló también de la princesa...

—Ah, la princesa. Parece, Diego, que estemos condenados a que siempre salga en las conversaciones. ¿Qué se dijo de ella?

—Se dijo, don Antonio, que ella y vuestra señoría tenían mucho que ver en aquel asunto de la muerte del secretario del señor don Juan. Que el rey lo sabía, y que haría justicia más pronto que tarde, según creían.

—Ah, según creían. Bueno, tal vez se equivoquen —Pérez suspiró, y posó su mano diestra sobre el brazo de Bustamante—. Bien hecho, Diego. Muy bien hecho, como siempre. Tomad: quiero ahora que dejéis esta carta en la casa del embajador de Portugal. A la persona habitual; ella la hará llegar a quien ya sabe. Hay un asunto que debe acelerarse. Sabía ya que no tenía mucho tiempo, pero presiento que cada vez me queda menos.

—¿Menos, mi señor? —dijo el antiguo criado de Antonio Pérez—. ¿Está intranquilo?

—Sería un necio si no lo estuviera, Diego, y creo no haberlo sido nunca. En fin, saldré de esta. No sería la primera vez que haya temido perder el favor de nuestro señor el rey. Pero siempre es bueno tener un seguro, ¿no creéis, amigo mío? De ahí que me importa mucho que esa carta llegue a donde debe. Y para ello fío de vos, y mucho. Salid sin dilación, y llevadla hoy mismo; ahora dejadme, pues he de trabajar hasta que lleguen mis invitados —Pérez se levantó de su asiento y se dirigió hacia la colmada librería que se apoyaba sobre una de las paredes—. Ah, y decidle a Staes, el flamenco, que está esperando fuera, que pase a la cámara. He de darle un par de cartas que también me urge que salgan hoy. Recordad esto, amigo mío: que vuestra mano izquierda no sepa lo que hace la derecha. Si seguís este consejo, viviréis largo tiempo.

Sevilla

Pese a que el conde de Barajas había desecado la hoy ya desaparecida laguna de la Feria, la nueva Alameda había mantenido y acrecentado su antiguo carácter de paseo; más aún, se había convertido en el lugar de moda tanto para los sevillanos como para los forasteros. Ahí podía uno dejarse ver, encontrarse a conocidos y a amigos, pasear o cabalgar —eso sí, al paso si el número de gente obligaba a ello—, refrescarse con el agua de las fuentes o buscar la sombra de los álamos. La tarde era ya algo menos fría que los días pasados, aunque aún quedaban retazos de aire gélido que a veces llegaban desde el río, y un sol ya decayendo y aún pálido, como era natural al final del día, apenas proyectaba las sombras de los árboles sobre el suelo arenoso. Eso había animado a algunos paseantes a salir a la calle, y varios vendedores ambulantes, animados por la perspectiva de tratar de hacer algún negocio, habían venido también al paseo de la Alameda. Toda la ciudad, o casi, concurría a ella, sobre todo en domingo; pero también en un día cualquiera eran posibles los encuentros, esperados o no.

Fue precisamente un encuentro inesperado el que en esa tarde tuvo Medina, que había salido un rato a hacer andar un caballo nuevo que había comprado recientemente; no convenía que la bestia se aflojara. Mediado ya el paseo, que le había servido para probar cómo iba tomando el bocado y aceptando las riendas, casi se dio de bruces con un rostro que no veía desde hacía mucho tiempo, y tanto él mismo como su interlocutor detuvieron sus brutos para cumplimentarse.

—Medina, me alegra ver a vuestra merced.

—Y a mí también me alegra verle, don Fernando. ¿No estaba en la corte? Desde luego, no le hacía en Sevilla. ¿Se ha acercado ya por el cabildo?

Don Fernando Manuel, pues era él quien se había encontrado con Medina, respondió con amabilidad:

—No, no lo he hecho. Pero sin duda lo haré en estos días. He venido a realizar algunos arreglos en mi casa, y a disponer a los operarios que han de ocuparse de ellos. Como supondrá, desde que partí a la corte la tengo cerrada; solo quedan en ella un par de servidores que la mantienen en lo necesario. Pero al no haber avisado a tiempo de mi regreso, mi mayordomo no ha contratado a nadie para completar mi servicio. Así que estoy —y sonrió, algo incómodo— un tanto desatendido, por desgracia. Pero eso será solo cosa de unos días.

—Pues en ese caso, don Fernando, le ruego que acepte mi invitación a venir a cenar. Como sabe, vivo en la calle de los Levíes, en la casa que está frontera a la de los Almansa. ¿Qué tal mañana por la noche, una vez se haya ocultado el sol? Como recordará, le debo mi vida: no creo que una cena me suponga un pago muy gravoso por haberla conservado conmigo, gracias al socorro que vuestra merced me hizo hace algunos años.

—No quisiera obligarle, Medina. En absoluto.

—No es obligación alguna; mañana vendrá a cenar algún amigo más con nosotros. Espero que acepte, y le aseguro que se encontrará muy a gusto en nuestra compañía —Manuel contuvo a su caballo, que, nervioso, quiso ponerse a andar; un breve tirón de riendas le disuadió de hacerlo. Se sentó con todo su peso en la montura, lo que desconcertó al animal, y respondió a Medina.

—Por supuesto puede contar conmigo. Muy agradecido quedo por su amable invitación. Creo que en mi bodega quedan algunas buenas y viejas botellas y no quiero bebérmelas solo, así es que se las enviaré mañana por la mañana. Allí nos veremos entonces, ya anochecido —Manuel se destocó brevemente la gorra, saludando a su colega veinticuatro, y siguió su camino. «Curioso encuentro —pensó—. Curioso, desde luego. En fin, precisamente ahora... es muy extraño: no nos hemos visto en años, y ahora nos encontramos de nuevo. ¿Será un signo?». Volvió la mirada hacia atrás: Medina seguía detenido en el lugar donde se habían encontrado, sentado sobre su caballo, que mordisqueaba distraídamente un despeluchado seto. También le miraba con atención, y destocó de nuevo su gorra antes de emprender, esta vez a un trote corto que permitía el escaso número de gentes que había en el paseo, el camino de regreso hasta su casa.

San Lorenzo el Real

El rey Felipe, ya entrada la primera noche y sin haber aún cenado, terminaba de leer —forzando los ojos azulgrises cada vez más, lo que como solía le desazonó: ¿qué haría si algún día perdiera la vista? — unos papeles que le habían llegado de Pérez, de Vázquez y de Zayas, que quería dejar leídos antes de comer algo y de acostarse. La larga jornada le había agotado, y aunque San Lorenzo le sentaba bien a la salud —el buen aire del sitio, y la tranquilidad que se respiraba en el palacio cuando los obreros y albañiles ya se habían retirado de las obras y de los andamios, que se hallaban por todas partes, le complacían en extremo—, ese día había sido particularmente agotador. Salvo la primera misa que había oído, como acostumbraba, temprano, no había podido zafarse de las tareas del gobierno ni un instante: audiencias y súplicas, reuniones con secretarios y consejeros, papeles... sobre todo papeles, que en ese día le habían sepultado. Correos y más correos, peticiones, decisiones.

Por eso el pequeño alboroto que escuchó tras las magníficas puertas de su cámara, regalo de su primo el emperador Maximiliano en 1572 y que habían trazado marqueteros alemanes, le alegró en grado sumo: sabía lo que ese jubiloso ruido traía consigo.

Tocó la campanilla que tenía al lado para permitir que los criados abrieran la puerta, y entraron en la habitación, acompañadas por su aya y camarera mayor, doña Juana de Padilla, sus hijas Isabel, que ya contaba con trece años, y Catalina, con uno menos, a quienes seguía renqueando Magdalena Ruiz, la loca portuguesa que había estado al servicio de su ya difunta hermana Juana, con un monito sobre el hombro, aferrado al collar de corales que la sabandija traía al ya arrugado y apergaminado cuello: dos niñas huérfanas, y el único recuerdo que a don Felipe quedaba de su prematuramente desaparecida madre, Isabel de Valois:

—Padre, padre —dijeron las niñas a coro, sin impresionarles en absoluto estar en presencia del mayor monarca del mundo conocido—. Dadnos un beso de buenas noches. Vamos ya a dormir.

—¿Ya? Un poco tarde, me parece a mí —el rey las miró con mirada burlona, en la que se veía todo el amor que tenía a esas dos hijas que eran una fuente constante de alegría—. Doña Juana, no sé si debo amonestarla por hacer que estas niñas se retiren a horas tan tardías —dijo, bromeando—. Quizá hubiera de nombrar a Magdalena como su nueva camarera mayor.

Las carcajadas de las infantas, claras, musicales, tocaron el corazón del rey su padre. Doña Juana se sonreía, y Magdalena Ruiz se acercaba al monarca con esa soltura que poseen los locos, y que, en el caso de la truhana que acompañaba a sol y a sombra a las infantas, haciéndolas reír constantemente con sus seguidos disparates, se combinaban con una calculada desvergüenza, ya que Magdalena no tenía nada de tonta:

—Dice bien su majestad, mi rey y señor mío, que esta su Magdalena está a la disposición de lo que me quiera mandar, mi sol. Si yo acabo haciendo su trabajo, así doña Juana tendrá más tiempo libre para sus amores, que los tiene descuidados.

—¿Sus amores? —dijo, divertido y curioso el rey, mientras un nuevo coro de risas infantiles estallaba en la cámara—. ¿No serán más bien los tuyos, Magdalena? Aunque ya te veo vieja y cascada para esas cosas —la loca bufó y se encabritó, rezongando, lo que provocó la algazara general del rey, de sus hijas y de la camarera—. Creo que tendremos que conformarnos con una saya nueva, ¿no te parece? Estamos muy satisfechos de la labor de la camarera mayor, así es que por ahora conservará su puesto. Doña Juana, haga lo preciso para que le corten una, y que sea rica. Recuérdemelo cuando Barajas se haga cargo de su nuevo cargo. Ahora, hijas, acercaos y besad a vuestro padre —las dos infantas hicieron lo que el rey decía, e Isabel, la mayor de ambas, le miró con unos ojos serios, que eran un calco de los suyos propios.

—Padre, deberíais descansar. Ya es tarde y ni siquiera habéis cenado. Vuestra cena está dispuesta en el cuarto de al lado, y ya estará fría seguramente. ¡Y mañana nos habíais prometido que saldríamos en coche a tirar algunas perdices con la ballesta!

—Cierto es, hija. Os prometo que lo cumpliré. Pero para hacerlo, antes debo terminar esto que estoy haciendo, y así podré cenar y acostarme. Así es que ahora debéis marcharos a la cama, y os aseguro que en un rato estaré yo en la mía. Creo que vuestra madre[5] ya se ha retirado, y yo lo haré pronto, nada más cene un bocado. Doña Juana, puede llevárselas. Magdalena, no olvides recordarme lo de la saya prometida para cuando llegue el nuevo mayordomo. Yo haré que te la mande cortar.

El alegre grupo salió del cuarto con un sonido susurrante de telas ricas y de costosas arracadas, y el rey volvió al trabajo: estaba rendido, verdaderamente. Pero antes de marcharse a cenar, quiso echar un vistazo a una nota de Zayas sobre las cosas que estaban

5 Así se refería, en sus cartas a sus hijas (véase su edición por Bouza Álvarez), el rey a su cuarta esposa, Ana de Austria.

ocurriendo en Londres. La corte de Isabel estaba inquieta, y no era la reina inglesa persona en quien su antiguo cuñado confiara. «Ah, Isabel —pensó el monarca—. Quizá hubiera sido todo más sencillo si no hubiera contenido a vuestra hermana, cuando quiso hacer lo que se había propuesto. Bien caro lo estoy pagando».

Leyó atentamente los renglones del secretario, y quedó pensativo: las piezas iban encajando como había comenzado a suponer, aunque mucho más rápidamente de lo que en su momento había previsto. Dejando a un lado la nota, olvidada ya definitivamente la cena, el rey comenzó a escribir una larga carta dirigida a don Bernardino de Mendoza. Además, mientras escribía, le anunciaron una visita muy urgente a la que hubo de mandar pasar de inmediato a su gabinete. Desde luego, el trabajo nunca terminaba.

NUEVE

Miércoles, 22 de abril de 1579

Londres

El secretario Walsingham no estaba en absoluto satisfecho. Aún ni siquiera había amanecido, y acababa de dejar a un lado la carta que unos días atrás le había remitido don Antonio de Avís desde Lisboa. Una nube ensombreció su frente —un atisbo apenas esbozado que avisaba de una imperdonable pérdida de control, que reprimió de inmediato— y se levantó de la silla, deambulando por la amplia sala en donde ya algunos de sus hombres trabajaban, a la luz de los candiles cebados con grasa, desde hacía más de una hora: no había que descansar en la defensa del reino de sus muchos enemigos.

Avís... un hombre impulsivo; valiente, sin duda. También impaciente. Tanto como malvada era toda esa camada de Enrique de Valois y de Catalina de Médicis. Era una curiosa combinación la de Pérez, la de Avís y la de Anjou. Curiosa, sí, y peligrosa. Podría deshacer el calculado equilibrio que el secretario inglés estaba tratando de lograr para asegurar la tranquilidad de la reina. Walsingham se acercó con la carta a la mesa en donde trabajaban sus hechuras Francis Mylles y Thomas Phelippes, dejándola sobre las resmas de papeles, códigos, cifras y otras herramientas de criptografía de las que ambos se servían a diario para su silencioso trabajo.

—Denme su opinión, señores. ¿Qué piensan de esta carta? Recuerden también la que nos llegó el otro día de Madrid, la copia de Pérez de la carta de Anjou.

Phelippes y Mylles acercaron la carta al candil más próximo, leyéndola con atención. El secretario volvió a hablar:

—Bien, díganme. Espero su opinión. ¿Qué dice, Mylles?

—Señoría, por lo que Phelippes y yo hemos leído, don Antonio le comunica que va a disponer dos naves con el fin de recoger un envío de Pérez en la costa española, para después trasladarlo a Portugal. Se trata de plata de las Indias, que luego se venderá en Lisboa y se cambiará por especias. Estas se llevarán a Holanda, donde se convertirán en dinero contante. Ese dinero servirá para financiar un ejército con el que el duque de Anjou pueda hacerse con el trono de los Países Bajos.

—En resumen es eso, señoría —dijo Phelippes—. Si recordamos el contenido del último envío de Pérez, todo tiene relación entre sí: el secretario español está ayudando al francés en lo que desea, que es lograr una posición de mayor fuerza, para tener así más posibilidades de obtener la mano de nuestra reina, Dios la bendiga. Debo decir que esto no me tranquiliza en absoluto.

Walsingham miró con ojos atentos y fríos, con sus ojos saltones que sobresalían de las dos grandes bolsas de sus párpados, a la pareja que llevaba años colaborando con él en la defensa callada, oculta, disimulada de un pequeño reino que, desde la Reforma, se encontraba hostigado por todos lados, con enemigos tanto dentro como fuera. Dentro y fuera… no cesaba de pensar en María de Escocia, custodiada y presa, pero con un gran número de leales que podrían tomar partido por ella. En la hostilidad de Felipe de España, en la enemistad del papa. En Anjou, ordenando la matanza de los hugonotes franceses. En París en el verano de 1572, cuando estuvo a punto de perder la vida. La seguridad descansaba en un cuidadoso, prudente y precavido equilibrio que no podía romperse: si se rompiera, todo se acabaría.

—La pregunta es, señores, sencilla: ¿esto nos conviene? ¿Nos interesa un duque de Anjou poderoso? Recuerden lo que hasta ahora ha hecho: es totalmente hostil a la religión reformada, y lo ha demostrado con creces. Actualmente es, además, el heredero al trono de Francia y lo seguirá siendo, porque con los gustos y las apetencias del actual monarca —un atisbo de lo que parecía ser una sonrisa asomó en su rostro—, rodeado día y noche por esos delicados *mignons* suyos, no parece que vaya a haber, ni que se espere, un heredero salido de los lomos de Enrique III. ¿Qué me dicen?

—Lo importante ahora, señor —terció Mylles— es saber si realmente lo que se proponen hacer Anjou, Pérez y Avís tiene visos de salir adelante. ¿El rey de España no sabe nada de todo esto?

—Me extrañaría que no lo supiera, Mylles. El rey de España tiene una buena red de informantes, y es posible que algo haya podido llegar a sus oídos. Hoy en día, todo palacio es un colador: y los oídos, y las lenguas, se mueven en sus pasillos sin cesar. Los espías pululan por todas partes, como bien sabemos. No me cabe duda de que Felipe se terminará enterando. Y hay que tener cuidado; mucho, mucho cuidado con él. Hasta ahora le hemos pinchado y molestado, pero no nos ha percibido aún como una amenaza a eliminar. Además, está también la cuestión de Portugal.

—Portugal... —intervino Phelippes—. Si el rey se hiciera con ese reino, sería aún más poderoso de lo mucho que ya es.

—Por eso he procurado tener al prior de Crato de nuestro lado, y apoyarle en todo lo que puedo. En una guerra por el trono, él sería nuestro candidato. Le aconsejo y le paso una pensión —magra, como todas las que salen de manos de la reina, pero suficiente—, y procuro que me mantenga informado de lo que pasa. Él sabe que en un futuro va a depender de nosotros, y estoy convencido de que no hará nada que pueda molestarnos o estorbarnos. Escriba, Mylles: una carta dirigida a don Antonio. Creo que ahora es el momento de darle instrucciones; no queremos que tome decisiones equivocadas de las que después se pueda arrepentir, ¿verdad, señores?

Vázquez hizo pasar a su visitante, que había llegado anoche, muy tarde, a uña de caballo desde Madrid. La hora era aún muy temprana, y el secretario no esperaba a la visita que se encontraba ante su puerta. Sabía que había sido recibido por el rey nada más hubo descabalgado en San Lorenzo -era su obligación saberlo-, y estaba sorprendido, y mucho, por tener a ese hombre visiblemente cansado delante de su mesa. Con una seña, le invitó a sentarse: sin duda lo necesitaba.

—Debo decir a vuestra merced que estoy asombrado por tenerle aquí. Posiblemente era lo último que podía esperarme.

El hombre jugueteó unos segundos con su gorra y se pasó la mano por la descuidada barba sin arreglar: no había tenido tiempo de asearse desde que anoche llegó al Escorial y se entrevistó inesperadamente con el rey, y apenas había dormido en un cuarto acomodado a toda prisa en una de las alas de los criados. Su aliento ácido, que llegaba a tenues vaharadas hasta la nariz de Vázquez, indicaba que llevaba ya muchas horas sin tomar bocado.

—Espere —dijo el clérigo—. Vuestra merced debe tener hambre —tocó una campanilla, y ordenó al criado que abrió la puerta que subiera una bandeja con algo de comer para su invitado—. Ahora, dígame: no puedo ocultarle, como le digo, mi sorpresa al verle, y sobre todo verle aquí. Esta mañana me ha llegado un billete de su majestad en el que me urgía que le recibiera. Debe ser muy importante lo que ha de decirme. Le escucho.

—Señor Mateo… —el hombre luchó contra la sequedad que le embotaba la boca y sorbió un trago de agua de una copa que Vázquez le llenó—. El rey habló con vuestra merced el otro día, y le hizo saber una noticia sobre el secretario Pérez que sin duda le sorprendió, ¿no es cierto? Bien, yo fui el que le proporcionó esa noticia y otras antes de ella. El rey ha querido resguardarme, protegerme; incluso de vuestra merced, para que pudiera hacer con seguridad mi labor. Pero anoche hablé con él de nuevo, y ha entendido claramente que las cosas se han desbordado, y que era preciso tenerle ya informado de todo lo que él y yo sabemos. Por eso estoy aquí; para contárselo —el hombre sacó una carta cuyo sello había sido cuidadosamente despegado de su faltriquera, y se la entregó a Vázquez en la mano—. Tome, léala. Y después habrá de devolvérmela. He de entregarla hoy en su destino; si no, podría despertar sospechas y no quiero que eso ocurra. Una vez la lea, le contaré en profundidad todo lo que está pasando.

Mateo Vázquez tomó la misiva y se dispuso a leerla: una nueva sorpresa seguía a otra. ¿Qué otras cosas nuevas le depararía el día? Desde luego, nunca hubiera pensado que habría de comenzar de ese modo. Abriendo la carta con cuidado, dejó de mirar a Diego de Bustamante, el antiguo secretario de Antonio Pérez, que le observaba inquieto. Entonces comenzó la lectura de la carta que Pérez dirigía al prior de Crato.

Londres

Pedro de Zubiaur trataba de hallar algo de calor junto a la ya casi apagada chimenea que tiraba a ratos e irregularmente. A su lado, don Bernardino de Mendoza acababa de darle una serie de instrucciones para reunirse con el agente doble que habría de informarles de lo que estaba sucediendo, arrojando alguna luz sobre lo que —al menos, hasta ahora— estaba muy a oscuras. Zubiaur conocía bien dónde se metía: llevaba años viviendo en Londres, conocía las gentes y el idioma, y ya había estado preso por los ingleses mientras servía al duque de Alba, cuando sus bienes fueron embargados por orden de la reina, dejándole en la ruina. El año pasado había tratado de recuperar también, comisionado por la Casa de la Contratación, algunos bienes españoles robados por Drake, ese maldito pirata, ante la corte inglesa; pero sin resultado alguno. Evidentemente, esas experiencias habían hecho del marino vizcaíno un completo incrédulo acerca de las buenas intenciones que pudiera tener Isabel Tudor para con España.

El embajador insistió. No le gustaban a Mendoza los sobresaltos, y sabía que Walsingham sin duda estaba preparando algo. Volvió a dirigirse al vizcaíno, con un tono adecuadamente apremiante:

—Bien, Zubiaur. No olvide lo que le digo: la librería del Ángel, junto a Cross Yard, cerca de la iglesia de San Pablo, a la espalda de Paternoster Row. Allí ha de pedir al librero el mejor ejemplar que tenga del segundo volumen de las *Crónicas* de Holinshed. El mejor, insista en eso. Diga que lo quiere ya con las hojas cortadas, que no lo quiere intonso. El librero sabrá entonces que viene de mi parte. Se lo entregará y vuestra merced lo hojeará. Mientras lo hace dejará esta pequeña nota dentro, que harán llegar a la persona con la que debemos hablar. Es un hombre muy cercano a Walsingham, y sabe bien las cosas que pasan por la mente del secretario. Él podrá aclararnos qué es lo que ocurre.

—¿Sospecha algo, señoría? —Zubiaur miró al embajador de España con unos desvaídos ojos claros que habían contemplado mucho mar y no pocas tempestades—. ¿Los ingleses están haciendo de las suyas de nuevo?

—¿De nuevo, Zubiaur? Nunca han dejado de hacer de las suyas, como vuestra merced bien sabe. Es nuestra obligación, y nuestra principal tarea, saber en qué empeños se encuentran ahora metidos. Por eso quiero que se reúna con ese hombre. En la nota están escritos el día, la hora y el sitio: será en Knightrider Street, cerca de San Pablo y detrás de Carter Lane, en la taberna Boar's Head, la Cabeza del Jabalí, mañana a las seis de la tarde. Debe vestir discretamente, que no se advierta que es extranjero. Se sentará en la tercera mesa de la derecha, según se entra; a esa hora estará reservada para ambos. Quien se siente en ella, será su contacto: le dirá la frase convenida que le he indicado antes. ¿Recuerda qué es lo que ha de decirle?

—Sí, lo recuerdo. Que queremos saber la disposición de la reina y de su gobierno sobre dar ayuda al duque de Anjou en su pretensión acerca de Flandes.

—Efectivamente, Zubiaur. Y que le concrete. Que le concrete todo lo que pueda. Necesitamos saber, y así poder anticiparnos a los movimientos que puedan hacer nuestros enemigos. ¿Lleva la nota? Guárdela bien. En el pecho, no en la escarcela: así evitará que puedan robársela. Ah, y en cuanto sepa algo de todo esto, venga a contármelo; no importa la hora. Le aseguro que mis oídos están abiertos siempre, y hasta bien tarde. Váyase ahora; la librería ya estará abierta sin duda. Que vaya todo bien. Espero sus noticias.

El vizcaíno salió tras saludar a Mendoza, y este permaneció un rato aún junto a la chimenea, tratando infructuosamente de calentarse algo, mientras sacudía los brazos y las piernas para conseguir algo de calor.

—Maldito país... todo es frío en él, todo. Todo, hasta las chimeneas.

Sevilla

La casa de la calle de la Estrella estaba, como durante la tarde en la que habían tenido su primera reunión, tranquila y silenciosa: traspasar su puerta era acceder a un lugar en donde no entraban los ruidos de afuera, y en donde la privacidad —algo que buscaban con lógico interés Medina, Pacheco, Escalante y Gamarra— estaba asegurada. El criado de Vázquez —Medina se dio cuenta de que ni siquiera conocían su nombre— era una sombra difusa, que aparecía o desaparecía según fuera necesaria su presencia. Esa tarde, como habían acordado, los cuatro volvían a encontrarse para poner en común las novedades que sobre el caso hubieran conseguido averiguar el contador y el maestre.

La puerta de la biblioteca de Vázquez estaba cerrada, ya que el frío no acababa de remitir. Dos braseros de latón reluciente quemaban un carbón de cisco que, más que calentar, abigarraba y enrarecía el aire de la estancia con un humo que casi podía cortarse con un cuchillo. Pacheco, sofocado, se levantó del asiento y abrió una hoja de la puerta:

—Vuestras mercedes me disculparán si tienen frío, pero si no abro para que se renueve algo este aire, vamos a morir asfixiados —dijo, mientras sacaba la cabeza hacía el patio y respiraba con toda la fuerza de sus pulmones.

—Hacéis bien, Pacheco —dijo Medina, mientras se arrebujaba en sus ropas, buscando en ellas algo de calor—. Si tenemos más frío, para eso están las capas, las gorras y los guantes. Además, el brasero nos adormecería; y debemos estar bien despiertos.

—Bien. Hablemos de lo que hemos encontrado —el contador Gamarra sacó tres o cuatro papeles del cartapacio de cuero que llevaba—. Como saben, la flota de Nueva España ha venido mandada por don Bartolomé de Villavicencio y don Alonso Manrique. Pero esto último no nos interesa gran cosa: lo que queremos saber es qué barcos podrían ser los que han cargado la mercancía sin consignar que el secretario nos ha pedido que averigüemos, y en ese caso hemos de limitarnos a los que han hecho el viaje hasta España desde la Habana. Aunque, como bien saben, buena parte de las naos que han venido volverán de regreso a las Indias: bien a Veracruz, a Honduras, a Puerto Rico, a Cuba o a La Española.

—Efectivamente, Gamarra —dijo Medina. Eso es bien sabido.

—Bueno —el contador floreció ante la vista de sus tres espectadores, animado por el trabajo burocrático que para él se había convertido ya, con los años, en una verdadera pasión—. Bueno, bueno. Aquí tengo la lista de las naos que han venido en la flota. Una buena parte de ellas están aún amarradas en Sevilla; pero otras, tras descargar en el puerto, partieron para Sanlúcar con el fin de que el Arenal estuviera menos atestado. Esperarán allí a la partida. Hay cuatro que están siendo calafateadas en Triana: venían comidas de broma[6]. Creo que en unos días acabarán con ellas, aunque hay otras dos que se encuentran tan dañadas que seguramente no se podrán utilizar para la vuelta. Las he señalado

6 Gusano que en las travesías transatlánticas devoraba la madera.

en estas páginas. Maestre, aquí tiene el listado: léalo con tranquilidad, y una vez lo haya hecho díganos lo que vea.

Escalante tomó las hojas, las apoyó en la mesa y acercó un candil: la luz ya estaba decayendo, y la ayuda de la cálida llama, aunque alumbrara poco más que lo preciso, era muy de agradecer.

—Bien —carraspeó—. Entiendo que el listado está completo; y si es el caso, desde luego, contador, ha sido vuestra merced muy minucioso. En la lista por lo que veo figuran los barcos, sus maestres y su tonelaje, tanto de vacío como de cargado. Esto último es muy importante. Mucho. Por eso les ruego que me dejen leer un rato: es posible que cuando haya terminado con la lista tenga alguna idea que pudiera sernos útil. Ah, Gamarra, páseme esa mina de grafito, ¿quiere? Quiero señalar lo que pueda ser de interés, si no le importa que le emborrone las páginas, claro —Escalante se concentró en el listado de los buques, y de vez en cuando escribía, tachaba o anotaba en las páginas que, con una cuidada caligrafía, el contador había expuesto el completo listado de la flota, mientras el resto le miraba con atención.

Al cabo de un rato, dejó el grafito a un lado y llamó a sus compañeros:

—Señores, ya he terminado. Les ruego que se acerquen, por favor. Como verán, he recorrido la lista hasta el final. En la gran mayoría de los buques no he visto problemas. Para que me entiendan he mirado dos cosas, algo que ya supondrá el contador: quiénes son los maestres —como les dije, algunos de ellos son conocidamente deshonestos— y la concordancia entre el tonelaje del barco y el peso de su carga. Me han llamado la atención cuatro de ellos. El primero es la *Magdalena*, con su maestre Manuel de Maya; el segundo la *San Juan*, de Alonso Gómez; la *San Martín*, de Alonso de Chaves, y por último la *Candelaria*, de Gabriel de Herrera. A ver, Maya, Gómez y Herrera ya han tenido problemas en otras ocasiones; incluso han llegado a ser citados por los jueces de la Casa de la Contratación. A Maya hasta se le prohibió armar para Indias durante dos años, y pagó en su día una fuerte multa. En sus barcos aprecio unos desfases casi idénticos en el tonelaje natural de las naos descargadas, lo que me llama mucho la atención. Su peso, como digo, es sorprendentemente mayor de lo que debería ser una vez libre de la carga, incluso contando con el necesario lastre. No es el caso de Alonso de Chaves: ahí, aunque sí hay alguna llamativa diferencia, no tengo duda sobre la integridad del capitán. Es un hombre valeroso, honesto y un buen comandante. Pero no sabemos si quizá su tripulación o sus segundos han podido actuar a sus espaldas.

—¿Cree que eso ha podido suceder? —dijo Medina—. En cualquier caso, tendríamos que tratar de reconocer esos barcos de algún modo.

—No lo sé —respondió Escalante—. La verdad es que no lo sé. Conozco bien a Alonso de Chaves, y podría sondearle. Imagino que ese desfase en el peso debe tener alguna explicación que ahora mismo no entiendo, pero puedo hablar con él. Me fío de Chaves, señores. Es un hombre íntegro. Pero no pondría la mano en el fuego por ninguno de los otros tres, y por Maya menos todavía.

—¿Y los cuatro barcos están en Sevilla, maestre? —intervino Pacheco—. ¿Qué podríamos hacer para averiguar lo que deseamos saber? Tendríamos que reconocerlos, claro; pero no podremos hacerlo oficialmente, ni podemos contar apenas con el apoyo del asistente. El propio Barajas nos dejó meridianamente claro el otro día que su intervención en este asunto nunca podría ser explícita.

—No, beneficiado —dijo Gamarra—. No están todos. La nao *San Martín* sí, la están reparando en Triana porque venía muy tomada por la broma; pero podrá emprender el camino de vuelta a Nueva España en poco tiempo. Las otras tres esperan en Sanlúcar a que la flota salga de Sevilla. Una vez llegue, las cargarán y saldrán con el resto hacia Canarias. Es una coincidencia que no deja de llamarme la atención: ninguno de estos tres barcos se ha quedado en Sevilla. Es sabido que en Sanlúcar es mucho más fácil poder esconder las cargas de los inspectores fiscales.

—¿Y cuándo saldrá la flota? —preguntó Medina—. Los barcos ya deben estar para salir.

—Tiene razón, Medina —respondió Escalante—. Por lo que sé, en diez o doce días se espera que parta. Se está aguardando a poner a punto aquellas naos que estaban en peor estado, como le ha dicho el contador, y una vez vuelvan a estar a flote con garantías podremos salir. Como saben, yo mandaré mi barco, la *Trinidad*, porque debo volver a Veracruz, donde me aguardan. Como aún tenemos tiempo, haré por hablar mañana mismo con Chaves, a ver qué puedo sacarle. Gamarra, ¿qué haremos con las otras tres naos?

—Bien; como dijimos en su momento, creo que deberíamos procurar asegurarnos de que son las que buscamos. Habría que buscar un mercader, uno que sea conocido y no inspire desconfianza a los maestres, para que hable con ellos y les proponga que carguen mercancías no registradas. No es necesario que sean grandes cantidades. Incluso, para redondear el engaño, el beneficiado y el veinticuatro podrían colaborar en esto, diciendo que quieren enviar a Indias fuera de registro cualquier cosa. Herramientas, joyas o algunas telas servirían. Eso le daría una mayor credibilidad a la propuesta. Hay que ir a Sanlúcar, claro; y una vez allí encontrar a los capitanes y hablar con ellos. Si están de acuerdo entre sí, tendrán incluso un portavoz, alguien que lleve la voz cantante. ¿Quién cree vuestra merced que podría ser, maestre?

—Bueno, Herrera y Gómez no son muy de fiar. Pero en comparación con Maya, son santos mártires. Creo que, como ya les he dicho, es con él con quien habríamos de tener cuenta.

—Entonces, señores —recapituló Medina—, las cosas están claras: Escalante, vuestra merced hará por hablar con Chaves, para descartarlo o no; tendríamos que localizar a un mercader de confianza con quien pudiéramos contar para que nos ayude en este asunto, y Pacheco y yo haremos por dar con alguna mercancía que podamos usar en el engaño. ¿Cuándo deberíamos partir para Sanlúcar, Gamarra?

—En tres o cuatro días, veinticuatro. No más. Yo les acompañaré por supuesto, aunque procuraré no dejarme ver con vuestras mercedes; los maestres me conocen, y no quiero que alberguen sospechas. Encontraré algún barco que salga del puerto hasta la barra. Imagino que en estos días debe salir para allá algún navío de aviso, y embarcaremos en él. Les tendré al corriente. ¿Les parece que volvamos a vernos aquí en dos días? ¿El viernes?

—Bien —respondió Escalante—. De acuerdo. Creo que en cuanto al mercader conozco al hombre adecuado: se llama Andrés Canel, y aunque es joven ya ha hecho la travesía varias veces; sabe cómo es el asunto. Somos cofrades los dos en la misma hermandad, y es hombre de confianza y de recursos. Pondría la mano en el fuego por él. Así es que pierdan cuidado: antes del viernes habré hablado con Canel y con Chaves, y podré decirles lo que haya averiguado. Les ruego que confíen en mí.

—Maestre —dijo Pacheco—. No tenga duda alguna de que eso es lo que haremos. En fin: parece, señores, que nuestra búsqueda ya se va afinando. Espero que no nos equivoquemos, porque no tendremos otra oportunidad. El tiempo corre, y no a nuestro favor. Medina, vámonos; tenemos que decidir qué mercancías deberíamos enviar en la flota, ¿no os parece? Y creo que acabo de tener una buena idea sobre eso. Os gustaba leer, ¿verdad?

Saint Michel de Launoy, en Lauragais, cerca de Castelnaudary

La reina Catalina descendió de la mula. El reuma y el frío le causaban dolor, pero se sobreponía. También echaba de menos a su hijo, el rey. Su Enrique, su predilecto desde niño.

«Nunca ha estado tan lejos de mí. Ni siquiera durante el tiempo en el que reinó en Polonia —pensó—. Nunca perdonaré a estos protestantes, a estos cuervos nocturnos, por haberme obligado a emprender este viaje. Nunca».

La reina se había visto obligada a viajar al sur tras la firma del tratado de Bergerac, para asegurarse de que los hugonotes no volverían a formar una facción contra Enrique III. Había salido de París a fines del verano de 1578, acompañada de un pequeño séquito, para templar los ánimos, halagar, convencer, adular y sobornar. La peste, los malos caminos, los bandidos, la hosca y aviesa hostilidad de los lugareños le acompañaron durante su viaje; hubo lugares en donde se le denegó cualquier hospitalidad, ya que los recuerdos de la ahora lejana Noche de San Bartolomé aún estaban muy presentes. Pero ella no se arredró: no, ella nunca se arredraba.

Ella era una superviviente, como bien había demostrado a lo largo de sus sesenta años de edad. Y había que hacerlo por Enrique, por su hijo querido, su hijo más amado; porque él nunca hubiera podido hacerlo tal y como ella lo estaba consiguiendo; sin aspavientos y sin flaquezas. Miró a su derecha: la duquesa de Uzès llamaba su atención para indicarle que su cámara estaba dispuesta. Hoy finalmente dormirían bajo techado, si es que techado podía llamarse a las pocas vigas y a las escasas tejas que mantenían la ficción de un precario resguardo en la antigua abadía saqueada y quemada por los protestantes en unas tierras, las del Lauragais, que eran suyas, suyas propias, por su herencia materna. En fin... no había otra cosa, y Catalina nunca había sido una remilgada. Nunca. Por eso también había sobrevivido.

La reina se arropó en una capa: los muros derribados y destartalados de la abadía dejaban pasar un frío glacial, y ya era de noche. Un laudista tocaba una pieza que daba alguna calidez a la estancia vacía y helada —¿quizá era de Sermisy?, ¿o de Certon? No lo sabía con certeza—. Había cartas que leer: y en particular una de Fourquevaux, su embajador ante quien había sido su yerno, el rey Felipe. Posiblemente en ella respondería a una pregunta que la reina le había formulado algunas semanas atrás, y era una respuesta que esperaba con preocupación, incluso quizá con cierta ansiedad. ¿En qué andaba metido su hijo Francisco? Sus espías le habían insinuado que el duque estaba acometiendo últimamente algunas iniciativas preocupantes. Bastante humillante había sido cómo, años atrás, en 1578, el tan cacareado ejército de liberación del duque, con el que había marchado a Mons, se había disuelto sin cobrar la paga y tras forzar, violentar y saquear a aquellos a quienes —al menos en teoría— Francisco de Alençon iba a salvar y a socorrer.

Francisco… una preocupación constante; una decepción permanente. Y según parecía, no había aprendido de sus muchos errores: seguía engañando y traicionando. Enrique, el rey, temía que las maniobras de su hermano, ahora duque de Anjou, más independiente que hacía diez años y con más poder, pudieran despertar a Felipe de España; pues Francia no resistiría una invasión extranjera tras las terribles guerras de religión. La estabilidad, la tranquilidad del reino pendían de un hilo, y en Francisco no se podía confiar; bien lo sabía ella misma, que era su madre.

Tomó asiento, y en primer lugar abrió la carta del embajador: lo demás —peticiones, ruegos, delaciones...— podría esperar. Y comenzó a leer. Minutos después, dejó la carta a un lado, cuidadosamente; y levantó la vista con el rostro nublado. La cosa era peor de lo que esperaba, y ella no estaba en París para ponerle remedio. Habría que pensar mucho qué paso dar ahora; pero no tenía tiempo. No, no tenía tiempo. En un par de días llegaría a Castelnaudary: allí había correos, correos rápidos que podrían llevar cartas con urgencia. Tenía que considerar lo que habría de escribir, y a quién, aunque de esas cartas que pensaba enviar no habría de quedar registro alguno. Pero tendría que hacerlo, tendría que escribirlas antes de que los acontecimientos que preveía que podían ocurrir, y mucho antes de lo que se temía, les desbordaran.

Sevilla

Gila de Ojeda se afanaba ante el espejo: esa noche recibían invitados en la casa, y había que estar a tono con lo que era, en realidad, un acontecimiento. Fernando de Medina no era muy dado a publicar que la hija de Juan de Mal Lara compartía con él muros y lecho; pero de todos era sabido, y bien conocido, que tras la muerte de su esposa y con el tiempo, una nueva señora se había acomodado en la casa. Los hijos mayores no habían puesto ningún impedimento a una situación de hecho que todos aceptaban;

y sus hijas pequeñas habían pasado a vivir al claustro aún niñas, estando ya alguna de ellas para profesar en el convento donde él tenía previsto descansar para la eternidad, el de Madre de Dios. Nadie podía reprocharle nada.

No obstante, a Fernando de Medina no le gustaba alardear de una situación que, en realidad, le había sobrepasado: por eso apenas recibían en la vivienda. Pero esta noche, según le había insistido, iban a recibir a varios buenos amigos para cenar; y tenía especial interés en presentarle a uno de ellos, al que —según le dijo— le debía la vida. Ella no le conocía, pero agradecía a ese hombre que hubiera salvado a Medina, y con ello le hubiera permitido hallar una felicidad, una tranquilidad que se renovaba cada día. Su hombre y sus hijos: no necesitaba más. Ni siquiera un matrimonio que sabía que nunca habría de tener lugar, ya que Medina no quería ahogar con un nuevo enlace el recuerdo de quien había sido su esposa.

Se había depilado un poco la frente, retirando de sus lados algunos enojosos cabellos que la empequeñecían. Se había perfumado con un costoso ámbar que nunca antes había podido permitirse, y el cabello, a la moda, se lo habían peinado como una torre rizada. Un rojo de mercurio coloreaba sus labios, y una leve capa de blanco de plomo su cara y su cuello, oculto por una costosa gola. El traje era negro, pero rico: los vivos eran de un color rojo oscuro. Llevaba las cejas depiladas, y los ojos perfilados. El rostro que le devolvía el cristal del pulido espejo veneciano, un pequeño, lujoso y poco usual objeto que era uno de sus bienes más preciados, no era el suyo; no lo reconocía como propio. Pero él había insistido: quería que estuviera más hermosa que nunca. Se miró las manos: largas, delgadas, blancas, pulidas.

«Bueno, ya está bien —se dijo—. Bajemos ya, no deben esperarme por más tiempo».

Entonces salió de la cámara y bajó la escalera. Ya se oía desde la galería de arriba el ruido de las conversaciones: sin duda, varios de los invitados habían llegado. Descendió los últimos peldaños; Fernando, en uno de los grupos, estaba hablando, sonriente y relajado, con Pacheco y con otro hombre a quien la rotunda arquitectura de la espalda del clérigo tapaba en su mayor parte.

Pero el beneficiado, escuchándola llegar, se volvió con una gran sonrisa para darle la bienvenida; y entonces permitió que Gila viera quién era el hombre que hablaba con Pacheco y con Medina. En ese momento, tratando de disimular la conmoción que para ella supuso ver ante sí a don Fernando Manuel, el hombre que años atrás la había gozado y hecho suya —un calor inesperado le invadió el rostro y el pecho en ese mismo instante—, y la había abandonado con tanto dolor y con tanta vergüenza, Gila de Ojeda avanzó, siguiendo sin quererlo la inercia que hasta allí le llevaba a encontrarse, muchos años después, con aquel a quien nunca, nunca en su vida, hubiera querido volver a ver de nuevo.

DIEZ

Jueves, 23 de abril de 1579

Sevilla

El maestre Escalante había citado a Andrés Canel en la capilla de su cofradía, en el claustro de la Merced. La mañana estaba nublada de nuevo, y la humedad del cercano río se condensaba sobre los azulejos que decoraban el claustro, sobre los que reverberaban algunas gotas de agua. Frailes dedicados a diversas ocupaciones deambulaban de un lado para otro, y para no dar que hablar decidió resguardarse en la capilla, que por fin ya estaba limpia y recogida tras las últimas obras.

El Nazareno velaba desde su altar: la talla, de hechura completa, le mostraba abrazando la cruz. Las preocupaciones no le permitieron rezar; sin pretender siquiera hacerlo, se sentó en un banquillo sin respaldo que estaba apoyado a la pared, y esperó dejando que el olor a pintura fresca y al jabón blanco con el que se habían restregado a conciencia los suelos de barro le invadiera. La ampliación, desde luego, había sido una mejora: los algo más de cuarenta hermanos que formaban por entonces la hermandad tenían ya un lugar suficiente donde realizar sus cultos y donde reunirse con comodidad.

En ese momento, a través de la reja abierta, vio a Canel que llegaba apresurado y se levantó para recibirlo:

—Buenos días, Canel.

—Buenos días, maestre Escalante. Lamento el retraso. Hemos tenido algunos problemas esta mañana con una carga que no estaba completa y no he podido venir hasta resolverlo. En fin, aquí estoy: vuestra merced dirá lo que necesita de mí.

—Si le parece —el maestre se levantó— demos un paseo por el claustro. El asunto del que le voy a hablar requiere la mayor reserva. ¿Me sigue, Canel? —el mercader le miró extrañado, pero se arropó con su capa y echó a andar al lado de Escalante por la galería abierta.

—Verá, amigo mío. Hemos recibido una noticia que viene desde arriba… —Escalante carraspeó— de hecho, desde muy arriba. Es un asunto que hay que tratar con gran delicadeza. Vuestra merced no ignora que el contrabando en la flota es un asunto habitual, ¿verdad?

—Efectivamente, maestre. Nadie lo ignora: cada año la Casa de la Contratación incauta mercancías sin registrar. Las multas por esa causa son el pan nuestro de cada día, como bien conoce.

—Bien. Hemos sabido que existe un cargamento, un cargamento muy importante aunque no conocemos exactamente su volumen exacto; un cargamento de plata.

—¿Plata, Escalante? ¿Sin registrar?

—Sin registrar, sí.

—Pero… ¿de qué cantidad estamos hablando, maestre? Porque sí, es habitual y sabido que se trafica con plata, y que además se hace con mucha frecuencia. Pero suelen ser algunas barras, poca cosa. Aunque según me dice vuestra merced, hablamos de mucho más, ¿no? ¿De cuánto más?

—No lo sé, Canel, pero sin duda no serán unas pocas barras. La carga debe ser tan grande que ha llamado la atención del asistente. No solo del asistente, sino también del secretario Mateo Vázquez. Tal vez incluso del propio rey nuestro señor.

Canel se detuvo. Escalante podía ver la duda en su rostro, que acababa de ensombrecerse. El mercader continuó:

—Entonces debo entender, maestre, que alguien le ha pedido que intervenga. Y entiendo que, si me lo está contando, es porque espera que yo le ayude de algún modo. Si es así, por supuesto puede contar conmigo. Pero necesito saber más sobre este asunto, para conocer en dónde me estoy metiendo.

—Verá, amigo mío: no estoy solo en esto. Hay otras tres personas más que están tratando conmigo de solucionar este caso. Seguramente conocerá a alguno de ellos: uno es Gamarra, el contador. Los otros dos son el beneficiado Pacheco y el veinticuatro Medina.

—Sí, a Gamarra sí, por supuesto. Le conozco. ¿Y quién no conoce a Pacheco? A Medina no le logro poner la cara.

—Bueno, se la pondrá, Canel. Se la pondrá, porque si como me dice quiere ayudarnos le conocerá muy pronto. Le explico: creemos que hemos logrado localizar algunos buques en los que ese cargamento ha podido embarcarse. Uno podría estar aquí, en Sevilla: esta misma mañana pienso ir a reconocerlo. El resto no; los tres restantes están en Sanlúcar.

—¿En Sanlúcar? Tiene sentido, ¿no le parece, Escalante? Allí es más fácil evadir las inspecciones.

—Sí, sí lo tiene. Además, uno de los barcos es de Manuel de Maya.

—¿De Maya? No me diga más. ¿Qué es lo que debo hacer?

—Es sencillo. Verá, en unos días tomaremos un navío de aviso para Sanlúcar, y allí buscaremos a Maya y a los otros dos maestres. Vuestra merced, el beneficiado y el veinticuatro les propondrán que embarquen de contrabando algunas mercancías sin consignar. Imagino que aceptarán sin dudarlo; seguramente la comisión que querrán llevarse no será pequeña. Eso les permitirá acceder a los barcos. Ni Gamarra ni yo podremos intervenir, porque entonces levantaríamos sospechas y es lo último que queremos hacer. Quiero que busque, Canel: que busque. Que se entere de si la carga sigue a bordo, o si ya la han descargado. Como bien sabe, siempre hay lenguas fáciles entre las tripulaciones: algún marinero, algún grumete. Habrá que untarles, claro; pero dinero hay para eso. La carga es grande; muy grande, como le digo. Descargarla no debe haber sido cosa fácil si es que ya lo han hecho; y seguramente alguien habrá visto algo. Si no, debemos impedir que lo hagan. Esa es nuestra misión.

—Bien. Sí, lo entiendo y veré qué mercancías podría proveer. Algo encontraré, descuide. Tengo aún reservas en mis almacenes. Pero no comprendo por qué, sabiendo lo que sabemos, no ha intervenido en esto todavía la Casa de la Contratación.

—Porque no puede, Canel; porque no puede hacerlo. Parece ser que el asunto es grave, muy grave y muy grande, como ve. No se le quiere dar publicidad: si quien no debiera saber esto lo conociera, los pájaros volarían de inmediato. Se les quiere cazar: a todos, sin faltar uno. En fin... —Escalante se detuvo al lado de la salida— Cuento por tanto con vuestra merced, ¿verdad?

—Por supuesto, maestre.

—Entonces dese por convocado a una reunión que tendremos todos mañana por la tarde. Yo le recogeré en su casa, espéreme allí después del almuerzo. ¿Vivía por el Salvador, no? ¿En qué calle?

—En la de la Ballestilla, maestre. Entre Acetres y Dados. Reconocerá enseguida la casa: tiene una puerta grande, un almacén, en el bajo. La puerta está pintada de un azul muy oscuro. Es la única de la calle pintada así. Hay una polea sobre ella, que uso para cargar y descargar las mercancías de mayor peso.

—Bueno, con lo que me dice sin duda la encontraré, amigo mío. Ahora me marcho: le agradezco su ayuda. Mucho. Y eso lo haré saber donde corresponda. ¿Viene afuera conmigo? He de ir hacia el río; tengo que cruzar el puente de barcas a Triana.

—No, Escalante. Si no le molesta, me quedaré aún un rato. Voy a la capilla. Creo que ahora, además de actuar, hay que rogar porque todo salga bien; y eso es lo que pretendo hacer. Porque verá, por lo que me ha contado creo que va a hacernos mucha falta.

****

Escalante salió del convento de la Merced buscando la calle de Cantarranas, y desde allí la calle Ancha de San Pablo y la puerta de Triana. El bullicio le hacía caminar con más lentitud de lo que hubiera querido: los carros, los mercachifles, los pícaros, las tapadas calzadas con altos chapines para evitar el contacto con el barro y con las basuras del suelo, los valentones, los campesinos que traían sus productos de las huertas; todos ellos confluían en la destartalada senda que llevaba, superando el fango del Arenal por un escueto puentecillo de arcos bajos, del que salían varias rampas que permitían acceder directamente a la playa donde amarraban los barcos, a la collación que era guarda de Sevilla. El día seguía frío: ese año el invierno se estaba alargando excepcionalmente. Un aire punzante y helado le obligó a abrigarse con la capa. Llevaba puestas unas botas altas, si bien recosidas por los años —el maestre no era alguien que tirara cualquier cosa que aún pudiera serle útil— lo que le facilitaba caminar sin importarle demasiado pisar los muchos charcos que alfombraban el precario suelo. El cielo estaba, ya a esa hora, despejado: un sol que aun brillando apenas calentaba iluminó ante sus ojos la banda frontera de Triana, mientras las aves realizaban múltiples piruetas en el cielo, gritando ajenas al trasiego de las calles.

El maestre pasó el portazgo que daba entrada al puente de barcas: hoy la corriente, que venía más rápida, provocaba que los botes que lo sostenían —diecisiete, amarrados estrechamente uno junto al otro—, se movieran más de lo habitual. La tablazón, gastada y rota por algunas partes, dejaba ver algunos claros en la madera: «no quisiera caer ahí abajo —pensó Escalante—. Si cayera hoy al agua, con el frío y la corriente, seguramente no lo contaría».

Paró un momento y se agarró a una de las gruesas maromas que delimitaban la escueta frontera entre la tierra y el agua. Tuvo que pegarse de repente a la frágil e inestable barandilla, porque un carruaje de mulas, conducido por un cochero y un postillón, casi se le echó encima. En unos larguísimos segundos, el carro pasó: y Escalante pudo atisbar, sentadas dentro del coche, a una dama joven y a una dueña, mayor y adusta, que la acompañaba. Los tablones del puente crepitaron por el esfuerzo de sostener su peso.

Algo más sereno, miró hacia su izquierda: el Arenal, lleno de casucas que casi cubrían las murallas a las que se adosaban, y cuyas orillas estaban colmadas —desde la torre del Oro al puente y al puerto del Barranco— de los barcos de la flota, hervía de gentes. Entre las casas y las puertas y postigos de la ciudad y el propio río, una verdadera tela de araña de pasaderas de madera permitía poder transportar —en carros, a brazo o a esportilla— las mercancías que habían de llevarse a las naos o que se sacaban de ellas. Las lonas y tiendas que protegían los envíos de la intemperie salpicaban, aquí y allá, las húmedas arenas del puerto. El mercadillo ante los arrabales de la Carretería y la Cestería estaba en plena ebullición, rodeado de muladares que apestaban el ambiente. Veía las atarazanas, con su puerta coronada por el águila imperial, y la aduana. A lo lejos, la torre de la Plata con la barbacana, ya en buena parte edificada, que la comunicaba con la del Oro. Entre el puente y la torre del Oro el compás de las naos, lleno de buques grandes y pequeños. Las barcas recorrían las orillas del río en un movimiento continuado.

Mirando ahora a ambos lados, con cuidado de no meter un pie donde no debía, continuó su camino. Enfrente tenía el arrabal, dominado a su derecha por las torres cuadradas del castillo de San Jorge. El propio puente hacía un quiebro a la izquierda sobre el río para evitar la proximidad del final de la pasarela con el macizo edificio, la temida sede del Santo Oficio.

A lo lejos vio los cerros de San Juan, cubiertos de olivos; y la salvaje y desastrada banda de Triana, desordenada e indomesticable: las alfarerías, las jabonerías, los quemaderos de basura, la fábrica de pólvora, el muelle de las Mulas, el puerto de Camaroneros. Los conventos, y la torre de la iglesia de Santa Ana, corazón del barrio. A la izquierda, algunas quintas esparcidas en el talud antes de llegar al cenobio de Nuestra Señora de los Remedios. Bajo ellas, varios pequeños astilleros dejaban a la vista las panzas de los navíos, brillantes y ennegrecidas gracias a la pez nueva, como grandes escarabajos que se tostaban al sol. Andando ahora más deprisa, se dirigió hacia ellos: allí precisamente había quedado en verse con el maestre Chaves.

****

Tres gaviotas impertinentes, que despedazaban algunas basuras con sus acerados picos, le miraban con fijeza aferradas a una madera requemada. El aire olía húmedo y sorprendentemente salado. El astillero estaba en plena ebullición, y en la orilla, tumbada sobre uno de sus costados, estaba la *San Martín*. La labor que estaban haciendo en la nao no era pequeña: el alto timón estaba desmontado, y unos herreros trabajaban en ese momento con él. La fragua lanzaba al aire vaharadas de fuego. Los carpinteros, con sus afiladas herramientas, despegaban con leznas y esfuerzo, ayudándose a martillazos, la broma pegada a la obra viva tras la navegación. Algunos tablones se habían desmontado y se veían las tripas de la nave. El lastre, piedras de canto de muy diversos tamaños, se acumulaba, haciendo una elevada pirámide, en una de las esquinas de la pequeña atarazana. También los mástiles habían sido retirados, pese a que estaban en muy buen estado: de hecho la madera —el maestre no pudo evitar tocarla— era inverosímilmente pesada y dura. Las velas, nuevas, estaban dobladas ordenadamente en un cobertizo; y los cordajes y las jarcias enrollados y a salvo. En ese astillero, sin duda, se trabajaba bien. Y Escalante de Mendoza tomó nota para el futuro: nunca se sabía lo que podía ocurrir.

A unos metros del casco y hablando efusivamente entre sí —se veía que ambos se conocían y se apreciaban—, dos hombres comentaban el trabajo que se estaba realizando en el barco: el primero, macizo y de una talla escasamente mayor que la media, era sin duda el carpintero jefe; el otro era Alonso de Chaves.

Alonso de Chaves Galindo ya llevaba años embarcado en las flotas de Indias: de eso daban fe su tez tostada, casi coriácea, arrugada y seca por la sal del océano y su mirada larga y oscura, hecha a ver a lo lejos al enemigo. Había comenzado su carrera naval en 1557, luchando contra piratas franceses en el Caribe como simple soldado; en esa ocasión conoció al almirante Juan de Ojeda, que acabaría siendo su suegro. Dos años después ya era sargento mayor en la isla Trinidad, donde luchó contra el tirano Aguirre y sus marañones, y en 1561 había ascendido a capitán de infantería. Llevaba algún tiempo haciendo la carrera como armador y maestre de nao: había llevado a Indias su primer barco en 1573, actuando como segundo en el mando de la flota de Tierra Firme, sustituyendo repentinamente al almirante Narváez, que había caído enfermo. Será en 1584 cuando sea nombrado almirante de pleno derecho de esa misma flota, pero eso está aún lejos de suceder en esta mañana de 1579 en la que ambos hombres se acaban de encontrar en la orilla del río. Chaves, reconociendo a Escalante —con quien ya había compartido no pocas travesías— se despidió del carpintero y se acercó al maestre, con el paso cimbreante propio de aquellos que estaban hechos a moverse con frecuencia por cubiertas bamboleantes e inestables:

—¡Escalante! Sed bienvenido —la sonrisa que se abrió en la piel tostada del marino mostró unos dientes fuertes y blancos—. ¿Buscamos algún sitio para beber alguna cosa, y hablamos con tranquilidad? Como veis, la *San Martín* está aún en reparaciones, pero ya le queda poco. Hemos pasado una travesía difícil, amigo mío: los huracanes se han adelantado este año, y he estado a punto de naufragar mientras iba a reunirme con la flota. Mal asunto. Pero una vez terminen aquí con ella, quedará como nueva. Simón, el carpintero, y sus hombres son de toda confianza. En tres o cuatro días estará presta. ¡Simón! —llamó al hombre, que estaba dando instrucciones a sus operarios—. Mañana estaré por aquí de nuevo. Haga vuestra merced que el trabajo avance: el barco debe volver con el resto de la escuadra. Venid, venid, Escalante. Hay aquí cerca una bodega que nos servirá, y a esta hora estará aún tranquila.

El maestre acompañó a Chaves buscando el cercano convento de la Victoria, y cerca del puerto de Camaroneros dieron con un aireado y sorprendentemente limpio local, en donde se sentaron a una mesa. Una moza hermosa y espabilada puso sobre ella un pañizuelo limpio —un lujo que desde luego Escalante no se esperaba— y sobre él una jarra de un vino delgado y nuevo con dos vasos de barro. Sin duda, Chaves era cliente habitual: o eso parecía. Tras beber un largo trago —el vino estaba bueno y sorprendentemente fresco; posiblemente lo habían enfriado en el pozo antes de servirlo—, Escalante rompió el silencio: Chaves le miraba atentamente.

—Amigo Alonso, tengo que preguntaros algo y la verdad es que no sé cómo hacerlo.

—Pues haciéndolo. Juan, no tengáis reparo en preguntarme lo que fuere preciso.

—Como sabéis, Alonso, confío en vos. Son ya muchos años... —Escalante dejó suavemente el vaso en la mesa—. Y me ha surgido una cuestión en estos días que podríais ayudar a aclarar.

—Pues no tenéis más que decirme lo que os preocupa, y si en mi mano está no dudéis de que podremos resolverlo.

—Bien. Veréis, Alonso: se me ha encomendado realizar una averiguación. Una averiguación acerca de un cargamento. No, no es un cargamento registrado; si lo fuera, ya habría ido a la Casa de la Contratación y habría preguntado en ella todo lo que necesitara saber. No, no se trata de eso. Es un asunto que viene del rey y es importante. Pero antes tengo que preguntaros algo, y os ruego que seáis sincero conmigo: ¿habéis traído cargada alguna mercancía sin consignar? Gamarra, un contador de la Contratación que está conmigo en esto y yo mismo hemos visto un sorprendente desfase en el tonelaje y el peso de vuestra nao. Un peso mayor del declarado por las mercaderías que transportabais.

En ese momento Chaves rió: una risa clara y fuerte, que mostraba con llaneza a su interlocutor cómo el maestre no se había sentido en absoluto ofendido por la pregunta. Casi jadeando de la risa, Chaves bebió un trago de vino que por poco no se le fue por otro lado.

—Amigo Juan, por Dios, qué cosas tenéis. No niego que alguna vez haya embarcado algo, pero siempre eran cosas mías, pocas y de apenas valor: baratijas para mi mujer, para mi hija o para mi hermana Beatriz, sobre todo. No, no he embarcado nada, y menos nada especialmente pesado, como puedo entender con claridad por lo que veo que queréis decirme. Pero creo que puedo explicaros el porqué de ese peso de más.

—Pues creed que me alivia, Alonso. Y no sabéis cuánto. Decidme, ¿cuál es la causa de tal diferencia de peso?

—Pues es sencillo, amigo mío. ¿Recordáis que os he contado hace un rato cómo nos sorprendió un huracán cuando íbamos a unirnos a la flota?

—Sí, efectivamente. Me lo habéis dicho.

—Pues ese huracán me dejó sin mástiles. Todos ellos volaron por los aires. Me desarboló, y nos las vimos y nos las deseamos para poder llegar a la costa, aún a remolque. Teníamos prisa porque no podíamos perder el convoy, y en el primer astillero que encontré le colocaron unos palos nuevos. Pero como no había tiempo de hacerlos, usaron unos que tenían ya hechos. ¿Sabéis lo que es el quebracho, Juan?

—No, no lo sé. ¿Qué es?

—Pues es la madera más pesada y dura que he visto en todos los días de mi vida. Quebracho: quiebra hachas. Es tan pesada, que tuve que reducir la carga en el regreso; de no haberlo hecho, me hubiera hundido. En cuanto llegué al puerto y descargué, lo primero que hice fue traer la nao al astillero y desmontar de nuevo la arboladura. He vendido bien, muy bien, la madera: servirá para hacer unas buenas vigas o unos muebles que os aseguro que durarán para siempre. Se la llevarán en un par de días. Aquí me han labrado unos mástiles nuevos, de buen pino de Segura, que voy a estrenar a la vuelta. Esa, y no otra, es la causa de por qué mi barco pesaba más de lo que debía. Os aseguro que con los mástiles nuevos eso ya no ocurrirá.

—Pues os digo que me habéis quitado una buena preocupación de la cabeza. Sabía que había una explicación, y más siendo vos, Alonso; pero tenía que preguntároslo.

—Lo entiendo; y ahora bebamos. Este vino lo merece. Y comamos algo, también. ¡Moza! —Chaves llamó a la sirvienta—. Y no quiero que me contéis nada del asunto por el que habéis venido a verme. Nada. Una cosa, Juan, que he aprendido con esfuerzo en lo que llevo de vida es que es mejor ignorar aquello que no puede hacernos ningún bien. Con harto esfuerzo. Y no voy a cambiar ahora de opinión.

****

El contador Gamarra había llegado temprano esa mañana a la Casa de la Contratación: quería ver los expedientes de los cuatro buques que el día anterior habían decidido investigar. Llevando consigo la lista que ayer había emborronado —y mucho— Escalante, se metió en las entrañas del edificio buscando a Barahona, el escribano mayor, que podría ayudarle a localizarlos. Bajando escaleras y recorriendo largos pasillos entró finalmente en el recinto en donde el escribano, celosamente, cuidaba de los rimeros y rimeros de legajos y carpetas que tapizaban espesamente las paredes de la cámara en donde Barahona se encontraba: la casa llevaba funcionando desde 1503, y ya había dado tiempo suficiente para que se hubiera generado un gigantesco volumen de información administrativa. Asientos, acuerdos, capitulaciones, registros, listados de pasajeros, probanzas, pleitos, juicios de residencia, informes de oidores, presidentes de audiencias, corregidores, capitanes generales y virreyes se repartían entre anaqueles, mesas, arcas y tacas, en originales o copias de los documentos que se custodiaban en el archivo del Consejo de Indias. Dentro de ese ordenado y creciente maremágnum se encontraba, como una araña en el centro de su tela, el muy eficiente escribano mayor. Gamarra, que le conocía y le apreciaba, se acercó a la mesa con el fin de pedirle los documentos que deseaba revisar:

—Buenos días, Barahona. Me alegro de ver a vuestra merced. ¿Va bien el trabajo?

—Buenos días, Gamarra, igualmente. Bueno, el trabajo va como puede —Barahona adelantó el brazo derecho, abarcando toda la sala, donde los escribientes se afanaban, en el movimiento—, ya que como sabe aquí nunca se acaba. Cada día aparece algo nuevo, así que es inútil pensar en poder abarcarlo todo. Tenemos pocos medios, como bien sabe; necesito más personal, más material, más espacio... pero tengo que conformarme con lo que hay. Y lo que hay... en fin, ¿qué voy a decirle, Gamarra? Lo que hay parece muchas veces un castigo de Dios. Pero bueno, vuestra merced no ha venido aquí para oír mis quejas, ¿verdad? ¿Qué desea?

—Venía a pedirle unos expedientes que he de consultar. Se refieren a cuatro barcos de la flota. Hay algunas cuestiones relativas a la carga que querría comprobar.

—¿Sobre la carga? ¿Cree que hay alguna irregularidad, Gamarra?

—No, no lo creo. Imagino que debe ser un error a la hora de pasar los datos al papel; las diferencias son pequeñas y pueden explicarse, supongo. Pero de todas maneras querría cotejarlas con el listado que tengo, para quedarme totalmente tranquilo.

—Claro, cómo no. ¿Y de qué buques se trata?

—Son cuatro, como le digo: la *Magdalena*, la *San Juan*, la *San Martín* y la *Candelaria*. Tres están ya en Sanlúcar y la otra, la *San Martín*, en el astillero. Creo que la están reparando.

—¡Ah, sí! Claro, lo recuerdo. Precisamente el otro día me contaba el maestre Chaves que casi naufraga antes de incorporarse a la flota. Efectivamente la están reparando, pero en pocos días volverá a estar a flote: vuelve con el resto a Veracruz. Bien, aguarde un momento, Gamarra: si quiere, puede sentarse —Barahona le señaló una baqueteada silla frente a su escritorio— mientras me espera —El escribano se levantó, y al cabo de un rato volvió con las carpetas, que puso, con algunos aspavientos, sobre la mesa repleta.— Aquí están. He tardado algo en encontrar las carpetas, porque no estaban donde debían. Parece que no es vuestra merced el único que se interesa por estas naos, Gamarra.

—¿Qué quiere decir?

—Que por lo visto estos mismos expedientes los ha tenido hasta hace bien poco el contador Moreruela. Bueno, eso no es del todo cierto: Moreruela no pidió el de la *San Martín*, la nao de Chaves. Pero sí los de los barcos de Maya, de Herrera y de Gómez. Ninguno más. ¿Pasa algo? Porque que dos contadores se interesen por los mismos buques no puede ser una casualidad.

—No, no creo —Gamarra, sorprendido por lo que Barahona le había dicho, trató de disimular ante el escribano—. Imagino que Moreruela tendrá el mismo listado que tengo yo, y habrá apreciado las mismas incongruencias. De todas maneras me trae los cuatro, ¿no?

—Sí, claro. Los cuatro que ha pedido. ¿Cuándo me los devolverá?

—No se preocupe. Los tendrá antes del final de la mañana. Es poca cosa: como le digo, se trata de comprobar algunas cifras. Quédese tranquilo. En un rato los tendrá otra vez sobre su mesa.

Gamarra saludó y salió de nuevo al frío pasillo, iluminado por unas lámparas de aceite cuyas llamas oscilaban por la corriente de aire que helaba el corredor. Agarrando con fuerza las carpetas, el contador siguió su camino hacia su pequeño despacho, mientras pensaba a toda velocidad: ¿Moreruela? ¿Moreruela había consultado esos expedientes? Conocía bien, demasiado bien a su compañero, y esa noticia no le daba ninguna, pero que ninguna tranquilidad.

****

Pacheco y Medina habían acordado verse en la plaza de los Cantos, justamente al lado de la puerta catedralicia que ahora llamaban del Príncipe, pero que hasta hacía pocas fechas se nombraba como de la Antigua o —por mal nombre— también como la de las letrinas. El beneficiado tenía que pasar por el patio de los Naranjos, ya que quería revisar el estado en el que se encontraban los féretros que custodiaban los cuerpos reales: era más que probable que hubiera que hacerlos nuevos, ya que las antiguas y seguramente podridas maderas se habrían echado a perder, y tendría que encargar otros que los sustituyeran. Los dos pesquisidores, que llevaban a gala ser muy puntuales, llegaron casi al mismo tiempo al lugar de la cita.

—Buen día, Pacheco. Os agradezco que me hayáis llamado para acompañaros hoy. ¿Cómo marchan los preparativos del traslado de los reyes a la capilla nueva?

—Bien, bien, Medina. El otro día estuve con Jerónimo Hernández, el maestro escultor, como sabéis. Las cosas van avanzando. Los diseños están planteados y los textos listos, y ya se está diseñando, entre el cabildo y el concejo, el protocolo y el orden de la procesión. En ella participarán todas las religiones[7] y también las cofradías.

—¿Todas ellas? ¿Con todos sus hermanos?

—La intención es que sí, que participen todos.

—Pues haceos a la idea de que será bien larga, ¿no os parece?

—No me cabe duda. Las cofradías, de las cuatro o cinco que eran en los primeros treinta años del siglo, han ido creciendo cada día más. Cualquier día habrá que ponerles coto... como sabéis, no se llevan nada bien entre ellas: los pleitos son constantes. Y ahora, a las de penitencia se han añadido otras que en su origen eran hospitalarias, pero que para aumentar o mantener su número de hermanos han decidido también convertirse en cofradías de sangre y de luz.

—Bien lo sé, querido amigo: como sin duda conocéis, yo pertenezco a una de ellas, la de la Vera Cruz.

—Sí, lo sabía, Medina. Sin duda la más devota de todas, además de la más rica. Y una de las más antiguas. Ah, y en otro orden

7 Se refiere a todas las congregaciones religiosas.

de cosas, ¿ha decidido qué mercancías vamos a enviar a Indias? —Pacheco se sonrió, divertido—. Estamos hechos unos defraudadores fiscales de los que la hacienda del rey nuestro señor habrá de cuidarse, sin duda.

—Sí, Pacheco: libros. Serán libros. Podríamos enviarlos ambos, si os parece bien. Y pasar por socios. La verdad es que estuve pensando sobre lo que me dijisteis el otro día, al salir de la casa de Vázquez, y creo con vos que es la mejor idea dentro de las que barajamos. Es creíble, porque en Indias se venden bien. He hablado con Pescioni, el librero de la calle de Génova; soy un buen cliente suyo, o al menos eso creo. También con Alonso de la Barrera y con Francisco de Aguilar, a quienes conozco. Han acordado prestarme algunos libros que aquí ya no se venden, o que tienen defectos en la impresión y por tanto no son de ningún valor. Darán como para llenar un cajón grande, que es lo que podremos presentar ante los maestres que seguramente han defraudado al fisco.

—Bien, muy bien, Medina. Serán libros, entonces. ¿Los tenéis ya?

—No, aún no. Los recibiré entre hoy y mañana. Habré de pagar el transporte y el embalaje, pero supongo que recuperaré ese dinero. Habrá que hablar con Vivaldo.

—Sí, creo que irá a verle Gamarra para pedirle que haga efectivo el crédito que con él tenemos, porque habrá que vivir de algo mientras estemos aguardando en Sanlúcar a resolver este asunto. Y ya nos dijo Vázquez que usáramos de esos fondos. En fin... bueno, entremos. Vayamos primero al patio, donde se encuentran ahora los restos reales y la Virgen de los Reyes. Ahí revisaremos los féretros y veremos el mejor modo de transportarlos, porque recorrerán en procesión buena parte de la ciudad: llegaremos hasta la calle de la Sierpe, y de allí por la de la Cuna, el Salvador y luego, tras pasar por la calle de los Francos y la de los Placentines volveremos a entrar en la catedral. Una vez entremos, se colocarán en los nuevos lugares que tienen dispuestos para su acomodo definitivo en la Capilla Real. ¿Me seguís, Medina?

Medina le siguió, y ambos entraron en la gran seo, iluminada en su interior tan solo por las grandes vidrieras que se habían colocado hacía ya dos decenas de años. En ese momento ya habían terminado las misas de la mañana, y los altares estaban apagados: la cera no era barata, y había que contener el gasto todo lo posible. Bastante se había disparado el presupuesto con las obras interminables de la nueva Capilla Real, de la sacristía mayor o de la sala capitular. Dejando a la derecha la inmensa capilla mayor, con su enorme e inacabable retablo y su reja maciza, y a la izquierda el coro, salieron al patio de la iglesia mayor, que ya comenzaban a llamar corral o huerto de los Naranjos, aunque no solo eran naranjos los árboles plantados en la tierra húmeda, surcada por pequeños canales excavados, que formaba el pavimento del antiguo patio de acceso a la mezquita almohade: palmeras, cipreses, cidros y limoneros se distribuían también a lo largo y ancho del recinto catedralicio. Medina y Pacheco giraron hacia la derecha, donde reinaba indiscutida la gran torre cuyo color rojo original iba poco a poco perdiendo su intenso tono, que ahora estaba, debido a la continuada intemperie, descolorido; dejaron a la izquierda el Sagrario viejo, cuya fachada casi tapaban los cada vez más estropeados —algunos estaban borrosos y hechos jirones— y desvaídos sambenitos que exhibían públicamente los nombres de los herejes y de los judaizantes juzgados por el Santo Oficio desde que fuera fundado en 1480.

El patio estaba atestado de gente: huidos de la justicia, pícaros y ganapanes se apoyaban en las tapias, tomando el sol para ahuyentar el frío, traído por un viento suave pero gélido que cimbreaba las copas de los árboles. Algunos canónigos conversaban lejos de la puerta del Perdón, alejados del tumulto. Hasta sus oídos llegaron los ásperos gritos y las voces procedentes de las gradas, fuera de las grandes puertas de bronce labrado que estaban escoltadas por las grandes estatuas de San Pedro y San Pablo: se estaba celebrando en ese momento, seguramente, una subasta de esclavos.

Andando a buen paso los pesquisidores llegaron a la librería catedralicia, en donde se hallaban los restos de los reyes e infantes ubicados en una provisionalidad que venía durando desde 1543, cuando se trasladaron allí desde la nave del Lagarto, donde se habían colocado más de un siglo atrás. Pacheco abrió cuidadosamente la puerta entornada del recinto mudéjar usado como capilla, empujándola con el hombro: la puerta chirrió, y les dio paso a una nave larga, estrecha y en regulares condiciones, iluminada escuetamente por algunas saeteras altas y por un par de grandes lámparas de aceite colgadas del techo de madera pintado —y en buena parte vencido y descascarillado—, cerca del altar. Al fondo podía verse la imagen sedente y estática de la Virgen de los Reyes, aquella que entrara en la ciudad con el rey Fernando un día de noviembre de 1248, ubicada bajo un antiguo y ya oscurecido dosel de plata; ante ella tres efigies funerarias sedentes, revestidas con ropajes reales. Eran viejas, muy viejas: podía advertirse claramente esa antigüedad en las hieráticas trazas góticas de la madera pintada y recubierta por ricas telas ya ajadas. El primero, el rey Fernando, entronizado al igual que las otras dos imágenes, sostenía entre las manos una espada desenvainada; le acompañaban las efigies de la reina Beatriz y de su hijo el Rey Sabio, Alfonso, que sostenía los atributos del poder del monarca, un cetro y un orbe. Un triple dosel, ya descolgado por los años, protegía las tres estatuas.

El ambiente era espeso y cargado: un par de pebeteros quemaban un incienso que trataba de tapar el acusado olor a humedad, a antigüedad; quizás a decadencia. Una figura se acercó hacia ellos tras arrodillarse y santiguarse ante el altar: don Antón Sánchez de Molina, presidente del colegio de capellanes reales, saludó a los dos visitantes con cierta afectación, mientras se limpiaba la nariz con un arrugado pañuelo: en la capilla hacía un frío helador.

—Señor beneficiado, veinticuatro Medina, sean bienvenidos. Pacheco, supongo que viene a comprobar lo que hablamos el otro día, tras el capítulo.

—Sí, don Antón. Efectivamente. Hay que ver el estado en el que se encuentran los féretros, para disponer con tiempo suficiente los nuevos en los que se colocarían los cuerpos antes de trasladarlos a la nueva capilla, si eso fuera preciso.

—Bien... no se ha dado mucha prisa el cabildo en todo esto, como vuestra paternidad bien sabe; pero al fin parece que nuestras repetidas peticiones van a ser atendidas. Si no hubiera sido por la insistencia del rey, seguramente seguiríamos largos años más en este lugar provisional. Un lugar que en absoluto es decente para cobijar lo que guarda, señores. En realidad, este debería ser el corazón de esta ciudad. Bueno, acompáñenme —Molina se acercó al altar—. Como verán, hay una tarima elevada donde están colocados los simulacros de los reyes, y aún más arriba está el dosel que cobija a la Santísima Virgen. Junto a la tarima se encuentran las sepulturas. Sabiendo que venían, he dado orden de que retiren las tapas y las losas que las cierran: los féretros cerrados han quedado a la vista. Pero les advierto que la humedad, que es mucha, no ha dejado de hacer de las suyas en tanto tiempo como los cuerpos llevan aquí, esperando su traslado. Creo, Pacheco, que habrá que hacer nuevos féretros. Para todos los cuerpos.

—Hum... sí, tiene razón, Molina —Pacheco se asomó a uno de los sepulcros, un gran rectángulo de piedra esculpida y policromada con apliques dorados, que descansaba sobre una pareja de leones recostados—. El féretro del rey Alfonso está muy deteriorado: algunas de sus esquinas se están deshaciendo, y la tela con la que se forraron las maderas está hecha jirones. Mire, Medina: fíjese. ¿Es hermosa, verdad? Vea la repetición de los castillos y los leones; están pintados con gran maestría. Pero sí, don Antón, es cierto que todo esto hay que cambiarlo. ¿Sabe vuestra paternidad cuándo se reconocerán los cuerpos, antes de trasladarlos?

—La tarde anterior. Se hará el sábado trece de junio, Pacheco. La procesión será el domingo catorce. Los féretros nuevos deberían estar aquí el diez o el once, por si hubiera que subsanar algún error. Para que nos dé tiempo. Tome vuestra paternidad: he mandado que en este papel tomen nota de las medidas. Supongo que con esto será suficiente.

—Sí, lo será. Los demás preparativos también avanzan como deben. Le enviaré a los carpinteros y a los tapiceros mañana mismo. Como le contaba hace un rato a Medina, el maestro Jerónimo Hernández está trazando el túmulo que irá tras el coro, y sé que el deán, el arzobispo y el asistente han tratado del ceremonial que habrá de seguirse.

—Pues ya sabe vuestra merced más que yo. Como conoce, nuestra relación con el cabildo catedralicio no es la mejor, aunque para qué voy a hablarle de eso; bien sabe que no es fácil tener una relación cordial con tal jauría. El deán, Revenga, procura esquivarme y me evita siempre que puede, pero le guste o no tendrá que contar conmigo; bueno, con nosotros, con los capellanes reales. Tenemos nuestros derechos y también nuestros privilegios, como vuestra paternidad bien sabe. No lo recuerdo ahora: ¿fue en 1570, o en 1571, cuando tomó posesión de su capellanía?

—En 1571, don Antón —respondió Pacheco.

—Bien. Ya sé que vuestra paternidad conoce la capilla nueva: pero no sé si vuestra merced, veinticuatro, ha llegado a entrar en ella. ¿Lo ha hecho?

—No, don Antón. No lo he hecho, pese a que las obras terminaron ya hace largo tiempo. No he tenido ocasión. Pero dicen quienes la han visto que es una maravilla.

—Lo es, lo es, puedo asegurárselo. Pero creo que sería mejor que la viera. Ahora tengo un rato libre, y podría acompañarlos si lo tienen a bien.

—Estaría muy honrado —respondió Medina—. Verdaderamente estoy deseando ver esa capilla que me han descrito como prodigiosa.

—Bien, pues síganme —Molina abrió la marcha, seguido por Pacheco y por Medina, saliendo de nuevo al corral. Pasaron bajo los vestigios de una antigua embajada del sultán de Egipto al rey Alfonso X: el gran cocodrilo de madera, el *lagarto*, les miraba desde arriba sonriendo con todos sus afilados dientes, y Medina no pudo evitar —sabía que era una superstición absurda, pero qué iba a hacerle— hacer un explícito signo con la mano izquierda para evitar el mal de ojo. Entraron de nuevo en la gran fábrica de la enorme seo, dirigiéndose derechamente hacia la nueva capilla, cuya reja, de madera y aún provisional, estaba cerrada. Una cortina tapaba la entrada, para preservar en todo lo posible la privacidad del recinto sacro que se estrenaría por fin unos pocos meses más tarde, muchos años después del comienzo de las obras. El capellán trasteó con el manojo de llaves que llevaba encima, y con un crujido desplazó la reja para que pudieran entrar solamente ellos tres. Una vez entró, Medina quedó absolutamente estupefacto: la grandiosa obra superaba, de lejos, todas sus expectativas. Sin duda, había merecido la pena esperar. Mirando a todos lados, asombrado por la maravilla que tenía ante sus ojos, no pudo pronunciar ni una sola palabra.

****

El veinticuatro aún no había regresado a su casa —seguramente estaría comiendo con Pacheco en alguna de las hosterías de la calle de Bayona, pensó Gila de Ojeda— y esta última dejó, en una mesita de madera sostenida por unos tirantes de hierro forjado que la mantenían en pie, la breve carta que acababa de recibir. Una carta que firmaba el hombre que había conseguido olvidar con gran empeño años atrás y finalmente con éxito: don Fernando Manuel, con quien vivió un amor explosivo y pasional, truncado después abruptamente, en la primavera de 1570. Y el otro día, como un espectro ominoso, había aparecido en su casa. Gila había superado más mal que bien la sorpresa, y después el desconcierto y la incomodidad de tener delante a ese hombre que la conocía tanto; de tener que hablar con él como si nunca hubiera ocurrido nada entre ambos. Recordaba incluso cómo le agradeció que hubiera salvado la vida de Medina. Pero la noche fue, al menos para ella, todo un fracaso. Pudo sobreponerse, y nadie, ni siquiera Fernando, notó nada. Nada extraño. Hoy había recibido una carta suya; una carta en la que, según le decía, le alegraba no poco volver a verla. Pero en ella también le pedía prudencia:

> *Creo, mi señora, que a ninguno de los dos conviene ni interesa que el veinticuatro sepa cuánto nos conocemos vos y yo. Así es que os propongo que, de coincidir de nuevo, lo que en realidad no sería extraño, nos hagamos ambos ajenos uno al otro. Eso evitará que descuidadamente podamos cometer algún error. Y no creo, mi señora, que vos deseéis que Medina conozca más de lo poco que sobre nosotros debería saber.*

Gila estuvo totalmente de acuerdo con la propuesta clara y concisa que exponía la carta enviada por el gentilhombre: ambos se ignorarían cada vez que se vieran y no darían lugar alguno a pábulos o a murmuraciones. Esta ciudad —y ella lo sabía muy bien— era muy, muy pequeña, aunque su población fuera de muchos miles de habitantes. Un desliz podía pagar un alto precio, y ella no estaba en absoluto dispuesta a pagarlo. Así que echó la carta a un brasero y comprobó que ardía, consumiéndose hasta el final; con esa llama se propuso firmemente que se quemaran todos sus recuerdos, fueran buenos o malos. Y mientras miraba fijamente al fuego, decidió que nunca, nunca más habría de preocuparse por algo que había ocurrido hacía tanto tiempo.

Londres

La taberna de la Cabeza del Jabalí estaba situada en pleno centro de Londres, a muy poca distancia de la gran iglesia gótica de San Pablo. Pero tanto hubiera dado que estuviera fuera de la ciudad: el barro, los agujeros del piso de la calle, las maderas podridas, las basuras que devoraban las jaurías de perros vagabundos, el olor a humo y a excrementos, el ruido de los carros atascados en el fango, los gritos de los vendedores ambulantes, la niebla y la humedad permanente —y esa tarde, además, una nieve gélida que había comenzado a caer por la mañana temprano, y que a esa hora, oscureciendo, ya estaba sucia y ennegrecida por las pisadas de hombres y animales— eran una constante diaria en ese Londres que crecía sin control, con viviendas pegadas las unas a las otras y gentes apiñadas que eran un foco permanente de enfermedades y de incendios: de hecho, mientras avanzaba por Maidenhead Lane hacia su destino, Zubiaur había visto los restos de una casa quemada hasta los cimientos que una brigada de albañiles estaba derribando, aunque en poco tiempo —dada la hora— darían de mano. La especulación inmobiliaria era igual en todas partes, pensó: edificios baratos de construir y cada vez más altos.

Finalmente consiguió esquivar todos los accidentes del camino y entró en la taberna: había algunos clientes sentados a las mesas. Los ojos le picaron —se veía que la gran chimenea situada a la izquierda de la sala no tiraba bien— y se los restregó. Satisfecho, comprobó cómo su aspecto no difería demasiado del resto de los parroquianos: con su cara larga, su tez pálida, su barba rojiza y sus ojos de un azul acuoso podía pasar perfectamente por un ciudadano más de la bulliciosa capital inglesa. Zubiaur, además, dominaba el idioma; lo hablaba bien, sin acento, al igual que el francés. Desde muy joven había viajado a Terranova, y allí había conversado a menudo con los balleneros y los bacaladeros ingleses y franceses. Había reído, peleado, bebido, jugado y blasfemado con ellos. Tenía —y sabía que era una suerte, o un don— esa facilidad para las lenguas.

La tercera mesa de la derecha estaba vacía: sin preguntar, se sentó ante ella. El mozo que servía las mesas —un jovenzuelo picado de viruelas, de miembros desgarbados— le recitó con rapidez lo que podría servirle: pidió un vino caliente para quitarse el frío, y esperó. Escasos minutos después, tras haber entrado algunos clientes más en la taberna, se abrió de nuevo la puerta y otro hombre, de edad mediana, con un aspecto fácilmente olvidable y vestido como un artesano acomodado, se detuvo en la entrada y miró hacia su mesa, dirigiéndose hacia él.

—Buenas tardes. ¿Puedo sentarme a su lado?

—Por supuesto, siéntese vuestra merced donde desee.

—Muchas gracias. El frío no se marcha, ¿verdad? He llegado esta mañana de Cambridge, y los caminos están helados.

Cambridge y los caminos helados: él era el hombre. Esas eran las palabras que Zubiaur esperaba oír. Unos vocablos intrascendentes, inofensivos, casuales, que no extrañarían a nadie que los oyera. Una conversación propia de dos desconocidos, pero que tenía un significado especial para Zubiaur. Tenía enfrente al agente doble que trabajaba para Walsingham e informaba a Mendoza. Zubiaur sonrió, y esperó a que Thomas Phelippes —pues, aunque el español lo desconocía, era el confidente del secretario inglés quien estaba sentado, tranquilo y calmado como si no pasara nada, delante de él— pidiera otra copa humeante para calentarse.

****

El secretario Walsingham estaba enfrascado en su trabajo. Papeles y más papeles se acumulaban en la mesa, y varios candiles alimentados con grasa de ballena alumbraban la labor incansable del jefe de los espías de la reina. Había mucha labor atrasada: esa mañana, el secretario se había visto obligado a asistir a las ceremonias de la orden de la Jarretera en Whitehall, y ahora trataba de recuperar el mucho tiempo perdido. La reina no había acudido ni a la procesión ni al servicio, y la había representado Somerset, el conde de Worcester. Isabel se había quedado ese día en su cámara debido al frío. Además, por lo que Walsingham sabía, tenía algo de fiebre y le dolían las muelas. No había admitido a nadie en su cuarto: ni siquiera a Leicester, que aun cargado con los pesados ropajes ceremoniales de la orden —había ingresado en ella en 1559, de la mano de la reina— esperó en vano ser recibido, y se había marchado finalmente clamando contra la inconstancia femenina ante una puerta que permaneció cerrada.

Pero era verdad: hacía mucho frío. La nieve seguía cayendo, y parecía que mañana seguiría nevando. El tiempo estaba loco de unos años a esa parte. El secretario se levantó y añadió otro tronco a la chimenea, que ardía con un fuego vivo. Se arropó en su gabán forrado de pieles, y se ajustó los raídos mitones que le protegían las manos. Esperaba ver a alguien que aún no había llegado, y que venía de una reunión que podía ser importante. Espías… un juego cauto, complejo, engañoso. Había que prever, que asegurar, que mentir; que jugar a dos barajas. Y era un juego en el que de pronto tu amigo era tu enemigo y tu enemigo pasaba a ser tu aliado. Suspiró y se sentó de nuevo, acomodándose en el asiento. En ese momento unos suaves golpes sonaron en la puerta, y esta se abrió lentamente. Por su manera de llamar y de abrir, Walsingham supo que era la persona que esperaba.

—Sentaos, Phelippes. Acercaos primero a la chimenea para calentaros. ¿Venís de veros con el español?

—Sí, señoría. De eso mismo vengo. Estoy helado: si me disculpa un instante… —Phelippes se acercó a la chimenea con cara de alivio: sus botas estaban empapadas, y temblaba de frío—. He tenido que coger una barca para llegar a tiempo. Las calles están imposibles. Se han encendido hogueras para calentar a los pobres en algunas plazas de la ciudad, aunque mañana seguramente encontrarán a no pocos de ellos muertos en los portales.

—Sí, tenéis razón. He visto los fuegos desde la ventana. En los últimos tiempos, Londres parece atraer a todos los infelices del reino. Aquí tampoco encuentran nada de lo que buscan. Y sobre eso, poco podemos hacer. Bien, venid para acá. Tomad asiento. ¿Y?

El espía se sentó, frotándose las manos y calentándolas con el vaho que exhalaba por la boca.

—Lo que supone vuestra señoría: los españoles están preocupados. Me he reunido con un enviado del embajador. Él no me ha dicho su nombre, claro; pero creo que es Zubiaur, el marino. Le recordará, porque trató de recuperar unos cargamentos que Drake había capturado. Fue muy insistente.

—Sí, sí, le recuerdo. Un hombre de ingenio, creo. ¿Qué os ha dicho?

—Parece ser que el asunto de Anjou les trae de cabeza. No sé cómo, pero han sabido que el duque está reuniendo apoyos y quieren saber qué es lo que vamos a hacer nosotros. Es conocida la intención del francés de casar con su majestad la reina, y eso no parece hacerles mucha gracia a los españoles.

—Y no solo a los españoles, Phelippes. Tampoco a mí, ni a Hutton. Ni por supuesto a Leicester, aunque a este último por otros motivos. ¿Qué es lo que sabe Mendoza?

—No parece saber demasiado, y por esa causa fui convocado. Ellos creen que les sirvo, como bien sabéis. Aunque yo solo soy una criatura a vuestro servicio, secretario.

—Lo sé, lo sé, Thomas. Siempre lo he sabido. Y vos conocéis también cuál es mi opinión sobre este asunto. No quiero a Anjou en el trono, Phelippes: es católico. Es un Valois, un asesino de nuestros hermanos reformados, que si se hace con los Países Bajos sería imparable. Así que, aunque ella no lo sepa y quizás ahora incluso no lo aprecie, vamos a trabajar para nuestra ama: vamos a impedir que pueda hacer cosas de las que luego habría de arrepentirse. Y para eso, sin sentar un precedente, vamos a ayudar a los españoles. ¿Le habéis dicho al emisario lo que os mandé?

—Sí, señoría: se lo he dicho. Que nosotros no vamos a mover un dedo para favorecer a Anjou. Y que en lo que dependa de nosotros vamos a impedir que se celebre esa boda.

—¿Y qué respondió?

—Es un hombre inteligente, señoría. Entendió rápidamente lo que estaba pasando, y comprendió que le decía la verdad. *Interdum, inimici amici sunt…*[8] la razón de estado es a veces compleja.

—Sí, Phelippes. Y no solo a veces. Bien, ya sabemos qué es lo que debemos hacer. ¿Sabéis que hoy he tenido algunas palabras con el embajador francés, con Mauvissière? A espaldas de Simier, por supuesto. No parece que el rey de Francia, ni tampoco su madre, estén muy satisfechos con las ideas del duque. Parece que

---

8 A veces, los enemigos son los amigos.

temen, y mucho, lo que podría hacer el rey de España. Recordad cómo Felipe apoyó a Guisa y a la liga católica: los dos están aterrados ante la posibilidad de una invasión española. Creo, amigo mío, que Anjou se está quedando solo. Y el apoyo que tiene en España —y vos sabéis muy bien de quién se trata— también.

—¿Qué debemos hacer entonces, señoría?

—Pues ante todo escribir a Crato. Los grandes finales tienen a veces modestos principios, Phelippes. El prior depende de nosotros para poder optar al trono de Portugal una vez muera el rey Enrique: no creo que quiera perder nuestro apoyo. Como sabéis, iba a mandar unos barcos para recoger el cargamento de plata que pagaría el ejército del duque; pero esos barcos ya no saldrán, Phelippes. Y esa plata nunca llegará a su destino. Al menos no con la ayuda de don Antonio de Avís, ni con la nuestra. Lo siento por Pérez. Pero este, aunque aún no lo sabe, ya ha perdido la carrera. Está quemado, amigo mío: más tarde o más temprano, su rey le hará prender. Crea que le compadezco: nos ha sido de mucha ayuda. Pero ya no nos sirve de nada. Si he de sacrificar a Pérez para impedir que Anjou se haga con el trono de este reino, lo haré sin dudarlo. Por una vez los intereses de España y los míos son los mismos, lo que no deja de asombrarme. ¿Puede tomar la pluma, Phelippes? Voy a dictarle una nueva carta para el de Crato, y esta —espero— será la última sobre este enojoso asunto.

San Lorenzo el Real

Benito Arias Montano se movía como podía entre las altas pilas de libros que a lo largo de esa jornada había sacado de los cajones en los que venían embalados. El bibliotecario y consejero del rey hacía tres años que había llegado a España desde los Países Bajos, tras soportar con paciencia una larguísima contienda con el teólogo León Castro que, por fin derrotado —finalmente no había conseguido impedir que se llevara a cabo la edición de la Biblia que Arias Montano había promovido y compilado con el apoyo regio—, se había retirado a su canonjía de Valladolid. León Castro... endemoniado hombre.

También había tratado de acabar con Luis de León, su cofrade agustino, pero no lo había conseguido. Ese clérigo celoso, autoritario, atrabiliario, malvado y envidioso había recibido al fin lo que se merecía: la soledad, el olvido. La muerte en vida.

Montano suspiró, aliviado: muchas habían sido las negociaciones, las presiones, las influencias que había debido mover para, por fin, conseguir el aval de Roma a su edición. León Castro y los dominicos, como siempre: todo lo que de lejos les oliera a hebreo les parecía sospechoso y censurable. Pero aquí estaba. Había ganado al fin, aunque —según había podido saber— algunos frailes predicadores sevillanos habían tratado, hacía tan solo unos meses, de reactivar una polémica ya muerta. Pero no habían tenido éxito alguno. Dominicos... no tenían remedio.

Además, el apoyo del rey había sido decisivo: don Felipe siempre le había amparado y defendido. Le había nombrado su capellán y había avalado su ingreso como clérigo en la orden de Santiago. Ahora él estaba pagando ese amparo, porque en esta vida todo había que pagarlo: el rey le había encargado poner en orden su biblioteca, y le había encomendado la compra de todos los libros que pudiera acaparar. Libros y reliquias: junto a su mujer y a sus hijos, las cosas que el monarca más amaba en el mundo. Montano miró a su alrededor: los libros habían comenzado a llegar años atrás, en 1565, y diez años después ya había más de cuatro mil. De hecho, él mismo había enviado no pocos de ellos desde Flandes, en 1571; y en los años siguientes les habían seguido las bibliotecas de Páez de Castro, quien animó al rey a fundar la suya propia, y la del conde de Luna; las del obispo de Plasencia, Juan Bautista de Toledo y Diego Hurtado de Mendoza. No había mes en el que no llegaran nuevos envíos.

Montano se sentó, señalando en el gran libro registro que llevaba al día la recepción de los nuevos fondos. El lugar donde ahora se guardaban era aún provisional, ya que todavía no se había terminado de construir ni de decorar el recinto que habría de ser el definitivo; e incluso hacía poco el bibliotecario sevillano había aprobado, con el consentimiento del rey, el elegante diseño que Juan de Herrera había trazado para las librerías que habrían de cubrir las paredes de la nueva fábrica. Mientras escribía, unos pasos a su espalda le llamaron la atención. Los pasos de dos personas. Uno de ellos —desconocía quién podía ser el otro— era sin duda Mateo Vázquez: ya estaba muy acostumbrado a sus andares nerviosos. Sin duda, el clérigo sevillano venía, como otras muchas noches solía hacer, a verlo trabajar. Decía que eso le serenaba. Y bien necesario parecía ser que alguien tranquilizara al secretario personal del rey: en los últimos tiempos Montano le veía demacrado, agotado. Bien sabía de su rivalidad con Pérez; y conocía de sobras la hostilidad que, siempre y en público, le mostraba la viuda de Ruy Gómez. Vázquez había tomado como cosa propia la defensa de la causa de la mujer y los hijos de Escobedo, y con eso estaba asumiendo grandes riesgos.

Dejó a un lado papel y pluma y se volvió, para recibir a Vázquez y a su acompañante: ¿un escribiente del secretario, tal vez? ¿Quizás otro secretario, Zayas? Pero Arias Montano se quedó pasmado, y casi derribó la silla al levantarse de ella a toda la velocidad que le permitieron sus ya cada vez más cansadas piernas. Con Vázquez venía, pisando tan suavemente como solía, con sus ligeros zapatos de finísimo becerro, el rey Felipe, su amo y señor, en persona. Montano se inclinó ante el monarca: ¿qué sería tan importante como para traerle, a tan avanzada hora de la noche, a visitarle con tan reducida compañía?

****

Había transcurrido algo menos de una hora. Los dos visitantes ya se habían ido, y Montano escribía un primer borrador de una carta que tenía que enviar a Amberes esa misma noche. El rey y Vázquez le habían explicado durante largos minutos los recovecos de una increíble conjura que podría deshacer la monarquía. Se sentía satisfecho, porque ambos se fiaban de él. Y preocupado, por el alcance de lo que ambos le habían contado.

El bibliotecario escribía una carta que no podía enviarse por los canales diplomáticos habituales, ya que ¿quién podía saber cuántos secretarios, o cuántos escribientes, estaban a sueldo de Pérez? Así es que Montano estaba redactando una misiva que parecía personal, pero que no lo era en absoluto. Una carta a su buen amigo Gaspar de Robles, barón de Villy, gentilhombre de cámara de Alejandro Farnesio; Villy, antiguo gobernador de Frisia, de joven había sido paje de la Emperatriz y tras la muerte de doña Isabel de Portugal pasó al servicio de René de Orange, príncipe de Nassau. Era un antiguo ebolista de quien Pérez se había desentendido cuando fue encarcelado y capturado con su familia por los rebeldes flamencos, alzados contra el gobierno del duque de Alba. Pero fueron liberados tras la particular insistencia de don Felipe, que había usado a Montano —por entonces aún en Flandes— como intermediario en el canje de los cautivos por algunos presos tomados en el sitio de Amberes. Esta actuación del rey y de su bibliotecario hizo que Robles les estuviera agradecido en extremo, mientras que el abandono al que Pérez le había sometido le había llenado de rencor hacia el secretario aragonés.

Así es que sin duda él era la persona con quien debía comunicarse. Robles tenía los pies asentados con firmeza en dos lugares muy diferentes entre sí: conocía muy de cerca a Orange y servía a Farnesio, ahora gobernador de los Países Bajos tras la muerte de don Juan. Podía comunicarse con los dos.

Lo que Montano le pedía en su carta, de parte del rey, era que, además de informar a Farnesio de lo que estaba ocurriendo, estableciera un privado y secreto canal de comunicación con Orange. Que lo sondeara; que lo sobornara, si fuera preciso. Aún no se habían cerrado todas las puertas entre el rey y el príncipe rebelde, y quizás Orange todavía escuchara a Robles —sin duda un viejo amigo— y más aún tras el golpe que para él había supuesto la firma, en enero, de la Unión de Arrás.

En ella, las provincias del sur de Flandes se habían zafado definitivamente de su autoridad. Y esas provincias nunca volverían a sus manos: eso Montano lo veía con claridad. Eran católicas, y Orange calvinista. Las provincias del norte, protestantes como él, le apoyaron formando una nueva unión, la de Utrecht. Pero para Orange eso no era suficiente: su posición ahora era mucho más débil. Esa debilidad podría facilitar que estuviera dispuesto a escuchar a Robles. Y quizá olvidarse de seguir dando su apoyo a Anjou, o al menos —si tenía que salvar la cara— convertir ese apoyo en una cáscara vacía.

Así que plata... plata de las Indias para el duque francés. La plata que era la carga de los galeones, la sangre de los reinos, el metálico soporte del imperio. No salía de su asombro por la increíble desfachatez de Pérez. Sin duda, muy acorralado tenía que verse para llegar hasta esos extremos. Pérez, el gran conspirador. Siempre tramando, maquinando y traicionando. Un hombre del que invariablemente había desconfiado y al que nunca había tenido interés en acercarse.

Mojó de nuevo la pluma en el tintero, y escogió las palabras con cuidado: esas palabras que estaba escribiendo podrían ayudar a salvar un reino, pero también podrían perderlo. Menos mal —pensó, íntimamente tranquilo— que las palabras siempre habían sido buenas amigas suyas.

ONCE

Viernes, 24 de abril de 1579

Sevilla

Los primeros esclavos negros habían llegado en gran número a la ciudad gracias a las rutas esclavistas del norte de África, aún controladas por los musulmanes, tras la conquista de Sevilla en 1248. Después, ya entrado el siglo XV, los portugueses tomaron el relevo del comercio de carne humana, y en el último cuarto del siglo XVI —manteniéndose todavía con no poca prosperidad el tráfico entre Sevilla, Portugal, Guinea y Cabo Verde que llenaba las negrerías del puerto— eran ya muchas generaciones de morenos, pardos, prietos y tostados los que vivían, residían y habitaban en Sevilla. Esclavos y libres; siervos o artesanos.

Con el tiempo transcurrido se habían creado cofradías y redes asistenciales para ayudar a los miembros de esa raza sojuzgada, y también el tiempo había producido mezclas muy diversas: mulatos más oscuros o más blancos, de color tostado o color loro, eran el resultado de siglos de convivencia entre los blancos y quienes fueron —o seguían siendo— sus esclavos. Hijos de los amos con sus siervas, que aumentaban el patrimonio del señor, ya que se tasaban, valoraban, vendían y heredaban; hijos —de esos es cierto que había menos— de negros libertos con mujeres blancas, pobres en general, cuyos descendientes mostraban en su color tomada la coyunda más o menos feliz de las dos razas. Sevilla era una ciudad de esclavos: eran escasos los vecinos que no podían permitirse tener alguno. Y los ya libres vivían a su albedrío o a su suerte en los muchos corrales que el precipitado crecimiento de la ciudad había hecho levantar extramuros, en Triana o en el arrabal de San Bernardo, que era el abigarrado lugar de donde procedía la mujer que en ese momento se encontraba en la cámara de don Fernando Manuel.

El cuerpo, desnudo y fuerte, elástico, ágil y de un color canela claro, mostraba a simple vista las afortunadas mezclas de las sangres distintas que lo habían producido. Unos labios gruesos, unos ojos grandes, rasgados, color miel, quizás algo verdosos; todo eso —y más— se exhibía ante los ojos atentos del gentilhombre, que aún permanecía en la cama con las pesadas cortinas entreabiertas.

Un rayo de sol, en donde flotaban millones de partículas de fino polvo, la iluminaba directamente. Era —pensó Manuel— verdaderamente hermosa de ver. Los criados habían subido varias jofainas de agua casi hirviendo, que todavía humeaban; y la mujer —una costosa prostituta que solía frecuentar la casa de la calle del Banco cuando Manuel volvía a Sevilla de la corte— se aseaba con una esponja de mar, empapada en el agua que corría por su cuerpo y que se deslizaba ahora por todas sus curvas, por sus largas piernas, por sus pechos, gota a gota. Algunas marcas oscuras habían quedado impresas en su cuello, en sus hombros, en la cara interior de sus muslos. Eran el resultado de los más que satisfactorios juegos nocturnos que anoche, con no poco provecho, ambos habían jugado hasta agotarse.

La mujer se secó con un paño amplio y grueso, suave, y comenzó a vestirse. Se puso los pendientes, grandes, de lágrimas, con unas pequeñas y ricas perlas colgantes que él, una de esas noches en las que había venido a verle, le había regalado; un collar, unos anillos. La ropa era fácil, sencilla de quitar y de poner: podía hacerlo ella sola. Una ventaja frente a los complicados armazones que las damas, por su condición, se veían obligadas a llevar. Pero esta mujer no era una dama y esa era, seguramente, su mayor cualidad. Él le señaló una bolsa que había sobre una mesa, que ella tomó. E inclinándose, tras guardársela, salió del cuarto: no había pronunciado una sola palabra. Pero Manuel supo que volvería de nuevo cuando él la necesitara. Pronto, seguramente, pues su deseo había aumentado en los últimos días. Siempre le ocurría eso cuando el riesgo le cercaba.

El veinticuatro bostezó y se estiró. Esto era mucho más satisfactorio, mucho menos complicado que tener que cortejar, adular y perseguir a una mujer que, al fin y al cabo, acabaría proporcionándole lo mismo que esta le había dado. Recordó, fugazmente, a Gila de Ojeda: esperaba que hubiera entendido con claridad lo que le decía en su carta. Se levantó de la cama: aún quedaba agua caliente. Tocó una campanilla, y dos criados entraron en el cuarto. Se colocó sobre el charco que la mujer había dejado, que después limpiarían, y uno de ellos le bañó con la esponja húmeda mientras el otro esperaba para secarle. Después se vestiría; tenía que bajar. En poco tiempo llegaría el contador Moreruela con nuevas instrucciones de Pérez, y en breves días habrían de salir para Sanlúcar, ya que esperaban más pronto que tarde la llegada de las carabelas portuguesas que cargarían la plata en sus bodegas. Don Fernando cerró los ojos, mientras la esponja restregaba suavemente: unos días más; unos pocos días más, y acabaría aquello que había venido a hacer.

****

—Parece que ha pasado buena noche, ¿no es cierto, don Fernando? —Enríquez le esperaba al final de la escalera y le sonreía: el veinticuatro hubiera dado cualquier cosa por borrarle la sonrisa de la cara—. He visto salir a la moza. No puedo negar que envidio a vuestra merced.

—Algún día, Enríquez, mi paciencia se acabará. Y entonces nos veremos las caras vuestra merced y yo.

—Es posible, don Fernando. ¿Quién sabe lo que nos deparará mañana? Pero hasta que eso ocurra, debe acompañarme. Moreruela ha llegado y trae algunas noticias que le interesarán.

Le ruego que me siga: nos espera en el estrado. Les he dicho a los criados que nos dejen solos. Su mayordomo no parecía muy convencido, pero... bueno, digamos que le he hecho entrar en razón. No se preocupe por él; solo he tenido que decirle las palabras adecuadas y ha hecho lo que le he pedido sin protestar.

—¿Las palabras adecuadas? Tiene la mala costumbre de sobrepasarse, Enríquez. Constantemente. Y eso no tengo por qué tolerarlo.

—En eso no sé si darle la razón, don Fernando —el sicario de Pérez volvió a sonreír con los labios, aunque no con los ojos—. Como bien sabe, habrá de tolerarme hasta que todo termine. Ni vuestra merced ni yo somos libres, como recordará: estamos sometidos a un mandato más alto, el de mi amo. Y hemos de obedecer en lo que nos ha ordenado. Haga el favor de pasar —Enríquez se retiró, inclinándose, mientras abría la puerta de la sala— y escuchemos lo que el contador tenga que decirnos.

Moreruela llevaba un rato paseando de un lado a otro de la cámara: estaba nervioso, y recibió con cierto sobresalto a sus dos cómplices. Tras atender la indicación de Manuel para que tomara asiento, comenzó a hablar:

—En dos días ha de llegar una fusta desde Sanlúcar, en la que está previsto que embarquemos. Pero no llegaremos hasta allí: el barco nos dejará en un lugar convenido, antes de llegar a la barra.

—¿Y eso, contador? —preguntó el veinticuatro— ¿Por qué? Si no me equivoco, era en Sanlúcar donde nos esperaba la plata, ¿no es cierto?

—No del todo. Los barcos ya la han descargado hace días, con la mayor cautela. Bueno, con cautela y con un buen soborno que ha ayudado a que los inspectores no miraran más de lo debido. Ahora está a buen recaudo.

—¿A buen recaudo? —dijo Enríquez— Entiendo entonces, Moreruela, que está almacenada y a resguardo de miradas indiscretas.

—Sí, lo está. Seguramente donde nadie buscaría jamás. Hay que reconocer que el maestre que se ha hecho cargo del envío y de la custodia ha sido eficaz; eficaz e inteligente. Es hombre de recursos, desde luego.

—Bien, Moreruela —terció Manuel—. Espero que tenga razón. ¿Y el viaje a Lisboa? ¿Sabemos algo de las naos portuguesas?

—Deberían estar al llegar. Si no me equivoco, aparecerán por las Arenas Gordas en pocos días. Ya estarán para salir, por lo que sé.

Don Fernando se levantó, y Moreruela, respetuosamente, hizo lo mismo. Enríquez se sumó a ambos, pero procurando que su desgana por tener que hacerlo se notara: «A este habré de ajustarle las cuentas en algún momento —pensó el gentilhombre—. Y me da igual lo que pueda hacerme Pérez. No pienso tolerar más su desvergüenza».

—Pero hay... hay algo más, que he sabido hace poco.

—¿Algo más? No suena muy bien ese tono, contador —Enríquez le miró con un semblante que de repente se había vuelto adusto—. ¿Qué es ese algo más?

—Verán... como saben, los registros de los barcos se llevan concienzudamente. De cada uno de ellos queda un expediente muy completo, custodiado en la Casa de la Contratación. Hace algunos días, modifiqué los de los tres navíos que habían traído la plata a España: había un desfase en el tonelaje de los barcos que podía provocar sospechas si alguien los hubiera revisado.

—Ha sido prudente, contador —dijo Manuel—. Me parece bien. ¿Y cuál es el problema?

—El problema es que, poco después de devolverlos yo, otro de los contadores de la Casa los pidió. Esos tres. Y por lo que sé, estuvo consultándolos largo rato. No creo que haya advertido el fraude, pero creo que será mejor no confiarse. Se trata de un tal Gamarra; es un inspector meticuloso, laborioso; y trabaja bien.

—¿Será un problema? —preguntó el veinticuatro.

—No, no lo creo. Puede ser una casualidad: sé que consultó algún otro expediente, y que esos tres no fueron los únicos que Gamarra miró.

—¿Y cree que podría haberse dado cuenta del engaño?

—No. Lo dudo mucho. Sustituí limpiamente las tres hojas que hubieran dado problemas. Las he copiado, cambiando los datos, con la misma letra. No es la primera vez que hago esto; ya tengo experiencia en ello y nunca nadie ha notado nada. No veo por qué ahora sí habrían de hacerlo.

—Bien. Entonces quédese tranquilo. Pero de todas maneras no pierda de vista a ese Gamarra. Si hace algo extraño, díganoslo. ¿Sabe que vuestra merced había tenido los expedientes antes que él?

—Me extrañaría. Los escribientes no suelen ser muy locuaces: sirven los legajos y poco más. No es gente de muchas palabras.

—En tal caso, por ahora dejémoslo estar, Moreruela. Esté pendiente de Gamarra, por si hiciera algo extraño o por si prosiguiera con sus averiguaciones. Si así fuera, ya nos ocuparíamos de él. ¿Cuándo exactamente llegará la fusta?

—Pasado mañana, según creo. Estará en el puerto el tiempo justo para recogernos. Ya he procurado buscar un pretexto para poder ir a Sanlúcar: como saben, parte de la flota está allí. No es extraño que yo vaya a hacerle una visita.

—Bien —Manuel se volvió hacia la puerta y miró al patio: la fuente, cantarina, dejaba caer un sonoro rastro de agua—. Entonces creo que será mejor que se marche, contador. Tendrá cosas que preparar. Por cierto: a este viaje no llevaremos criados. Nos las arreglaremos solos. No es preciso que tengamos una compañía que podría ser molesta. Es algo de elemental prudencia, como supongo que entenderán. Envíeme una nota con la hora en la que pasado mañana habremos de estar en el puerto. Y recuerde: si ese... ¿Gamarra, no era ese su nombre? vuelve a hacer algún movimiento extraño, comuníquemelo.

Castelnaudary

La humedad del canal hacía que esa mañana las manos le dolieran más de lo habitual. La niebla ascendía desde la gran balsa de agua que rodeaba la ciudad, provocando que tratar de ver más allá de un palmo fuera algo imposible, y la reina madre, Catalina, se apartó de la ventana y suspiró. Había llegado anoche y tarde a la capital de su dominio del Lauragais, y se había visto obligada a alojarse en el antiguo y desmochado castillo, lleno de corrientes de aire, que no había conseguido mejorar mucho su aspecto a pesar de las obras de reforma que —pensó, disgustada— le estaban costando una fortuna. Los lechos estaban fríos y las chimeneas apagadas: se oía a las ratas y a los ratones deambular por detrás de los tapices, y la cena que le habían servido le habría costado un buen escarmiento al cocinero que le preparaba sus comidas en el Louvre. Menos mal que había podido encontrar algunas almendras frescas, que le recordaron a su infancia en Italia mientras las masticaba. Algo era algo. En otros tiempos, hubiera mandado apalear al mayordomo. Pero ahora no se habría atrevido: quién sabía si, secretamente, era protestante. Y posiblemente, de serlo, esa iniciativa hubiera traído indeseadas consecuencias.

En realidad, ahora todo esto —la incomodidad, el pésimo servicio— le importaban muy poco a Catalina de Médicis: en ese momento lo que quería era que los correos que había hecho llamar salieran hacia sus destinos lo antes posible. Las cartas las había escrito sola, lo que le había llevado un largo rato. No había querido confiar en secretario alguno. La cifra era nueva, la que unos meses atrás se había remitido para el uso de sus embajadores. La antigua —estaba segura— tenía ya más agujeros que un colador, y posiblemente hasta un niño hubiera conseguido leerla sin esfuerzo. Para garantizar la seguridad de los envíos, además, había cortado dos largas tiras del mismo papel de las cartas con un cuchillo, y las había anudado y cosido con una lezna de tal modo que solo rompiéndolas hubiera sido posible leerlas. El contenido, así —pensó— estaría protegido.

Las cartas iban dirigidas al rey, su hijo, avisándole de la conjura en la que estaba involucrado su hermano; y a sus embajadores en España e Inglaterra: a Fourquevaux y a Mauvissière. Eran tan importantes que los correos tenían instrucciones de no detenerse

—salvo, lógicamente, para cambiar de caballos en las postas y para descansar lo imprescindible, ya que habrían de comer a lomos de los rocines— hasta entregarlas. Los mensajes eran similares, pero no idénticos: a Mauvissière le instaba a deshacer, con toda la eficiencia posible, la red de apoyos y de favores que Jean de Simier, el barón de Saint-Marc, enviado de su hijo Anjou, hubiera podido tejer en la corte de Isabel Tudor. Y dejar caer, en los oídos adecuados (y Mauvissière sabía perfectamente cuáles eran), que ella, la reina —y con ella su hijo Enrique— no tenían interés alguno en que tal matrimonio se llevara a cabo, aunque a simple vista aparentaran lo contrario. La otra carta ordenaba a Fourquevaux que asegurara expresamente, y en persona, a Felipe (pues ella seguía manteniendo una excelente relación con su antiguo yerno, y se carteaba regularmente con sus nietas Isabel y Catalina, en unas largas cartas acompañadas por abundantes regalos), que Francia no movería un dedo para animar, o ayudar, ninguna locura que su hijo Anjou pudiera cometer en los Países Bajos, un feudo del rey de España que, según esperaba la reina, formaría probablemente parte de la futura dote de su nieta mayor. Así que no tenía interés alguno en comprometer los recursos o la paz de Francia en una aventura cuyo final sería, como mínimo, incierto. Un añadido en esa carta prevenía a Felipe sobre su secretario, Pérez: últimamente se había carteado demasiado con el duque, y desde luego no había sido para nada bueno.

«Más me interesa Portugal —pensó la reina, tan dada a analizar y a desmenuzar todas las posibilidades que existían en el tablero diplomático— que todo Flandes».

El trono de Portugal estaría vacante en breve, y eso era algo con lo que había que contar. Y ¿quién sabe? Aunque lejanos, ella tenía algunos derechos sobre el trono portugués. Ahí sí tendría que enfrentarse, posiblemente, con Felipe: pero no ahora. Ahora no estaba preparada. Y menos por un capricho absurdo de su hijo menor. Un capricho que, en realidad, era una añagaza de Orange para recuperar su influencia perdida en las provincias flamencas del sur. Poner a un muñeco en un trono vacío que él habría de manejar a su antojo. Ese hereje.

Catalina de Médicis se miró las manos: a sus sesenta años, seguían siendo ahusadas y elegantes, aunque las manchas ya habían aparecido en ambos dorsos, y con ellas algunos repentinos temblores. También los dedos estaban agarrotándose, y había mañanas en las que no podía ponerse los ricos anillos a los que era tan aficionada. Entornó sus ojos, vivos y saltones. Dios nuestro Señor —pensó resignada—, no había repartido con ella abundantemente sus gracias. Esperó que los correos llegaran pronto, y sin dificultad alguna, a sus destinos. Si eso ocurría como debía, los problemas que ahora le preocupaban podrían solucionarse.

Lagos

El capitán Reixas de Sousa miraba los acantilados de la costa, que se esparcían hacia la punta de la Piedad y que protegían la ría en donde se hallaban amarradas las dos carabelas que, en uno o dos días, habría de conducir hasta la orilla de las Arenas Gordas, frente a la ciudad española de Sanlúcar. Una gaviota, en ese momento, se zambulló rápida como un relámpago; y ascendió al cielo de nuevo con un pez que coleaba aterrado en su pico. Las olas estaban revueltas y el mar gris, al igual que el cielo: la espuma, de un blanco sucio, explotaba hacia todos lados cuando las olas batían una y otra vez en la playa. Las dos naos cabeceaban con fuerza, y el capitán pensó que si no cambiaba el tiempo —y el viento, que era un poniente fuerte que les impediría salir de puerto— difícilmente podría cumplir la misión que don Antonio de Avís le había encomendado.

En cualquier caso, eso era ahora lo que menos le preocupaba; el tiempo ya cambiaría. Había saneado las maderas, achicado el agua con las bombas, asegurado el pesado lastre. Y las dos carabelas eran seguras. Iban sin carga, porque en sus bodegas tendrían que repartir la plata que el prior de Crato le había pedido que trajera a Lisboa. Una vez cargaran ambas naos, la tripulación habría de dormir en cubierta, ya que probablemente no quedara sitio bajo el puente, pues habría que acomodar el lastre de tres galeones en dos barcos pequeños. Ese peso excesivo, además, le obligaría a costear: no quería arriesgarse a salir mar adentro en esas condiciones. Así es que habría que navegar con cautela, de día y de noche, para volver lo antes posible a aguas portuguesas, donde estarían seguros.

Había dado licencia a sus tripulaciones, manteniendo un pequeño retén en cada uno de los dos buques. Por lo que él sabía, andarían por las tabernas o por los prostíbulos cercanos. En fin, eso no era de extrañar: los marineros eran así. Tenían que resarcirse del mucho tiempo a solas en la mar.

Saludó con la mano a los vigías que estaban apostados en las toldillas de las naves, pendientes de los movimientos del puerto, y tomó el camino del mercado de esclavos: necesitaba una criada nueva, una negra que fuera joven y de buena planta; fuerte, para que pudiera hacer todos los trabajos que se le mandaran... Todos los que fueran —sonrió divertido para su coleto, pensando en qué imaginativas tareas habría de imponerle cuando se quedaran los dos a solas—. Así, animado por este pensamiento y riendo aún entre dientes, el capitán se dirigió hacia la puerta que daba acceso, atravesando la antigua muralla construida por los árabes, al centro de la ciudad costera.

Sevilla

Gamarra caminaba con prisa. El peso de dos bolsas bien llenas que llevaba bajo la capa y el desabrido tiempo que aún hacía, justificaban que se abrigara con ella y le instaban a andar con rapidez. Esa mañana se había visto con Francisco Vivaldo, y había hecho efectivo parte del crédito que a su favor había dispuesto el secretario del rey: no iban a vivir del aire mientras estuvieran en Sanlúcar. Finalmente llegó a la puerta del Horno de las Brujas, llamó y entró: los demás ya estaban esperándole, sentados alrededor de la mesa del estudio de Vázquez, y con ellos estaba Canel, el mercader, a quien conocía por sus frecuentes negocios con las flotas. Escalante había ido a recogerle a su casa, y le había embarcado en una aventura que, para el contador, parecía tener cada vez un más oscuro aspecto. Su rostro nublado mostraba claramente su preocupación.

—Buenas tardes, Gamarra —saludó Pacheco—. Le aguardábamos.

—Disculpen vuestras mercedes. Canel, me alegra verle. Ya sabía por Escalante que hoy vendría. He ido a ver a Vivaldo —el contador sacó de debajo de su capa, desabrochándolas del cinto, las dos nutridas bolsas— y he recogido dinero del que teníamos a cuenta. Nos hará falta en los próximos días. Hoy es viernes: el lunes embarcaremos, como les dije, en un navío de aviso hasta Sanlúcar. Escalante, ¿comprobó la *San Martín*? ¿Ha visto a Chaves?

—Sí, lo he hecho. Está limpio. Me extrañaba que un hombre como Chaves se hallara implicado en esta trama, y de hecho creo que puedo asegurarles que no lo está. Tuvo un accidente con su arboladura, y la sustituyó por otra mucho más pesada: de ahí el desfase en el peso de su barco. No tiene, espero, nada que ver en este asunto.

—Pues mejor. Así solo habremos de ocuparnos de los otros tres. Una vez lleguemos a Sanlúcar, tendremos que reconocer con la mayor prudencia esas naos: la de Maya, la de Gómez y la de Herrera. ¿Han pensado ya qué mercancías van a hacer pasar de contrabando a Indias? Entiendan que la coartada ha de ser creíble para los maestres.

—Sí, Gamarra —dijo Medina—. Serán libros lo que el beneficiado y yo haremos pasar por nuestro envío. Por lo que nos acaba de contar mientras le esperábamos, Canel también ayudará en el engaño y se sumará a la propuesta que les haremos a los tres.

—Yo embarcaré telas, Gamarra: tengo aún en mi almacén unas balas de bocarán rico que valen muchos maravedís. Esa mercancía será sin duda creíble, ¿no cree?

—Seguramente. Sí, seguramente. Libros y telas ricas... bien, tiene sentido. Es lógico que quieran evadir la aduana real y la del duque. Si tuvieran que pagar impuestos por la mercancía, no les quedaría apenas beneficio: es comprensible que no quieran consignar esos envíos.

—Bien, ¿y qué hacemos ahora? —preguntó Pacheco—. Medina y yo iremos esta misma tarde a ver al asistente e informarle de este asunto. Trataremos de convencerle para que nos dé algún soporte, aunque no sea oficial. No quiero presentarme en Sanlúcar sin tener guardadas las espaldas.

—Por lo menos que les entregue una carta para el corregidor, para que disponga algún medio que nos sirva de auxilio si fuera preciso —dijo Escalante—. Bien está que asumamos riesgos, pero no que vayamos a meternos de buenas a primeras en la boca del lobo.

—Descuide, Escalante —le tranquilizó Medina—. Tenga vuestra merced por seguro que no saldremos del ayuntamiento sin algo que nos ampare. Eso se lo garantizo.

—Bien, de acuerdo, señores. Parece que todo está ya dispuesto, o lo estará para cuando embarquemos. Pero hay algo más que quiero contarles —Gamarra se miró las manos, que le temblaban levemente—. Verán: la otra mañana pedí en la Casa los expedientes de los barcos, y Barahona, el escribano mayor, me dijo que Moreruela, otro de los contadores, acababa de devolver los de esos tres.

—¿Moreruela? —preguntó Escalante—. Buena pieza está hecho ese. No sé cómo aún sigue trabajando allí.

—Tampoco yo, maestre. Tampoco yo —continuó Gamarra—. El caso es que yo había consultado ya esos expedientes, y todos los restantes, para hacer la lista que Escalante revisó el otro día. Esos tres barcos tenían claros desfases entre su peso real y el de su carga declarada. En cambio, ahora esos documentos no muestran nada raro. Nada. Y me extrañó; me extrañó mucho. Verán: la letra de todas las hojas era igual, o al menos lo parecía. Pero el papel... el papel no era exactamente el mismo. Eso ocurría en los tres expedientes. ¿Saben lo que es la filigrana?

—Sí, claro —intervino Pacheco—. La marca del fabricante de las hojas.

—Efectivamente. La filigrana era la misma en todas las hojas, salvo en tres: una en cada uno de los legajos. Curiosamente, las tres que recogían el tonelaje y la carga final del buque para cada uno de los barcos de los que hablamos. Había, por tanto, dos marcas diferentes: la de la mayoría de las hojas eran tres círculos rematados con una cruz, y las del resto, en las de esas tres que les estoy diciendo, la cruz había sido sustituida por una corona. Esas hojas, señores, no son las originales: han sido añadidas para tapar el rastro de las irregularidades en el peso de esas tres naos. Pongo la mano en el fuego de que lo ha hecho Moreruela. No me extrañaría en absoluto.

—Ni a mí, Gamarra; ni a mí —dijo Escalante—. El otro día trató de conseguir que yo le pagara un soborno por consignarme la carga que embarcaré en mi *Trinidad.* ¿Cree que Moreruela, entonces, está metido en esto?

—Sus métodos son conocidos. Pero hay algo aún más raro, señores: el contador va a ir a Sanlúcar en estos días. Mandarán una fusta desde la barra para recogerle. Según parece, tiene que inspeccionar algunos buques de la flota.

—Si es blanco y sabe a leche, es leche, contador —dijo Medina—. Bien, parece ser que nuestro amigo Moreruela tiene las patas pringadas en la miel, y si va a Sanlúcar no debe ser para nada bueno. ¿Llegará antes que nosotros?

—Puede ser; quizá un día antes.

—¿Y no puede conseguir que nuestro barco llegue antes que él?

—No. Me temo que no; y no quiero despertar sospechas.

—Bien está. No podremos concedernos ni un minuto una vez hayamos llegado a Sanlúcar, señores: hemos de reconocer los barcos de inmediato e impedir lo que los maestres de esas naos, y a lo que se ve también el contador, tuvieran previsto hacer con esa plata. Pacheco, ¿me acompaña? Tenemos que contarle esto al asistente, y no quiero tardar más: dentro de un rato se marchará a sus casas, y ahí no tendríamos la privacidad que necesitamos. ¿Algo más, Gamarra? ¿Señores?

—No, nada más, veinticuatro —respondió el contador—. En breve les mandaré una nota avisándoles para que vengan a embarcar. Prepárense con todo lo que necesiten. Y si tienen armas, llévenlas. Cada vez tengo menos dudas de que habrán de hacernos falta. Nos veremos ya en el muelle, listos para partir. Y quiera Dios que todo salga como debe.

****

Medina y Pacheco bajaron hacia el ayuntamiento sin hablar, rumiando cada uno para su coleto lo que acababan de oír en la casa de Vázquez. Descendieron hasta la calle de los Francos, dejando atrás las de los Chapineros, la de las Escobas y la de los Chicarreros, en donde en tiempos se habían establecido los fabricantes de los chicarros —los zapatos de los niños— hasta llegar a la plaza.

Al final de la tarde el ruido de los negocios, atronador por la mañana, se había aquietado. La luz descendía con rapidez, y los grupos frente a la Audiencia y la Cárcel Real ya habían desaparecido a esa hora. Había apenas algunos perros vagabundos, algún que otro hombre a caballo, un vendedor de agua con su búcaro y unos pocos mendigos, varios de ellos con sus tablillas inscritas al cuello que les autorizaban a pedir en la calle. Ante la fachada del cabildo se encontraba el coche de mulas del conde de Barajas, a todas luces esperando a su propietario. El veinticuatro y el beneficiado entraron en el edificio, preguntando a un portero dónde se encontraba el asistente. Según les dijo, el conde estaba a punto de marcharse; pero ambos le hicieron subir a su aposento y preguntar si podía recibirles. Al cabo de unos minutos regresó, indicándoles que le acompañaran arriba:

—El señor asistente les recibirá. Pero será muy poco tiempo. Tenía que haberse ido ya. Suban conmigo, por favor.

Siguieron al portero hasta un amplio despacho que el conde ocupaba cuando solía tener reuniones de cierta importancia. Barajas tenía el rostro cansado tras una larga jornada de tratos, acuerdos, pactos y negociaciones; en fin, de política. No parecía de muy buen humor.

—Buenas tardes, señores. Como saben, ya me marchaba. ¿A qué se debe su visita?

—Buenas tardes, señor asistente —dijo Medina—. Lamentamos tener que entretenerle a esta hora, pero hemos de darle cuenta de lo que hemos sabido en relación con el encargo que vuestra señoría conoce.

—Sí, claro. El encargo. Ese encargo —el conde se asomó afuera, y llamó a voces al portero: ¡Ujier! Diga a mi cochero que no saldré todavía, que no sé cuándo lo haré. —Seguidamente, cerró la puerta—. Entiendo, señores, que si están aquí debe ser por una buena razón. ¿Qué han averiguado?

—Lo es, señoría —respondió Pacheco—. Es una buena razón. Si tiene un poco de paciencia, Medina le contará todo.

Así hizo Medina, durante un largo rato: las tres naos sospechosas, los expedientes falseados, el desfase en los pesos, el papel del contador Moreruela, la necesidad de partir a Sanlúcar, la mercancía que harían pasar por contrabando. Mientras escuchaba, en silencio, el conde asentía. Una vez el veinticuatro concluyó, el asistente se levantó de la silla y miró hacia la ventana, entreabierta para dejar pasar un poco de aire frío que le estremeció. La cerró con cuidado y se volvió hacia los dos pesquisidores:

—Estoy realmente sorprendido, señores. Y para bien, he de decirlo. Parece que se están acercando a resolver el problema; y lo han hecho en muy poco tiempo. Comprendo ahora el interés que tenía el secretario Vázquez en que fueran vuestras mercedes quienes investigaran este asunto. Bueno, ¿y ahora qué desean de mí?

—Señoría —dijo Medina—. Necesitamos algún amparo en Sanlúcar. El asunto puede ser peligroso; muy peligroso, en realidad. Solo somos cinco: nosotros dos, Escalante, el mercader Canel y el contador Gamarra. Si realmente la cosa es como parece, necesitaremos ayuda.

—Sí, Medina. Tiene razón. Yo desde aquí no puedo hacer gran cosa, pero voy a escribir una carta al corregidor de Sanlúcar. Él les ayudará. Al fin y al cabo, se trata del servicio del rey. Y Francisco de Rivadeneyra es un hombre eficaz y sensato. Muy sensato, de hecho. También es hombre de confianza del duque, lo que en Sanlúcar es deseable, e incluso quizás imprescindible. Sabe de sobras cómo manejarse, y le conozco bien: pueden fiarse de él. Dispone de hombres suficientes, y si fuera preciso haría que intervinieran en este negocio. ¿Puede pasarse mañana a recogerla, veinticuatro? Estará al final de la mañana. Si viene al cabildo de las nueve, una vez termine podré dársela. No estaría de más que cuando llegaran a Sanlúcar procuraran hablar con él. Yo le explicaré algo en la carta, pero sin duda vuestras mercedes serán mucho más elocuentes. Y ahora, si me disculpan... tenía que haberme marchado hace una hora, y me estarán esperando. Se trata de un compromiso inevitable: una cena con el regente de la Audiencia. Para limar asperezas. Como seguramente saben, la relación entre las dos instituciones no es la mejor; y no quiero que empeore aún más por mi retraso, que ya es más largo de lo que aguanta la mayor de las cortesías, ¿no les parece?

Londres

Jean de Simier se había perfumado cuidadosamente. Era un olor rico y espeso: las notas de algalía, mirra, miel, canela y ámbar gris se mezclaban con los pétalos de rosa en un aroma untuoso que envolvía al enviado de Anjou como en una nube, mientras en la sala sonaba, tenue, un laúd que tocaba una bonita —muy bonita, pensó— melodía de Holborne. En ese momento estaba de rodillas ante Isabel, la reina: y las coyunturas comenzaban a crujirle. No había levantado la vista, ya que sabía que, aunque la reina fuera amigable con él, nunca toleraba una falta de respeto. No podría hacerlo hasta que ella no le dirigiera la palabra. Y parecía estar muy divertida con Leicester, que estaba de pie a su lado charlando amigablemente, como para hacerle a él caso alguno. Se resignó: los pequeños servían a los grandes; y él tenía paciencia. Mucha. Por eso, seguramente, le había enviado a Inglaterra su señor Anjou.

Desde luego, la mujer era desconcertante: mudable. Un día agresiva, exasperada, impaciente; otro día amigable, sonriente, incluso encantadora. Hoy lo era, desde luego: pero no con él. Lo estaba siendo, y mucho, con su querido Robin, ese Leicester que había sido su compañero cuando ambos —unos jovencísimos Isabel Tudor y Robert Dudley— habían compartido prisión en la Torre. ¿Y aún, tantos años después, tenían cosas que decirse? Simier estaba apesadumbrado y asombrado; y le dolían cada vez más sus huesudas rodillas. Entonces ella, volviendo hacia él su cara pintada de un blanco níveo, y con la cabeza cubierta por una peluca cuyo color sin duda no había concebido la naturaleza, habló por fin:

—Ah, Simier, Simier. No os quedéis ahí, hombre. Levantaos, por el amor de Dios. Robin, decidle que se levante.

—Eso es —dijo Dudley, conteniendo la risa—. Levantaos, hombre. Obedeced a la reina. ¿O pensáis seguir ahí durante media hora más? Venga, Simier; ya es suficiente. Poneos de pie.

El enviado se levantó, tomando el brazo que su criado, atento, le alargó compasivamente para que se incorporara con dificultad. Viendo que podía hacerlo ya, se dirigió a la reina:

—Señora, solo puedo agradecer a vuestra majestad su infinita bondad para conmigo. ¿Me permite? Le traigo algo que quizá pueda gustarle —Isabel, ante la perspectiva de un regalo, le dedicaba ahora toda su atención; y el enviado decidió aprovechar esa circunstancia favorable—. Ha llegado con un correo desde Francia, mi señora —se volvió a su acompañante con rapidez y le pidió que le acercara una cesta forrada y tapada con un rico paño de seda azul oscuro, que retiró con presteza—. Tome, señora: naranjas. Son naranjas.

La fruta, redonda y dorada, de un color brillante —Simier había ordenado limpiarlas y encerarlas a fondo a los criados de la embajada la noche anterior—, aún tenía adherida algunas hojas y varias flores de azahar casi deshechas, cuyo olor se dejó sentir en una repentina vaharada que, sin embargo, fue prontamente apagada por el abigarrado perfume del emisario. La reina rió, y tocó palmas: ¡Naranjas! No eran fáciles de ver en Inglaterra, y le encantaban. Le gustaban mucho, sobre todo endulzadas con miel... ah, el dulce la perdía. Miró a Simier con una expresión en la que incluso podría traslucirse el agradecimiento, pensó el enviado francés.

—A las naranjas acompaña una carta, mi señora. Del duque, mi amo. Espera que las disfrute. Son tardías, las últimas de este año: si vuestra majestad lo ha advertido, las flores del naranjo ya han brotado y los fríos que hemos tenido han helado buena parte de la cosecha. Estas, según me ha hecho saber mi señor el duque, son especialmente dulces: las han recogido para él, y ha querido compartirlas con vuestra majestad.

—El duque... —respondió la reina, mientras Dudley avinagraba, sin disimularlo en absoluto, el gesto— El duque es siempre muy amable, y muy considerado. Esperamos recibirlo con la honra que merece. Esperamos también poder satisfacer aquello que nos ha pedido. Bien sabéis, Simier, que esta reina que tenéis delante se debe a su pueblo: ¿no es cierto, mis lores, mis señores? —la reina se dirigió a los cortesanos que la rodeaban, que asintieron—. Pero también esta reina es mujer, aunque nuestro corazón y nuestro ánimo sean de hombre. No podemos dejar de agradecer por eso al duque su gentileza. Simier, venid. Venid conmigo. Paseemos. Hace unos días fuimos a ver el campo para el juego de pelota. Suponemos que habrán seguido trabajando en él, porque queremos que vuestro señor lo estrene. Una partida... o dos, con algunos de mis caballeros. ¿Verdad, Robin? ¿Os mediríais con el señor duque?

—Mi señora —respondió Leicester—. Por vuestra majestad, me mediría con quien fuera y donde fuera —dijo, mientras se atusaba los largos mostachos pelirrojos, que le daban un desagradable aspecto de valentón—. Cualquier inglés se mediría con un extranjero y saldría triunfante: eso no sería en absoluto de extrañar.

Simier miró a Dudley, ya avejentado, remedando un vigor juvenil que le hacía expandir el pecho y erguir la espalda como un gallo cuando estaba ante la reina o delante de las damas.

«Patán presuntuoso —pensó el francés—. Si finalmente mi señor consigue lo que quiere, ya te ajustará las cuentas».

Pero diplomáticamente, no dijo nada; se inclinó ante los cortesanos y se limitó a acompañar a la reina, que le señalaba el camino de la cancha. Ella había cogido una naranja, que besó con toda intención; y eso pareció molestar mucho más a Leicester. Sin duda, la reina era una maestra en estos juegos: pero él, Simier, el enviado de Francisco de Alençon, tampoco los jugaba mal del todo. Al menos, si había que juzgar su maestría a la luz de la mirada, mezcla de desprecio y de perplejidad, que ahora le dirigía un airado y despechado Dudley.

Madrid

Antonio Pérez y el secretario Bustamante despachaban algunos asuntos por los que —pese a que ya nominalmente este último no le prestaba servicio— el aragonés había mandado llamar, a su despacho de la Casilla, a su antiguo criado. Estaban solos; el carácter confidencial de la conversación se veía subrayado por la cercanía de los dos personajes, sentados uno al lado del otro frente al fuego encendido. Unas cartas abiertas habían quedado sobre una mesa inmediata a la silla de Pérez. Este último, mirando fijamente cómo las llamas mordían los ladrillos del hogar, preguntó al servidor:

—¿Y decís, Bustamante, que eso es lo que se murmura por la corte?

—Sí, don Antonio —respondió el aludido—. Y no es la única vez que lo he escuchado. Ni la primera.

—Tendría gracia… tendría gracia que lo que me estáis diciendo finalmente se cumpliera. Desde luego, mi vida sería mucho más fácil, Diego.

—Seguramente, señoría. Si, como se escucha en estos últimos días con insistencia, Mateo Vázquez, que según se murmura parece estar ahora muy enfermo, se retirara del servicio del rey, desaparecería un muy molesto obstáculo para su carrera.

—Y no solo eso, amigo mío: mi partido, mi facción, quedaría victorioso ante el favor del rey. Vázquez retirado y Alba proscrito, ¿qué más se puede desear? El enemigo destruido, derrotado. solo quedaríamos nosotros; nadie nos disputaría la privanza. ¡Ah, si fuera cierto! —Pérez alargó las manos para calentarse—. Sería la mejor de las noticias.

—Solo puedo decirle, señoría, que ayer los caballeros que hablaban con mi amo lo daban por hecho. Dicen, como le he contado, que está muy enfermo y parece que lo único que quiere es regresar a Sevilla.

—Así se muera cuando llegue. Así se muera, Bustamante. Vázquez ha sido un problema continuado, como bien sabéis. Bien, si finalmente fuera así, tened por seguro que os pagaré las albricias: esta noticia lo vale. No será una corta paga. ¿Llevasteis la carta a los portugueses?

—Sí, don Antonio. La llevé. Lo hice al día siguiente; ya era tarde cuando la otra noche salí de su casa.

—¿Y la entregasteis a la persona que os dije?

—Sí, mi señor. Como siempre he hecho. Me dijo que saldría un correo para Lisboa de inmediato.

—Bien, bien. Espero que don Antonio la reciba pronto y que haga lo que tiene que hacer. No conviene dormirse, Diego. Espero que cuando Avís reciba la misiva, ponga por obra de inmediato aquello que me ha prometido. La política es un oficio escabroso, amigo mío; se practica en muchos frentes a la vez, y lo que hace tu mano izquierda puede ser lo contrario que obre tu derecha —en ese momento sonaron las campanillas de un rico reloj de sonería que Pérez tenía sobre una repisa, y el secretario del rey decidió dar fin a la reunión:

—Podéis iros ya, Bustamante. Seguid teniendo los ojos y los oídos atentos. ¿Vais ahora para vuestra casa?

—Sí, señoría. Seguramente el cardenal tendrá algún trabajo para mí.

—Bueno, pues si queréis podéis venir conmigo en mi coche. Voy a casa de doña Ana, la princesa; puedo dejaros cerca. Le contaré las noticias que traéis: no os quepa duda de que le complacerán. Al fin y al cabo... al fin y al cabo, ella odia a ese clérigo mucho más que yo mismo. ¿Junto al Alcázar os vendrá bien?

—Perfectamente, señoría. Muchas gracias. No está la noche como para pasear; el frío sigue sin irse.

—Bien, pues esperadme aquí. Voy un momento a disponerme y saldremos en unos minutos. Nada más regrese partiremos.

Pérez se levantó y salió. Bustamante se quedó, pensando, frente al fuego: la idea de hacer creer al secretario que Vázquez iba a retirarse había partido del propio clérigo sevillano, algo que desde luego éste no tenía intención alguna de hacer. Y menos ahora, que estaba ya en el mayor medro posible con el rey. Se había lanzado un anzuelo, y a lo mejor el pez picaba: si Pérez se veía más libre, si pensaba que las amenazas que se cernían sobre él se diluían, podría descuidarse; y ese descuido podría aprovecharse. Bustamante sabía —tanto Vázquez como el propio rey se lo habían dado a entender muy claramente— que Pérez ya había perdido la partida. Y él mismo, gracias a haber cambiado sagazmente de bando, iba a evitar que la caída del secretario del rey le arrastrara. Para no caer con su antiguo señor haría lo que se le pidiera, como venía haciendo desde tiempo atrás.

«Después de todo —pensó— a quien tengo que estar más agradecido es a mí mismo. Yo soy mi propia criatura».

Realmente, Pérez tenía toda la razón: la política era, desde luego, un oficio escabroso.

DOCE

Miércoles, 29 de abril de 1579

Lisboa

El prior de Crato había palidecido, no sabía aún si de contrariedad o si de cólera. Había tenido que sentarse, y de nuevo estaba leyendo la carta que hacía un rato había llegado desde Londres. Don Antonio conocía bien, muy bien, las maneras de Walsingham; y sabía que el secretario inglés no bromeaba. Al fin y al cabo, era un estricto puritano.

En su carta dejaba muy claro, meridianamente claro, que Avís no podía enviar las carabelas que había prometido a Pérez. Porque si lo hacía, el secretario —y con él su ama, la reina Isabel— dejaría de apoyarle en su futura pretensión al trono portugués. Además de que el dinero inglés dejaría también de llegar, que era lo último que él quería.

El prior se levantó de su asiento, cabizbajo. Tomó otra carta que había sobre su mesa, la última de Pérez, y gruñó enojado. La rasgó, colérico; la hizo trozos diminutos, ilegibles. Después se sonó la nariz con el pañuelo: llevaba varios días con los humores revueltos, y el frío continuado no ayudaba. Por último, anduvo las escasas varas que le separaban de la ventana desde la que miraba a diario a la gran Lisboa, la reina del Atlántico, tendida a sus pies. ¿Sería suya algún día? Poco a poco, sin darse cuenta, sus dedos arrugaron con saña la misiva de Londres. Era, sin duda, un revés; y uno importante. Él pensaba sacar un buen dinero con la venta de esa plata: Pérez le había prometido el diezmo de lo que consiguiera. Aun así, sobraría más que suficiente para pagar las especias y cumplir con otras comisiones que el español tenía apalabradas. Y ese dinero le habría sido útil; muy útil, pues con dinero se pagaban armas y hombres. Su rostro se ensombreció, entrecerró los ojos e inadvertidamente se mesó la despoblada barba.

Pero no podía ser: de eso no tenía duda alguna. No podía desobedecer la orden —porque es lo que era— del inglés. Dependía absolutamente del favor de Walsingham y de Isabel. Los barcos y las tropas inglesas serían con certeza un factor decisivo a la hora de hacerse con el trono que tanto deseaba: sin su imprescindible ayuda, no tendría ninguna oportunidad; ninguna en absoluto. Y era una lástima: si Felipe hubiera estado entretenido en Flandes con Anjou, seguramente no hubiera podido lanzar toda su fuerza, y todo su poder, su inmenso poder, sobre Portugal. Que sería lo que sin duda haría una vez muriera el rey, ese miserable de Henrique. En fin: una oportunidad que se marchaba, y una decepción más. Otra.

Pero ahora tenía que hacer dos cosas, y las dos importantes: la primera, contestar a Walsingham y tranquilizarle. Finalmente, no mandaría las carabelas a recoger la plata. Y tampoco le daría explicaciones a Pérez: por lo que el inglés le decía en su carta, parecía que sus días estaban contados. Y él no quería que en las manos del español pudieran encontrar papeles que le comprometieran. Pérez ya se las arreglaría. Y si no lo hacía... bien, eso no era desde luego problema suyo. Además, tenía que avisar al capitán: había que enviar, con alguien de toda su confianza, una carta a Lagos. Una lástima: ya había pagado los gastos que había costado armar las carabelas, y ese dinero nunca volvería a verlo. Esos buques nunca saldrían de puerto. Pero había de obedecer, aunque fuera a desgana y a regañadientes: entre los pros y los contras, asegurar el apoyo de Inglaterra a sus pretensiones al trono siempre había sido algo primordial. Pero qué duda cabe de que la carta —la maldita carta, ahora hecha una bola en el suelo— le había estropeado el día.

Michel de Castelnau, señor de Mauvissière, tenía una mañana muy ocupada por delante. A primera hora había recibido, descifrada, una carta de la reina Catalina en la que le encomendaba un encargo nada fácil de realizar. Pero Castelnau era un buen diplomático, avezado desde muchos años atrás a las lides de las cortes: y poco había de esta que él no conociera. Además, era un ferviente católico; así es que el contenido de la misiva que había recibido, en realidad, ni siquiera le disgustó. En el fondo, la decisión de la reina no solo le parecía correcta, sino que la compartía.

En realidad, Castelnau no deseaba en absoluto ver a Francia vinculada por matrimonio con una Inglaterra complicada, insegura y herética. Ingleses... él había luchado contra ellos en el Havre, en 1563; se había distinguido por su celo durante las guerras de religión, combatiendo sin cesar a los hugonotes. Sin embargo, el rey Carlos —que descansara en la paz que en vida nunca tuvo— le mandó a Londres para aquietar las revueltas aguas de la corte inglesa tras la terrible Noche de San Bartolomé, después de las bodas de los reyes de Navarra. Y eso le obligó a usar sus mejores armas diplomáticas: fue un objetivo que a punto estuvo de no lograr.

¿Isabel, casada con el duque? ¿Con Anjou? Bien, parecía que no. Castelnau, por tanto, se alegraba; su fidelidad en realidad no era para la reina Tudor —esa dinastía sangrienta, aunque la de Valois no le iba a la zaga—, sino para la cautiva María de Escocia, que había sido, es verdad que, durante muy poco tiempo, reina de Francia; y que trataba de comadre a Marie Bochelet, su propia esposa, a la que él amaba con la ternura casi paternal con la que los hombres mayores aman a las mujeres mucho más jóvenes que ellos.

Recogió la carta: sabía mejor que bien que nunca se debían dejar papeles —y más aún, si estos eran comprometedores— a la vista. No estaba muy seguro de todos sus criados, y conocía por experiencia cómo de las embajadas salía más información de la que entraba. Y la casa de Salisbury Court, junto a Fleet Street y cerca del río, era el objetivo de muchos indeseables; incluso de no pocos espías. De hecho, su posición era ciertamente precaria: como católico, había recibido autorización de la reina para celebrar la misa en su propia casa. Pero esa merced provocaba que no pocos ingleses, en especial los estrictos puritanos, le miraran con ojos prietos y torvos cuando salía a la calle en su coche, o en la corte cuando se presentaba ante la reina.

Llevaba ya como embajador estable desde 1575, y temía que aún le quedaran muchos años por delante. Ese castigo —porque como tal lo veía, aunque en el fondo apreciara la vibrante vida londinense— tenía solo una ventaja, y era que podía socorrer (en lo que le dejaran, que no era mucho) a la cautiva reina de Escocia. La hospitalidad de Isabel se había acabado convirtiendo para aquella en una forzada prisión. Aunque bien es cierto que la reina María se había excedido. Darnley y Bothwell… esa era una historia que ahora no quería recordar.

Tocó una campanilla, y el mayordomo, Chassaigne, entró en el cuarto. Castelnau, mientras se guardaba la carta descifrada en la escarcela, le dio una orden sencilla:

—Chassaigne, que mi barca esté esperándome en el río en media hora. Saldré, como siempre, por White Friars. Voy a Whitehall, avisad al señor de Courcelles que deje lo que esté haciendo porque deberá acompañarme.

—Por supuesto, señoría. ¿He de decirle a Courcelles que se reúna aquí con vuestra señoría? ¿O mejor en el río?

—Decidle que vaya directamente al río. Que le acompañe un criado: no están los tiempos para andar solo por Londres. Ah, y mandad el coche a la puerta del palacio, a la Court's Gate. Que nos espere allí dentro de una hora. Volveremos en él a la embajada, por Charing Cross; no usaremos el bote a la vuelta.

—Eso haré. ¿Desea vuestra señoría que cierre la puerta?

—Sí, Chassaigne: hacedlo. Bajaré en unos minutos.

Castelnau tomó de la silla, donde estaba colgada casi de cualquier manera, una capa abrigada forrada con pelo de marta. El frío se le había metido en los huesos. Ya casi era mayo, y ayer había nevado. El clima de este país —como tantas otras cosas, pensó— era imposible. Se estiró las calzas, se colocó el cinto con la daga y la espada, abrochando con cuidado la hebilla a su aún delgada cintura, y se caló la gorra, adornada por un elaborado broche con una rica perla pendiente. En la pared había un espejo, y comprobó en él que su atuendo estuviera adecuadamente dispuesto. El cabello, oscuro aún —pese a su avanzada edad, casi sesenta años, se dijo satisfecho— y muy rizado; la piel cetrina, la amplia frente, los ojos negros, la barba espesa y la nariz bulbosa, grande, no eran precisamente un repertorio propio de un Adonis. De hecho, parecía un moro. Pero eran las armas con las que Nuestro Señor le había armado para este mundo convulso, y no quedaba otra cosa que conformarse. En cualquier caso, su aspecto era elegante. No como Simier, ese pisaverde perfumado, ese sodomita extravagante. E íntimamente complacido, bajó la escalera para dirigirse al río.

****

La barca, que llevaba en su proa un rígido gallardete con las flores de lis de Francia —un símbolo heráldico que suponía otro contencioso con la corte inglesa, que alegaba sus derechos sobre el trono francés desde la lejana guerra de los Cien Años— surcaba el río, impulsada por los remos que manejaban concertadamente los seis remeros que componían, con el timonel a popa, la breve tripulación. Los señores de Mauvissières y de Courcelles estaban sentados bajo el toldo, concebido para protegerles de un sol hoy inexistente, e ineficaz ahora frente a las inclemencias del tiempo: de nuevo había empezado a llover, y las pesadas gotas de agua helada que caían del oscuro y encapotado cielo rizaban la superficie del río y se congelaban, convertidas en escarcha, en las sucias y embarradas orillas de sus márgenes. Olía a humo, a comida rancia y a madera mojada.

Castelnau estornudó, con un espasmo repentino que le impidió llevarse a tiempo el pañuelo a la boca: maldijo seguidamente, y usó el lienzo para limpiar la espesa saliva que había caído sobre sus calzas. Courcelles sonrió, aunque cuidándose mucho de que su señor le viera.

—Ah, el clima inglés —dijo Castelnau—. Infernal, ¿no es cierto, Courcelles?

—No le quepa duda, embajador. No sabe vuestra señoría lo mucho que echo de menos la Provenza. Sobre todo el calor. ¡Sudar, qué maravilla sería! Creo que ni recuerdo lo que era eso.

—Puede estar seguro de que le entiendo, Leclerc. Uno nunca termina de acostumbrarse a esto. Ni tampoco a la comida, o al idioma: con los años que llevo aquí, aún no he conseguido aprenderlo. En fin, menos mal que la gente civilizada habla francés: algo es algo. Lo que sí es cierto —dijo Castelnau mientras miraba hacia ambas orillas desde el bote que recorría el río, mezclado con cientos de otras embarcaciones cuyos patrones se insultaban unos a otros en un colorido lenguaje— es lo mucho que ha crecido Londres en los últimos años.

La observación de Castelnau era rigurosamente cierta: la capital inglesa tenía una población cercana ya a las doscientas mil almas, y día tras día llegaban a ella, desde el campo, nuevos pobladores que apenas encontraban acomodo en las atestadas calles. También su superficie había aumentado, extendiéndose hacia el campo circundante, que cada vez estaba más cerca de ser devorado definitivamente por una ciudad que crecía sin medida. La barca había salido desde el amarradero de White Friars, cuyo topónimo conservaba el nombre del antiguo convento cartujo, asolado tras las reformas —o más bien tras el expolio— de Enrique VIII, desde el que se veía, a lo lejos y muy atrás, el puente de Londres, cubierto de extremo a extremo por todo tipo de edificios y donde se estaba terminando de construir por esas fechas Nonsuch House, con sus cúpulas en forma de cebolla; y había dejado al margen del Támesis, a medida que avanzaba por la crecida corriente —la marea había comenzado a subir horas atrás— el Temple, Paget Place, Arundel Place y Somerset Place (las casas de los grandes señores se hallaban a orillas del río, lo que permitía a sus moradores comunicarse entre ellas sin necesidad de pisar las embarradas y atestadas calles), circundadas por las airosas torres de las iglesias, coronadas por elevados chapiteles de cobre y de pizarra.

En unos minutos —Castelnau miró su reloj, un exquisito ejemplar ovalado de latón labrado cuya única aguja de acero marcaba ya casi las diez y media— amarrarían en el puente privado, donde la reina, sus consejeros, la alta nobleza y los embajadores acreditados ante la corte tenían derecho a desembarcar. La intención del señor de Mauvissières era la de entrar a Whitehall por ese acceso, situado frente a Lambeth y desde el que podía verse, muy cerca, la catedral gótica de Westminster.

—Bien, Courcelles, preparémonos. Iremos directamente a ver a Walsingham: vuestra merced puede esperarme mientras tanto y hablar con Phelippes, si se encontrara en su oficina. A ver qué puede sacarle.

—¿Sacarle? Bien sabe vuestra señoría que Phelippes solo me dirá lo que él quiera.

—Parece que vuestra merced, Leclerc, conoce bien al agente del secretario. En fin, haga lo que pueda. Interésese por saber qué piensa acerca de la embajada de Simier. Es interesante conocer la opinión de quienes manejan la inteligencia, Courcelles. Una vez termine, espéreme; lógicamente volveremos juntos. Bien, ya estamos. Timonel, amarre aquí, junto a las escaleras.

El embarcadero, cubierto por un pequeño pasillo edificado en piedra y madera con ventanas emplomadas, aseguraba proteger de la lluvia y de las inclemencias del tiempo a aquellos que salieran o entraran del palacio, y los dos ocupantes de la chalupa descendieron con cuidado del bote, que cabeceaba pese a haber pegado su costado a las escaleras del muelle, lamidas por el río y negras por la humedad y por los hongos. Tras dar su razón a uno de los guardias, siguieron a un criado uniformado con la cifra de la reina —ER, Elizabeth Regina, separadas ambas letras por la rosa roja y blanca de los Tudor—, que los acompañó hacia las dependencias del palacio ocupadas por Walsingham y sus agentes.

El palacio de Whitehall se había convertido en residencia principal de la corte inglesa en 1529, y sus formas mezclaban un gótico ya arcaico con las primeras luces del Renacimiento. Un jardín cerrado, situado a la izquierda del pasaje y concebido como un espacio cuidadosamente simétrico, con setos recortados a la manera italiana y varias fuentes que ahora, congeladas, habían dejado de manar sus habitualmente cantarines chorros de agua, permitía que la reina y sus cortesanos pudieran pasear, protegidos de las miradas ajenas, durante los días de buen tiempo. Había sido en su día una de las residencias del cardenal Wolsey, York Place; y caído este en desgracia, el rey Enrique lo había reformado a conciencia. Allí había muerto en 1547 el viejo toro furioso, el cruel monarca que había traído la Reforma a la isla inglesa, que había repudiado a su primera y a su cuarta esposas y que había matado a otras dos: a Ana Bolena, la madre de Isabel, y a Catalina Howard. Implacable, pero inteligente y calculador tras su engañoso aspecto de buey sorprendentemente porcino. Aún el recuerdo del rey difunto estaba presente bajo los ornamentados techos de madera y en las habitaciones forradas por paneles decorados para protegerlas —en general, infructuosamente— de la humedad y del frío. Castelnau se estremeció, mientras se detenían ante una puerta, discreta y nada imponente, que el criado abrió, anunciándoles:

—El embajador del reino de Francia y el señor de Courcelles —dijo, retirándose y cerrando desde fuera: sin duda, estaba bien adiestrado. Inmediatamente Phelippes, que se encontraba trabajando sobre su mesa, cubrió el tablero con una tela que tenía preparada a ese efecto (la prudencia, desde luego, era marca de la casa) y se levantó para recibir a los dos visitantes:

—Señores, es un honor. ¿Embajador, viene a ver a Sir Francis? Acompáñeme; se encuentra en la habitación de al lado.

—Muchas gracias, Phelippes. Efectivamente, vengo a ver al secretario. ¿Le importaría, mientras tanto, atender a Leclerc? Creo que no tardaremos mucho. En realidad, será rápido. Le traigo algunas noticias que pueden interesarle, pero que no me llevarán demasiado tiempo.

—Por supuesto, señor de Mauvissières. Y no se preocupe —Phelippes miró a Leclerc—. Atenderé al señor de Courcelles como se merece. Sígame —tocó la puerta, y comunicó al secretario que tenía una visita, dejándole pasar a la cámara que ocupaba Walsingham—. Sir Francis, está aquí el embajador de Francia.

—¿Castelnau? Pase, pase vuestra señoría. Acérquese, por favor. Phelippes, hágale pasar y cierre la puerta —el agente cerró y les dejó solos, y Walsingham alargó al embajador francés una curiosa copa de metal con un largo mango de madera, que llenó de vino especiado:

—He recibido hace poco este curioso objeto como regalo, amigo mío. Puede ponerlo sobre el fuego de la chimenea y el vino se calentará. Pero cuidado: no demasiado tiempo, o se quemará los labios. Tome, venga aquí. Acérquelo al hogar. Espero que un vino caliente le ayude a reponerse del frío que hace esta mañana —Walsingham expiró un vaho que se congeló al rozar el cristal de la ventana escarchada—. No sé qué es lo que sucede con el tiempo, pero deberíamos estar ya casi celebrando el mayo, y este año habremos de recibirlo no en camisa, sino bien abrigados. Aún recuerdo un año, creo que sería en 1564, o en el 65, en el que el río se congeló y los mozos jugaban sobre él a la pelota... bueno, por ahora no hemos llegado a esto. Pero quién sabe, si el tiempo sigue así. En fin, vuestra señoría dirá, embajador. Supongo que debe venir a verme por algo importante.

—Sí, sir Francis. Es por algo efectivamente importante. Verá, he recibido una carta.

—¡Ah, las cartas! Sí, muchas veces son importantes. Muchas. De hecho, nuestra vida puede cambiar tras recibirlas, embajador. ¿Y esta, qué dice?

—Esta la envía mi señora, la reina Catalina.

—Magnífica mujer, embajador. Vuestra reina madre sigue, pese a su avanzada edad, siendo el sostén que soporta sobre sus hombros la corona de Francia.

—Así lo creo yo, sir Francis, y me considero un leal servidor de mi señora Catalina. Es por ello por lo que he venido a ver a vuestra señoría.

—Bien, muy bien, señor de Mauvissières. Pues dígame qué he de saber acerca de lo que su reina le comunica en esa carta.

Castelnau bebió, cuidando de no quemarse los labios ni la lengua, del curioso vaso que el secretario le había facilitado; un suave calor le reconfortó casi de inmediato. El vino estaba bueno: era seguramente español, un caldo viejo que alguien había endulzado con un poco de miel y había especiado suavemente. Bebió de nuevo, y entonces, mientras miraba con cautela a Walsingham, le contó con detalle aquello que le había llevado hasta la cámara del jefe de la inteligencia inglesa.

****

Algo menos de una hora después, Castelnau y Courcelles salían del palacio por la Court's Gate a King Street, donde les esperaba el coche de la embajada. Del cielo seguía cayendo una fría cellisca, que empapaba los lomos de los caballos: de los ollares de las bestias salían nubes de vapor. Mientras subían al cómodo y oscuro interior, el embajador le indicó al lacayo que le había abierto la puerta su nuevo destino:

—A la casa del embajador de España.

Ya acomodado, respondió a la interrogativa mirada de su compañero con un alzamiento de cejas y una resignada respuesta:

—Sí, Leclerc. Como ve vuestra merced, el trabajo aún no ha terminado por hoy. Ahora puede esperarme en el coche. Que el lacayo entre conmigo y pida un poco de carbón para el brasero —dijo, señalando un pequeño calefactor de latón dorado que estaba situado en el piso del carruaje—. Así, mientras me espera, al menos no se enfriará. ¿Alguna novedad de Phelippes?

—Me temo que no. Solo lugares comunes y poco más. El tiempo da mucho juego en las conversaciones sociales, como bien sabe vuestra señoría.

—Es bien cierto… —Castelnau sonrió, aunque se le congeló la sonrisa cuando el coche tomó un bache girando ante Charing Cross, una de las cruces levantadas por Eduardo I en memoria de su esposa Leonor de Castilla, y estuvo a punto de caer al suelo de la inestable caja en la que viajaban—. Maldito pavimento... sí, como dice, desde luego lo es. Pero yo sí puedo confiarle que la misión que me ha llevado a Whitehall está plenamente cumplida, Courcelles: los ingleses no moverán un dedo por el duque de Anjou. Creo que esta noticia dejará a nuestra señora muy tranquila.

—Sí, señor. Pero no comprendo… ¿La reina madre no desea que su hijo se case con la reina inglesa?

—En realidad no se trata de eso. Si la boda se produce, bueno; ella no tiene, según creo, ningún inconveniente que ponerle a ese matrimonio. Al menos no en principio. No, lo que le preocupa en realidad es la oferta de Orange; el asunto de los Países Bajos. Tiene mucho miedo, Leclerc; no quiere que Felipe de España pueda tener un motivo para intervenir de nuevo en Francia. Recuerde que ya lo hizo, en tiempos de la Liga, y al reino le ha costado muchos años recuperarse. O al menos dar la impresión de que se recuperaba. No quiere que el rey de España, el padre de sus nietas, pueda molestarse por un asunto que, en realidad, en nada va a beneficiar a nuestro señor el rey Enrique, que es además su hijo predilecto. Así que, cuando Walsingham me ha asegurado que no va a mover un dedo para ayudar al duque, me he quedado muy tranquilo. Creo, Leclerc, que pese a todos los empeños de Simier, buena parte de la corte de la reina Isabel no quiere ver a un católico en el trono. Además, nuestro señor el duque no tiene buena prensa entre los protestantes; era digna de ver la cara del secretario cuando le mencionaba. Sin duda no ha olvidado lo que pasó en París hace siete años, cuando las bodas de los reyes de Navarra.

—Pues si ese es el caso, sin duda la reina Catalina podrá descansar tranquila.

—Seguramente, amigo mío, seguramente. Ahora vamos a terminar el trabajo de hoy. Ya estamos aquí, y hemos llegado enteros. Milagroso sin duda.

Efectivamente habían llegado junto al parque de Marylebone, el antiguo coto de caza del rey Enrique, donde se hallaba la embajada española desde los tiempos del embajador Puebla, cuando don Fernando de Aragón estableció allí una legación permanente en 1495. Era una casa grande y aislada, rodeada por una espesa arboleda; por lo que podía verse, la privacidad era una cualidad muy valorada por los diplomáticos españoles. Bien comunicada, cerca del camino que llevaba hacia Reading por si había que salir a escape. El carruaje se detuvo, el embajador descendió, indicó al lacayo que cogiera el brasero para llenarlo y traerlo para que Leclerc pudiera calentarse, y Castelnau entró en la embajada, haciéndose anunciar al mayordomo. Mendoza se sorprendería al verle, pero lo haría más aún cuando conociera la causa de su visita.

****

Don Bernardino de Mendoza jugueteaba con un estilete que sin duda utilizaba para abrir la correspondencia, una tarea a la que estaba dedicándose en el momento en el cual Castelnau se había hecho anunciar inesperadamente.

«Espero que no me lo clave —se dijo el francés—. Sin duda es muy capaz de hacerlo. Este *terribilis hispanus...*» En fin, la diplomacia tenía sus riesgos. Aunque en realidad, don Bernardino podía ser encantador, y sin duda alguna era correcto; extremadamente correcto y puntilloso. Desde luego, muy claro en sus manifestaciones. En ese momento, dejando el estilete en la mesa al advertir la incomodidad de su interlocutor, el español le preguntó a Mauvissière:

—Entonces, embajador, y resumiendo: doña Catalina asegura que está haciendo todo lo posible para que la oferta que Orange le ha realizado a su señor de Anjou no tenga efecto alguno y vuestra señoría me dice que acaba de hablar con Walsingham, y que los ingleses no van a hacer nada para ayudarle tampoco. Aunque no sé cómo podrá ser eso, si finalmente la reina Isabel contrajera matrimonio con el duque. Me consta que ella, además, le pasa una pensión —Mendoza sonrió—. Y conociéndola, creo que esa es la mayor muestra de amor que esta señora puede dar.

—No creo —dijo Castelnau—. No creo que finalmente ese matrimonio se lleve a efecto, Mendoza. Con pensión o sin ella. Pienso que en el fondo ni la reina lo quiere. ¿Cree vuestra señoría que ella ha pensado siquiera una sola vez en casarse? Yo lo dudo. Burghley sí lo cree, pero supongo que es el único. Bueno, y algún miembro más del Consejo Privado que pueda haber sido sobornado por Simier. Pero ninguno que cuente en realidad.

—No es una mala noticia la que me trae, Castelnau. Se lo agradezco. Ya sabía algo de eso por mis informadores —don Bernardino pensó en Zubiaur y en su reunión con Phelippes—, pero le agradezco que me confirme lo que ya suponía.

—No hay de qué, embajador. En realidad, no es el único mensaje que le traigo.

—¿Más sorpresas? No salgo de mi asombro, señor de Mauvissière. Espere vuestra señoría un momento: voy a pedir que nos traigan algo de comer. Le diré a mis criados que saquen también algo para los que le esperan en su coche.

Mendoza tocó la campana, entró un criado y dio una rápida orden; dada la rapidez con la que los criados entraron seguidamente con jarras, copas, platos y bandejas debían haber estado esperando a la llamada de su señor. Después de beber un profundo trago de un vino rojo y espeso, y de mordisquear una humeante empanada dulce, rellena de un suave bacalao al que le habían quitado la sal y de la que Castelnau tomó un buen trozo, Mendoza animó al embajador francés a continuar:

—¿Y qué otro mensaje me trae, embajador? Sorpréndame.

—Pues sí, Mendoza. Efectivamente creo que le voy a sorprender. ¿Qué relación tiene vuestra señoría con el secretario Antonio Pérez?

****

El francés ya se había ido, y don Bernardino había cerrado su puerta y ordenado que no se le molestara. Había sacado la cifra de su escondite secreto, escrito una carta urgente que esa tarde remontaría el Támesis y que habría de llevar en mano el mismo Zubiaur a Mateo Vázquez en El Escorial, para que la entregara al rey, y ahora estaba ocupado en cifrarla cuidadosamente: no podía cometer un solo error en el cifrado. Una vez la carta hubiera sido encriptada, arrojaría el peligroso original a la chimenea: dijera lo que dijera el embajador francés, no había que fiarse en absoluto de ese malintencionado hereje de Walsingham.

Pero era singular que los propios franceses le hubieran confirmado, por boca de su embajador —que al fin y al cabo no era sino un altavoz de Catalina de Médicis— los manejos de Pérez en relación con el asunto de Orange. O sea, que era cierto: Pérez estaba ayudando a Anjou, y lo hacía utilizando un cargamento de plata traído de contrabando a Sevilla; bien estaba saberlo. Pero encontrar esa carga iba a ser lo mismo que dar con una aguja en un pajar. O con un marido para la reina de Inglaterra. Desde luego, compadecía a quienes tuvieran la comisión de encontrarla: iba a resultarles bien difícil.

El embajador terminó la carta: en ella explicaba al rey y al secretario todo lo que Castelnau le había manifestado. Con este testimonio, Pérez sin duda estaba mucho más cerca de pudrirse en una prisión de lo que había estado ayer. Pero eso era lo que les sucedía a los traidores, y a don Bernardino de Mendoza el intrigante aragonés no le daba lástima alguna; ni él ni su íntima aliada, la *Tuerta*. Según todo parecía indicar, los dos iban a recibir lo que se merecían. Y según a él se le antojaba, mucho habían tardado en recibirlo. Cerró el sobrescrito, lo aseguró con cuerda y cinco lacres sin sello visible, y mandó llamar a Zubiaur: montaría al vizcaíno en un carruaje discreto y cerrado que le llevaría al muelle del hospital de Saboya donde ya había ordenado que le aguardara un lanchón rápido, y una vez fuera de la ciudad viajaría a toda velocidad hasta la costa para embarcarse en un aviso que había sido aún más aligerado de lo habitual, una nave veloz que a toda vela y en poco tiempo le pondría en la costa española. Y de ahí, y sin apenas descansar, su agente tomaría la posta hasta Madrid. Luego, llegar a San Lorenzo sería ya poca cosa. Desde luego —pensó, antes de recibir a su eficaz espía—, había días en los que todos los acontecimientos se precipitaban, y hoy había sido uno de ellos.

San Lorenzo el Real

Los visitantes acababan de marcharse; Mateo Vázquez se había sentado, agotado, en una de las dos únicas sillas de su aposento, en el que en ese momento entraba por la escueta ventana una luz tibia y cansina, escasa y pobre. Una silla que hasta hacía escasos minutos había ocupado doña Constanza Castañeda, la viuda y segunda esposa de Juan de Escobedo. Pedro, el hijo del secretario de don Juan de Austria, asesinado por el impulso de Antonio Pérez y de doña Ana de Mendoza con la complacencia del rey, le había escrito una carta pidiéndole que les recibiera; y la entrevista acababa de terminar. Vázquez había tomado, desde la muerte del *Verdinegro* —como llamaban burlonamente en otros tiempos Pérez y el propio rey al montañés— como causa propia la defensa de su viuda y de sus hijos, que reclamaban una justicia que estaba tardando demasiado en llegar.

Inicialmente su decisión de ampararles había sido una maniobra política; era una manera de debilitar, atacando a su mascarón de proa, al partido contrario. Pero el asunto se complicó, y ahora era un endiablado lío en el que finalmente —y eso ahora el clérigo lo sabía a ciencia cierta— también se había enredado el monarca. Y él mismo, por supuesto.

Hoy los Escobedo habían regresado, le habían visitado y continuaban reclamando justicia; y más aún ahora, que percibían cómo el otrora todopoderoso Pérez estaba comenzando a perder los apoyos que le habían sostenido: el tono mesurado que Pedro de Escobedo habitualmente había empleado siempre que habían hablado del asunto, se había visto sustituido por otro airado e impaciente. Tajante, aunque dentro también de la obligada prudencia que le imponía el cada vez mayor poder de Vázquez. La viuda tampoco había aflojado la presa; sin duda los dos olían, fresca y rojiza, la sangre del secretario de Estado.

Vázquez los había calmado y tranquilizado, al menos en lo que le había sido posible, sin desvelar ningún secreto. Y les había dado esperanzas. La reunión se cerró con una conclusión lapidaria del clérigo, que dejaba abierta la puerta —al menos, para sus visitantes— a la esperanza de que más pronto que tarde se hiciera al fin la deseada justicia.

—Imaginarán que no puedo contarles nada más sobre este asunto, porque el secreto me obliga. Pero quiero que sepan que en breve —y no creo que hablemos de más de un par de meses— este asunto se resolverá definitivamente. Sí, definitivamente —Vázquez miró a los ojos a Pedro de Escobedo, dándole a entender la seriedad del mensaje que les estaba confiando a él y a su madrastra—. Las cosas están yendo muy rápido ahora. Muy, muy rápido. Y el hombre del que hablamos está cada día más solo. En realidad, es cuestión de tiempo. Y no es una impresión mía: es una realidad cierta. Pero no puedo decir más a vuestras mercedes. Esto que acabo de decirles no puede salir de aquí. No puede, Escobedo. ¿Me entiende? Bajo ninguna circunstancia. Porque entonces comprometeríamos el resultado que deseamos obtener.

—Bien —dijo Escobedo—. Muy bien, secretario. Doña Constanza y yo entendemos la necesaria prudencia que hemos de observar. Ya hemos sido muy pacientes, como recordará. Más aún si pensamos cómo se ha calumniado a mi padre, al que aún nadie ha rehabilitado.

—Descuide, Pedro. Que a eso se llegará. Su padre quedará reivindicado: yo me ocuparé personalmente de ello.

—De acuerdo, señor Mateo —ahora era la viuda la que hablaba—. Pero ¿y ella? ¿Qué va a hacerse con ella? ¿Qué va a disponer el rey sobre la princesa, la de Éboli, la *Canela*? —la mujer utilizó el mote desgarrado que a la princesa le habían puesto en la corte—. Porque él será quien tome la decisión última acerca de ese asunto.

—Señora, entiendo que el destino de uno servirá para la otra. Una pieza es más débil y la otra más fuerte, pero cuando se pierde una partida todas las piezas dejan el tablero. Y aquí, se lo aseguro a ambos, la partida está casi ganada. Es cuestión de días; confíen en mí —Vázquez se levantó, y la mujer, cubierta con las tocas de viuda que reforzaban su aspecto suplicante, hizo lo mismo—. Ahora deben dejarme; su majestad está reunido con el embajador de Francia, y es muy probable que me haga llamar en breve.

Finalmente, ambos se marcharon; aunque era seguro que, si las cosas no salían como se esperaba, volverían de nuevo. Vázquez trataba de encontrar unos momentos de calma —pese a los sostenidos martillazos de las obras que escuchaba desde su aposento— antes de seguir con su trabajo. Efectivamente don Felipe estaba esa mañana con el señor de Fourquevaux, y el secretario esperaba a ser llamado una vez esa entrevista hubiera concluido: sin duda, el francés —que había pedido expresamente y con la mayor urgencia ser recibido a solas por el monarca— tendría muchas cosas importantes que transmitirle al Austria. De todas ellas el rey le hablaría después a él, se dijo mientras tomaba de la mesa su breviario y se disponía a rezar, dejando a un lado una carta que acababa de recibir del conde de Barajas, y que luego también habría de mostrar a don Felipe. Un ruido le distrajo momentáneamente: una mosca, negra y gruesa, golpeaba en el cristal tratando de salir.

****

Raymond de Rouer, señor de Fourquevaux, había llegado a España como embajador tras haber participado en las guerras de Italia con Odet de Foix, quedando como prisionero de los españoles, que le liberaron en 1530 tras la paz de Cambrai. Había estudiado en Toulouse, guerreando después —siempre contra España— en

Saboya, Fossano y Cataluña: incluso había escrito un tratado, de gran éxito, sobre la guerra, en el que aconsejaba a los lectores sobre estrategia y disciplina militares[9]. Protegido por el condestable Anne de Montmorency, pasaba a Italia en 1552 tras haber estado en Escocia, Irlanda y Bohemia apoyando a las fuerzas católicas. En 1555 era detenido en Florencia, y en 1557 Enrique II le nombró gobernador de Narbona. Enemigo de los protestantes, los eliminó expeditivamente de Toulouse en 1562, y tres años después sería enviado expresamente a la corte española por la reina Catalina, con la que tenía una muy cercana sintonía. Esa sintonía se repitió con la reina Isabel de Valois, de quien Fourquevaux había sido también muy próximo: su muerte en 1568 había sido un duro golpe, no solo por el afecto que Rouer le tenía —y que era mucho: era difícil no amar a una joven tan alegre y vital—, sino también porque con su muerte se cerraba un canal de información privilegiado con la corte.

El embajador había podido ver y percibir con claridad cómo la difunta reina amaba realmente a su esposo: había tenido noticias de que el príncipe de Orange estaba redactando un libro en el que negaba ese afecto —otro enredo más del holandés[10]—, y él podía declarar sin problema alguno de conciencia que eso no era en absoluto cierto. Precisamente, al apreciar con claridad el sorprendente amor mutuo entre el monarca de treinta y cuatro años y la reina de catorce, había comenzado a estimar a Felipe; más aún cuando vio cómo la acompañaba en momentos tan difíciles como durante su enfermedad —la reina contrajo la viruela, y su recuperación fue muy comprometida—, los difíciles partos de sus hijas o la última agonía, con solo veintitrés años. No la dejó sola entonces, y eso para Rouer era mucho; mucho más que suficiente.

9 Raymond de Rouer de Beccarie de Pavie de Fourquevaux: *Instructions sur le faict de la Guerre*. París: Michel Vascosan, 1548.

10 En realidad fue redactada por un hugonote francés, Pierre Loyseleur, señor de Villiers: *The apologie or defence of the most noble Prince William, by the grace of God, Prince of Orange...* (realizada en 1580, no se imprimió hasta 1585).

Ese hombre —el que ahora el embajador tenía enfrente— había rehecho su vida en 1570, casándose con su sobrina Ana, actualmente la reina; una joven gentil que hacía las veces de madre de las dos infantas huérfanas con gran delicadeza. Ahora el rey Felipe le miraba con fijeza, tras haber escuchado el mensaje que el embajador le había traído. Con esa mirada, azul e imponente, que parecía haber recuperado en los últimos días, tras haberse apagado durante un tiempo:

—Es decir, embajador, que vuestra señora, mi muy estimada suegra la reina Catalina, me asegura que su hijo Francisco no hará ninguna tontería en relación con lo de Flandes. Pero no porque él no quiera hacerla, sino porque ella y el rey se lo impedirán. Bien. Pero mi pregunta es sencilla, Fourquevaux: ¿podrán realmente hacerlo? ¿Impedírselo? Ya sabéis que no veo tampoco con muy buenos ojos ese... ese proyecto de boda con la reina Isabel.

—Señor, le ruego que confíe en mi señora. Ella no quiere, y el rey tampoco, romper ahora sus buenas relaciones con España. Desde las paces, la relación entre nuestros dos reinos es excelente. De hecho, el que yo esté informando a vuestra majestad de este asunto es una muestra de su buena voluntad.

—Sé de la habilidad y de la inteligencia de vuestra señora, embajador. De ella nunca he dudado. Y nadie desea mantener ese buen trato más que yo.

—Y como prueba... —insistió el embajador— y como prueba, majestad, mi señora me ha insistido que le transmita que sabe, y con certeza, que su hijo tiene aliados poderosos en esta corte.

—¿Aliados, Rouer? ¿Qué clase de aliados? ¿Aquí? ¿Quiénes son, y en qué le están ayudando? —dijo el rey, aunque el embajador, sorprendido, percibió que en realidad no se extrañaba por lo que acababa de revelarle: no exteriorizó ninguna señal de asombro. Sin duda el segundo Felipe ya sabía quién estaba revolviendo su propio gallinero; como su dilatada experiencia le había enseñado muchas veces, era difícil coger al español en un renuncio.

—Mi señora se refiere al secretario Pérez, majestad. Él es, según me dice, quien está amparando al duque —Fourquevaux sacó una carta sellada de su faltriquera, entregándosela al rey con una inclinación—. Y me ha pedido que, si acaso vuestra majestad dudara de lo que le digo, le entregue este documento. Es una breve carta de la reina madre, majestad. En ella, según creo, le explica algunas cosas; a ella le acompaña otra, que según mi señora me ha hecho saber, será de lo más clarificadora.

****

La mañana estaba terminando, y el rey había ordenado que le llevaran un bocado a su habitación. Comía mientras leía, escuchando sin atender demasiado al ruido de los operarios que levantaban el monasterio; y esperaba entretanto la llegada de Mateo Vázquez. Al lado de su plato había una bandeja de la que se servía él mismo: se había negado a que ningún criado o gentilhombre de boca le atendiera, ya que quería soledad y, sobre todo, reserva. Tomó con una horquilla un trozo de carne que ya estaba frío, y lo dejó a un lado. Bebió un sorbo de vino y mordisqueó un poco de pastel, un hojaldre especiado que el cocinero había hecho con unas perdices que se habían cazado en la Fresneda. Dejando en el plato el bocado que no había terminado, cogió de nuevo la carta de la reina de Francia. En ella, Catalina le explicaba cómo Pérez había ofrecido su colaboración a Anjou; y para respaldar sus afirmaciones, incorporaba —a saber cómo la habría conseguido— la copia de una carta del secretario al duque. Sin duda, su antigua suegra tenía bien penetrada de espías toda la extensa telaraña de su corte. En la carta Felipe pudo confirmar sus sospechas y temores, y todo aquello que Diego de Bustamante, con la promesa de una amnistía y una recompensa, ya le había revelado tiempo atrás. La carta de Pérez era, desde luego, de lo más explícita: y su elocuente contenido hubiera diluido las prevenciones o las objeciones de cualquiera que hubiera podido leerla.

En ese momento llamaron a la puerta, y tras recibir la autorización del rey para abrirla, el guardia hizo pasar al clérigo sevillano, que traía una cara —el rey no pudo menos que observarlo— magra y cenicienta. Vázquez se inclinó ante el monarca —este, hoy, no le indicó que se sentara— y el monarca, sin decir una sola palabra, siguió comiendo con parsimonia tras alargarle al secretario privado las dos misivas de la reina madre de Francia.

Vázquez leyó, y poco después dejó las cartas en la mesa, de donde el rey las había tomado. Don Felipe, dejando a un lado la servilleta con la que se había limpiado boca, barba y manos, y tirándose del sombrero hacia un lado —parecía que le apretaba algo y le molestaba— le preguntó:

—Vázquez, ¿puede saberse qué os pasa? Os veo mustio. Gris, en realidad. Tenéis la piel color ceniza. ¿Os ha ocurrido algo, os sentís mal?

—No, señor, no es nada. Han venido a verme los Escobedo.

—Ah, los Escobedo. Ya. Y supongo que quieren lo de siempre, ¿no? —el rey miró con los ojos turbios, quizás molesto, a Vázquez. Don Felipe se había acusado amargamente, en confesión ante el pequeño clérigo que ahora le escuchaba, de haber consentido la muerte del secretario de su hermano durante la reunión que ambos, él mismo y el monarca, habían mantenido días atrás. La misma en la que don Felipe le desveló las muchas intrigas del aragonés.

—Sí, majestad. Lo de siempre.

—¿Y? ¿Qué les habéis dicho?

—Que vuestra majestad, y yo mismo, les aseguramos la justicia que piden.

—Sí, sí. Eso hay ya que darlo por supuesto y más aún después de haber leído las cartas que os he mostrado, ¿no, señor Mateo? ¿Qué me decís sobre ellas?

—En realidad no cuentan nada que no supiéramos, señor. Pero la copia de la carta de Pérez es una prueba evidente de sus manejos. Y no me cabe duda alguna de que está escrita por él.

—Ni a mí, Vázquez; ni a mí. Tampoco me cabe duda alguna. Conozco su estilo: esa mezcla de ingenio y de impudicia es muy propia de nuestro secretario. Bien, supongo que todo esto es un clavo más en su ataúd. Un ataúd que se cerrará pronto, según espero.

—Sobre eso… —Vázquez le alargó al rey un papel doblado con cuidado—. Sobre eso, majestad, como verá cuando la lea, en esta carta el conde de Barajas me dice que las personas a las que hemos encargado buscar la plata salían, según cree hoy o mañana, hacia Sanlúcar. Parece ser que han dado con los barcos que la traían de las Indias, que deben estar fondeados en aquel puerto —El rey tomó la carta, y tras leerla atentamente continuó la conversación con su secretario:

—Sin duda son hombres de ingenio y de valor, tanto Pacheco como Medina. ¿No os parece? Bien, ya lo demostraron hace algunos años. Y no dudo de que darán con el envío. ¿Pero podrán detener ellos dos el designio de Pérez? No creo que puedan hacerlo solos.

—No van solos, majestad. Los acompañan otros dos hombres de mi absoluta confianza: un maestre de nao y un contador de la Casa de la Contratación que han trabajado con ellos en deshacer este entuerto. Como verá vuestra majestad si lee la carta hasta el final, el asistente de Sevilla ha puesto sobre aviso al corregidor de la villa de Sanlúcar. Rivadeneyra les ayudará, por supuesto.

—¿El corregidor es muy deudo del duque, Vázquez?

—Lo es, señor. Pero no creo que lo que pueda hacer el duque haya de preocuparnos. Él es leal a vuestra majestad, siempre ha obedecido las órdenes que se le han dado. No está metido en las intrigas de la corte, es un hombre tranquilo. Y como sabéis el duque frecuenta poco a su suegra, doña Ana. La conoce bien, y no desea problemas. Procura tenerla alejada, y si es preciso siempre envía a su esposa por delante. No se fía de ella, me parece. Creo que además ahora está en Sevilla, no en sus dominios de Sanlúcar, así es que este asunto ni le rozará.

—Bien, Vázquez. Pero no estará de más asegurarnos. Venid, tomad un asiento y una hoja. Ahí hay pluma y tintero. Vamos a escribir una carta al corregidor de Sanlúcar. Deberá prestar toda la ayuda, y todo el apoyo que esté en su mano a los agentes que allá hemos enviado. Hablo de hombres y de armas sobre todo, Vázquez; entiendo que Medina y Pacheco ya habrán usado del crédito de Vivaldo si es que lo han necesitado.

—Lo han hecho, por lo que dice aquí el conde de Barajas —Vázquez afiló la pluma con una pequeña cuchilla de mango de hueso labrado que estaba colocada al lado del tintero de bronce, y se dispuso a comenzar a escribir—. Vuestra majestad dirá.

—Bien, comencemos como se suele. Escribid, señor Mateo: *«Al corregidor que al presente sois de la villa...»* ¿Villa, Vázquez? ¿No había pedido el duque que se elevara su rango al de ciudad?

—Sí, majestad. Ese asunto se está resolviendo. Antes de que termine el año lo será. Ciudad, digo.

—Bueno, pues villa por ahora. Sigamos. Continuad, Vázquez: *«...de la villa de Sanlúcar de Barrameda, o fuéredes adelante y a vuestros lugartenientes en el dicho oficio, salud y gracia...»*

Río Guadalquivir, camino hacia Sanlúcar

La niebla poco a poco se estaba levantando, aunque la humedad aún no se había retirado del ambiente: el navío de aviso, pequeño, ligero y rápido, surcaba sin embargo con prudencia unas aguas traicioneras y difíciles, colmadas de bancos de arena, de rocas, de fango, de restos de naufragios y de otros obstáculos que podían terminar con el pequeño buque en el fondo del río. Tampoco ayudaba el más que numeroso tráfico que en esa mañana —en realidad como ocurría siempre que las flotas se hallaban en el puerto— abarrotaba el cauce: entre quince y diecisiete leguas dependiendo del brazo que se tomara, el de Leste, el del Medio o el de la Torre desde Sevilla a Sanlúcar, una ruta que había que navegar ayudándose de prácticos dada la dificultad de la travesía. Esto provocaba que la navegación completa pudiera llegar a durar hasta siete días en el caso de los buques más grandes.

Medina, Pacheco, Gamarra, Canel y Escalante habían tomado el barco en el puerto de las Mulas o de las Muelas —no existía, y nunca lo haría, un acuerdo explícito sobre su nombre verdadero—, frente al ingenio que en su día había cargado las piedras con las que se había construido la seo sevillana, sacándolas de las naves que las traían del Puerto de Santa María; un ingenio hoy defendido por el muelle que había ordenado construir el asistente Zapata. Algunos cargadores —menudos, cetrinos y ágiles, protegidos por sus costales—, habían acarreado y estibado los bultos, los equipajes y las mercancías que el mercader y los dos pesquisidores pretendían hacer pasar, frente a los tres maestres, por contrabando.

Una vez a bordo todos se acomodaron como pudieron en el puente entre sogas, sacos, bultos y maromas salvo Escalante, que permaneció al lado del maestre del pequeño y maniobrero aviso: pocos navegantes conocían el río como él. Con la espesa niebla se veía bien poco —se escuchaban, eso sí, las campanas de las iglesias, los ruidos imprecisos de las faenas en los otros barcos y los gritos de las aves marinas, que habían acompañado a las naos desde la desembocadura del río hasta el Arenal— y los dos maestres, una vez el navío salió de puerto, ordenaron un ritmo lento y cuidadoso. El primer obstáculo fueron los Pilares: los restos de un desaparecido puente romano cuyos cimientos habían echado a perder los confiados cascos de muchos buques. Escalante mandó echar la sonda:

—Echen la sonda y cuidado. Este barco no tiene demasiado fondo, pero los Pilares son muy traicioneros. Debajo, aunque no se ven, hay varios navíos hundidos tras chocar con ellos. Así que mucha cuenta.

El navío iba a poca vela; su velocidad, muy reducida, permitiría corregir el rumbo si fuera preciso con tiempo suficiente. Pero no había que confiarse: pasados sin otros inconvenientes los vestigios del derribado puente, en breve llegarían al bajo de las Bandurrias (que recibía dicho nombre por las redes que pescaban los numerosos sábalos que criaba el río) y que había que procurar —en el caso de los barcos grandes— pasar en pleamar, cuando la profundidad era de siete codos, ya que en bajamar era solo de cuatro;

y un galeón cargado se hundía habitualmente no menos de siete codos bajo la superficie. Por eso, antes de llegar a esos parajes, los buques de mayor calado alijaban su carga: pequeñas galeotas, fustas y botes se afanaban alrededor de los grandes monstruos que cruzaban el Atlántico para descargar sus bodegas y así impedir enojosos accidentes.

Horas después la niebla ya se había levantado, y el aviso, lejana entonces su salida del puerto, había dejado atrás las huertas del Guadaira y Gelves y se acercaba a la punta del Verde. Olía a humo —en la orilla había hogueras que estaban quemando ramajos y restos vegetales— y al olor ácido de las ropas mojadas.

Alrededor del buque pululaban decenas de barquichuelos, de almadías, de navecillas de pesca, de chalupas y tartanas que alfombraban el cauce de velas cuadradas y latinas: varios barcos de la vez (los que hacían el recorrido regular desde la ciudad hasta el delta del río, ida y vuelta), cargados de pasajeros, navegaban a buen ritmo para llegar lo antes posible a su destino y subir nuevos viajeros —a dos reales por pasaje, ahí estaba el negocio de los patrones— en el camino de regreso, abarrotando peligrosamente unos inestables barquillos entoldados que no pocas veces naufragaban. A babor, una pesada y lenta urca hanseática de cuatrocientas toneladas era arrastrada a la sirga para remontar el río a contracorriente y con el viento contrario; parte de la tripulación tiraba de unas gruesas maromas desde tierra con esfuerzo, y otros marineros, embarcados en el único bote de la nave, hacían lo propio desde el agua a remo. Parecían alemanes, noruegos o quizá daneses. Sin duda traerían cobre desde el Báltico y posiblemente excelentes herramientas de hierro. Después volverían a sus puertos de origen cargados de vino de la sierra y de lana de los lavaderos ecijanos.

Viendo que el maestre era hábil y que podía confiarse en él, Escalante le dejó al cargo de las maniobras y se dirigió hacia sus compañeros:

—Toda prudencia es poca con este río, señores. Nosotros no vamos a tener problemas, porque el aviso que ha conseguido

Gamarra —el maestre se inclinó levemente ante el contador— desplaza poco peso y navega bien; pese a la carga, tiene poco fondo y es difícil que tenga percance alguno. Y el maestre es de fiar. Por lo que me ha dicho, fue hace unos años alcalde del río. Pero como verán, navegar el Guadalquivir no es cosa fácil.

—No debe serlo, Escalante —dijo Medina—. Fíjense en la cantidad de barcos que hay embarrancados y abandonados. Y las propias orillas tampoco ofrecen demasiada confianza: los márgenes están desmoronados y son muy peligrosos.

—Y eso es así a pesar de los guardas del barro —intervino Gamarra—, que tratan de evitar que los alfareros, que son los grandes culpables de estas pérdidas, roben la arcilla para sus faenas: al dejarlas en tan mal estado, los barcos no pueden ni acercarse a las orillas. Ese es otro riesgo que hay que sumar a los muchos que tiene este viaje. Pero fíjense, de todos modos: no podrán negarme que es hermoso.

Y en verdad lo era: la niebla se había levantado y el frío estaba comenzando a remitir. El sol brillaba, y el viento rielaba en la congestionada superficie del río despeinándola. Una rápida y pequeña galeota les adelantó, cargada de bultos y cajones; sin duda había alijado más adelante, a la altura de los hornos de Coria. Los márgenes, llenos de aves, estaban sombreados por los álamos. En la lejanía se veían olivares y rebaños en un campo rico y fértil, y en el agua se apreciaban a veces los reflejos plateados de las carpas, las percas y los barbos, que nadaban veloces. Bandadas de patos graznaban en la orilla y buscaban gusanos en el fango, sacudiéndose el agua en estallidos de cientos y miles de pequeñas y perfectas gotas. Se echaba de menos el silencio, sin embargo: los gritos de los vigías y de los patrones, el crujir constante de las maderas de las naos, el retumbar de los remos de las galeras, una vihuela que se templaba y acometía una suave pieza —¿de Daza? Sí, de Daza— desde la cubierta de una nao llena de pasajeros, los trinos y gritos de las aves, las voces de los jugadores de cartas y de dados que entretenían su obligado ocio en los puentes de los barcos que constantemente se adelantaban y se cruzaban entre sí, construían una abigarrada cacofonía que entretenía al beneficiado, que tras intentar repetidas veces continuar —o más bien comenzar— su rezo en el libro de horas que llevaba consigo, finalmente desistió y se puso a mirar, con gesto soñador, desde la borda.

—De noche estará más tranquilo. Los barcos más grandes suelen quedarse anclados en los márgenes esperando la luz del día, para evitar accidentes; solo siguen su camino aquellos que tienen poco tonelaje, como nosotros. Y como los barcos de la vez, claro está —dijo Canel al clérigo—. Ya son muchas veces las que hago esta travesía por mis negocios. Por lo que sé, Escalante y el maestre han repartido las guardias; y tenemos tripulación suficiente para navegar de noche. Una travesía que puede llegar a hacerse en una semana nosotros la haremos en tres días, siempre y cuando no tengamos un percance.

Un rato después, acometieron un almuerzo sobrio que hizo protestar el estómago del voraz Pacheco: tasajo, unas morcillas, algo de bacalao salado, queso ya rancio y bizcocho —el pan duro de las naos, que se conservaba largo tiempo— y que pasó con unos tragos de vino blanco y fresco que iba colgado de la borda para que se refrescara y de agua salobre. El clérigo juró resarcirse en Sanlúcar, entre las risas de sus compañeros:

—No se preocupe vuestra paternidad, que en la Ribera y en la rúa Ancha de los Mesones habrá buenos lugares donde contentar la tripa —dijo Escalante, divertido—. Eso se lo aseguro. Conozco varios que son de confianza. Una vez lleguemos se los mostraré.

—Ah, Escalante: puedo asegurarle que le bendeciré por eso —le respondió el beneficiado—. Porque no podré aguantar esto muchos días.

—Descuide, beneficiado, y déjelo de mi cuenta. Más que el hambre, a mí me preocupa cómo habremos de proceder una vez lleguemos a Sanlúcar.

—Tenemos este barco —dijo Gamarra— a nuestro servicio durante todo el tiempo que lo necesitemos. Si les parece, una vez desembarquemos y nos acomodemos deberíamos acercarnos al fondeadero, a Bonanza, y comprobar que los buques que buscamos están allí. Si es ese el caso, habremos de hallar a los patrones. De eso podremos ocuparnos Escalante, Canel y yo mismo. Una vez los encontremos, daremos comienzo a nuestra comedia: Canel y vuestras mercedes (me refiero a Medina y al padre Pacheco, por supuesto), hablarán con ellos para embarcar la mercancía de contrabando, y procurarán averiguar todo lo que puedan acerca de qué ha podido ocurrir con la plata. Nosotros tenemos nuestros contactos: indagaremos con cuidado también.

—Y el beneficiado y yo —dijo Medina— hemos de hablar además con el corregidor. Podríamos hacerlo mientras vuestras mercedes reconocen las naos.

—Bien, así podremos ganar tiempo —respondió Gamarra—. Es buena idea. Miren: esa punta es la de la huerta de Borrego. Ahí están construyendo unos almacenes reales. Aún no los han terminado, aunque si se fijan ya hay algunas naos alijando. ¿Por qué canal tomaremos, Escalante?

—Tomaremos el de Leste, dejando a la derecha la Isla Menor. Nuestro barco tiene poco fondo y podemos tomar esa ruta sin preocupaciones, contador. Son dos leguas menos, por ahí llegaremos antes. Aunque habremos de tener cuidado entre el Paredoncillo y la punta de los Canarios; hay muchos bancos de arena allí. Pero una vez pasemos la Carnicera y lleguemos al Labradillo la travesía será mucho más fluida. Cuando dejemos de lado el caño de las Yeguas y la punta de las Horcadas, que son otros lugares de difícil paso, llegaremos al tablazo de Tarfia, mucho más ancho, que es la ruta que prefieren tomar los barcos de mayor calado. Habremos llegado entonces a la Isla Mayor. Desde ahí al Puntal, y luego a las salinas y a la barra. Pero las vueltas y revueltas del río nos harán tardar, al menos, tres días en llegar a Sanlúcar, y eso yendo rápido, sin detenernos para pasar la noche en la orilla. De todos modos, antes de que anochezca y una vez amanezca, con luz suficiente, amarraremos un rato para hacer de vientre y para lo que necesitemos. Ah, las noches serán frías. He traído dos braseros que pueden sernos útiles. Pero tendremos que tomar la leña de la ribera —dijo, mostrando un saco con cuatro azuelas—. Espero que me ayuden a traerla. Beneficiado, vuestra paternidad queda dispensado de esa tarea.

—Pues crea que se lo agradezco, amigo mío. A ver si así me pongo al día con mis rezos, que hoy casi los he abandonado. Rogaré por vuestras mercedes y por el buen fin de esta aventura.

—Que nos hará buena falta, no le quepa duda. Bien, voy a decirle al maestre que busque la orilla y que amarre por un rato. Ah, mojen un paño para protegerse la cara: los márgenes están infestados de mosquitos. ¿Tienen todos las azuelas? Vamos a cortar leña, y de camino me llevaré mi ballestilla, a ver si puedo cazar algún conejo que nos alegre la cena. ¿Me acompaña, Medina? Creo que vuestra merced es también buen tirador, y dos ballestas siempre podrán más que una sola. Porque al igual que a nuestro amigo don Francisco, las tripas me están comenzando a sonar más de lo que debieran.

****

El navío navegaba cerca de la orilla, aprovechando un vientecillo fresco y favorable y con los fanales encendidos a proa y a popa para evitar una colisión nocturna: su posición era bien visible para cualquier buque que se aproximara. Un marinero rondaba haciendo la primera guardia, y sus pies descalzos y sucios no hacían apenas ruido al pisar la cuarteada tablazón de la cubierta mientras otro grupo faenaba en la maniobra. El maestre, atento al movimiento del río, cuidaba de la seguridad y del rumbo del aviso mientras fumaba una sobada pipa de caña de la que expulsaba un humo gris y aromático.

El veinticuatro Medina, desvelado, se asomaba a la banda de estribor y veía cómo el viento movía las copas de los árboles que flanqueaban la ribera. Los animales nocturnos producían un concierto sostenido que le impedía dormir: búhos, lechuzas, grillos y cigarras, sapos y ranas ejecutaban un desorganizado coro que no afectaba en absoluto al resto de los viajeros, que suspiraban, roncaban y gemían en sueños completamente ajenos a todo lo que les rodeaba en la noche que señoreaba sobre el río. La cena había sido apetitosa: tres conejos, asados en los braseros y aderezados con aceite y algunas hierbas recogidas en la ribera habían ayudado a llenar los estómagos y a que los viajeros cogieran finalmente el sueño. Los dos braseros ardían aún, aunque de no atenderlos en un corto rato terminarían por apagarse.

Medina recordaba, mirando a un horizonte oscurecido que al cabo de unas horas —pocas ya— se alumbraría con la luz del sol de la nueva mañana, la noche de ayer: Gila y él se habían despedido intensamente, disfrutando de la soledad y de la tranquilidad de la estancia que habían comenzado a compartir desde el nacimiento de su primer hijo.

«El amor, qué sorprendente es —pensó Medina—. Y qué distinto al cariño, o al simple afecto». No podía dejar de recordarla; y más ahora, ya lejos de su casa. De pronto, en cualquier instante, de improviso, evocaba un perfil, una risa, un roce, un perfume: daba igual donde estuviera, o en qué momento del día el recuerdo pudiera sorprenderle. El amor... había aparecido sin esperarlo, y poco a poco se fue asentando en su día a día casi sin advertirlo. Se había hecho fuerte en su castillo. El veinticuatro siempre se había reído, escéptico, de todo ese género cortesano, bucólico y pastoril, amanerado, que llenaba de lamentos y suspiros afectados sus páginas.

Él, que en buena parte vivía para los libros, no podía leer dos páginas del género sin que el volumen se le cayera de las manos: «debería haberme traído la *Cárcel de Amor*[11], y sin duda hubiera cogido estupendamente el sueño» —ironizó.

Pero en ese momento recordó de nuevo a quien era, a todos los efectos, su mujer: una mirada, la piel sudorosa tras el amor y las cari-

11 Es una obra de Diego de San Pedro, impresa en Sevilla en 1492. Tuvo un gran éxito en su momento: entre el final del siglo XV y el XVI conoció veinte reimpresiones en España.

cias, el latido desbocado de su corazón como un animalillo junto a su pecho... y pensó que tal vez Diego de San Pedro no se equivocaba tanto en describir el amor —y también la pasión— como una cárcel. Pero era una cárcel buscada, deseada y ahora, añorada. Una cárcel en la que quería estar prisionero. No podía imaginar que algún día ella le faltara; que al llegar a su casa no estuviera. Que muriera, en unos tiempos en los que la vida era algo tan precario. Tan frágil. Tocó con los nudillos la borda y lanzó una oración silenciosa. «Espero que alguien, quien tenga que hacerlo allá arriba —se dijo— me escuche».

Un navío pequeño avanzaba por el río: en breve les adelantaría. Se trataba de un atestado barco de la vez, cuyo patrón sin duda buscaba llegar a Sanlúcar lo antes posible para cargar pasajeros de vuelta y así redondear sus ganancias. La codicia, como bien decía Erasmo, era uno de los motores del mundo. Y daba igual: mordía con sus dientes a grandes y a pequeños. La codicia que impulsaba al patrón del barquillo; la codicia que animaba a los maestres de las tres naos de la plata a cometer un delito que podía llevarlos al cadalso.

Medina suspiró: de repente, sin esperarlo, el sueño llegaba al fin. Se acomodó como pudo cerca de uno de los dos braseros que aún daba algo de calor, envolviéndose en su capa y en una vela, vieja y raída, que hacía las veces de una escueta manta; apoyó la cabeza en un saco de harina que serviría al día siguiente para cocinar unas ásperas gachas, pero que esa noche haría las funciones de una adusta almohada. Retiró la gorra, y la puso tapándole la cara para que el sol no le despertara antes de tiempo. Nada más hacerlo, se durmió con un sueño inquieto.

****

El caño del Yeso estaba situado antes del Puntal, en el tablazo de Tarfia: su acceso era difícil y discreto. Poco frecuentado por su escaso calado, apenas algunas barcas planas penetraban en él. Era por tanto un lugar idóneo para lo que buscaban los contrabandistas, que era privacidad y ninguna atención indeseada.

Los tres maestres habían conseguido días atrás sacar la plata que pasaba por una más que inocente grava, subiéndola a cuatro gabarras planas que, una vez cargadas, se habían colmado de sal comprada en las salinas de Levante, las más cercanas al fondeadero de Bonanza, donde estaban surtas la *San Juan*, la *Magdalena* y la *Candelaria*, las tres ahora con las bodegas vacías a la espera de que unos carros con piedras recién compradas en el Puerto descargaran su necesario —y nuevo— lastre. Las gabarras habían remontado el río a contracorriente sin despertar sospecha alguna: el transporte de sal era tan usual que ni siquiera los inspectores de la Contratación miraron dos veces las desastradas naves, empujadas penosamente con largas pértigas cerca de la orilla. Y ya de noche, apagando fanales y faroles, las cuatro se introdujeron hasta el fondo del caño. Allí aguardaban a ser recogidos, cubiertos con lonas que sin embargo dejaban parcialmente ver los blancos cristales de sal marina que escondían —por lo que se ahorraban incómodas preguntas— los lingotes de plata traídos de las Indias.

La fusta que llevaba a los hombres de Pérez acababa de entrar también en el ahora concurrido caño, dejando al veinticuatro, a Moreruela y a Enríquez en la orilla donde se hallaban amarradas las cuatro naves. Al lado, en un cobertizo hecho para la ocasión sin demasiados miramientos, esperaban su llegada los maestres: la noche era aún fresca, y los tres —Maya, Herrera y Gómez— se arremolinaban en torno a un fuego que ardía dentro de un baqueteado brasero de hierro, extendiendo las manos para atrapar todo el calor posible. Algunos marineros jugaban a las cartas dentro de la choza. El acre hedor de los marinos —a lo que podía olerse, no muy aseados— golpeó a don Fernando, que seguía al contador Moreruela. Este último saludó con gran cordialidad al trío, con el que a lo que se veía le unía una muy cercana confianza, y les presentó a los recién llegados:

—Señores, estos son Maya, Gómez y Herrera. Ellos nos han traído desde las Indias el envío que ahora nosotros llevaremos a

Lisboa —se volvió hacia los maestres, y continuó con las presentaciones—. Estos dos caballeros son enviados de nuestro patrón el secretario Pérez. Son de su confianza; por eso me disculparán si no menciono sus nombres y me los reservo. Maya, ¿qué ha sido de la carga?

—Sígame, Moreruela. Señores, acompáñenme —Maya, que poseía un poco agraciado rostro de reptil con una piel coriácea que semejaba escamas, se acercó a una de las gabarras y retiró con cuidado la lona que la cubría, mostrando los grandes e irregulares bloques de sal apelmazada y ahora humedecida que protegían la tela que acababa de quitar. Metiendo las manos en la sal hasta los codos extrajo con cuidado de debajo lo que parecía, a simple vista, una piedra de algo más que mediano tamaño; era, sin embargo, plata, que brillaba a la luz de la hoguera bajo los desconchones de la somera capa de pintura que le habían aplicado para disfrazarla.

—Muy ingenioso, maestre —dijo don Fernando, mientras Enríquez asentía—. Desde luego, muy ingenioso. ¿Y ahora?

—Ahora —respondió Maya, mirando a sus compañeros—, en cuanto tengamos noticias de las carabelas portuguesas que han de venir a recoger la mercancía, saldremos del caño hacia la barra y de ahí a las Arenas Gordas. Descargaremos de noche, sin luces para no ser vistos. La luna está en creciente, y el décimo día del mes, el domingo, será luna llena. Ese será un buen momento para realizar la descarga. Tendremos luz, y al ser feriado los controles se relajarán. Una vez cargadas las carabelas nosotros volveremos definitivamente a nuestros barcos.

—Muy bien, Maya. Muy bien. Pero alguno de ustedes debería quedarse en Sanlúcar por si acaso. No conviene dejar los barcos solos, alguien podría hacer preguntas.

—Sí, desde luego. Yo mismo iré con vuestras mercedes esta noche hasta la barra en la fusta que les ha traído, y de ahí tomaré un bote hasta Bonanza, donde está fondeado mi barco. Gómez y Herrera se quedarán aquí con la mercancía, vigilándola. Ya hemos dispuesto los turnos. Una vez tengan noticia de que los portugueses hayan llegado, recójanme en la *Magdalena* e inmediatamente volveremos aquí para salir con las gabarras. Como verán, será algo rápido y limpio. ¿Cómo sabrá que los portugueses han venido, Moreruela?

—Hay un factor portugués, un tal Pinheiro, que es nuestro contacto con Lisboa. Él sabrá con certeza la fecha en la que habrán de llegar las carabelas. Mañana le visitaré, para organizar el encuentro y la descarga. Le preguntaré también si tiene alguna novedad.

—De acuerdo, Moreruela —respondió Maya—. En cuanto sepa algo sobre eso, búsqueme en mi barco. Tengan cuidado, señores: la villa está llena de inspectores, que suelen hacer incómodas preguntas.

—De eso ya nos cuidaremos nosotros, maestre —dijo Manuel—. Descuídese de ello. Bien, parece que todo está en regla. Muy bien organizado, Maya. Es vuestra merced hombre de recursos. ¿Nos acompaña, entonces? Porque parece que aquí ya no nos queda más que hacer. Y les confieso, caballeros, que daría mi negra alma por dormir —y el caballero se estiró e hizo crujir sus articulaciones con estrépito— en una cama blanda esta noche. Y si es acompañado —sonrió, mesándose suavemente la barba—, mejor todavía.

TRECE

Lunes, 4 de mayo de 1579

París

El ruido de los criados limpiando a fondo el palacio como cada mañana (las salas, las estancias y los pasillos, como mandaba la ordenanza dispuesta por la reina Catalina en agosto de 1578, harta ya de la mugre depositada en las esquinas de los alojamientos reales) despertó al rey, que descansaba en su estancia. La reina Luisa de Lorena reposaba en la suya, lo que desde luego no favorecía que el matrimonio pudiera conseguir la ansiada descendencia que lograra garantizar la sucesión al trono. Tampoco lo facilitaba el hecho de que la compañía del rey, que dormía aún profundamente dándole la espalda al soberano, fuera Anne de Batarnay, barón de Joyeuse, gobernador del monte Saint-Michel: feroz guerrero, los músculos tirantes se advertían tensos pese al sueño; y algunas violáceas cicatrices cruzaban su dorso perfecto.

Enrique amaba verdaderamente a Luisa, su esposa, a la que había elegido él mismo: la mimaba, la enjoyaba, la peinaba, la vestía. Era como una muñeca muy querida, indispensable. Pero eran sus amigos, sus compañeros, sus *mignons*, quienes compartían su día a día, e incluso —como en el caso de Batarnay en ese momento— no pocas de sus noches. No pudo evitar recordar con nostalgia, y con no poco dolor, a Maugiron y a Quélus, muertos el año anterior en un duelo con los hombres del duque de Guisa. O a Béranger, alevosamente asesinado.

La corte de los Valois era violenta, y la supervivencia en ella era difícil. Sus *mignons* eran los hombres con los que cabalgaba y cazaba, con los que bailaba —no pocas veces Enrique trastocaba sus ropas de hombre por las de mujer— y a los que verdaderamente amaba, tanto con su alma como con su carne.

Pero la mañana se acercaba, y en breve serían las siete: a esa hora se abrirían las puertas de su cámara, entrarían los pares del reino que habrían de vestirle —cada uno de ellos con una prenda de ropa— y también Joubert, el médico, que le preguntaría por su salud y miraría con detalle los restos de su bacinilla. Los excrementos, anoche, salieron duros: sin duda estaba sano. La orina un poco oscura sin embargo, lo que favorecería un largo monólogo del galeno. Y una vez vestido, la cámara se llenaría de príncipes de la sangre, de maestros del Comedor y de nobles. Así es que había que espabilar a Anne: no debían encontrarle en el lecho cuando entraran. Irguiéndose sobre los almohadones, le tocó repetidamente en el hombro para despertarlo:

—Batarnay... venga, Batarnay, despertad. Dentro de poco llegarán para levantarme y no deben veros aquí. Una cosa es que todo el mundo suponga lo que pasa y otra es que lo vean con sus propios ojos. Venga, arriba, hombre.

—Hum... —dijo su compañero—. Sí, majestad. ¿Ya es la hora? Estaba totalmente dormido —Batarnay se restregó los ojos legañosos y con precisión militar se levantó de un salto: el rey se recreó en sus formas perfectas y atléticas, y el *mignon* comenzó a vestirse. Una vez terminara con su rápido atavío, saldría por una disimulada portezuela trasera de la que solo el monarca tenía la llave, y que comunicaba con uno de los pasadizos medievales del Louvre; este le llevaría hasta una discreta y solitaria trasera de las cuadras, desde donde podría salir hacia la ribera del Sena sin ser advertido, y después entrar de nuevo a sus propias habitaciones en el palacio (como si viniera de pasar una noche de juerga) por la cercana puerta de Saint Honoré.

Ido Batarnay, Enrique III de Valois se abrazó a la almohada, y pensó en el contenido de la carta que había recibido de su madre.

Francisco... siempre Francisco. Su sucesor inevitable, a menos que Luisa le diera un heredero: aunque eso último —bien lo sabía el rey— era muy poco probable. Tendría que hablar con él. Sí, tendría que hacerlo; madre había sido muy clara en su carta, y Enrique confiaba absolutamente en ella. Su reino sufría ya lo suficiente como para provocar a Felipe de España. El español era prudente y paciente; pero todo tenía un límite. Francisco no podía —no, no podía— enfrentarse directamente con Felipe, porque eso sería lo mismo que enfrentar a Francia con España. Y ya sabía él muy bien en qué paraba eso: en ruina y derrota. Y bastantes problemas tenía ya con los protestantes y con su cuñado Enrique de Navarra para añadirle más disgustos a su faltriquera. Así que tendría que quitarle la idea de la cabeza, aunque bien sabía que no sería fácil: Francisco era como un pastel hojaldrado, cubierto de capas. Cuando decía una cosa, hacía la contraria.

Lo haría hoy; hoy le hablaría. Ahora, en un rato, tras vestirse. Cuando los príncipes de la sangre entraran para saludarle. En público, para que todo el mundo supiera que el rey, el rey cristianísimo de Francia, Enrique, amado del buen Dios, conocía sus manejos con Orange y con los calvinistas holandeses. Estaba decidido: y cuando a Enrique de Valois se le metía algo en la cabeza, no paraba hasta conseguirlo.

Escuchó ruidos en el pasillo, y el sonido de una campana en el reloj de su antecámara: las siete ya. En cuanto terminaran los toques, la puerta se abriría y daría comienzo una jornada más. Hoy, como todos los días, iría a su gabinete y tendría las audiencias previstas: de ahí a misa y al paseo, y luego un almuerzo ligero. Después iría a ver a la reina Luisa; le había comprado un regalo, un collar con su propia cifra —una H, de Henri— de diamantes. Se lo merecía... ¡era tan dulce y tan paciente con él! Luego a cabalgar, y después un partido de tenis con Anne de Batarnay. Por último un consejo rápido, y la cena. Hoy no era jueves ni domingo, así es que no habría baile. Lo hubo ayer, y el baile —Enrique se había vestido otra vez de dama, como hacía a veces— había terminado con su pareja de danza en la cama. Pero sí habría música; no podría irse a dormir si no la hubiera. ¡Ah, la música! Estremecía el alma. ¿Mandaría llamar a Anne esta noche? ¿Otra vez? Bueno, aún no lo sabía. Pero en ese momento, el reloj dejó de sonar; se abrió la puerta, entraron los cortesanos con sus ropas y el día dio comienzo para el rey.

****

Francisco de Alençon, duque de Anjou, volvía a sus aposentos masticando la rabia que sentía. El rey, su hermano, ese sodomita coronado, le había amonestado en público. ¡En público, y a él! El rey lo sabía todo; todo. Lo de Orange, lo de Pérez, lo de Flandes... y le había prohibido seguir con ello. Prohibido. Los criados que le veían avanzar cojeando por la larga galería que conducía a sus aposentos retrocedían, inclinaban la cabeza y escondían la mirada. Sabían bien que el tormentoso aspecto del duque no presagiaba nada bueno. Un gazapillo, un criadito que iba corriendo con una bandeja vacía tuvo desgraciadamente —mala suerte, y peor momento— la pésima fortuna de cruzarse con Anjou en un recodo del pasillo y por poco no se chocó con él. El duque, usando para ello de un elegante bastón que llevaba en la mano, apaleó al mozo, que quedó en el suelo hecho un ovillo, encogido y sangrando. El Valois se demoró en la paliza mientras vomitaba bilis por los labios fruncidos:

—Perro, desgraciado, patán... ¿a mí, a mí vas a empujarme? ¿Pero qué os pasa a todos hoy? ¿Qué? ¿Mi hermano primero y luego tú? A él tengo que sufrirle, pero a ti... ¿A ti, escoria, basura de la calle? ¿Pero qué te has creído? —Anjou temblaba mientras le propinaba la tunda al mozo: se cansó, y se detuvo jadeando.

Desató una bolsa llena de monedas del cinturón, y la tiró sobre el cuerpo dolorido y tembloroso del criadillo. Hizo una seña a dos de los sirvientes, mudos y quietos como estatuas, que no habían movido un dedo ante lo que había ocurrido delante de sus ojos, para que recogieran al chico. Y siguió su camino: tendría que pensar qué hacer. Porque desde luego él no pretendía olvidar lo de Flandes: ni mucho menos. Era el sucesor al trono de Francia, sí, pero su hermano podía vivir aún muy largos años. Incluso él podía morir antes que Enrique y no estaba dispuesto a perder su oportunidad.

En ese momento, mientras regresaba renqueando a su cámara, decidió escribir tres cartas: una a Pérez; otra a Orange y otra a Isabel. Ya era hora de que las cosas avanzaran. Y él, Francisco de Valois, duque de Anjou, estaba harto de esperar. Pérez debería acelerar lo de la plata, y Orange presionar a los Estados Generales. E Isabel… Isabel debería decidirse por fin sobre su matrimonio y si para eso hubiera de viajar a Inglaterra, bien; pues viajaría. Viajaría, y se casaría con ella como fuera. Sería una formidable aliada. E iría ese mismo verano. ¿Para qué esperar más? Simier lo arreglaría, porque para eso estaba en Londres. También le escribiría a él. Entrando en sus aposentos rojo aún de cólera, jadeando por el esfuerzo, mandó al criado que llamara a su secretario de cifra: tenía por delante una mañana muy larga.

Lagos

Santos Pais esperaba a la puerta del cuarto de la posada a que los gemidos del capitán Reixas remitieran por fin. Una moza, cargada con una jarra y una bacinilla para el aseo, pasó por delante del cuarto rápida y riéndose:

—Haya paciencia, señor, que estos dos llevan así casi toda la noche.

El mensajero, que era un escritorzuelo a sueldo del prior de Crato, decidió no esperar más y golpeó la puerta. Estaba harto, cansado, tenía prisa y ansiaba acostarse en una cama blanda antes de volver a Lisboa. Así es que llamó con fuerza:

—Un mensaje urgente para el capitán, viene de Lisboa —algunos momentos después, desde fuera se oyeron unos gruñidos entrecortados y un crujido: alguien se había levantado del lecho. Se abrió la puerta, y quien debía ser Reixas de Sousa, envuelto en una manta, hizo pasar al joven al interior de la cámara. La ventana estaba apenas entreabierta, y el recién llegado tuvo que afinar la vista para distinguir la extrema blancura de los ojos de una esclava negra desnuda, con el pelo rizado y muy corto, que se limpiaba con un paño entre las piernas. Por lo que veía, al capitán le había dado tiempo a culminar; aunque no parecía que ese éxito —si es que lo era— hubiera satisfecho en modo alguno a la mujer que ahora se daba la vuelta en la cama para coger el sueño, y que le estaba mostrando toda su intimidad sin recato alguno. Evidentemente, era una esclava: ¿qué pudor podía tener? La sierva había comenzado casi de inmediato a roncar suavemente, sin darle importancia alguna a que él la estuviera viendo en toda su natura. Las sábanas sobre las que reposaba estaban revueltas, arrugadas y sucias.

—Dádmelo —el capitán tenía el ralo cabello alborotado y jadeaba aún por el esfuerzo—. ¿Es de don Antonio?

—Sí, es del prior. Debo llevar respuesta, capitán. ¿Me la dará ahora?

—Espere que la lea. Siéntese, sientese. En la cama, si quiere: a ella no le importará. No creo ni que se dé cuenta. Ya se ha dormido, fíjese; la noche ha sido larga —Reixas sonrió—. Pero ha merecido la pena. La compré hace algunos días; por lo visto había servido en una buena casa, pero no fue liberada a la muerte de su amo porque llevaba poco tiempo a su servicio. Como verá, es joven. Así es que el heredero la ha vendido: no sabía qué hacer con ella. Pero yo... hum... le he encontrado rápidamente utilidad —el capitán abrió la carta rompiendo el sello, y se quedó perplejo ante lo que estaba leyendo—. ¿Cómo? ¿Que las naos no van ahora a salir? ¿Y qué les digo yo a los patrones de las dos carabelas? —el capitán comenzó a dar vueltas por la pieza—. A todo esto, ¿cómo se llama vuestra merced?

—Santos Pais, capitán Reixas. Trabajo para don Antonio de Avís.

—Bien, y también yo. ¿No le ha dicho nada más para mí?

—Sí, que liquidara con la bolsa que le dio los pagos que hubieran podido quedar pendientes. El plan, como leerá, se ha abandonado. Fuera el que fuera, que yo no lo sé. Definitivamente. Su señoría me ha ordenado que le diga que ha mandado otra carta a Pinheiro, el factor que esperaba en Sanlúcar, para que avise a los españoles con los que había concertado encontrarse vuestra merced.

—¿Sabe lo que esto significa?

—No, señor. Como le digo, lo ignoro. He recibido la orden de entregarle esta carta y de volver con la respuesta; aunque ahora me acostaré un rato. Estoy rendido: he venido cabalgando toda la noche; no puedo casi ni sentarme.

—Bien, pues espere un momento —el capitán abrió los postigos de la ventana, lo que provocó que la esclava se diera la vuelta en el lecho; se sentó a la mesa y tomó recado de escribir—. Diga al prior que cumpliré sus órdenes, pero que una vez haya pagado los barcos y arreglado los asuntos que me retienen aquí volveré a Lisboa, y querría saber qué es lo que ha sucedido. Le pediré una audiencia. Maldita sea… vuestra merced no sabe en absoluto a lo que me refiero, pero qué buena oportunidad. Qué buena oportunidad perdida, voto a Dios. Y dudo, dudo mucho que se presente en el futuro otra parecida. Qué ruin cosa. Pero qué ruin.

Namur

Gaspar de Robles, barón de Villy, gentilhombre de cámara de Alejandro Farnesio, duque de Parma y gobernador de los Países Bajos, escribía una carta. Había seguido las instrucciones de Montano tal y como él le había pedido en su misiva, y había tratado de averiguar en qué situación se encontraba ahora Orange, tras haber ofrecido a Francisco de Alençon el trono. Había hablado, consultado y confabulado: y se había hecho también una certera idea de cómo estaban las cosas. No había logrado hablar con Orange —con quien aún hubiera podido mantener ciertos contactos—, ya que este se había retirado a sus estados; pero creía tener la suficiente información de confianza para poder responder con seguridad al bibliotecario del rey —y con ello al rey mismo: un monarca que era su propio hermano de leche, ya que su madre había sido su nodriza— acerca de la verdadera situación del *Taciturno* en Flandes, y sobre las posibilidades reales que el príncipe tenía de ofrecerle el trono al de Alençon. Se detuvo un momento, y releyó parte de lo escrito:

> *Sepa, amigo Montano, que el de Orange tiene aquí menos apoyos de lo que él quiere dar a entender, aunque creo que eso lo sabrá ya el rey nuestro señor por lo que el duque Alejandro [Farnesio] le ha contado. El golpe de la Unión de Arrás ha sido muy fuerte para él y ni siquiera los calvinistas de Utrecht le apoyan por entero. Esto no es una guerra de liberación, como él proclama porque le conviene; sino una guerra de religión. Y los católicos de Flandes, después de los abusos de los protestantes y tras los ventajosos acuerdos que firmó antes de morir el señor don Juan, Dios le haya recogido y le tenga en su gloria, y que ha rubricado ahora el duque, están bien ceñidos a la corona de don Felipe, y ya no sueltos como antes. Así, Orange podrá ofrecer lo que quiera: pero no tiene ejército ni dinero. Solo el apoyo de los Estados Generales, que tampoco tienen fondos, aunque la reina de Inglaterra les auxilia ocultamente. Anjou podría venir a Flandes, sí. Pero si no trae un ejército habrá de volverse como vino.*

Le pareció bien y adecuado, e inclinándose un poco más sobre la hoja —luego la pasarían a la cifra— continuó escribiendo:

> *Sé, y bien fundadamente, que el de Orange está ahora más taciturno que nunca. Posiblemente, trate de provocar que Anjou venga aquí a tomar posesión de aquello que él pudiera ofrecerle: esa sería una muestra de que Francia le apoya. Pero algunos caballeros franceses, muy cercanos al rey Enrique, dicen que el cristianísimo no está dispuesto a permitir que su inquieto hermano dé tal paso: no quieren problemas con España. Dígale todo eso a*

nuestro amo, se lo ruego. Mi carta viajará con otra del duque en la que se le aclarará más por menudo esta cuestión. Dígale vuestra merced que beso sus manos.

Robles dejó la carta a un lado, y miró a su señor, Alejandro Farnesio, el nieto del emperador, que esperaba de pie a que la terminara:

—¿Ha acabado, Robles?

—Sí, excelencia. Tome, léala. Creo que en ella se explica la situación muy claramente. Por mucho que quiera Orange, Anjou no conseguirá nada de Flandes, y mucho menos sin un ejército. Según cuenta Montano en la carta que me remitió, ya se han tomado medidas en la corte para impedir que algún día llegue a tenerlo.

—La corte... —dijo el duque de Parma, atusándose la barba, pelirroja y en punta—. Feo lugar es ese, Robles. No puedo negar que allí fui muy feliz en días pasados: pero los dos compañeros que allá tuve ya han muerto. El príncipe y don Juan. Han muerto mal, y les echo de menos, créame. Mucho mejor es el campo de batalla, amigo mío. Al menos allí el enemigo ataca de frente. He recibido una carta del rey, ¿sabe? Me llegó al tiempo que a vuestra merced la de Montano. Parece —suspiró, aliviado— que ha advertido los manejos del secretario Pérez; ya era hora. Y según me dice en ella, también el aragonés ha puesto sus patas en este asunto de Anjou. No va a acabar bien esto para él, Robles. En absoluto. Y la verdad es que no lo lamento tampoco: que recoja lo que sembró, al indisponer a mi tío don Juan con su hermano el rey. El infierno, creo, estará frío en relación con el lugar que a él le espera. Y no le quepa duda alguna de que es el que merece —Farnesio tomó la carta y la leyó con parsimonia—. Bien, Robles. Muy bien. Ahora que la pase a la cifra alguien de toda confianza y que un correo la lleve de inmediato a San Lorenzo con la que yo acabo de entregarle. Creo que en los próximos meses las nuevas de la corte serán muy interesantes.

El maestre de campo Gabriel Niño de Zúñiga se quitó con la mano la helada aguanieve que se había acumulado sobre sus pobladas cejas: hacía frío, mucho frío, y un viento glacial batía la estepa castellana al paso de la comitiva —un centenar de soldados veteranos de Flandes— que conducía los restos del muy ilustre señor don Juan de Austria, muerto en Namur el primer día de octubre del año pasado. Niño se sacudió con la mano izquierda, en lo que pudo, algunos fríos copos que se le habían quedado encima de los hombros: el día era oscuro y parecía de noche. Mandó encender antorchas, aunque enseguida se apagaron con el aire revuelto. Se estremeció y se encogió sobre la silla, procurando hurtar el cuerpo en lo que pudo a la tormenta. Delante de él, cargados por dos mulas, iban sin ceremonia alguna los restos que el maestre conducía hacia su último destino.

Un avieso tabardillo, y la pésima idea de abrir una almorrana que le incomodaba y por la que se desangró en un charco espeso y rojo, habían acabado con su señor; con el vencedor de Lepanto y de las Alpujarras, el hijo del emperador, el hermano del rey, el gobernador de los Países Bajos. Niño aún tenía en la memoria el rostro pálido, blanco, lívido, desangrado del príncipe. Cera, más que carne. Su muerte absurda. Sus delirios, llamando a doña Magdalena de Ulloa, su madre en todo salvo en el nombre. Una lágrima, primero caliente y luego fría, resbaló por la mejilla del adusto soldado. Una vez muerto, una compleja y honorable ceremonia había sepultado a quien fuera su admirado comandante en el suelo de la catedral de Namur. Pero cinco meses después se sacó en secreto el cuerpo embalsamado de su tumba; y se preparó para su traslado a España.

Se dividió en tres partes después de desnudarlo y de aromatizarlo; y tras esta macabra ceremonia, se colocó en bolsas dentro de un baúl. Así el traslado sería más sencillo, porque habría que atravesar Francia con los restos y nunca se sabía con los franceses, aunque el rey Enrique había dado su permiso para cruzar sus tierras. Una vez en el puerto de Nantes, el sigiloso grupo embarcó hacia Santander. Niño, entonces, escribió al rey: el cuerpo de su hermano ya estaba en Castilla. La respuesta fue que se dirigieran a la abadía de Santa María de Párraces, cerca de Segovia, donde se volvería a unir el cuerpo y a adecentarlo; allí se formaría una regia comitiva que habría de acompañar el cadáver al Escorial, donde se enterraría definitivamente a don Juan, tal y como él había solicitado en sus últimas voluntades: en el mismo lugar en donde esperaban el juicio de Dios los restos de su padre, el césar.

Niño de Zúñiga, mientras miraba el bamboleo del arca forrada de un terciopelo azul rozado ya, sucio y desgastado por el largo viaje y por la travesía, no pudo evitar pensar, sin obtener respuesta: ¿Qué habría ocurrido para que el rey decidiera, finalmente, sepultar a su hermano en San Lorenzo?

En los últimos tiempos era notorio que parecía que don Felipe le hubiera abandonado, y se murmuraba en los tercios que el monarca no se fiaba de su generalísimo. ¿Se habría arrepentido? Él, desde luego, estaba dispuesto a jurar ante quien fuera que don Juan nunca, nunca había sido desleal. Nunca. En ese momento notó otra nueva y desprevenida lágrima.

Aún quedaban al menos dos semanas para llegar a la abadía, y el viaje estaba siendo duro. La lluvia, la nieve, la niebla, el frío constante hacía que los cuerpos, ateridos, pasaran día y noche azulados y temblando. Ya habían pasado el puerto de Reinosa —un tramo difícil—, y al poco llegarían a Aguilar: quizás allí encontraran una cama y un plato caliente. Algo que les diera, aunque fuera por un corto rato, algún remedio. Niño estaba hecho al mal tiempo de Flandes, pero este invierno que aún no se había ido, y que colmaba la estepa que ahora atravesaba velozmente de una cellisca punzante y helada que mordía el rostro, mostraba la dureza de la tierra.

El maestre miró hacia el horizonte: algunos árboles, rocas, matorrales y viento. Una pequeña choza derribada. Vacío. Soledad, y una austera pobreza: esto era Castilla. Y recordó algo que una vez había leído, quién sabe si en una crónica o en un romance, y advirtió toda la razón que aquel dicho tenía: esta es Castilla, que hace a los hombres y los gasta.

Sanlúcar

Medina y los demás habían llegado dos días atrás a Sanlúcar. El navío de aviso les había dejado en el pontón del puerto, que llevaba hasta la puerta de la Mar; y se habían acomodado, usando para ello de los dineros del rey que habían recogido en Sevilla de Vivaldo, en una mediana hospedería de la calle Ancha de los Mesones, una vía abigarrada del nuevo arrabal de la Ribera, un establecimiento ajustado que Escalante conocía al haberse alojado en él en ocasiones anteriores («está limpia o al menos lo parece, se come bien o al menos con decencia, y las camas no tienen chinches... o yo nunca las he visto», dijo, para infundirles la necesaria confianza a sus compañeros), cercano a la cuesta de la Barranca, que conducía hasta la banda de la playa.

Una vez en tierra firme, por fin Pacheco había podido disfrutar de algo que se parecía a un buen almuerzo: con hambre atrasada, comenzó, relamiéndose, con unos higos rebosantes de almíbar, a los que siguieron un frejurate de asadura, unas calabazas aliñadas colmadas de comino, una crujiente empanada de saboga y un par de palominos bañados en una espesa salsa; concluyendo con una torta de almendras, tras la cual le costó trabajo levantarse del asiento. Una comida que tuvo al beneficiado en cama —tal vez por el empacho o porque alguno de los platos no viniera todo lo bueno que hubiera sido menester— durante esas dos primeras jornadas, en las que no pudo levantarse al estar deshecho y que se le pasaron en blanco.

De todas maneras, Medina supo que el corregidor había salido con el gobernador del duque a visitar algunas alquerías y aldeas de la zona y que no habría de volver a la ciudad hasta esa misma mañana bien temprano, así es que la visita que habían pretendido hacer al licenciado Rivadeneyra hubiera tenido que demorarse de todos modos: un magro consuelo para el decaído Pacheco. Gamarra habló con algunos inspectores que tenían a su cargo el control de la flota, para conocer las novedades del puerto; y Canel y Escalante salieron hacia el fondeadero de Bonanza, en el antiguo puerto de Barrameda o Zanfanejos, para reconocer los tres barcos que buscaban y para tratar de hallar a los maestres de las naos.

En ese momento los cinco se encontraban, estando ya Pacheco más o menos repuesto —el clérigo, con una mirada desenfocada y turbia, tomaba con disgusto una infusión medicinal que la patrona le había preparado—, en una discreta esquina de la sala común, a esas horas poco concurrida; y habían comenzado a organizar la jornada que tenían por delante.

—Me alegra veros ya repuesto, beneficiado —dijo Medina—. Nos habéis tenido preocupados. ¿Os encontráis mejor?

La voz ahora cavernosa de Pacheco agradeció de una forma apenas inteligible al veinticuatro y a los demás sus cuidados, e inclinó la cabeza, avergonzado, mientras decía:

—Gula... gula, ese es mi gran pecado. Y capital. Bien empleado me está, y me lo merezco con creces. En cuanto hagamos las tareas que hoy tenemos por delante, iré al convento de Santo Domingo, al final de la calle, a confesarme. Espero que nuestro Señor me perdone tanta ofensa.

—Venga, Pacheco —intervino Escalante, quitando hierro al desasosiego del clérigo—. Dios nuestro Señor es compasivo, y sin duda le quiere bien: ha salido de esta en tan solo dos días. He visto cólicos que se han llevado a más de un enfermo por delante y lo suyo no ha sido más que un útil purgativo. ¿Está bien como para ir con Medina a ver al corregidor?

—Sí, sí, lo estoy, maestre. Por supuesto. Y aunque no lo estuviera iría, no lo dude.

—Entonces, señores, ¿en qué situación estamos? —dijo Medina— Pacheco y yo llevaremos ahora la carta de Barajas para Rivadeneyra, y una vez hayamos terminado estaríamos listos para ir con vuestra merced, Canel, a Bonanza... siempre y cuando don Francisco pueda cruzar la barra en barca, que no sé si podrá hacerlo. Otra opción sería alquilar unos caballos o unas mulas.

—Hoy está el día calmo, y la mar plana —dijo Canel—. Creo que Pacheco no se mareará.

—Recuerden lo que ayer les contamos Canel y yo, amigos míos —intervino Escalante— después de muchos dimes y diretes con los contramaestres de la *San Juan* y de la *Candelaria,* hemos sabido que Gómez y Herrera habían marchado a Sevilla, a arreglar algunas cuestiones en la Casa; así que, de los tres patrones, solo está Maya en Bonanza. Es raro. De hecho, muy raro. Demasiada casualidad. Por lo que solo podrán encomendarle a él el encargo de pasar las mercancías de contrabando, no a los demás. Bueno, a ver qué dice: ya me contarán. Yo iré ahora al astillero, a ver si han terminado con mi barco. La *Trinidad* necesitaba un buen repaso. ¿Canel, viene conmigo? ¿Y vuestra merced que hará, Gamarra?

—Yo luego iré a la hospedería donde me han dicho que se queda Moreruela. Me haré el encontradizo, a ver si hablo con él.

—¿Y no se extrañará de verle aquí?

—No, no lo hará. Igual que él, yo también puedo venir a revisar los buques que crea necesarios cuando quiera.

—Bien —dijo Escalante—. Pero tenga cuidado, Gamarra. El contador no es trigo limpio.

—No se preocupe, amigo mío. Tendré cautela. Yo salgo ya; voy ahora a revisar algunas listas de embarque en la aduana y de allí iré a tratar de encontrar a Moreruela. Se queda, según creo, aquí al lado, en la calle de la Alcoba. O al menos eso es lo que me han dicho.

—Vaya —dijo Escalante—. Pues no es mal sitio el que ha buscado su colega el contador… la calle de la Alcoba se llama así por algo.

—¿Por algo, Escalante? —preguntó Medina—. Ah, bueno, por supuesto: lo imagino. Esto es un puerto, y en un puerto hay marineros, claro.

—Pues imagina bien, Medina. Nuestro amigo ha sentado sus reales en plena mancebía de Sanlúcar. En fin, desde luego estará entretenido; eso es seguro. Pero cuidado con eso, Gamarra —dijo el maestre, riéndose, mientras el aludido enrojecía—. No le vaya a coger afición a ese lugar, y acabe mudándose de posada. No sé si podríamos tolerar que nos abandonara.

Gamarra sonrió, ruborizado; se puso la gorra, echó hacia atrás la silla y se despidió de sus compañeros hasta la noche. Escalante y Canel le siguieron, saliendo a la calle hacia el astillero y quedando en verse con los dos pesquisidores dos horas después, en la playa. Pacheco ya se había terminado la desagradable infusión, y listo para partir se puso en camino con Medina para encontrarse con el corregidor. Tenía el estómago revuelto, y no se encontraba en su mejor estado; y mucho menos cuando vio la elevada pendiente de la calle de los Bretones, llena de tiendas y comercios, que había de subir hasta la escarpada cuesta de Belén y el palacio del duque, donde Rivadeneyra les esperaba. Pero se secó el sudor de la frente, cogió del brazo al veinticuatro para asegurarse el equilibrio y animosamente, aunque con un prudente paso, comenzó a subir la cuesta.

****

—Pasen, señores, pasen vuestras mercedes. Tomen asiento, se lo ruego —el corregidor Francisco de Rivadeneyra se levantó al entrar sus visitantes: con un rostro amable de pájaro y un cuerpo delgado y zancudo que le hacía parecer un habitante emplumado de las cercanas marismas, introdujo cordialmente en la sala del palacio en la que se encontraba a Pacheco y a Medina, asegurándose de que ambos pesquisidores se instalaran con toda la comodidad que la austera estancia, un cuadrado encalado cubierto de estanterías llenas de legajos, podía proporcionar—. Les esperaba. Lamento no haberles atendido en mi despacho del cabildo, pero aquí estaremos... sí, aquí estaremos, ejem —carraspeó incómodo—, más tranquilos.

—¿Nos esperaba, señor corregidor? —preguntó Medina, un tanto desconcertado-. No lo entiendo. Le traemos una carta del conde de Barajas, en la que se explica el motivo de nuestra visita...

—Sí, sí, señores, claro. Del conde. Ahora me la dejará para leerla, veinticuatro. Porque si no me equivoco, vuestras mercedes son el beneficiado Pacheco —el clérigo, aún jadeando y con el rostro arrebolado tras la áspera subida, inclinó la cabeza a modo de saludo— y el veinticuatro Medina, ¿verdad?

—Pues sí, es cierto, corregidor. Pero...

—No se extrañe, Medina. A la carta que me acaba de dar le ha precedido otra. Esta. Tómela, y antes de nada mire la firma. Y luego lea lo que dice.

Medina levantó ambas cejas, asombrado tras leer la firma del rey al pie del documento que, según también podía advertir, había sido redactado por Mateo Vázquez en el estilo usual y despersonalizado propio de la cancillería del rey católico. Su asombro no disminuyó cuando leyó en la hoja cómo don Felipe ordenaba a su corregidor en la villa de Sanlúcar, y a sus tenientes y asistentes con él, que prestaran toda la ayuda posible a los dos pesquisidores que, según podía leer, el monarca había enviado a la ciudad para realizar una investigación «muy de su real servicio». El veinticuatro chasqueó los labios, y le pasó la carta a Pacheco decididamente, eso no se lo esperaba. Mientras tanto, Rivadeneyra se había calzado unos anteojos —que ahora se encontraban en precario equilibrio sobre su larga nariz ganchuda— y acababa de terminar la lectura de la carta del conde, en la que, en resumen, Barajas venía a pedirle lo mismo que el rey Felipe:

—Pues tengo que decir que vienen vuestras mercedes mejor que bien recomendados. Y no tengan cuidado, que les ayudaremos en todo lo que se pueda. Plata, ¿no?

—Plata, efectivamente dijo Pacheco—. Y mucha, por lo que creemos.

—Se habla aquí de tres barcos. Nada menos. ¡Tres barcos! ¿Saben ya cuáles son?

—Sí —respondió Medina—. Creemos que sí, pero hemos de confirmarlo. Están fondeados en Bonanza, corregidor. Hoy vamos a visitarlos para verlos de cerca. Sabemos que uno de los maestres está en la villa y vamos a tratar de hablar con él. A ver si damos con alguna certeza sobre este asunto.

—Bien, Medina. ¿Y qué necesitan de mí?

—Seguramente hombres, Rivadeneyra. Sin duda las tripulaciones conocen y están en este asunto, y necesitaremos reducirlas. Y nosotros solos no podemos, como supondrá. Puede ser que además los contrabandistas tengan otros aliados.

—¿Y saben el destino de esa plata? No es una cantidad cualquiera, por lo que me dicen las cartas del rey nuestro señor.

—No, corregidor —terció Pacheco—. Eso lo desconocemos. Sabemos que es una cantidad grande, pero no quién está detrás.

—Pues a mí me parece, señores —el corregidor se quitó los anteojos, los plegó y los dejó sobre la mesa— que, en San Lorenzo, e incluso en Sevilla, sí que lo saben. Como habrán visto en ambas cartas, no me dicen nada sobre ello; pero la insistencia en que es un asunto de la mayor importancia me da que pensar... pero bueno, eso no conduce a nada. Se trata del servicio del rey, sea como fuere. Cuenten con esos hombres, y también conmigo. Sé que mi aspecto no es quizá muy marcial. La naturaleza fue muy precavida en los dones que me dio. Pero soy muy buen tirador; muy bueno de verdad. Así es que les ruego que cuenten con mi arcabuz, que puede serles útil.

—Por supuesto, corregidor —respondió Medina—. Y muy honrados por su ofrecimiento.

—Bien. El movimiento se hace andando, señores. Así es que voy a comenzar a buscar la gente. ¿Dónde se alojan?

—En una fonda de la calle de los Bretones: es la que tiene el portalón pintado de amarillo. Creo que es la única en toda la calle que tiene la puerta de ese color.

—Ah, sí. No es mal sitio, por cierto. Es limpia, para lo que suelen ser esos establecimientos, y no dan mal de comer —Pacheco, oyendo lo que decía Rivadeneyra, se encogió instintivamente sobre su estómago purgado y vacío recordando el mal rato pasado tras su descomunal almuerzo—. Pasaré a verlos esta noche y nos pondremos al día en nuestras noticias: vuestras mercedes me contarán qué ha ocurrido con los barcos y yo les daré nuevas sobre los hombres que he conseguido. Así es que creo que estamos de acuerdo, ¿no es cierto?

—Lo estamos, corregidor —respondió Pacheco—. Y muy agradecidos por su ayuda. Si nos disculpa... ahora hemos de bajar a la playa. Debemos salir para el fondeadero de Bonanza y nos esperan.

—Claro, claro, señores. Claro —el corregidor, tratando de controlar los movimientos desbordantes de sus brazos y sus piernas, acompañó a los dos pesquisidores a la puerta—. Suerte, y que la fortuna les acompañe en sus pesquisas. Esta noche nos veremos y ya me dirán. Ah, y señores, se lo ruego, vuestras mercedes ya lo saben, pero toda prudencia es poca. O menos que poca. Tengan mucho cuidado; mucho, por favor. Porque no exagero: este lugar es peligroso. Eso es algo que he tenido la desgraciada ocasión de aprender y no deseo que vuestras mercedes hayan de aprenderlo también.

****

La banda de la playa estaba llena de barcas de pesca encalladas en la arena. Los pescadores reparaban sus artes tras volver del mar, donde habían faenado durante toda la noche, protegiéndose de un sol que comenzaba a dar un creciente calor con sus anchos sombreros de paja, o con unos amplios y mugrientos pañuelos que se anudaban en la frente o en el cuello. Dos perros peleaban encarnizadamente sobre los restos de una gaviota muerta; y unos mozos les tiraban piedras tratando de espantarlos mientras reían al ver los saltos que daban ambos canes, ladrando furiosos, al intentar esquivarlas. El cielo estaba lleno de gaviotas y la barra de buques:

el aire, cargado de oxígeno y salitre. Olía a estiércol y a humo, y Pacheco se sintió un poco mareado.

Pacheco y Medina se encontraban en la plataforma de madera que hacía las veces de embarcadero. Las numerosas gentes que iban y venían de los barcos a la villa y viceversa conformaban una procesión de ocupadas hormigas cargadas de fardos, de paquetes y de bultos que subían o descendían de las barcas que los pasaban a Bonanza, donde estaban las naos de la flota. En ese momento llegó Canel, que había dejado a Escalante en el astillero, ocupado en la revisión de las reparaciones de su barco:

—Señores, aquí me tienen. ¿Tomamos una barca? Iremos a Bonanza, cerca de la ermita. Allí están fondeadas las naves que buscamos. Y según ha podido saber Escalante, Maya se aloja en la venta vecina. Así es que seguramente en un sitio o en otro le encontraremos. Por lo visto, está reclutando nuevos tripulantes; por lo que imagino que los contratará en su propio alojamiento, como hace todo el mundo.

Una barquilla en la que no cabían más de cinco o seis personas se acercó al muelle, y Canel le hizo una seña: la barca acostó hacia el embarcadero, y Medina y Canel ayudaron al clérigo —que estuvo a punto de caerse al agua y tenía cada vez más mala cara— a subir a ella a duras penas. Canel le indicó su destino, y el patrón y el muchacho que le ayudaba —un hijo, o un sobrino sin duda— comenzaron a remar con sus manos anchas y cuarteadas hasta la no muy lejana playa de Bonanza. Ya en la barra, Medina se admiró de la inesperada belleza del paraje: las dunas y los pinares bordeados de matorrales del coto del duque y de las vecinas Arenas Gordas; el brillo del sol en el agua verdiazul; las barcas que iban de un lado a otro, esquivando a los grandes navíos fondeados en la rada; los bancos de arena que en la barra formaban tres peligrosos canales —el del norte, el del sur y el nuevo— que solamente sabían surcar los prácticos del puerto. La pequeña barquilla dejaba a un lado a los grandes monstruos arbolados que esperaban su pronta partida hacia las Indias; el número de barcos había aumentado en los últimos días. De hecho, si se miraba con atención, una prudente columna de naos iba avanzando con cuidado por el río, a punto de sobrepasar ya el caño de Limones.

La escuadra se iba reuniendo para salir de puerto, así es que había que darse prisa. Medina se agachó y vio que el rostro de Pacheco estaba cada vez más pálido. Canel y el veinticuatro se miraron, y el primero ayudó al clérigo a sacar la cabeza fuera de la barca, procurando que todo lo que el beneficiado estaba comenzando a echar por el gaznate cayera fuera y no hacia adentro, y que el viento —que ahora comenzaba a soplar levemente— estuviera a favor y no en contra del chorro inacabable que salía del estómago del capellán real:

—Vaya por Dios, beneficiado. Venga, no se preocupe: échelo todo. Cuidado, no vaya a caer al agua. Ya estamos cerca; la travesía es muy corta. Mire, ya se ve ahí mismo la playa y los barcos a los que vamos están al lado. Venga, vacíe todo lo que tenga dentro. Ya verá vuestra paternidad como después estará más aliviado.

Mientras tanto la barca había llegado a la orilla, y tras pagar el precio del accidentado viaje, Medina y Canel ayudaron a Pacheco a sentarse en una de las barcas vacías que salpicaban la antigua playa de Barrameda, ahora conocida —desde que el tercer duque de Medina Sidonia construyera en su suelo en 1503 una ermita dedicada a Nuestra Señora— por el nuevo nombre de Bonanza.

Pacheco volvió a respirar con normalidad, y los jadeos fueron espaciándose. Mientras se reponía, sudoroso y desmadejado en la barca, Canel señaló a Medina los tres buques, uno junto al otro, que se hallaban en el fondeadero. Un inusual tráfico se advertía a su alrededor: las tres naos estaban estibando una considerable cantidad de lastre, procedente de varias carretas que había en la orilla. Algunas barcas transportaban las cargas de grava hasta los barcos, en donde se cargaban parsimoniosamente.

—¿Lastre? Qué extraño —dijo Canel—. El lastre nunca suele cambiarse. ¿Ha visto? Y mire, Medina, fíjese: la obra viva apenas está sumergida bajo el agua. Estos barcos apenas tienen peso y no es habitual, como le digo, cambiar el lastre. Si acaso, puede quitarse una parte si el barco va a ir más cargado de lo habitual, pero no es lógico añadirle más que el justo y preciso que ha de llevar. Y más ahora que van a emprender el regreso a Indias e irán cargados de sobra con las mercancías que han consignado. Todo el lastre que lleven de más serán bultos de menos y estos tres navíos, a juzgar por el número de carros que hay ahí, están reponiendo el lastre entero.

—Pues Canel, me parece a mí que ya sabemos cómo se ha traído la plata. ¿Qué opina vuestra merced?

—Creo que sí. Sí. No tengo prueba alguna salvo lo que estoy viendo con mis propios ojos, Medina. Pero tiene sentido. Si esa plata ha venido disimulada como lastre, y ese lastre ha salido fuera de los barcos de la manera que sea, es necesario que lo repongan antes de partir: si las naos no llevaran ese necesario contrapeso, es seguro que naufragarían. Así es que sí, Medina. Los maestres de esos tres barcos están reponiendo un lastre que ya se ha vaciado. Y si se ha vaciado… si lo ha hecho, es porque la plata ya ha salido de esos barcos. Así que ahora es preciso que sepamos a dónde la han llevado.

—Entonces, ¿vamos a hablar con Maya?

—No, Medina. Creo que no. Puede ser que con eso consigamos lo que precisamente no queremos: que el maestre sospeche. Maya es una buena pieza, amigo mío; no se fía ni de su sombra. No, no hablaremos con él ahora. Pero sí deberíamos ponerle bajo vigilancia, si eso es posible. ¿Lo es?

—Lo es. El corregidor nos ha ofrecido toda la ayuda que pueda darnos. Resulta que antes de llegar nosotros a Sanlúcar, vino a su atención nada menos que una carta del rey.

—Del rey… serio debe ser este asunto, ¿no, Medina?

—Muy serio, y cada vez más, Canel. Esta noche nos reuniremos con el corregidor en la posada, y le contaremos lo que hemos visto. También a Escalante y a Gamarra. Esta noticia va a alterar todos nuestros planes —Medina miró a Pacheco, ahora tumbado en la borda del bote y con los ojos cerrados; no se había enterado de nada—. Ahora tenemos que volver, pero no tengo alma para meter a este hombre otra vez en una barca. Dígame vuestra merced, ¿podrán aquí alquilarse algunas mulas, y sobre todo que sean mansas?

****

El contador Gamarra se desangraba en el suelo de la sórdida y pequeña habitación del prostíbulo en donde se había alojado Moreruela. Ya no podía moverse, y cada vez le costaba más hacer entrar algo de aire en sus pulmones. Tenía frío, mucho frío. Los ojos se le enturbiaban por momentos y de su garganta salía un estertor que no reconoció, en la inconsciencia cada vez mayor que le llevaba a la muerte, como suyo: «Esto es morir —pensó—. Me estoy muriendo. Sin esperarlo. Y sin confesión». Este último pensamiento le hizo forzar un rictus de desconsuelo en el rostro que nadie advirtió y que tampoco importó a nadie. Oía, cada vez más a lo lejos, voces: las de sus matadores. Tres hombres a los que ya no podía ver, porque todo se iba apagando poco a poco. Ya no entendía lo que decían: con la sangre que perdía por la profunda herida del costado se le escapaban la vida y los sentidos.

Luego, de repente, tras un estertor y un tímido hipo, casi como disculpándose, murió. Para él ya solo hubo oscuridad.

Mientras tanto, los tres hombres miraban con indiferencia la muerte insignificante, absurda, dolorosa y solitaria del contador. Y hablaban entre ellos.

—¿Y qué hacemos ahora? —Moreruela, inquieto, sudaba profusamente—. Dios mío, es un contador de la Casa. ¿Saben vuestras mercedes lo que puede ocurrirnos si averiguan que le hemos matado nosotros? Está muerto. Muerto sin remedio.

—Lo está, Moreruela. Lo está. Enríquez —dijo Manuel, mirando ceñudo al sicario de Pérez—, como siempre hace, se ha precipitado. Tiene vuestra merced la mano demasiado fácil. Al matarlo nunca sabremos por qué le hemos encontrado aquí, revolviendo los papeles del contador.

—Era un fisgón, y no se merecía otra cosa. Nunca tuvo que haber entrado en este cuarto. Y después de leer lo que ha leído —y señaló la carta del prior de Crato que estaba, abierta y ahora también ensangrentada, sobre la mesa— no podía seguir con vida.

El día que había terminado con el cadáver de Gamarra sobre el sucio suelo del cuarto del burdel había dado comienzo esa mañana muy temprano para los agentes de Pérez: los tres habían ido a ver al factor portugués, que les había entregado —con el fin de que se la remitieran al secretario— una carta de don Antonio de Avís en la que comunicaba a Pinheiro que ya no vendrían las dos carabelas a hacerse cargo de la plata. Desconcertado tras recibir la noticia, Moreruela marchó a su alojamiento y guardó con cuidado la misiva para después hacerla llegar a Madrid. Luego cerró su habitación y se marchó, regresando después con sus dos compañeros. Tras abrir la puerta de la cámara encontraron a Gamarra leyendo la carta del de Crato, que había logrado encontrar tras registrar el cuarto. Enríquez no preguntó: le atravesó las entrañas con su daga. Por lo visto, la patrona de la casa había dejado subir al ahora yerto Gamarra al asegurarle que había de recoger unos papeles, que Moreruela había olvidado, para llevarlos a la aduana. En fin, la verdad es que la argucia y la impostura le habían servido al difunto de bien poco.

—Hoy no es, desde luego, un día afortunado, señores —dijo Manuel—. Después de la noticia que nos ha dado Pinheiro y tras esta muerte, no creo que debamos recordarlo con deleite. Bien, luego hablaremos de lo que haremos con la cuestión de la plata, que tal y como entiendo pasa por avisar al secretario Pérez de lo que ha ocurrido, y supongo que de eso se ocupará vuestra merced, Moreruela. Pero ahora lo urgente es deshacernos de este cuerpo. Aquí no puede quedarse. Enríquez, el entuerto que ha provocado va ahora a remediarlo en parte: baje, hable con la... patrona, por llamarla de algún modo, y que un par de sus rufianes se ocupen del cuerpo. Cuando haya oscurecido y pasado el toque de queda mejor y que lo dejen en cualquier callejón lejano. Nos quedaremos su bolsa y sus armas, que no le han valido de gran cosa; así parecerá un robo. No creo que extrañe a nadie encontrar al muerto en un lugar como este. Las cuchilladas, cuando está la flota amarrada, deben contarse por docenas. Ah, y aquí ya no hacemos nada; nada. Así es que deberíamos ir a buscar a Maya y contarle lo que ocurre, y luego salir hacia el caño en donde está la plata. ¿Cómo hará saber lo que ha pasado a Pérez, Moreruela?

—Bien, de Sanlúcar a Madrid hay… hum… sí, treinta y cuatro postas: el correo puede cambiar de caballo con frecuencia y descansar por el camino. Digamos que el secretario podría recibir mi carta tal vez en una semana. En otra más tendríamos instrucciones. Pero ahora es necesario hablar con Maya: hay que hacerle saber lo que pasa, porque la flota sale en pocos días. De hecho, va con retraso. La ha demorado el arreglo de algunos buques en Sevilla, pero ya están reparados y hoy han llegado varios a Bonanza. Y no sé… no sé qué solución puede darle a este asunto el secretario, aunque como bien saben es hombre de sobresaliente ingenio.

—De acuerdo —dijo Manuel—. Una vez hablemos con Maya, Enríquez y yo iremos al caño para vigilar el cargamento: si la flota se va, los maestres también se irán. Y la plata no puede quedar a merced del primero que llegue para hacerse con ella. Así que, Enríquez, baje a hablar con esa furcia como le he dicho que haga —el aludido frunció el ceño, pero se dispuso a cumplir la orden del veinticuatro—. Que mande a un par de hombres y limpien esto. Vuestra merced se asegurará de que todo salga como debe, y que el cadáver aparezca en alguna calle poco frecuentada. Después bajaremos al puerto: tenemos que tomar una barca hasta Bonanza.

****

La fonda estaba ya a esa hora mucho más concurrida que por la mañana, y Pacheco —repuesto tras descansar un par de horas en una cama más o menos cómoda—, Medina y Canel esperaban la llegada de Escalante, de Gamarra y del corregidor Rivadeneyra sentados cerca del gran hogar de la sala común, en donde varias ollas sobre unas desvencijadas trébedes borboteaban con la comida que el figón ofrecería a sus clientes. Pacheco apartó la vista, evitando como pudo una arcada, y preguntó a sus dos compañeros:

—¿No deberían haber llegado ya Escalante y Gamarra? ¿No les parece que tardan demasiado?

—Bueno, beneficiado —respondió Canel—. Por lo que sé, Escalante ha debido pasar casi todo el día en el astillero, vigilando las reparaciones de su barco; y Gamarra ha ido a la aduana.

—Pero la aduana ya ha cerrado por hoy, ¿no? —intervino Medina—. Pacheco tiene razón, es extraño. Miren, ahí viene el corregidor. ¡Aquí, Rivadeneyra! —los tres se levantaron y Medina presentó a Canel, a quien el corregidor aún no conocía; mientras esperaban al maestre y al contador le explicaron cómo habían contemplado esa mañana, clara ante sus ojos, la evidencia de que la plata de contrabando había venido como lastre en las tres naos. Rivadeneyra asintió, convencido por la hipótesis de los dos pesquisidores; y en ese momento entró Escalante en el corral de la fonda.

Medina llamó su atención para que viniera a sentarse con el grupo, a la espera del regreso de Gamarra:

—¡Aquí, maestre! Venga para acá y siéntese vuestra merced. Señor corregidor, le presento al maestre Juan Escalante de Mendoza. ¿Todo bien con su barco, Escalante?

—Buenas noches, señores. Es un honor, señor corregidor —el maestre se inclinó y tomo asiento al lado de Rivadeneyra—. Sí, Medina, todo bien. La *Trinidad* ya está casi lista, y podrá volver a Veracruz completamente reparada. Mañana comenzarán a cargarla. ¿Qué se cuentan vuestras mercedes? ¿Han podido averiguar algo en Bonanza?

—Pues pese a una desafortunada indisposición del beneficiado, que ahora ya se encuentra mejor según parece —Pacheco gruñó un escueto asentimiento a las palabras de Medina—, Canel y yo creemos saber ya cómo se ha transportado la plata sin registrar, maestre. Y la verdad es que han sido ingeniosos.

Medina y Canel relataron a Escalante lo que habían visto esa mañana, y el maestre coincidió con ellos en sus apreciaciones: el lastre de esos barcos había sido la plata de contrabando, no cabía duda ninguna; una vez sacada esta de los barcos, las naos habían tenido que ser lastradas de nuevo. Eso explicaba, y más que convincentemente, el apresurado tráfago de las faenas a las que habían asistido esa misma mañana en la rada de Bonanza: había que estabilizar los barcos a toda prisa antes de que emprendieran la travesía del océano.

—Tienen razón, señores —dijo Escalante, mientras asentía el corregidor—. No me cabe duda alguna. Es decir, que por lo que me refieren esa plata ya no está en los barcos. Puede incluso haber salido de Sanlúcar. Podría estar en cualquier parte.

—Dice bien, maestre —Pacheco intervino por fin en la conversación, con una voz rasposa y con el rostro aún demudado—. Pero ¿y Gamarra? Todavía no ha llegado, y debía haberlo hecho hace ya bastante tiempo. ¿Escalante, vuestra merced le ha visto?

—No, beneficiado. Salió a hacer sus cosas mientras yo iba al astillero con Canel, y no le he visto en todo el día.

—Pues es extraño. En fin, espero que no tarde mucho más. Porque comienzo a preocuparme. ¿Habrá tenido un mal encuentro?

—¿Gamarra es el contador de la Casa que acompaña a vuestras mercedes? -preguntó el corregidor.

—Sí, efectivamente —dijo Medina—. Y dice bien Pacheco; es extraño —el veinticuatro, de una fuerte palmada, aplastó una mosca gruesa y verdinegra que se había posado en la mesa—. Asco de alimañas. Bien, solo queda esperarle; pero ahora hemos de decidir qué hacer. Después se lo contaremos a Gamarra cuando llegue. Yo haría seguir a Maya, o incluso si fuera preciso trataría de detenerle. No estamos ya para muchos juegos, caballeros: la flota zarpará más pronto que tarde. ¿Qué dice vuestra merced, corregidor?

—Si es preciso... mis instrucciones son muy claras. He de ayudarles en lo que necesiten, y tengo que impedir que esa plata se pierda. ¿Cree, Medina, que no hay otro remedio que no sea prender a Maya?

—Creo que no, corregidor. Maya será el hilo del que habremos de tirar para poder deshacer esta conjura y creo que todos aquí son de mi misma opinión: no tenemos tiempo —dijo, mientras el resto de los reunidos asentía.

Mientras hablaban, en voz muy baja para que las mesas vecinas no se enteraran de su conversación, la moza que servía la suya se había acercado a ellos con algunas jarras de un vino blanco y fresco, muy suave; y con una infusión para Pacheco, que torció el gesto. Los reunidos, salvo el beneficiado, pidieron de comer y pronto el olor de las especias inundó la mesa. Todos comieron sin hablar, preocupados por la falta de noticias de Gamarra. Desde luego, se retrasaba demasiado. Una vez hubo cenado, Escalante dejó su plato a un lado y dijo:

—Voy a salir; voy a ir a buscarle. Ya es muy tarde, y no quisiera que hubiera tenido un mal encuentro. Me acercaré a la aduana, a ver si el guarda sabe darme razón de él. Si no le veo por el camino, volveré.

—Pues le acompaño, maestre —dijo Rivadeneyra—. Voy hacia el cabildo a ver a Figueredo, el alguacil mayor, que hoy tenía guardia. Veré con él la mejor manera de preparar lo de Maya y mañana a más tardar resolveremos ese asunto. ¿Vamos, Escalante? —dijo, levantándose—. Señores, tendrán noticias mías muy pronto. Mañana, a lo sumo.

El corregidor y el maestre salieron de la posada, pero a los pocos metros de la puerta de la hospedería un par de alguaciles, que andaban con rapidez por la calle esquivando grupos de marineros y borrachos que buscaban la vecina calle de la Alcoba, se les aproximaron apresuradamente:

—Señor corregidor, disculpe vuestra merced. La ronda ha encontrado un muerto. Apuñalado.

—¿Un muerto? Un marinero, supongo. ¿Ha habido alguna pelea?

—No, no, señor. No es un marinero. Parece, aunque no estamos muy seguros, un mercader o un escribano y no es de aquí. Está cerca de las tapias de Regina Coeli, don Francisco. Ya está frío.

Rivadeneyra miró a Escalante, y ambos sospecharon lo peor: siguiendo a los corchetes subieron hacia la vecina calle de la Mar, dejando de lado los puestos —ahora cerrados— donde a diario se despiezaban los atunes. Una lejana hoguera, donde se calentaban algunos hombres, ofrecía un punto de referencia y hacia esa dirección, pisando con cuidado entre las inmundicias y basuras de la calle, se dirigieron los cuatro. A la izquierda, junto al muro arenoso y desconchado que separaba el convento de clarisas de Regina de la sucia y polvorienta vía, yacía un cuerpo iluminado por los faroles que sostenían otros dos alguaciles.

—Es Gamarra —dijo Escalante, mirando con pesar el cadáver tirado en el suelo y santiguándose—. El contador Gamarra. Y su muerte no ha sido un accidente. Fíjese, corregidor: tiene una profunda puñalada en el costado. Ha debido desangrarse por ahí. Pero si se fija con cuidado, aquí no hay sangre. Ninguna.

—Es decir, que no ha muerto aquí. ¿Tenía consigo su bolsa, o alguna otra pertenencia de valor?

—Nada, señor —dijo uno de los corchetes—. Es posible que hayan querido hacer pasar su muerte por un robo.

—Eso parece. ¿Qué me dice, Escalante?

—Lo primero es avisar para que se lleven el cuerpo, y que lo preparen con dignidad para que reciba cristiana sepultura. Gamarra había ido a buscar a otro contador, Moreruela, que según creemos forma parte de la trama. Y me parece, corregidor, que lo ha encontrado. Para su desgracia.

—Entonces esto lo cambia todo, Escalante. No podemos esperar a mañana: hay que detener a Maya esta misma noche. Él podría darnos noticias de Moreruela. Avisen —el corregidor se dirigió a los dos alguaciles que se habían quedado junto a la tapia de Regina para custodiar el cuerpo— a la hermandad de la Caridad para que vengan con una carreta por el cuerpo, y que lo preparen adecuadamente, antes de que se ponga rígido. Y vuestras mercedes —dijo, señalando a los que habían ido a buscarle— vendrán conmigo. Vamos al cabildo, a ver al alguacil mayor. Luego saldremos para Bonanza. Lamento, y mucho, la muerte de su compañero, Escalante. Pero le aseguro que será vengado y que recuperaremos esa plata; se lo debemos a su pobre amigo. Vaya ahora a avisar a los demás, a contarles lo que ha sucedido. Y prepárense, porque esta noche empezaremos a dar fin a este enojoso asunto.

CATORCE

Miércoles, 6 de mayo de 1579

Sevilla

Ya habían sonado las doce en el campanario de la vecina iglesia de San Bartolomé, y Gila de Ojeda no conseguía dormirse. Algo —y no bueno— ocurría. Lo sentía, lo sabía. Su intuición estaba tan tensa como la cuerda de un arco. Dio vueltas en la cama, pero no conseguía dormir. ¿Qué estaría haciendo Fernando en ese momento? ¿Correría algún peligro? Su razón, su lógica, le reprocharon la inexplicable desazón que sentía. Sabía que esa inquietud era, sin duda, absurda; y que no tenía motivo alguno para inquietarse. Pero no podía evitar hacerlo.

Gila se levantó. Se abrigó con una toca larga que siempre dejaba, en invierno, a los pies de la cama. Calzó unos gastados chapines con los que andaba por la casa, y tomó una lamparilla de aceite que iluminaba una hermosa y antigua tabla flamenca, un retablo que representaba una escena del Calvario: Longinos, el centurión, clavaba su lanza en el costado de Cristo.

La mujer miró el cuadro con fijeza: la llama apenas iluminaba la imagen de la antigua tragedia, que se veía desvaída por la escasa luz. A la izquierda, el romano ensartaba a un Jesús ya muerto; a la derecha, San Juan sostenía a una Virgen María desfallecida. Los dos ladrones se arqueaban, clavados en sus cruces, a ambos lados. Se santiguó; Fernando le tenía mucha devoción a esa imagen.

Pero ella abrió la puerta y bajó al patio. En el cielo se veían las estrellas, y en una esquina la luna, en cuarto creciente. La casa dormía. Los criados habían dejado un farol encendido en una esquina cercana a la escalera, y por él se guió hasta la puerta entreabierta —siempre lo estaba— del pequeño oratorio. Una lámpara de aceite iluminaba tenuemente el interior del recinto; el veinticuatro tenía el privilegio de poder tener un sagrario en su casa, un lugar íntimo y sagrado donde muchos domingos el propio Pacheco venía a decir la misa.

Sobre el arca se encontraba, como siempre, la Virgen del Subterráneo; la misma advocación que velaba, en la cercana iglesia de San Nicolás, por los restos de los padres y abuelos de Medina.

Y ante ella, Gila se arrodilló, pegando el rostro al suelo, con los brazos extendidos a ambos lados: «Cuídalo —rogó—. Cuídalo, madre nuestra. Que no le ocurra nada. Que vuelva. Que regrese a mí. Vivo». Gila se estremeció: la lámpara había estado a punto de apagarse por un golpe de aire que había entrado desde el patio. ¿Un presagio? Prefirió pensar que no. Pero durante un largo, un muy largo rato, Gila de Ojeda no dejó de rezar a la pequeña imagen de la Virgen con el Niño que presidía el rico altar del oratorio, el corazón palpitante de la casa en donde, gracias a una providencia que por fin le había sonreído tras tantos años sin haberlo hecho, era ahora completamente feliz.

Sanlúcar

La mar, oscura, estaba en calma. Un oleaje parco y escueto apenas lamía los cascos de las dos barcazas que llevaban a los agentes del rey, al corregidor de la villa y a sus hombres —Figueredo, el alguacil mayor, con su segundo, Rendón y ocho alguaciles armados— a las playas de Bonanza. Pacheco iba con ellos, ya que tras conocer la muerte de Gamarra no había querido permanecer en la posada.

—Les acompañaré —dijo—. No importa el peligro. Imaginen que alguno cayera herido sin remedio. No me perdonaría que hubiera muerto sin confesión, como Gamarra. No serviré de mucho para otras cosas, pero para eso sí sirvo. Así que no hay más que decir. Les sigo.

La noticia de la muerte de Gamarra, traída por un serio y silencioso Escalante, cayó como un jarro de agua fría a Pacheco, Medina y Canel. Los últimos se dispusieron a preparar, con el maestre, sus armas para capturar a Maya, y si era posible al resto; el clérigo tomó, por obligación, con renuencia y para asentar definitivamente las tripas ante la enojosa travesía que habría de realizar en breve rato, otro cuenco de la bebida medicinal que el ama le había preparado, asegurándole que después de beberlo las arcadas desaparecerían definitivamente. «En fin —se dijo— eso espero, por mi bien... y por el de mis compañeros».

Al cabo de un rato Figueredo y Rendón vinieron a buscarlos por orden del corregidor: dos barcazas con gente armada y lista les esperaban en la playa. Saliendo del figón siguieron a los dos alguaciles, que iban bien armados por si la ocasión lo hacía preciso.

Ambos eran de mediana talla y magros, e iban muy cargados con dos pistolas y un arcabuz cada uno, la bandolera con los doce apóstoles —las cargas de pólvora que les permitirían recargar el arma—, el cinto con el depósito y a la espalda una ligera horquilla para apoyar el arcabuz. No llevaban sus capas, para moverse con mayor libertad.

Dejaron a un lado, arriba, la cuesta de la Barranca, bajo la que se encontraba la lonja de mercaderes que llamaban las Covachas; y atrás quedó también el hospital de la Trinidad. A lo lejos, Escalante pudo ver la estropeada tapia de Regina donde había aparecido muerto Gamarra. Y en lo alto, atrás y a la izquierda, algunas antorchas encendidas aquí y allá permitían distinguir la sombra de la muralla del castillo de Santiago. Las barcazas esperaban junto a uno de los varaderos donde se reparaban los barcos dañados: no había que llamar en exceso la atención, les explicó Rivadeneyra mientras subían a los botes.

Un rato después, con una mar suave y serena, los ocupantes de las dos barcazas pudieron oír el batir de las olas en el fondeadero de Bonanza: desde el mar se veían las luces de la iglesia —donde radicaba la cofradía de los pilotos de la barra— y de la venta cercana, la oscura mole del convento de Santa María de Barrameda y detrás de este la masa compacta de los pinares. Se oían las voces de los marineros, de los jugadores de cartas, de las mujerzuelas. Las barcas acostaron, sin ruido, algo lejos de la venta; no había que provocar una atención indeseada. Los agentes del rey habían decidido cómo atraer al maestre: Pacheco y Canel buscarían a Maya, y hablarían con él usando del pretexto que en su día habían planeado, cargar algunas mercancías sin consignar en su nao. Con la excusa de mostrárselas, le atraerían hacia las barcas y allí sería preso por los alguaciles. Sin ruido y sin conflictos. No había que alertar a las tripulaciones, que podrían amotinarse; algo limpio.

Con ese encargo partieron el mercader y el clérigo, mientras los alguaciles preparaban sus armas. Medina, Escalante y Rivadeneyra esperaron, no sin inquietud, el regreso de ambos. Las cosas podían —quién sabe— incluso torcerse más todavía.

****

Medina escuchó, a lo lejos, la voz ahora suave —sin duda, esa infusión hacía milagros— de Pacheco: tres sombras se acercaban a la orilla donde se encontraban las dos barcas. Maya debía de ser el del centro, el que iba, trastabillando y seguramente algo bebido, en medio de Pacheco y de Canel: y parecía que no desconfiaba. En ese momento tropezó, pero Pacheco le sostuvo. Sonó una carcajada; Maya no imaginaba en absoluto lo que en unos instantes iba a sucederle.

Cuando los tres se acercaron a la primera barca, Figueredo y Rendón saltaron sobre él, atándole y amordazándole con la mayor presteza. A Maya se le pasó la borrachera por completo, mirando con los ojos muy abiertos a los oficiales que le habían hecho prisionero. El corregidor salió de la oscuridad, y sin decir palabra se puso el dedo índice en los labios, instándole al silencio. El inmóvil Maya, con los ojos espantados sobre la mordaza, asintió con la cabeza.

—Buenas noches tenga vuestra merced, maestre Maya. Soy Francisco de Rivadeneyra, el corregidor de esta villa —carraspeó—. Me pregunto si podrá darnos respuesta a algunas cuestiones. Pero antes de tratar de mentirnos, o de negar siquiera aquello sobre lo que vamos a hablar, piénselo mucho: mi justicia es muy expeditiva, ¿sabe? Y el rey nuestro señor me ha autorizado a ser más diligente aún si cabe en su caso. Así que vuestra merced verá. Ahora vamos a quitarle la mordaza; pero si diera un grito de más, o una voz fuera de su sitio, el alguacil Figueredo tiene mi permiso para volarle la cabeza con su pistola. ¿Me ha entendido, Maya? —el maestre, aterrado, hizo una seña afirmativa—. Bien, muy bien, maestre. Pues resulta que queremos saber solo dos cosas: una, qué parte ha tenido vuestra merced en la muerte, hoy, del contador Gamarra; y la segunda, Maya, que nos diga dónde y en qué sitio han escondido usted y sus amigos la plata. Y ya sabe de qué plata se trata, maestre: no es necesario siquiera que se moleste en negarlo. No va a servirle para nada. La que ha traído de las Indias como lastre de sus barcos: esa plata. Así que —el corregidor le desató la mordaza lentamente— ya puede comenzar a hablar. Y tranquilo, no se calle nada. Le escucharemos con toda nuestra atención. Con toda.

****

Maya estaba encerrado en uno de los calabozos desde hacía ya una hora —habían dado hacía un momento las diez en la torre de la iglesia mayor—, incomunicado y con una severa guardia. Durante el regreso el maestre se había vaciado entero, aunque antes había tratado de negociar infructuosamente con Rivadeneyra algún tipo de trato de favor. Finalmente, ante la amenaza de embarcarlo de inmediato en una de las galeras que se encontraban en la costa —obviamente, como galeote por una indeseada perpetuidad—, les había dado las señas y el lugar en donde podrían encontrar la plata, que estaba en el caño en donde seguía oculta al cargo de los otros dos maestres; y les había asegurado —con una sinceridad obligada, aunque sin embargo bien palpable— que él no había tenido nada que ver en la muerte del desgraciado contador:

—Yo no fui; yo estaba aquí, en Bonanza. Pregunten vuestras mercedes si quieren. Ha sido uno de los que acompañaban a Moreruela, no sé cómo se llama. Encontró a Gamarra fisgando donde no debía y le apuñaló. Pero yo no he hecho nada. Nada, se lo aseguro, corregidor.

—¿Nada, Maya? ¿Y la plata?

—La plata es otra cosa. Pero yo no he matado a ese hombre.

Rivadeneyra continuó preguntándole, y Maya respondiendo como un cansado y exhausto actor que recita sin embargo un papel bien aprendido y con soltura en el escenario: y a medida que el maestre hablaba, la perplejidad —y la preocupación— de los agentes del rey iba en aumento. Bien, sí, la plata estaba escondida; pero era localizable y podía rescatarse. Pero las nuevas que Maya relataba sobre unas carabelas portuguesas, sobre el prior de Crato y sobre Flandes, y más aún, sobre el todopoderoso secretario Pérez, desazonaron, y mucho, al corregidor y a los investigadores, aunque procuraron (y lo consiguieron con esfuerzo) que Maya, que ya en ese momento confesaba con el caño completamente abierto y sin medida, no se diera cuenta en absoluto de que estaba descubriendo por completo un asunto sobre el que los pesquisidores no sabían media misa. Al rato, una vez exprimido ya el maestre como un limón que se había quedado seco, agotado sobre el taburete en el que estaba sentado y amarrado, el corregidor salió con los demás de la pieza, encomendando al guardia de la puerta que estuviera atento:

—Vigílelo y no deje que haga ninguna tontería. Su vida es ahora preciosa. Así es que esté pendiente y no lo deje solo —salió y cerró la puerta desde fuera—. Señores, ¿me siguen? Esta sala de aquí al lado… sí, esta estará bien. Creo que tenemos mucho de qué hablar

—el corregidor entró en la pieza contigua, vacía y casi desnuda de muebles, y tomando una lámpara de aceite encendió tres candiles que daban una pobre luz a la pequeña habitación.

—Mucho, bien dice vuestra merced —dijo Medina, mientras se sentaba en una rígida e incómoda silla—. ¿Qué les ha parecido? No salgo de mi asombro. Puedo asegurarle, corregidor, que nosotros no sabíamos nada de todo esto. Nos encomendaron buscar la plata; pero no conocíamos cuál era su fin. Y mucho menos... Dios mío, el secretario Pérez... ahora entiendo la importancia del asunto, y la reserva de Vázquez. Y el interés del rey. ¿Sabía algo vuestra merced, Rivadeneyra?

—No. No, veinticuatro. No sabía nada, pueden creerme. Sí es cierto que llamó mi atención la misiva del rey, en la que les daba a vuestras mercedes... ¿cómo decirlo? Sí, carta blanca. También el empeño del asistente de Sevilla en que pusiera todos mis medios a sus órdenes. No entendía por qué, pero ahora sí. Así es que ya lo sabemos todo. O al menos, todo lo que sabe Maya. ¿Qué opinan de todo esto, caballeros? ¿Pacheco?

—Créame, corregidor. Estoy igual de desconcertado que vuestras mercedes. Pero si de algo estoy seguro, es que no podemos esperar ni un día en encontrar esa plata. Creo que no podemos esperar ni a mañana siquiera. La urgencia es absoluta, amigos míos. Una conjura... una conjura para sublevar Flandes contra el rey. Evitarla está ahora en nuestras manos —Pacheco se levantó, alisándose la arrugada sotana con sus sudadas y temblorosas palmas—. Por eso no podemos esperar un minuto.

—Es verdad —dijo Medina—. No podemos. ¿El caño del Yeso? ¿Cuánto tiempo tardaríamos en llegar, corregidor?

—Remando a buena boga, a muy buena boga, podríamos estar antes del amanecer, aunque poco antes. Tendríamos que usar una galeota, porque es el único barco que podría llevarnos tan rápido. Con los botes no haríamos nada, porque iremos a contracorriente. El viento es ahora de poniente; eso nos ayudará. Podremos desplegar las velas, y con suerte quizás llegaríamos antes de las primeras luces del día, siempre que mantengamos la velocidad. Solo conozco una nave que pueda dar ahora mismo ese servicio, y es la del duque. Su excelencia está ahora en Sevilla, pero partió a caballo, porque iba a visitar a varios arrendatarios y a cazar en sus tierras; no usó su barco, así que debe estar en el puerto. El arráez es muy hábil, y los galeotes son turcos cautivos, fuertes y sanos, bien mantenidos. Espérenme aquí; voy a subir al palacio del duque. Tomaré un caballo para ir y volver con rapidez, y hablaré con el gobernador del estado. Está aquí, aunque creo que mañana o pasado marchaba a Sevilla. Le pediré el barco de su excelencia para el servicio del rey; no creo que me lo niegue.

—Lleve la carta si quiere, corregidor. Enséñesela.

—Buena idea, Medina. Eso haré. Es servicio del rey y un asunto prioritario. ¡Figueredo! ¡Figueredo! —el alguacil mayor entró en la sala—. Prepare vuestra merced todos los hombres que pueda. Todos. Y armas. Coja mis arcabuces: los dos. Balas, pólvora, y armas cortas. ¿Cuántos hombres podemos reunir ahora mismo?

—Unos veinte, señor. ¿Cuándo deben estar dispuestos?

—Ya. Ahora. Pida mi caballo, por favor; y deje al prisionero bajo vigilancia. Voy al palacio; no tardaré demasiado. Hay que prepararse para embarcar en la galeota del duque, y con toda la discreción posible. Prepare dos carros cerrados: iremos en ellos hasta los varaderos del arrabal de la Mar. Ahí nos recogerá el barco. Ah, y que lleven hasta allí los botes que hemos usado para ir a Bonanza: los necesitaremos para embarcar en él. El buque no puede acercarse tanto hasta la playa: si lo hiciera, encallaría. Señores, prepárense. Figueredo y Rendón les darán armas y municiones. También protecciones. Pacheco...

—No me diga nada, porque iré con vuestras mercedes.

—Entonces, por favor, al menos protéjase. Figueredo, un peto para el beneficiado. Que le cubra los pechos y la espalda; es mejor prevenir que curar. Ahora, señores, discúlpenme: el caballo debe estar ya en la puerta, esperándome. Subo a ver al gobernador; vayan con mis hombres hasta la playa. Allí nos veremos; espero no tardar mucho. Denme una hora, o algo más: no será fácil poner al barco en movimiento a estas horas, pero no queda otro remedio. Y que Dios nos proteja a todos, porque nos va a hacer una extremada falta.

****

La ligera fusta había recogido a Manuel, a Enríquez y a Moreruela en la playa de Bonanza tras haberse entrevistado en la venta con el maestre. Moreruela había comunicado a Maya la noticia de que los portugueses ya no recogerían la plata, y el hecho de que la Casa —al menos, eso era lo que evidenciaba la intrusión de Gamarra en su posada— estaba sobre la pista del cargamento; y el maestre de la *Magdalena* estuvo de acuerdo en esperar las instrucciones de Pérez. Mientras tanto la plata seguiría al fondo del caño, disimulada bajo la sal que la cubría en las gabarras.

Una vez concluyó la conversación, los tres salieron a la playa para embarcar de nuevo en la pequeña fusta hacia el caño del Yeso, pero en ese momento Moreruela alegó haber olvidado algo en la posada, y rogó a Manuel y a Enríquez que le esperaran en la orilla.

—Es solo un momento. He olvidado recoger una nota que Maya tenía que entregarme para Gómez y Herrera. Vuelvo enseguida.

El contador entró de nuevo en la venta, mientras Enríquez le seguía con la mirada.¿Se fía de él, don Fernando? Porque yo no.

—Yo no me fío de nadie, Enríquez. Y menos de un marrano como ese; un converso. ¿Qué cree que está haciendo?

—No lo sé. Pero desde luego, dudo mucho que haya olvidado nada. Mire, ahí vuelve —Moreruela regresó apresurado, acercándose a sus dos compañeros.

—Bien, ya está. Se trataba de una nota que debía entregar a los otros dos maestres, como les he dicho. Disculpen la espera. ¿Embarcamos? Miren, ahí nos espera la fusta —el barco cabeceaba al albur del escaso oleaje que removía las aguas de la barra—. Aún nos quedará un buen rato de travesía, pero llegaremos ya entrada la noche —el contador siguió su nerviosa y forzada cháchara, lo que amostazó a Manuel y Enríquez, hasta que viendo que no obtenía como respuesta más que algunos desganados monosílabos de sus dos compañeros, guardó silencio y se dirigió hacia la proa, mientras los dos agentes del secretario Pérez permanecían en la toldilla

—¿Qué me dice, Enríquez?

—Lo mismo de antes. Ese empeño en disimular… no me gusta nada. El contador nos está preparando alguna sorpresa, y no creo que sea agradable. ¿Qué piensa vuestra merced?

—¿Pensar? Es sencillo. El plan ha fallado, ¿verdad? Pero el que ha fracasado es el plan de Pérez. ¿No cree vuestra merced que Moreruela y los maestres podrían tener otro? ¿Uno propio, en el que no entremos nosotros ni el secretario? Creo, Enríquez, que tendremos que vigilar nuestras espaldas, ¿no le parece? ¿Quién impide ahora a estos cuatro hacerse con la plata en su propio provecho?

—No le falta razón, don Fernando. Por si acaso, creo que no estaría de más cebar las pistolas y tener a mano nuestras armas blancas. ¿Cuántos hombres tenían los maestres en el caño? ¿Lo recuerda?

—Bien, además de Herrera, Gómez y Moreruela yo conté otros ocho. Dos para cada una de las gabarras: uno con la pértiga y otro al timón. Son muchos, Enríquez. ¿Podríamos con ellos?

—No lo sé. Tal vez algunos hayan vuelto ya a sus barcos, ¿no cree? Entonces serán menos.

—Ojalá. Nosotros solo somos dos, Enríquez. Pero podríamos llevarnos a algunos por delante, ¿no le parece?

—Es posible. ¿Recuerda dónde guardaban las armas? Supongo que en la casa.

—Seguramente sí. ¿Qué se le ocurre?

—Pienso que, si nos hacemos fuertes dentro de ella, y si tomamos algún rehén, podríamos tener una oportunidad. Habría que aprovechar la sorpresa, ¿no le parece?

—Sí, eso es seguro. Podríamos decir que queremos descansar, y así aprovechar para meternos en el cobertizo. Uno vigilaría que no entrara nadie y el otro prepararía las armas. Cebar los arcabuces es lento; pero si logramos aprestar varios, los suficientes, podremos llevarnos por delante a algunos. Además, si nos encerramos dentro, los maestres y sus hombres no podrán disponer de sus propias armas.

—Tiene sentido. Sí, don Fernando. Esa sería una posibilidad.

—Bien, pues ya está. Ya sabemos lo que tenemos que hacer. Y ahora, no hagamos que Moreruela sospeche: vamos a la proa y démosle coba. Que crea que somos amigos, como hasta ahora. Y tengamos paciencia, Enríquez. Aplomo es lo que nos hace falta. Tenemos una ventaja, que no es pequeña: suponemos lo que traman. El contador y sus socios desconocen que estamos sobre aviso; y cuando se den cuenta, para ellos será demasiado tarde.

Río Guadalquivir

La noche estaba ya más que mediada, y los treinta remos de la pequeña y rica galeota del duque de Medina Sidonia —cuyas armas, los calderos de los Guzmanes, decoraban todos los espacios de la nave que podían adornarse— levantaban, ordenadamente armónicos, la espuma, blanca y espesa, de las tranquilas aguas del río. Un poniente flojo henchía las velas latinas de los dos palos del buque, que se habían desplegado desde el entenal para aprovecharlo, y el arráez no había necesitado marcar siquiera el ritmo: se había quedado dormido, encogido sobre sí mismo, mientras el maestre y el piloto —el duque tenía a uno expresamente contratado para surcar el río siempre que usaba su propia embarcación— estaban atentos, desde la carroza y la timonera, a los bajíos y a los bancos de arena que podrían, de descuidarse un solo momento, darles una desagradable sorpresa.

Más abajo, en el tabladillo, los agentes del rey miraban cómo la nave avanzaba a gran velocidad, dejando atrás con prisa los barcos que esperaban la mañana anclados en los márgenes, con sus faroles encendidos y sus centinelas; y cómo la galeota rebasaba —generando un oleaje que los desestabilizaba y los hacía cabecear peligrosamente— a los pequeños barcos de la vez que remontaban el río en busca de Sanlúcar.

—Espero que tantas prisas no provoquen más desgracias —dijo Pacheco— ya hemos tenido bastantes muertes con la de Gamarra.

—Pues me temo, beneficiado —respondió Rivadeneyra—, que Gamarra no va a ser el último. Dudo mucho de que estos señores con los que nos vamos a encontrar nos den tregua ninguna. Saben lo que les espera, si les cogemos con vida.

—Lo sé, corregidor. Es una de las causas por las que vengo: la de ayudar a bien morir a unos o a otros, nuestros o contrarios. Quería preguntarle, ahora que lo dice: ¿qué le ocurrirá a Maya?

—Como poco, irá a galeras. Piense que ha robado al rey al cargar la plata de contrabando. Pero este caso es, en realidad, de alta traición: esa plata iba a pagar una revuelta en unos reinos que son propiedad de don Felipe. Así que creo que finalmente él y el resto de sus socios acabarán bailando en una cuerda. Han corrido un riesgo, y ellos saben qué pueden esperar si fracasan. Por eso creo que su resistencia será bravía.

Pacheco suspiró. A su alrededor, los guardias y alguaciles del corregidor descansaban, apoyados en las bordas. Un vigía se había colocado en la corulla, para dar la voz cuando apareciera algún obstáculo o una vez tuvieran ya a la vista el meandro que conducía al caño donde les esperaba la plata del rey. Medina, Escalante y Canel preparaban sus armas: el corregidor les había dado arcabuces y pistolas que ahora estaban cebando, y Medina se aseguraba de que su espada —una buena, de Toledo, con la marca del lobo— no se quedaba atascada en la vaina. Salía de ella como si estuviera engrasada. Figueredo y Rendón, andando por la cubierta entre los galeotes somnolientos, comprobaban los equipos de sus hombres.

—Pacheco —dijo Medina—. Ya sabíamos que esto iba a ser así y no quiero bajo ningún concepto que se arriesgue. Rivadeneyra, el beneficiado no debe bajar hasta que no haya terminado todo.

—Eso se lo aseguro, Medina. El padre Pacheco no bajará hasta que yo dé la orden. Pacheco, es por su bien —el corregidor le puso la delgada y estrecha mano sobre el hombro al clérigo, para evitar sus protestas—. No quiero que se lo lleve por delante una bala perdida. Ahora, amigos míos, acomódense vuestras mercedes. El barco seguirá su camino sin percances, y el capitán nos avisará cuando estemos cerca del caño. Traten de dormir, o al menos de descansar un poco; porque nos conviene estar frescos y preparados para cuando lleguemos donde esconden la plata. Entonces sí, entonces les aseguro que no podremos dormir en absoluto.

QUINCE

Miércoles, 6 de mayo de 1579

Río Guadalquivir

Moreruela hablaba, sentado junto a la hoguera que los maestres habían encendido cerca de la orilla del caño, con Gómez y Herrera. Manuel y Enríquez se habían ido a dormir al chamizo vecino: su intención era —según habían hecho saber al contador— la de volver al día siguiente a Sanlúcar, a esperar allí, con más comodidad que en el poco confortable río, las noticias de Pérez. Así no había oídos extraños que escucharan la conversación, sigilosa y en voz baja, que mantenían los tres, lejos de los dos agentes de Pérez y de los tripulantes. Quedaban dos de los ocho que el otro día habían llevado las gabarras al caño: los otros habían marchado al puerto, para emplearse en las faenas de la carga de la *San Juan* y de la *Candelaria*. El contador atizó suavemente con un palo el fuego, lo que levantó una columna de chispas incandescentes hacia la noche y espantó a los insectos que revoloteaban atraídos por la luz, y continuó hablando:

—Eso es lo que me ha dicho Maya. Como acordamos, al no presentarse los portugueses por la plata nosotros vamos a aprovecharla. Tenemos a dos genoveses en Sanlúcar que están más que dispuestos a darle salida.

—Sí, Moreruela —dijo Herrera—. ¿Pero cómo vamos a hacerlo? Estaríamos robando al secretario Pérez: nuestras horas estarán contadas. Pérez nos hará matar en cualquier esquina.

—No crea vuestra merced, Herrera. Pérez dentro de poco tendrá bastante con conseguir evitar la cárcel o algo peor. ¿No les resulta extraño que el de Crato, que ganaba no poco con llevar la plata a Lisboa, renuncie ahora de repente a hacerlo? Ha pasado algo, no sé el qué. Pero ha debido ser lo suficientemente grave como para que el prior renuncie a cumplir un encargo del secretario. No creo que ahora a Pérez lo que más le importe sea la plata. Sin duda el hecho de que el portugués no le haya enviado las carabelas sea para él un revés, y no les niego que importante. Pero me da en la nariz que tiene otros problemas, y seguramente más graves que ese. Se murmura, y no solo en la corte sino también fuera de ella, que va a perder el favor del rey.

—Bien —dijo Gómez, el maestre de la *San Juan*—. Pero le recuerdo, Moreruela, que aquí al lado duermen los dos enviados de Pérez. No creo que estén dispuestos a dejar que robemos a su señor.

—¿Duermen? Bueno, pues que duerman más, Gómez. Todo lo que sea preciso. Nosotros también podemos descansar ahora, después de preparar nuestras armas y cuando estén profundamente dormidos acabaremos con ellos. El caño es profundo, y dos cuerpos lastrados se irán al fondo sin dejar huellas: una buena comida para los peces. Después traeremos aquí a los genoveses de Maya: no harán preguntas, y venderán la plata por una comisión muy razonable. Y después, señores, a vivir. A vivir como grandes. Y por mí, que Pérez, y Anjou, y el rey mismo revienten.

—Entonces no hay tiempo que perder. Preparemos las armas y acabemos con esos dos. Como dice vuestra merced, un par de lastres acabarán con nuestros problemas. Voy a ordenar a los hombres que se vayan disponiendo. ¿Cuándo empezaremos?

—En unas pocas horas. Deben ser ahora cerca de las tres; pues sobre las cinco sería un buen momento. Esperemos a que estén completamente dormidos, y entonces actuaremos. ¿Herrera, me despierta entonces? Voy a recostarme un rato, aquí mismo, al lado del fuego. En cuanto me despierte, despediremos para siempre a nuestros dos incómodos visitantes. Y ahora discúlpenme: voy a dormir algo —dijo, bostezando—. Ha sido un día largo, y ya no es uno tan joven como antes.

****

Dentro de la cabaña apenas se escuchaba ruido alguno, aunque fuera de ella los animales nocturnos y los insectos lanzaban, en sucesivos ecos, sus incomprensibles mensajes a lo más oscuro de la noche. Los dos caballos de los maestres —que pensaban usar para volver con ellos a Sanlúcar— amarrados a unos árboles próximos, dormían de pie. Enríquez y Manuel habían atrancado la puerta con el fin de evitar que nadie entrara sin previo aviso, y durante su obligada vigilia levantaron una plataforma —o más bien una rudimentaria escala— de cajones de madera que les facilitaba acceder al techo con escaso esfuerzo: con sus dagas habían logrado abrir los cañizos que cubrían el pobre chozo, y sin que el par de marineros, sus patrones o el contador lo advirtieran, disponían ahora de una atalaya privilegiada sobre lo que ocurría en el caño.

—¿Cree que atacarán, don Fernando?

—No le quepa duda alguna, Enríquez. Lo harán seguro. Ahora están esperando a que estemos profundamente dormidos; y al cabo de un rato nos darán el asalto. Créame vuestra merced si le digo que la mejor intención que tienen esos tres con nosotros es la de rajarnos la garganta. No podemos distraernos.

—Tenemos tres tiros cada uno: dos de arcabuz y uno de pistola. Luego podemos abrirnos paso con las armas blancas. En realidad, creo que contamos con ventaja. Y soy buen tirador.

—Yo tampoco soy malo, Enríquez. Ya lo verá, si hay ocasión, que la habrá, créame. Y más pronto que tarde.

Un pequeño ruido hizo que el veinticuatro mirara hacia su derecha: un marinero estaba despertando al contador, y sin decir palabra le alargaba una pistola. Los maestres se habían provisto de unas someras protecciones —sin duda, esperaban cogerles por sorpresa— y preparaban a sus hombres para entrar en la cabaña por la única puerta de la que esta disponía. Enríquez y Manuel se miraron, y tomaron dos de los cuatro arcabuces que habían conseguido cebar y aprestar.

—Vaya... —dijo Manuel—. Tenían armas fuera. Bien, sobre eso ya no podemos hacer gran cosa. A mi señal, Enríquez —el adiestramiento militar se advertía en cada uno de los movimientos de Manuel—: ¿Ve a los dos maestres? Uno es suyo; el otro es mío. Con los otros dos arcabuces eliminaremos, si afinamos el tiro, a los marineros. Deje por ahora al contador; me gustaría poder hacerme con él aún con vida, porque quiero interrogarle. Luego ya veremos. Bien, ¿está listo? Pues ahora... sí, ahora es el momento.

Un fogonazo salió del techo de la cabaña y, sin siquiera darse cuenta de lo que les estaba ocurriendo, los dos maestres cayeron yertos al suelo: Herrera pataleó aún, automáticamente, unos segundos. Después murió. El contador se arrastró hacia atrás, protegiéndose tras un ancho tocón de esos disparos inesperados que caían del cielo, y los dos marineros, que entretanto trataban de afinar la puntería, cayeron abatidos inmediatamente. Apenas habían transcurrido unos segundos desde que Manuel y Enríquez comenzaran el fuego.

—Le dije que era un buen tirador, Enríquez.

—Pues no mintió, don Fernando. Sí que lo es.

—Y vuestra merced también. Estoy comenzando a apreciar sus indudables virtudes, ¿sabe? Bien, creo que deberíamos bajar y buscar al contador.

—Sí. Sígame: bajaremos por detrás. Moreruela es un saco de melones, como decimos en mi tierra: no creo que pueda levantar siquiera la espada. Así es que ahora iremos a por él. Tendrá mucho que explicarnos.

Manuel y Enríquez se deslizaron por el techo de cañizo, dejándose caer, con movimientos pautados y precisos, en la trasera de la choza: ambos salieron del refugio que les proporcionaba la casa, y se dirigieron hacia el tocón donde aún se escondía Moreruela, que temblaba. Ni siquiera había cargado la pistola.

—Queridos amigos, queridos amigos... me alegra verlos buenos. Esos canallas querían acabar con nosotros, y he tenido que esconderme aquí. Gracias a Dios nuestro señor que han salido indemnes. No saben lo que me alegro.

—Ah, y nosotros. Y nosotros, claro, Moreruela —dijo Manuel, levantando al contador del suelo—. Venga, venga aquí. ¿Enríquez, puede alimentar el fuego? No estaría de más que nos pudiéramos ver mejor las caras. Y páseme vuestra merced esa cuerda. Contador, extienda las manos.

—¿Las manos, don Fernando? No entiendo...

—Las manos, Moreruela, las manos. Voy a amarrarle, ¿sabe? Y después nos va a contar a Enríquez y a mí lo que tenía previsto hacer con la plata. Sí, vuestra merced y sus amigos. Los que ahora descansan en paz y Maya. Y no insista: hemos visto muy bien lo que tramaba con ellos. Teníamos una estupenda vista desde ahí arriba, ¿verdad, Enríquez? —el aragonés asintió, divertido—. Bien, amigo mío. Le escuchamos, y muy atentamente. Aún nos queda algo de noche por delante, ¿y qué hay mejor para una noche tan hermosa como esta que escuchar una buena historia?

****

Moreruela había hablado, y mucho; y también había gritado mucho. Ahora, Manuel limpiaba su daga con unas hierbas que había cogido de un matorral cercano. La sangre manchaba la pechera de su jubón. «Menos mal que es oscuro: si fuera blanco, sería un desaguisado», se dijo.

En un movimiento reflejo, jugueteó con el anillo de su mano derecha: el rostro de Jano se mostró y se ocultó sucesivamente. En ese momento miró al contador, que yacía a sus pies con la garganta rajada: la sangre, que había brotado a borbotones, estaba siendo absorbida por el sediento suelo. Enríquez le había quitado al reciente difunto su cadena y su rico medallón, y ahora lo sopesaba entre las manos. Sin dudarlo, se lo guardó en la faltriquera.

—Le ha hecho un tránsito muy fino, don Fernando. Muy fino. Aunque al final gritara un poco. Ah, y lástima del jubón.

—Ya. La verdad es que sí. Y no creo que tenga arreglo. Mi destino parece ser el de estropear la ropa que más aprecio. Hace unos años, en Sevilla, me ocurrió algo parecido. En fin, había que hacerlo: no podíamos dejarlo vivo. Vaya, esto ahora parece un camposanto, ¿no cree?

—Sí. Pero mejor ellos que nosotros, ¿no?

—Ciertamente. Bien, ¿y ahora qué, Enríquez?

—Pues ahora —el agente de Pérez miró a lo lejos y olfateó el aire— tendremos que pensar qué hacer con la plata. Con Maya no podemos contar, y no creo que sea muy seguro volver a Sanlúcar.

—Pero no podemos quedarnos aquí eternamente, ¿no?

—No. No podemos. ¿Cuánto tardaríamos en llegar a Sevilla si tomamos los caballos de los maestres? Porque la fusta se marchó nada más dejarnos en el caño.

—Hay tres postas desde aquí a Sevilla. Yendo con rapidez, podríamos volver en unos tres o cuatro días. Conozco un agente flamenco en la calle de Génova con el que podríamos negociar un precio por la plata, si fuera necesario, para convertirla en una orden de pago y hacérsela llegar a Pérez. Aunque es mucha cantidad: tardará algún tiempo en conseguirla, y habremos de ser muy prudentes. Deberíamos escribir al secretario, para que decida lo que hacer yexplicarle lo de sus poco fiables socios también, claro. Pero no hay tiempo; no lo hay apenas. Y debo decirle que dejar este cargamento solo durante tantos días... no me fío, como imaginará.

—Lo sé, don Fernando. Pero no hay otro remedio. Deberíamos ocultar los cuerpos: si los metemos dentro de la casa, nadie advertirá lo que ha ocurrido. A simple vista, el chamizo parece abandonado. Este no es un caño frecuentado: los bancos de arena resguardan la entrada. Y fíjese: los cañizales que salen del agua son espesos. Eso muestra a las claras que aquí no debe venir casi nadie. Las gabarras están al fondo del caño, y tapadas: y hay una barrera que podemos bajar para impedir el paso hasta allí. No creo que podamos hacer mucho más.

—Tendríamos que partir ya, ¿no le parece?

—Sí. Pero antes vamos a llevarnos algunos lingotes. Su agente tendrá que verlos, ¿no? Antes de comprarlos. Los caballos tienen unos zurrones grandes que podrían servir. Sígame, don Fernando: vamos a quitárselos y a llenarlos de plata. Luego los cargaremos de nuevo.

Los dos agentes del secretario se acercaron a la primera gabarra: metiendo las manos entre los terrones de sal, pastosos por la humedad, comenzaron a sacar lingotes de diversos tamaños y a meterlos en los dos grandes zurrones de gastado cuero. Después, trastabillando por el peso, los sujetaron fuertemente a las monturas. Los caballos recularon, pero el aragonés los sujetó. Recogieron entre ambos los cadáveres y los metieron, apelotonados unos encima de otros, en la casa: Enríquez, con unas ramas, disimuló los rastros de sangre lo mejor que pudo. La luz comenzaba a despuntar tímidamente por el horizonte: en no demasiado tiempo amanecería. Un intenso frío, el que precedía a la primera luz del alba, les obligó a arroparse con sus capas. Montaron con cuidado tras desatar a los caballos, y comenzaron a andar al paso: la primera posta estaba en la villa ducal de Los Palacios, y para llegar allí necesitarían aún varias horas. Manuel suspiró, y se acomodó en la silla de montar: el negocio de la plata, desde luego, se había torcido inesperadamente. Y dudaba mucho de ver alguna vez los prometidos nueve mil ducados. «Al menos —pensó— los pagarés han desaparecido»—. Y entonces, espoleando al caballo, se puso al trote.

****

La galeota se hallaba ya cerca del caño, y el corregidor despertó a Canel y a Pacheco, que estaban, inexplicablemente, sumidos en un profundo sueño. En voz baja, el alguacil y su teniente hacían lo mismo con los corchetes. Junto a la borda, Escalante y Medina se abrochaban unas gruesas cueras, comprobaban las vainas de sus armas y preparaban su equipo para bajar a tierra en cuanto Rivadeneyra diera la orden. Ya podían verse sin dificultad las caras, y en ese momento el vigía indicó que tenían a la vista la boca del canal. El arráez mandó levar los remos; y el timonel, aprovechando la inercia y la velocidad que llevaba de por sí la nave, la aproximó a la orilla. Dos remeros tendieron una plataforma que les serviría para descender.

Pidiendo silencio, el corregidor y sus hombres bajaron primero y se dispersaron alrededor del barco: una pequeña y delgada columna de humo se atisbaba algunos metros más adelante.

—Parece que ahí hay gente —dijo Rivadeneyra—. Figueredo, Rendón: irán a mi orden, cada uno hacia un lado. El resto, conmigo. Padre, se lo ruego: pase atrás. No quiero que sufra daño alguno. Figueredo, mande a dos de sus hombres a que reconozcan el terreno, pero sin hacer un solo ruido. Los demás esperaremos a que vuelvan.

Pasaron algunos largos y lentos minutos: la inquietud por la falta de noticias, la ausencia de sonido alguno... ponían nervioso al grupo que, tenso, esperaba resguardado por los pobres y pelados matorrales de la marisma para avanzar por el caño. De pronto, vieron acercarse de regreso a los exploradores.

—¿Qué ocurre? —preguntó el corregidor, extrañado.

—Nada, señor. No hay nadie... bueno, nadie vivo. Muertos hay unos cuantos, dentro de una casucha que hay al lado del canal. Ha debido haber una pelea, o una reyerta. Y los que la han ganado ya no están.

—¿Y las gabarras? ¿Están ahí? ¿Se las han llevado?

—Hay cuatro, señor. Están medio tapadas y llenas de sal. No parece que se hayan llevado nada.

—¿Y los muertos?

—Están todos amontonados en un chozo, como le digo. Aún no están rígidos, así es que el ataque que ha acabado con ellos ha debido ser esta misma noche. Hay pisadas y huellas por todas partes: también algunos restos de sangre. Aún huele a pólvora, y hay un pequeño fuego del que quedan los rescoldos. Parece que, sea quien sea el que ha hecho esta carnicería, ya se ha marchado. A caballo, por lo que hemos podido ver: hay dos rastros casi paralelos que se adentran en la marisma, y algunos excrementos frescos. Deben estar ya al menos a una legua.

—Bien —el corregidor se incorporó—. Vamos adelante, a ver qué es lo que nos encontramos. En cualquier caso, mantendremos la formación en tres columnas: Figueredo, siga la orilla del canal. Rendón, a la derecha. Yo iré por el centro. Síganme todos.

Llevando terciados los arcabuces y con las manos en las empuñaduras, la partida se adentró en el caño. En pocos minutos llegaron ante la puerta del chozo, ahora abierto: ante ellos yacían los cinco cadáveres.

—Es Moreruela —dijo Escalante—. Y ahí están Gómez y Herrera. Hay también otros dos hombres muertos.

—Parecen marineros —respondió Canel—. Sin duda pertenecen a alguna de las tripulaciones de las que estos desgraciados eran los maestres. Fíjense: a estos cuatro los han muerto limpiamente: un solo tiro ha bastado. Pero al contador… al contador le han hecho un buen descosido. Si se fijan, se han ensañado con él. Miren —dijo, estremeciéndose—. Le faltan cuatro dedos de cada mano, salvo los pulgares. Y le han rebanado la garganta: no ha debido ser una muerte fácil la suya.

—No, desde luego —admitió Medina—. Fuera se ve un charco de sangre que han tratado de limpiar, al lado de la hoguera. Se ve que le dedicaron tiempo; sin duda querrían que hablara.

—Perdonen, señores, pero tengo trabajo que hacer —Pacheco, pesadamente, se arrodilló en el suelo—. He de encomendar estas almas, hayan hecho lo que hayan hecho. Es mi obligación.

Pacheco comenzó a recitar la oración de recomendación del alma, y los agentes salieron hacia afuera de la casa. Siguiendo el borde del canal, llegaron hasta el lugar donde estaban amarradas las cuatro gabarras. Rivadeneyra se acercó, y retiró una de las lonas que cubrían a la primera: la blancura de la sal brilló a la luz de la mañana.

—Sosténgame el arcabuz, Medina —el corregidor se desabrochó el puño de la manga y lo subió hacia arriba, remangándose la camisa que llevaba por debajo. Seguidamente metió el brazo hasta que tocó algo duro y frío que se hallaba bajo la costra blanca—. Miren: plata. Plata, y mucha. Esta gabarra está llena, y entiendo que también lo están las otras tres. La plata de las Indias… Dios mío. La plata del rey.

—La hemos encontrado, entonces —dijo Canel.

—Sí, lo hemos hecho. Escalante, ¿podríamos llevar de vuelta las cuatro gabarras a Sanlúcar? ¿Tendremos suficientes brazos con los que aquí estamos?

—Sí. Será esforzado, no se lo niego. Pero sí. Tres hombres bastarán por cada gabarra: doce en total. Dos para las pértigas y uno para el timón. Pero no puedo quitarme una cosa de la cabeza: ¿Qué es lo que ha pasado aquí?

—Pues sin duda algo que ha salido mal. Muy mal, de hecho. Quizás los hombres de Pérez recelaron alguna traición. No lo sé. El caso es que faltan los dos hombres que nos dijo Maya: los agentes del secretario. Y uno de ellos fue el que, según parece, mató a Gamarra… y por lo que hemos visto aquí, parece que tiene la mano fácil. Han podido escapar, ya estarán lejos y no tenemos cómo seguirlos. En cualquier caso, lo más urgente ahora es transportar esta plata a Sanlúcar. Habría que llevarla a la aduana, para custodiarla allí. Y descargarla de noche mejor, para no dar pábulo a los rumores. Y hay que interrogar a las tripulaciones de las tres naos —el corregidor se secó el rostro con un pañuelo—: muchos de los marineros serán cómplices de este delito. Tendremos que abrir una causa, y procurar a la vez que no haya escándalo. Hum… difícil lo veo, pero lo intentaremos. ¿Pueden vuestras mercedes comunicarse de algún modo con el secretario Vázquez?

—Sí —dijo Medina—. Pacheco y yo le escribiremos una carta. Y le pediremos que nos dé instrucciones acerca de lo que debemos hacer. Hoy mismo se la enviaremos.

—Pues señores, comencemos a trabajar: vamos primero a recoger los cadáveres antes de que empiecen a oler o se pongan rígidos. Hay que llevarlos a la ciudad; quiero que Maya los reconozca. Podemos envolverlos en unas lonas y cargarlos en la galeota. Amarraremos también las gabarras a la popa, y las remolcaremos. Iremos algo más lentos, pero esta misma tarde podríamos estar quizá en el puerto. Y ahora tendremos que ir atando cabos: porque son muchos los que nos quedan por atar. No sé, francamente, si seremos capaces de amarrarlos todos.

DIECISÉIS

Lunes, 11 de mayo de 1579

Londres

La reina estaba terminando de vestirse. Ya le habían colocado la peluca rojiza y Elizabeth Knollys le estaba calzando los zapatos, de un rico cuero rojo español repujado, mientras Isabel pulsaba, con sus largos, blancos y cada vez más ahusados dedos, las teclas del virginal que tenía en su antecámara.

—¿Ha llegado ya? ¿Está esperando fuera?

—Sí, señora —respondió Mary Radcliffe, otra de sus damas, que estaba de pie al lado de la bella Katherine Brydges—. Ya ha llegado. ¿Desea vuestra majestad que le hagamos entrar?

—Sí. Sí. No, un momento —Isabel Tudor se retocó la rica joya que adornaba su pecho: un colgante de esmeraldas, perlas y diamantes, y mordisqueó un pétalo de violeta glaseado—. Ahora. Ya. Vosotras, quedaos detrás de nos. Queremos que escuchéis lo que vamos a decir, para que esta corte conozca sin duda alguna qué es lo que deseamos sobre el asunto del que vamos ahora a hablar.

Mary Radcliffe se dirigió a la puerta con un susurro de su amplia y ricamente bordada falda, abriéndola con lentitud. Indicó al hombre que esperaba fuera que podía pasar, y el secretario Walsingham entró en la antecámara de la soberana, inclinándose profundamente ante su señora. Estaba intranquilo, aunque procuraba aparentar serenidad: la reina le había comunicado anoche que le esperaba hoy a primera hora, antes de hacer sus devociones. Y nunca se sabía con Isabel: era húmeda y escurridiza como una anguila. A lo mejor las cosas no salían como él esperaba. La reina ya había cambiado de opinión demasiadas veces. El secretario miró a su alrededor; las damas hicieron una pequeña y protocolaria inclinación ante el hombre, que como siempre iba vestido como un jurista, con una sencilla toga negra, que él, gentilmente, devolvió. La reina, con su voz áspera —la viruela le había afectado a las cuerdas vocales y había perdido la que en sus tiempos fuera una hermosa voz— le dijo, mientras Walsingham esperaba rodilla en tierra:

—Nuestro secretario, que tan bien nos sirve. A veces, incluso demasiado bien. Hemos sabido, sir Francis, que no sois muy amigo de *monsieur* Simier, y menos todavía de su amo, el duque. ¿Son nuestras noticias ciertas? Venga, no nos hagáis esperar más y explicaos. Y aunque os cueste, sed sincero.

—¿Cómo podría yo no decirle la verdad a mi señora la reina? Majestad… el señor de Simier tiene sus amigos, algunos de ellos, como vuestra majestad bien sabe, incluso en el Consejo Privado. Así es que, ¿para qué necesita más? Ya tiene suficientes. No me necesita a mí.

—¡Ajá! —la reina no pudo evitar emitir una expresión vulgar—. O sea, que nos tenemos razón. Simier no es vuestro amigo, ¿no? Y claro, el señor duque de Anjou, que a lo mejor se convertirá pronto en nuestro esposo, tampoco, ¿no es cierto? Venga, reconocedlo, Walsingham. Ah, y levantaos ya: os tiemblan las piernas y os crujen las rodillas —la reina miró, sonriente, a sus damas—. Y es un sonido poco armonioso para oírlo a estas horas tan tempranas. Hablad.

—Majestad, es bien cierto que el duque no es actualmente sujeto de mi aprecio… ya que sus actos pasados en Francia no atraen el amor de vuestros súbditos leales que profesamos la religión reformada. Pero no dudo de que, si vuestra majestad estima que él es la persona con la que quiere vuestra majestad contraer el matrimonio que parece desear…

—Secretario, no seáis impertinente. Nuestra paciencia tiene un límite. Terminad.

—...todos sus súbditos le amarán tanto o más que vuestra majestad sin duda alguna.

—Ah, bien. Es decir, si nos manifestamos ahora y en público, ante nuestras damas, que es nuestra cierta intención hacer llamar al duque para que venga a Inglaterra este verano, vos y vuestros amigos le recibiréis con amistad, ¿verdad? Bien, Walsingham: pues eso precisamente es lo que nos estamos haciendo. Esta mañana haremos llamar al señor de Simier, para que escriba al duque y a nuestra hermana ungida, la reina madre Catalina de Francia: este verano tendremos a monseñor el duque con nosotros, y vos, secretario, y con vos todos nuestros ministros, le recibiréis como merece; con respeto y con el mayor agrado. Y con lealtad, Walsingham. Con la misma lealtad que siempre nos mostráis. ¿Habéis entendido?

—Sí, majestad. Lealtad y agrado. Por supuesto.

—No uséis con nos de vuestra reconocida ironía, Walsingham. Ahora no es el momento. Ya os hemos dicho que nuestra paciencia se puede acabar.

—Ruego a vuestra majestad que me disculpe. Mi discurso está poco hecho al embeleco de la corte, y puedo ser más brusco, o más rústico, de lo que debo sin quererlo.

—Bien. Nuestras damas son testigos de esto que aquí se ha dicho. Muchachas, salid y esperadnos fuera. Todas. Hemos de decirle una cosa a este hombre. Un asunto reservado que vuestros jóvenes oídos no deben escuchar. Pero ya podéis decir en palacio que esperamos al duque de Anjou este verano.

Las damas salieron, en una breve fila ricamente vestida, peinada y enjoyada —algunas de ellas debieron inclinar la cerviz para que sus complejos peinados pudieran rebasar la estrecha y baja puerta—, y la reina y su secretario se quedaron solos.

—¿Y bien? —dijo Isabel— ¿Servirá esto que hemos hecho?

—Sí, señora —respondió Walsingham—. Además de su llamada a Simier de hoy, sus damas harán correr la noticia por la corte en este mismo día y la venida del duque hará pensar seriamente a todos que vuestra majestad piensa casarse con él.

—¿Casarme? ¿Y con él? —la reina le alargó la rica miniatura de Hilliard que retrataba al duque—. Walsingham, tenemos casi la edad de su madre. Y el mozo… en fin, no es el premio que alguien esperara alcanzar después de tantos esfuerzos. Bien está que venga; eso tranquilizará a algunos e inquietará a otros. Pero no queremos que nadie, que nadie ¿oís, Walsingham? nos diga lo que debemos hacer. Y creemos que el duque tendría esa tentación. Además, es católico.

—Sí, señora. Es católico.

—Y eso no lo deseamos, como bien sabéis. Nuestras conversaciones en estos últimos días, secretario, nos han abierto los ojos. Y teníais razón: hemos peleado mucho por preservar y salvaguardar nuestra independencia, tanto la política como la religiosa, como para meter a un peón de Roma en nuestro cuarto. Pero si el duque viene ganaremos tiempo; y necesitamos tiempo, Walsingham. Ahora salgamos: habremos de seguir después esta comedia con Simier. Ah, durante algunos días os mostraremos nuestro disfavor, ¿de acuerdo? Conviene que parezca que habéis sido reprendido. Esconded la cola, secretario. Gañed y temblad ante nos, como un travieso gozquecillo que ha sido castigado sin postre —la reina sonrió, y la pintura blanca se estiró en su rostro, mostrando con una incómoda y diáfana claridad sus dientes escasos y amarillos—. Venga, afuera. ¿No esperaréis que nos salgamos primero, verdad?

San Lorenzo el Real

Pedro de Zubiaur estaba inquieto: el secretario Vázquez le había ordenado, tras recibir la carta del embajador Mendoza que el marino vasco había traído de Londres esa misma mañana, que le siguiera y le acompañara a una inesperada audiencia con el rey. Así pues, Zubiaur había acompañado al enteco y magro sevillano a través de galerías, de corredores y pasillos en donde se afanaban los albañiles, los ensoladores, los estucadores y pintores: el monasterio entero, abierto al aire y en canal por su mitad —la iglesia a la que aún le quedaba no poco tiempo para concluirse— era una gran colmena en la que las hacendosas abejas obreras se afanaban a las órdenes de un monarca y de un maestro de obras que tenían, en sus respectivas cabezas, completamente diseñado el magno plan que haría de la fundación real de San Lorenzo el nuevo templo de Salomón.

No importaban los ruidos, los crujidos de las grúas, los agudos sonidos emitidos por los silbatos de caña de los aparejadores, que con ellos llamaban la atención sobre el riesgo de una osada maniobra; tampoco el polvo, que se asentaba en todas las superficies, o la más que evidente incomodidad. Tampoco la ruidosa multitud de cortesanos, muchos de ellos ociosos, que trataban de llenar su día con las más inverosímiles ocupaciones. Dejando a un lado todo lo que no fuera llegar a tiempo a ver al rey —de hecho hizo desistir de aproximarse a él a un par de caballeros que se le habían acercado para solicitarle alguna cosa— Vázquez entró por un escueto corredor, humildemente ensolado con austeras losas de barro brillantes y aceitadas, y esperó ante una pequeña portezuela a que el marino se dispusiera: Zubiaur se alisó la ropa, se atusó el cabello y se compuso el cinto para acceder a la presencia del monarca. Vázquez abrió la puerta, y a lo largo de un amplio corredor, decorado con vistas de lugares pintadas y grabadas, el vascongado pudo vislumbrar un curioso espectáculo: una mujer joven, muy rubia, con la piel muy blanca y rasgos delicados atravesaba un amplio pasillo, precedida y rodeada por unas pocas damas —una de ellas de imponente aspecto: quizás su camarera mayor— y varios enanos y sanguijuelas de placer, que llevaban sujetos por pequeñas cadenillas a algunos pequeños y curiosos animales. Un perico azulado, un par de pequeños monos nerviosos y peludos y tres perrillos falderos que se metían, con gran algazara de las mozas más jóvenes, bajo las amplias y ricas faldas.

—La reina nuestra señora acaba de salir de visitar al rey. Supongo que va ahora hacia el jardín, a aprovechar el buen tiempo que hace hoy. Sígame, Zubiaur. Su majestad nos espera. Venga por aquí.

Vázquez se detuvo ante la rica puerta de taracea de madera coronada por un escudo real que sostenían dos leones. Llamó, y la puerta se abrió. Un único criado les hizo pasar, y se retiró seguidamente fuera de la pieza. Un friso de azulejo vegetal, azul y blanco recorría el muro; sobre él campeaban varios retratos del rey, del Emperador y del ahora difunto señor don Juan como triunfador de Lepanto, que tenía a los pies a su león *Austria*. Dentro de la sala y junto a la chimenea encendida, el rey estaba sentado: la gota debía estar hoy dándole un mal rato, ya que tenía la pierna levantada y apoyada sobre una pequeña silla plegable de China pintada de rojo. Sin hablar, don Felipe les hizo señas para que se acercaran: estaba terminando de leer y de anotar, en uno de los márgenes del mismo, un memorial que había recibido. Una vez concluyó, permitió hablar a sus visitantes:

—Buenos días, Vázquez. Imagino que le trae por aquí ese asunto importante del que tenemos que hablar. ¿Quién es este hombre?

—Es Pedro de Zubiaur, señor —el aludido se inclinó profundamente ante el rey—. Un marino vizcaíno que trae un mensaje de don Bernardino de Zúñiga. Viene de Londres y acaba de llegar. Creo que la carta que ha traído será de interés para vuestra majestad.

—¿Zubiaur? Me suena… me suena, sí. ¿Tuvo vuestra merced algo que ver con una reclamación a Drake, el pirata, no?

—Sí, majestad. Intenté que devolviera algunos cargamentos que había robado.

—Y si no recuerdo mal no tuvo éxito, ¿verdad? Bien, no se culpe. La verdad es que mi antigua cuñada, la reina, no acoge nunca con muy buenos oídos las peticiones que parten de nosotros. Dice Vázquez que trae una carta de don Bernardino, ¿no? ¿La han descifrado ya? Vázquez, ¿me da la copia puesta en limpio? —Vázquez sacó de una carpeta el documento y lo entregó, con una amplia inclinación, al rey.

—Señor, Zubiaur conoce, porque así lo ha dispuesto nuestro embajador en Londres, qué es lo que ocurre con el asunto que nos ocupa.

—¿Lo conoce? Mucho debe confiar don Bernardino en vuestra merced -dijo el rey, algo molesto al apreciar que se había roto el secreto-. ¿Y sabe lo que dice la carta?

—Don Bernardino me lo explicó, majestad. Para que también yo pudiera responder a las preguntas que vuestra majestad quisiera formularme.

—Bien. Déjenme ambos leer un momento este papel. Ahora le preguntaré lo que vea necesario, Zubiaur.

El rey dedicó unos minutos a leer la carta descifrada de Mendoza, puesta a la letra cuidadosamente. La lectura era fácil y rápida, y el monarca tardó solo unos instantes en comprender lo que el embajador le contaba:

—O sea, señores; que por lo que aquí se me dice, ni los ingleses ni los franceses quieren que Anjou se haga con Holanda y con Zelanda. La boda con la reina tampoco parece despertar mucho entusiasmo. Bien, eso me alegra. Y más aún que la reina Catalina nos dé seguridades acerca de que no va a apoyar, ni tampoco a permitir, las veleidades de su hijo. Es sabida, también, la implicación de Pérez en todo este asunto. Al menos, eso parece haberle dicho el embajador francés a Mendoza. No son malas noticias, no. ¿Sabe, Vázquez, que ayer Arias Montano me hizo llegar otra carta de Villy, mi hermano de leche? En ella se afirma que Orange no tiene, fuera de los rebeldes de las provincias del norte, ni aliados ni medios. ¿Puede ampliarme en algo estas nuevas que me da don Bernardino, Zubiaur?

—Sí, señor. Yo mismo me reuní con un agente de Walsingham, majestad. Y me confirmó punto por punto que no querían saber nada del francés. Y no creo que sea un engaño: es sabido que el secretario de la reina no es nada favorable al matrimonio. Es un protestante estricto, señor, y considera al duque un asesino de sus correligionarios. Está haciendo todo lo que puede para que este asunto no pase adelante.

—¿Todo lo que puede? Ya lo veo. Incluso hablar con nosotros... mucho tiene que odiar el secretario a Anjou, desde luego. Bien. Bien, Zubiaur. ¿Hay algo más? —Vázquez se adelantó, y sacó otra carta de su carpeta de cuero:

—Esta carta, señor. Acaba de llegar desde Sanlúcar. La firman el corregidor de la villa y el licenciado Pacheco. La plata ya se ha recuperado, majestad —Vázquez sonrió, aliviado—. Se ha recuperado y está ahora en la aduana de la villa. La conjura se ha deshecho: Anjou ya no tendrá medios para realizar su intentona.

—¿Anjou o Pérez, secretario Vázquez? Bien, tanto da. ¿Y cómo ha sucedido tan feliz negocio?

—Encontraron a parte de los conspiradores muertos, señor, y cuatro gabarras cargadas de plata. Parece ser que es toda la que habían traído. No saben qué ha podido suceder, pero suponen que pelearon entre ellos y que algunos escaparon. Uno de mis hombres ha muerto, y han capturado a un maestre de nao que según parece era uno de los responsables de que la plata haya venido de contrabando.

—¿Ah, sí? —dijo el rey—. Bien. ¿Qué han hecho con él, señor Mateo?

—Está preso, y según dice la carta lo ha confesado todo.

—Pues han de aplicarle una pena ejemplar. O al menos eso creo —el rey se tocó con el índice y el pulgar el puente de la nariz y se restregó los ojos: estaba cansado y no había dormido bien—. Que pongan en galeras por ahora a ese hombre. Luego ya veremos. ¿El agente suyo... cómo se llamaba?

—Gamarra, majestad. Era un contable de la Contratación.

—Gamarra... ¿tenía familia?

—No, señor. Vivía solo.

—Pues en tal caso que le entierren con dignidad, Vázquez. Servirá algún convento de la villa. Yo pagaré los gastos que eso importe. ¿Se ocupará de ello?

—Por supuesto, señor.

—Bien, señores. Parece que este nudo se está deshaciendo. Y pronto se deshará del todo, ¿no, Vázquez? Granvela llegará en uno o dos meses, y entonces podremos dar el golpe final. Dar un ejemplo; uno que nadie olvide. Ahora, señor Mateo, acompañe a Zubiaur: se ve que necesita una cama. Luego vuelva aquí: vamos a escribir a Pacheco y al corregidor de Sanlúcar. Tenemos que ser agradecidos, ¿no les parece? Quienes me sirven han de recibir mi agradecimiento. Y más, cuando ya me han servido bien en anteriores ocasiones. Ahora déjenme. Vázquez, avise antes de irse a Quirós, el criado. Quiero que me acerquen más a la chimenea. No sé qué me ocurre, pero no consigo que se me quite el frío.

Madrid

Esa mañana Antonio Pérez se hallaba en sus casas de la plaza del Cordón en la parroquia de San Justo, que había alquilado en 1575 al conde de Puñonrostro por la elevada suma de quinientos ducados al año. Había llegado a ellas tarde, ya casi al final de la noche, tras una velada de juego, de teatro y de algo más —el secretario se permitió una momentánea ensoñación— en la Casilla; y un leve sueño y un rápido aseo le habían espabilado. Estaba sentado ante su mesa, mirando preocupado el decreciente número de asuntos que cada día llegaban a ella: no parecía que Vázquez fuera a marcharse, como le había asegurado Bustamante; sino todo lo contrario. Más bien aparentaba que Vázquez y sus parciales acaparaban, y cada vez más, un mayor número de asuntos de estado en su perjuicio. «Son evidencias —pensó—. Evidencias de que las cosas no van como yo querría. Y no debo hacer caso omiso de ellas: no debo descuidarme ahora».

Levantó la vista, mirando sin ver un magnífico lienzo del Tiziano que representaba a Adán, y a Eva tomando la manzana del árbol para entregársela al hombre, sentado con abandono a su izquierda. Rodeando al óleo del pintor del rey, una serie de retratos de mujeres venecianas, napolitanas y turcas en sus atavíos característicos proporcionaban alegres destellos de color a las paredes de la pieza. De repente dejó de mirar y abrió un cajón disimulado por un resorte en la rica moldura de la mesa, y sacó de él tres cartas que le habían llegado recientemente: la primera era del duque de Anjou, en la que le acuciaba a enviar lo antes posible a Flandes el cargamento que allí se convertiría en dinero.

«Las especias» —se dijo—. Era una buena idea, sí que lo era. Algo limpio y fácil, y difícilmente rastreable. Sí, era una buena idea. Pero —tomó la carta del prior de Crato que le había enviado Moreruela desde Sanlúcar— no siempre las buenas ideas salen adelante. Mi señor de Anjou, no sé si voy a poder ayudaros al final. No lo sé. Ah, Crato... ¿Qué habría ocurrido? El prior, de repente, había salido del escenario y le había dejado solo ante un público hostil. Abandonado. Vulnerable. ¿Por qué no envió las carabelas a recoger la plata? El prior nunca hacía nada sin haberlo pensado detenidamente. Sin haber sopesado los pros y los contras. Y a él no le había llegado ninguna carta suya. Nada: solo silencio. ¿Quiénes estarían tras esa decisión, y tras ese silencio de don Antonio de Avís? ¿Los ingleses, los franceses? ¿Walsingham? ¿El rey de Francia, su madre?

Ahora la plata estaba sola —tomó la tercera carta, escrita por Manuel y Enríquez, que le había llegado por la posta esa misma mañana—. Sola en un caño perdido y dejado de la mano de Dios, en medio del Guadalquivir; en medio de la nada. La plata que iba a encumbrarle como la mano derecha de Anjou en Flandes. Y por lo que decían sus dos agentes, Moreruela y los maestres habían tratado de traicionarle. Maya había escapado, pero más pronto o más tarde se ocuparía de él. Y la plata… la plata estaba abandonada al final de un canal ahora solitario, y esperaba —y quién sabía si por mucho tiempo— a que sus hombres la recuperaran. Manuel, según decía, iba a buscar a un nuevo intermediario: a un flamenco que conocía y que podría negociar el cargamento. Como pago de aquel, una letra de cambio que pudiera cobrarse en Amsterdam, o en Amberes, o en Brujas. Donde fuera. Manuel era hábil: y era también su última esperanza. Todo, todo dependía ahora de él.

Quizá —pensó, casi en voz alta— aún no estaba todo perdido. Tal vez la plata siguiera allí, esperando a sus hombres, cuando estos regresaran a por ella; aún podría salir todo bien. Le hacía falta algo de esperanza, desde luego. El rey no le llamaba ya tan a menudo, y en la corte había detectado un desapego cada vez mayor a su persona. Y él era hábil en reconocer los signos del favor y el disfavor: por ello había estado en la cumbre durante tanto tiempo. Pero si todo salía bien, si la plata se negociaba como debía, si conseguía el dinero, Anjou tendría lo que quería y él volvería a la cumbre, de donde nunca debió haber bajado.

«Tiempo y suerte» —se dijo—. Ahora lo que necesitaba era tiempo y suerte. Pensativo aún, tomó un papel y se dispuso a explicar a Anjou que había habido un cambio de planes; pero que todavía la trama, anudada con tanto cuidado durante tanto tiempo, seguía en marcha. Mojó la pluma en el tintero, la apoyó en el papel cuidando que no se deslizara de ella alguna inoportuna gota y se dispuso a escribir.

Castelnaudary

La reina Catalina acababa de llegar del campo cercano, de tirar algunas piezas a la ballesta, un arma con la que mostraba una habilidad que le enorgullecía. La mulilla ricamente enjaezada, con su cifra —CR, Catharina Regina— en la gualdrapa, que la había llevado de vuelta hasta el castillo apenas parecía sentir su peso: la edad —pensó— ya la estaba consumiendo, y eso lo notaba cada vez que sus damas le quitaban las ropas. Lo que antes eran unas formas si no hermosas, al menos sí redondeadas, ahora eran solo piel —una piel colgante y desagradable de ver— y huesos. Incluso la papada, que le había acompañado desde joven y que antes relucía de grasa, caía tristemente, abatida, sobre la blanquísima gola. Bien: el cuerpo quizás, sí, quizás diera ya muestras de un fin que llegaría más pronto que tarde. Pero la cabeza no. La cabeza aún seguía despierta. Ahora la reina ponía de nuevo a funcionar esa cabeza coronada que tenía dentro de ella a todo el reino, a toda Francia. Iba a escribir una carta: una carta importante.

Ya no era momento de disimular, de contemporizar, de mirar hacia otro lado; era el momento de terminar, por fin, con ese desagradable asunto que le estaba robando sus energías, energías que ahora tenía que dedicar, con absoluta prioridad, a dejar pacificado el Languedoc. Después a volver a París, volver a ver a Enrique y descansar. Pero para eso antes tenía que escribir, que escribir a Francisco, a ese hijo a quien ya apenas apreciaba. Enrique le había contado que había hablado con él, y que le había prohibido seguir con sus iniciativas, pero que no estaba seguro de que su hermano le hubiera hecho caso alguno. Así que ahora ella habría de escribirle, para quitarle de una vez de la cabeza la idea de lo de Flandes. Y para apartarle de Pérez, ese intrigante sobre el que ya había advertido a Felipe. A Felipe, que había sido su yerno: en su caso, la política siempre había sido cosa de familia.

Ordenó a un secretario de su plena confianza que escribiera lo que seguidamente iba a dictarle, y que después lo pasara a la cifra. No quedaría registro de ella, desde luego: aunque haría una copia para el rey, su hijo. Así sabría Enrique que ella —ella, la madre, la reina, la mujer incansable que hacía todo lo que hubiera que hacerse por el rey y por el reino— había tomado cartas en el asunto. En un asunto que hoy se acabaría. Un asunto de hombres, de hombres torpes y pequeños. Y comenzó a dictar al amanuense:

—Bien, comencemos. Escribid: «*Monseigneur mon filz... señor mi hijo, Francisco, duque de Anjou y de Alençon...*»

Sevilla

La oficina propiedad de Jan van Immerseel donde trabajaba Elías Sirman se hallaba en plena collación de Santa María, en una de las abigarradas manzanas de la comercial calle de Génova. El ruido y el bullicio de la calle en las primeras horas de la tarde, tomada por todo tipo de vendedores y tratantes, apenas entraba sin embargo dentro de la pequeña oficina en donde iba a cerrarse un complejo trato. Las ventanas ajustaban a la perfección, y las contraventanas, solo entornadas, dejaban entrar una luz escueta. Allí estaba, sentado en un cómodo sillón tapizado con un rico cordobán, don Fernando Manuel, mientras aguardaba a que los dos flamencos —el patrón y su apoderado— terminaran de comentar entre ellos el riesgo —que era mucho— y el interés —que no era poco— del negocio que el veinticuatro, con no menguados circunloquios, les había propuesto.

—*Het is gevaarlijk...*[12] —dijo el dueño— *periculosum est, Elijah.*

—*Sed utilissimum, domine* —respondió el empleado—. *Maar heel voordelig. We konden onderhandelen*[13].

—*Goed, maar nooit voor minder dan tien procent*[14] —el comerciante de más edad se levantó y se inclinó ante Manuel, mientras dejaba a solas a su eficiente empleado para que negociara las condiciones con la mayor ventaja posible. Una vez salió, Sirman, sentándose en la butaca que hacía pareja con la de Manuel, se dirigió a su visitante para concretar con él las condiciones de la transacción. Su castellano era excelente, aunque con acento: lo había aprendido con esfuerzo, y exigía que en su casa solamente se hablase dicho idioma. Más pronto o más tarde acabaría naturalizándose, y sus hijos serían castellanos de derecho.

—Bien, don Fernando. El señor Van Immerseel ha estipulado sus condiciones, y ya le anticipo que son inamovibles. Comprenderá que es muy difícil conseguir una suma tan importante como la que puede valer ese cargamento del que nos ha hablado, y eso justifica nuestro porcentaje. Mi patrón exige un quince por ciento de su valor total. ¿Qué me dice?

Suspirando, don Fernando se levantó y se dirigió hacia la ventana: la calle y las gradas de la catedral estaban tan animadas como siempre; y en la vecina calle de los Alemanes una multitud asistía a una subasta de bienes en almoneda —seguramente procedentes de algún testamento o de alguna requisa de la Audiencia

12 Es peligroso.

13 Pero muy beneficioso. Podríamos negociar.

14 Bien, pero nunca por menos de un diez por ciento.

Real— mientras que el acceso a la vecina Alcaicería de la Seda estaba igualmente atestado: todo era dinero en esa rica y ordenada collación. Sin volverse, carraspeó educadamente:

—Hum... ¿sabe, Sirman, que he estado destinado en Flandes durante cuatro años? Cuatro años en los que el rey me dio licencia para ausentarme de la corte. Mi padre, que era un hombre avisado y procuró educarme lo mejor posible, me puso un preceptor cuando yo era joven, un mozo, en realidad: un latinista de Amberes que me enseñó el idioma, además de un pasable latín. Y también procuré mejorar mi conocimiento de él durante esos años en los que estuve allí con el ejército. *Nou, nu weet je het*[15]. Así es que déjese del quince, Sirman. Su patrón ha dicho un diez, y un diez será. Ni un maravedí más. A menos...

—Es vuestra merced un pozo de sorpresas —el mercader no pudo ocultar su evidente perplejidad—. No sabía de su conocimiento de mi idioma, don Fernando. ¿A menos?

—A menos que yo también gane algo. Una cifra redonda: dígame vuestra merced una.

—¿Mil?

—Mil estaría bien, siempre y cuando la carga total no supere las nueve toneladas. Si pasara una sola libra más, amigo mío, me duplicará la comisión. Y recordando lo que he visto en el caño, no me cabe duda de que cobraré el doble. Así podré aceptar un once por ciento. ¿Estamos de acuerdo?

—Lo estamos. Sí, lo estamos. No tiene sentido regatear más, ¿no le parece? ¿Y cómo haremos para recoger la plata?

—Si no recuerdo mal, su firma tenía algunas naves en el puerto, ¿no es cierto?

—Sí. Ahora mismo tenemos dos. No son muy grandes, pero podrían servir. Pero antes de enviarlas hacia el caño quiero que una nave rápida nos lleve hasta allí. Necesito ver la carga primero. Si todo está en regla, mandaré a los barcos para recoger la plata. Y

15 Bien, ahora ya lo sabe.

entonces vuestra merced tendrá una letra de cambio garantizada y su comisión asegurada también.

—Entonces deberíamos salir lo antes posible, ¿no cree? ¿Mañana?

—Mañana. Hoy mismo contrataré una nave que nos lleve, y que después nos traiga de vuelta. Le mandaré a un criado con una nota para indicarle dónde y a qué hora embarcaremos, don Fernando.

—Bien. Mándela a mi casa de la calle del Banco; si yo no estuviera allí, siempre habrá alguien para recogerla. Y yo la veré esta noche, cuando regrese. He pasado unos días difíciles, ¿sabe? Complicados. Fatigosos, realmente. Tengo ganas, muchas ganas de distraerme un poco. Y hay en esta ciudad algunos sitios que son muy adecuados para ello. ¿Conoce bien Triana, Sirman?

—Sí, claro. Por supuesto.

—Ya... —Manuel tomó su gorra, su capilla y se ciñó de nuevo el cinto con la espada y la daga, disponiéndose a salir—. Pero no sé si ha estado alguna vez en el lugar a donde pienso dirigirme. Está cerca de los molinos de la pólvora, junto al río, al lado del puerto de Camaroneros; pero no son camarones lo que se pesca allí. Algún día iremos juntos, se lo aseguro; es una experiencia que debe probarse, al menos, una vez en la vida. O más de una. *Tot snel*[16]. Y quede vuestra merced con salud. Da gusto hacer negocios con ustedes, los flamencos.

Sanlúcar

Los interrogatorios de los marineros de las tres naves habían ofrecido escasas respuestas a las preguntas del corregidor y de los agentes del rey: sorprendentemente, muy pocos tripulantes conocían la naturaleza del lastre de los barcos, ya que los tres maestres

16 Nos veremos pronto.

habían renovado casi en su totalidad las tripulaciones tras haber cargado la plata de contrabando. Solo los que les ayudaron a introducir la plata en las gabarras, acompañándola hasta el caño —y que eran sus hombres de mayor confianza—, sabían lo que Maya, Herrera y Gómez se traían entre manos. Ahora esos marineros estaban, para siempre, mudos y anclados a un pesado remo: el rey Felipe había aumentado el número de brazos para sus galeras sin apenas coste alguno. Los armadores de las naves protestaron su inocencia —no existían certezas de que estuvieran implicados en el tráfico, por lo que salieron libres de las acusaciones—, y la plata, custodiada en la aduana, atrajo inmediatamente a un enjambre de contables y de recaudadores, que se preocuparon de ponerla a buen recaudo para que nadie, salvo el propio rey, pudiera disponer de ella para su servicio.

Así pues, ya poco quedaba por hacer en Sanlúcar: Pacheco, Medina y Canel se despidieron del corregidor y de Escalante, que estaba aprestando a toda velocidad su *Trinidad* para prepararla a tiempo ante la inminente salida de la flota, que ya llevaba algún retraso: y no podía demorarse más, porque en breve comenzaría, en el Caribe, la temporada de huracanes. El corregidor había dispuesto una ligera y rápida fusta para que los llevara de vuelta a Sevilla esa misma tarde, antes de que el sol cayera.

Gamarra acababa de ser enterrado, con sencillez, pero con la adecuada solemnidad —las exequias fueron oficiadas por un arcediano de la villa y por el propio beneficiado Pacheco— en el convento que era una fundación especialmente protegida por los duques, el de las monjas dominicas de Madre de Dios en el arrabal de la Ribera: un cenobio que consagraba los solares de la antigua judería. Los agentes del rey fueron testigos de su entierro, en una discreta capilla lateral en donde se oficiarían misas perpetuas por su alma.

—Una lástima, ¿no les parece? —dijo Escalante.

—Sí. Una muerte absurda —respondió Medina—. Era un buen hombre, el pobre Gamarra. En fin, todos estamos en las manos de Dios. Esperemos, sin embargo, no morir tan solos como él murió.

—Quiera eso Dios nuestro señor —dijo Canel—. Y hago aquí una promesa: la de ponerle un grueso cirio a la imagen de nuestro Jesús Nazareno de la Pasión, Escalante, para que se cumpla esa petición. Y lo haré nada más regrese a Sevilla. De buena cera blanca, de abeja.

—Pues ponga otro por mí, amigo mío. Yo no podré hacerlo, porque embarco en breve. Pero le agradecería que tuviera esa caridad conmigo.

—No tenga duda alguna de ello. Miren, ya sale el padre Pacheco.

—¿Se marchan entonces ya a Sevilla, señores? —preguntó el corregidor—. He de decir que ha sido un honor ayudarles en sus pesquisas. Unas pesquisas que han logrado recuperar la plata, y detener a la mayoría de los implicados.

—Sí. Pero aquí estamos, enterrando a Gamarra. Y los agentes de Pérez han huido. De todos modos, en Sanlúcar no hacemos nada: es mejor que regresemos ya. Pero hay algo que me preocupa —respondió Medina—. ¿Y Pérez? ¿Qué pasará con él?

—Le aseguro —dijo el corregidor— que el rey se entenderá con Pérez más pronto que tarde. No lo duden vuestras mercedes. ¿Tienen sus equipajes a la mano?

—Sí, los han llevado a la playa desde la fonda —dijo Medina—. Ya deben estar cargados en la fusta. Gracias, Rivadeneyra. A vuestra merced, Escalante, no tenemos palabras para agradecerle todo lo que ha hecho.

—Bah, tonterías. El único agradecimiento que quiero es que el Consejo de Indias me deje imprimir por fin mi *Itinerario*. Ha sido mucho esfuerzo, y mucho tiempo el que le he dedicado; y no quiero que se quede en el cajón. En cuanto salga de las prensas, les prometo un ejemplar. Venga, amigos, los acompañamos: vamos hacia la ribera y les dejaremos en su barco. Espero que el maestre sea hombre avisado, y que tengan vuestras mercedes un buen viaje de vuelta. Como bien saben, el río tiene sus riesgos.

—Y aunque fuera malo, Escalante —respondió Canel—. Aunque fuera malo. No saben vuestras mercedes las ganas que tengo de volver a pisar mi casa y de volver a atender mis negocios. Otra vez, por fin, una vida normal. Sueño con eso. Y es lo que haré, nada más amarrar en el Arenal: se lo aseguro.

Y dejando descansar para toda la eternidad en su sepulcro —en el tranquilo monasterio que ahora a sus espaldas se iba alejando paulatinamente— al contador Gamarra, un servidor fiel del rey que ahora gozaba de la paz definitiva de la muerte, los hombres se dirigieron a paso vivo hasta la orilla, donde, al lado de la pequeña plataforma que la comunicaba con el mar, la ligera fusta estaba esperándoles para llevarlos de regreso a Sevilla.

DIECISIETE

Viernes, 15 de mayo de 1579

Sevilla

—Pasen, señores. Tenemos mucho de que hablar, aunque ya tengo noticias de que todo ha salido bien, finalmente: la plata se ha recuperado, ¿no es cierto?

El conde de Barajas recibía en ese momento en las casas capitulares a Medina y a Pacheco, que acababan de llegar de Sanlúcar tras un breve descanso y un rápido aseo. El cabildo de esa mañana acababa de concluir, y el asistente de la ciudad había sabido que los dos pesquisidores le esperaban, por lo que se deshizo con prontitud de un par de solicitantes insistentes y fue a su encuentro, haciéndoles subir con él hasta su despacho. Una vez llegaron ante su puerta, les hizo pasar indicando al ujier que no quería ser molestado por nadie mientras durara esa audiencia; se sentó con ellos ante una mesita baja que había en un lateral, rodeada por algunas sillas de vaqueta. Una vez acomodados, Pacheco tomó la palabra:

—Sí, señor asistente. La plata se ha recuperado. Pero a costa de no pocas vidas, debo decir.

—Sí, eso también lo he sabido. El corregidor de Sanlúcar me ha escrito —el conde mostró una carta abierta que tenía sobre la mesa— y me ha relatado lo sucedido. Y no solo lo ocurrido, sino el hecho de que vuestras mercedes conocen ya plenamente el fondo del asunto, ¿no es cierto?

—Sí, señor conde, si se refiere a que es el secretario Pérez el que ha andado detrás de todo esto— respondió Medina.

—Sí, claro. Efectivamente a eso me refiero. Comprenderán vuestras mercedes que yo no podía… no podía darles esa información, que conocía porque el secretario Vázquez me la había comunicado con la mayor reserva y también con la orden explícita del rey de que no debía compartirla con nadie.

—Pero de ese modo hemos ido a ciegas, señoría, a un asunto que nos superaba —dijo Pacheco.

—¿Que les superaba? No, en modo alguno —Barajas comenzó distraídamente a afilar una pluma con un pequeño cuchillito que tenía en la mesa para ese fin—. Y eso lo han demostrado vuestras mercedes de sobra al resolver tan favorablemente el caso de la plata.

—¿Y ahora, señor conde? ¿Ahora, qué ocurrirá? —preguntó Medina.

—Bueno, la plata ya está totalmente bajo control. Ha caído en las manos de la Casa de la Contratación, y como bien saben de ahí ya no saldrá salvo por una orden del rey. Buenos son esos como para dejarla salir. Le vendrá bien ese dinero a don Felipe, nuestro señor. Por lo visto, Pérez —y eso vuestras mercedes no lo saben, pero voy a contárselo— había conseguido adquirir esa plata gracias a las aportaciones bajo cuerda de varios financieros holandeses que apoyan al príncipe de Orange. Bien, pues les hemos birlado ante sus narices esos fondos; ahora Orange se ha quedado sin dinero para sus conjuras. Esos financieros dudo que le vuelvan a apoyar en el futuro tras un golpe como este: nada le gusta menos a un banquero que verse limpiado por un cliente —dijo, sonriéndose—. ¿Qué más desean saber?

—¿Y del secretario Pérez? ¿Qué será? —dijo Pacheco.

—Lo que sea no será bueno, señor beneficiado. El rey conoce el asunto en todos sus matices, y sabe de la implicación directa de Pérez en él. Conoce sus contactos con Anjou y con el prior de Crato. Eso se llama traición. Además, está también el asunto de Escobedo y de don Juan. No creo que el rey tarde mucho en decidir el destino del secretario, y pienso que su decisión no será favorable para quien ha sido hasta ahora uno de sus más cercanos consejeros. No solo caerá Pérez, sino también su partido, del que él es actualmente la cabeza: habrá mucho movimiento en la corte en los próximos meses. Nuestro señor, como bien saben, usa de la lentitud y de la prudencia. Pero entre sus manos, ambas son unas armas mortales. Pero vuestras mercedes no han de preocuparse: han elegido acertadamente a un caballo ganador. El secretario Vázquez es ahora su mayor valedor, y puedo asegurarles que su estrella está ahora muy alta en la corte. Yo mismo, que marcharé para allá en unos días, una vez terminen las solemnidades del traslado a la nueva Capilla Real, recordaré al secretario lo mucho que les debe. No tengan cuidado de ello.

—¿El asunto de Escobedo y de don Juan, señor conde? ¿A qué se refiere? —dijo Medina.

—Bueno, supongo que algo habrán oído sobre eso, ¿no, veinticuatro?

—Sí, sé que el secretario de don Juan murió en un asalto, o en un robo, en Madrid.

—Sí y no, Medina; sí y no. Eso no es del todo exacto. El asalto fue planeado por Pérez, y no actuó solo. Parece que doña Ana, la princesa, la viuda de Ruy Gómez, estuvo implicada en él de algún modo. Querían quitarse de encima a Escobedo, que ya les resultaba incómodo. Pérez había estado emponzoñando los oídos del rey contra su hermano...

—Dios nos perdone... —dijo Pacheco, que se había quedado lívido.

—Sí, falseando entre otras cosas su correspondencia. De eso se había enterado Escobedo, y por ello murió. Y ahora, tras morir también don Juan, el rey ha sabido toda la verdad. Y la conciencia, como supondrán, le tiene maltratado. Ese asunto, y el de la plata, han cavado bien profunda la fosa del secretario aragonés. Y dudo mucho que, pese a sus muchas mañas, Pérez sea capaz de salir de esta con bien. En fin, señores, tengo que decir que el señor Mateo Vázquez acertó, desde luego, eligiendo a vuestras mercedes para resolver este asunto. Ahora deben disculparme: he de reunirme con don Fernando de Torres, que me sustituirá en breve como nuevo asistente. He de dejar todos los asuntos en sus manos muy pronto, y también deseo tratar con él algunas cuestiones del traslado, claro, como supondrán.

El conde dejó de nuevo en la mesa la pluma, ya afilada; y se sacudió las manos. Se levantó, dando la audiencia así por terminada: aún quedaba mucha mañana por delante, y tenía muchas tareas que acabar. Explicarle a Torres las complejidades de la ciudad que iba a gobernar le estaba llevando ya no poco tiempo. Acompañó, despidiéndolos con deferencia, a Medina y Pacheco hasta la puerta; y una vez salieron de la habitación, el asistente volvió a sentarse ante su mesa. Medina y Pacheco… quién lo hubiera dicho. Nunca habría sospechado que esos dos fueran capaces de resolver un asunto con tantas aristas, y finalmente lo habían hecho a plena satisfacción. Bueno, esa era una información interesante de conocer, y también de recordar. Muy interesante. Y el conde de Barajas no solía olvidar nada que pudiera serle de utilidad en el futuro.

****

Disimuladamente, el deán don Alonso de Revenga trataba de sacarse un molesto y puntiagudo pelo, duro, negro y enhiesto, que había crecido dentro de su nariz: llevaba ya un rato realizando esa maniobra con cuidado y procurando no ser visto, aunque Pacheco no había podido evitar lanzar una o dos miradas de soslayo a los bruscos tirones —que por ahora no habían dado mayores resultados— con los que el ilustre eclesiástico, con harto dolor a lo que se veía, estaba castigando a sus amplias, y singularmente velludas, fosas nasales. Desengañado al fin de su éxito final, el deán claudicó: ya después un criado, y con unas pinzas algo más eficaces que sus inquietos dedos, trataría de desbrozar su particular selva.

—¿Le ocurre algo, Revenga? Le veo molesto —dijo el arzobispo, don Cristóbal de Rojas, quizá (nunca se sabía muy bien con el arzobispo, se dijo el beneficiado) con cierta sorna.

—No, no. No, en absoluto, excelencia —Revenga se ruborizó sin poder evitarlo—. Un leve resfriado, nada; unas molestias insignificantes. Ruego a vuestra excelencia me disculpe si he podido molestarle. No era mi intención en absoluto.

—Bien, pues entonces sigamos, señores; tenemos muchas cosas que ultimar todavía y ya se acerca la hora de comer.

Pacheco se había acercado esa mañana, tras la obligada visita al asistente, a la residencia del arzobispo. Rojas le había convocado con Revenga, con el doctor Negrón, con el arcediano de Niebla, el mayordomo de la fábrica, don Jerónimo Manrique y el arcediano de Écija, don Diego de Castilla, para continuar definiendo el traslado de los cuerpos reales, de las reliquias de San Leandro, de la Virgen de las Batallas y de la de los Reyes a la nueva Capilla Real, siguiendo las órdenes que el rey había emitido dos años atrás, en 1577. Los arcedianos, el mayordomo y Manrique se habían retirado ya, marchándose a sus ocupaciones: pero el arzobispo había insistido en que Pacheco, Revenga y Negrón permanecieran aún un rato más, con el fin de cerrar algunos flecos.

Era, desde luego, un grupo singular el que en ese momento permanecía en la antecámara del arzobispo, y un reflejo palmario de la pluralidad del clero sevillano: la suma de un magnate, de un noble de cierto rango, de un descendiente de mercaderes genoveses y de un hombre del pueblo llano mostraba a las claras cómo la diversidad del cabildo eclesiástico reproducía la propia de la ciudad.

El prelado, alto y delgado, blanco de piel, hijo natural del primer conde de Lerma y segundo marqués de Denia, del linaje de los condes de Castro, se había formado en Alcalá, siendo nombrado capellán del Emperador en 1534, accediendo a la mitra de Oviedo en 1547, a la de Badajoz en 1556 y a la de Córdoba en 1562. Gracias a los buenos oficios de Felipe II —que aplicó sin dudarlo en su caso su derecho de presentación ante el papa— había sido nombrado arzobispo de Sevilla en 1571. Reformista siguiendo las indicaciones de Trento, un concilio en el que personalmente participó, siete años atrás había convocado un sínodo que revolucionó las maneras de la Iglesia en la ciudad, a imitación de los que había ordenado hacer anteriormente en Oviedo y Córdoba. Era, además, tío de los Sandovales, unos *nepotes* que destacaban ya por su ambición: sin duda, en el futuro era más que probable que se oyera hablar —y mucho— de ellos.

El deán había llegado a la Iglesia tardíamente, tras enviudar de su mujer doña Isabel de Padilla: don Alonso pertenecía a un linaje, el de los Revenga, regidores y alféreces perpetuos de Aranda de Duero, vinculado a la orden de Santiago. Su buena situación financiera había creado a su alrededor una protectora cáscara de fundaciones y mayorazgos que le aseguraban tranquilidad para el futuro: un asunto este que preocupaba no poco al deán, que en ese momento, abstraído y más en sus cosas que en los asuntos de la diócesis, pensaba en un litigio que mantenía con las herederas de un molesto clérigo de Peñaranda por unos derechos a los que no estaba dispuesto a renunciar y que le tenía preocupado desde hacía bastante tiempo.

El canónigo Negrón —que era íntimo amigo de Pacheco y el más joven de la mesa—, descendiente de un linaje genovés naturalizado en Sevilla ya a finales del siglo anterior y enriquecido gracias al tráfico de esclavos y de azúcar, era hijo del licenciado Carlos de Negrón, fiscal de los consejos de Indias y de Hacienda; había estudiado en Salamanca, graduándose posteriormente en Teología en Sevilla. La familia, ahora, estaba en pleno ascenso: su propio hermano mayor, Julio, había casado con una prima hermana del conde de Barajas. Enormemente culto, predicador de altura, humanista y poeta, su biblioteca —que incluía valiosos títulos en latín, hebreo y griego y sobre astrología y matemáticas, sus grandes aficiones, y que llegaría en el futuro a contar con cinco mil ejemplares— era admiración de propios y de extraños, y la compartía liberalmente con el propio Pacheco y con sus cercanos amigos el poeta Herrera y el bibliotecario del propio rey, Arias

Montano, que participaban con él en las academias sevillanas e incluso —en el caso de Montano— europeas.

—Bueno, avancemos entonces. Negrón, léame los acuerdos a los que han llegado.

—Sí, excelencia —el canónigo leyó la hoja que tenía entre las manos con una voz suave y aflautada—. Hemos aprobado que se repartan doscientos ducados por pitanza, como dieta o como gaje entre todos los beneficiados que se hallen en la procesión, y que se estrene en el servicio previo el órgano nuevo. Las velas de los clérigos serán a costa del mayordomo de fábrica, pero las demás habrá de abonarlas la ciudad.

—Una muy prudente decisión —intervino el deán—. Las arcas de la catedral, con las obras, no están ahora muy boyantes. Y hay muchos gastos. Entre otros —y Revenga miró de soslayo a Pacheco— los del túmulo que está realizando el maestro Hernández. Y la cera es muy cara, como su excelencia y vuestras mercedes bien conocen.

—Sí, sí; comprendo el interés por su parte, deán —dijo el arzobispo— de no comprometer más las arcas de la iglesia mayor. Pero no podemos —y en eso quiero insistir, y mucho— no podemos defraudar al rey. Su majestad me ha solicitado, además, que le envíe una relación detallada de la jornada, y por lo que he sabido, el secretario Vázquez le ha pedido otra a vuestra paternidad, ¿no, Pacheco?

—Sí, señor arzobispo. Efectivamente, eso me ha pedido.

—Quiero ver esa relación antes de que la envíe, Pacheco. La suya y la mía deben estar concordes. Sin duda, el rey finalmente leerá las dos. Siga, siga, Negrón. ¿Qué más se ha acordado?

—Que en la tarde del trece de junio, la víspera de la procesión, se reconocerán los cuerpos reales y se reemplazarán los féretros dañados. De eso se estaba encargando Pacheco, y según nos ha comunicado ese asunto está ya prácticamente resuelto.

—¿Sí? Pacheco, ¿qué se ha hecho con ello?

—Señor arzobispo, los carpinteros y los tapiceros ya han tomado medidas, y se están realizando unos féretros nuevos al estar los antiguos muy gastados. No podemos arriesgarnos a que las maderas, que en buena parte están podridas, se vengan abajo en medio de la procesión. Eso sería una indecencia.

—Bien, bien. Negrón, ¿y sobre el túmulo?

—Sobre el túmulo, excelencia, se ha acordado que el mayordomo de fábrica, el beneficiado Pacheco y el señor deán supervisen el montaje en el trascoro de la iglesia mayor, que ha de comenzar en breve. Queda un mes para el traslado, y vuestra excelencia les ha instado a no descuidarse un punto de que la fábrica sea como debe.

—Y tan como debe —dijo Revenga—. Esa máquina va a costarnos un buen dinero.

—Ah, Revenga —intervino, hastiado, Rojas—. Deje ya el asunto del dinero. Eso ahora no es lo más importante, sino que el traslado resulte perfecto y así se complazca al rey. Y el túmulo donde irán los restos de nuestros más notables reyes debe estar a la altura. No quiero más quejas, ¿me ha oído?

—Claro, excelencia —respondió el aludido: desde luego, hoy no estaba siendo para él un buen día—. Descuide. Por supuesto. Pagaremos lo que sea necesario.

—Eso espero; no quiero pleitos ni cuestiones con eso. Señor deán, le recuerdo también que habrá de ocuparse de que se guarden las debidas precedencias en la procesión. Recuerde que, entre el Ayuntamiento, la Audiencia y el Santo Oficio siempre suele haber conflictos. Todo debe ir como un reloj —el arzobispo miró el suyo, colocado a su lado en la mesa—. Y hablando de reloj, ya es hora de terminar por hoy. Pacheco, ¿tiene ya el proyecto final del túmulo? Me dijo que me daría una copia.

—Claro, don Cristóbal. Tome, aquí tiene la mía —Pacheco le entregó la hoja, minuciosamente ilustrada y detallada, al arzobispo—. El maestro Hernández me dará otra más tarde, no tenga cuidado por ello.

—Bien. Sin duda será espléndido. ¿Tienen ya todos los materiales?

—Solo quedan por recibir algunas cargas de pinos del condado de Niebla. Por lo demás, los pintores ya están trabajando y se han terminado los moldes para las estatuas.

—Excelente. Excelente —Rojas se levantó, y los demás con él—. Sin duda todo saldrá como debe. Hice bien en confiar en vuestras mercedes este asunto. Ahora vámonos. Deán, luego le veré en la iglesia mayor, y ocúpese de lo que le he encargado. Pacheco, Negrón, no dejen de hacerme saber todo lo que sea preciso en lo tocante al traslado. Es prioritario, ¿entienden? Prioritario. No podemos fallarle al rey. Vayamos a comer: necesitamos fuerzas para todo lo que se nos viene encima, que —el arzobispo sonrió entre dientes— desde luego no es poco. Ah, Pacheco: acompáñeme. Como bien sabe, mi mesa no es que sea gran cosa; pero el duque de Medina Sidonia me ha hecho llegar algo de caza, que han preparado sus cocineros. Perdices, algunas becadas y una cabeza de jabalí que han hecho queso. Tengo ganas de recrearme viéndole comer; vuestra paternidad deja traslucir con claridad su alegría haciéndolo. Un poco de optimismo, convendrá conmigo, siempre es necesario. Y más en estos tiempos de tristezas, ¿no cree?

Río Guadalquivir

La chalupa fletada por Sirman —una navecilla rápida que les conducía a buen ritmo hacia su destino— había dejado atrás las matas de Albina, el caño de Tarfia y su gran y peligroso banco de arena y estaba ya embocando el inicio del caño del Yeso. La mañana se había levantado un par de horas atrás, y el relente aún atería al flamenco, a Enríquez y a Manuel. El patrón y cuatro marineros preveían la necesaria maniobra terciando las velas para tomar la embocadura del caño con prudencia, aunque a esas horas la marea estaba subiendo y el tablazo tenía más caudal. No había a la vista ningún otro buque, salvo una nao de mediano calado que habían dejado atrás, ya lejos, pasado el caño de Caballos, y que seguía su ruta, a media velocidad, en dirección a Sevilla.

Manuel y Enríquez trataron de penetrar la espesura, para averiguar si las gabarras continuaban en donde las habían dejado; pero los meandros que dibujaban el sinuoso curso del caño, y la vegetación de cañizos y plantas acuáticas se lo impedía.

—Fíjese, don Fernando —dijo Enríquez, en voz baja, al veinticuatro—. Las plantas están rotas y aplastadas. No estaban así hace unos días.

—No, tiene razón, Enríquez. Creo que hemos tenido visitas y eso no es nada bueno.

Sirman, que bajaba de hablar con el patrón para que se dirigiera ya hacia la orilla, se acercó a ambos:

—Bien, señores. En un momento estaremos en nuestro destino. Y si la plata es como la que nos mostró el otro día, don Fernando, será un placer hacer el negocio del que he tratado con vuestra merced. Miren, ya estamos atracando —Sirman se volvió hacia la toldilla—. Maestre, tienda la pasarela. Vamos a bajar.

El barco atracó en la orilla, y los tres se dirigieron hacia el pequeño chozo: había huellas de pisadas por todas partes, lo que hizo que Manuel y Enríquez se miraran, compungidos. Cada vez sus esperanzas de encontrar intacta la plata —o de encontrarla siquiera donde unos días atrás la habían dejado— eran menores. El chozo, que abrió Enríquez con prudencia, estaba vacío: dentro no había, como debían haber encontrado, cadáver alguno. Los muertos habían volado, y seguramente no lo habían hecho al cielo. Y al final del caño, hacia donde se dirigieron con premura, no había nada tampoco. Las gabarras habían desaparecido, y los tres hombres se miraron con perplejidad.

—Pues creo —el flamenco carraspeó, aclarándose la garganta— que hemos hecho el viaje en balde, don Fernando.

El olor a fritanga impregnaba todo el local en donde Manuel y Enríquez esperaban a Sirman. El humo de la cocina y el agrio sabor del vino les hacía llorar los ojos y les amargaba en la garganta, pero no había otra cosa mejor en ese sórdido y oscuro bodegón de la Ribera de Sanlúcar. Una empanada de algo que se decía carne descansaba, casi intacta —ambos habían probado un primer bocado y eso les había disuadido de un segundo— sobre la sucia mesa de tablas irregulares en la que se posaban, sin recato alguno, tempraneras moscas.

Dos o tres parroquianos —seguramente su crédito era tan escueto que ese local infecto era el único lugar de toda la villa en el que aún se les permitía entrar—, que miraban con la vista desenfocada hacia la nada, bebían de sus copas de barro sin decir palabra. Seguramente, todos sus días pasarían así, sin futuro. No estaban mucho más animados los agentes de Pérez, entre los que podía cortarse el silencio: Manuel y Enríquez valoraban las consecuencias que podía tener para ambos la pérdida de la plata. Sus especulaciones no contribuían, desde luego, a animarlos. En ese momento, el vivaz y espabilado flamenco, que se había hecho cargo de inmediato de la poco halagüeña situación en la que estaban las cosas, entró en el desastrado antro donde sus socios en ciernes le esperaban; traía noticias, y no eran buenas.

—Señores… no, no; gracias, don Fernando. Ya conozco este lugar, y una vez cometí el error de probar su vino. Y en cuanto a la comida… bien, creo que el Santo Oficio debería revisar esas cocinas. Seguramente se llevarían más de una sorpresa. Quién sabe cuántos cristianos pueden estar dentro de ese hojaldre… y desde hace cuánto tiempo —dijo, mirando con repugnancia la empanada y apartándola de sí—. Bien, traigo noticias. Y no son favorables, desgraciadamente. Mi agente me ha contado que hace unos días, la galeota del duque llegó a puerto en conserva de cuatro gabarras. Cuatro gabarras llenas de plata. Una plata que el corregidor había requisado en el caño en donde hemos estado esta mañana. La plata, ahora, está en manos de los contables de la Contratación; y protegida por una guardia doble en la aduana. Según parece, se llevará a Sevilla fuertemente custodiada. E incrementará la riqueza del rey nuestro señor, aunque conociendo los empeños que tiene, sin duda ya estará gastada al llegar a puerto. Me temo… me temo que las cosas, finalmente, no han salido bien, don Fernando. Y ya no podremos hacer ese trato del que hablamos, claro.

—No, claro que no. Lo lamento, Sirman. Por vuestra merced y por nosotros. Está visto que este negocio solo nos ha traído —¿verdad, Enríquez?— cuitas y preocupaciones. Y una magra renta: los pocos lingotes de plata que el otro día cargamos. La otra plata, la de la Aduana, ya es inalcanzable, y por tanto ha dejado de ser negocio: hay que ser realistas. En fin, no estaba de Dios que yo llegara a ver mucho beneficio en este asunto —Manuel pensó en los pagarés ahora esfumados, lo que contribuyó a animarle un poco: al fin y al cabo, él sí que había obtenido un interesante rédito—. Enríquez, hay que escribir. A Madrid. Y contar lo que ha sucedido. Y ahora deberíamos regresar a Sevilla, ¿no creen, señores? Aquí ya no se nos ha perdido nada, ¿y para qué llorar sobre la leche derramada? No tendría sentido alguno. Y la verdad sea dicha, creo que no echaré de menos este infecto lugar —Manuel se levantó, dio, como tenía por inveterada costumbre, un par de vueltas a su anillo y miró su pequeño y labrado reloj de faltriquera, al que un rato antes había dado cuerda— al que espero no volver en todos los días de mi vida. Sirman, ¿regresamos a vuestro barco? Ya me está pesando seguir un solo minuto más en este sitio —dijo, espantándose con desgana una insistente mosca mientras hablaba.

DIECIOCHO

Lunes, 18 de mayo de 1579

Sevilla

La noche se había cerrado ya hacía un largo rato, y la chalupa acababa de llegar al muelle de las Mulas. Un incómodo percance ocurrido ayer en el paso de Once Nudos, al lado del Saucejo, había hecho que embarrancaran y hubieran de esperar la pleamar para liberarse: por lo que se veía, el maestre había aprovechado bien el tiempo libre que había tenido en Sanlúcar, y había llegado a la nave algo más bebido de lo que acostumbraba, que no solía ser poco. Era, lamentablemente, de los que les daba por ponerse risueños y cordiales, y hubo que aguantar su farfulleo hasta que, al fin, viendo que nadie —desde luego, ninguno de los tres pasajeros a los que llevaba de regreso a Sevilla— le hacía caso alguno, se calló. Posiblemente estaba ya dormido, o bien poco le faltaba, cuando el casco del barco crujió sin remedio; aunque afortunadamente no llegó a abrirse ninguna vía de agua. Y hubo que esperar: Sirman encomendó a uno de los marineros que fuera echando la cuerda a cada rato, para que les dijera el momento en el que, desplegadas otra vez las pequeñas velas, y ayudándose de las pértigas que para estos casos estaban sujetas a las bordas, pudieran liberar el buque y avanzar poco a poco y con prudencia: toda la que no había tenido el malhadado maestre, que aún roncaba olvidado del mundo y de sus penas, al hacerles chocar con el banco de fango y de arena.

Desde el muelle poco iluminado a esa tardía hora podían ver los tres viajeros cómo las puertas y postigos de la ciudad estaban ya cerrados; y no se abrirían hasta amanecida la mañana. Así que —a la fuerza ahorcaban— Manuel les hizo una propuesta a sus compañeros:

—Señores, hay que ir buscando una cama. A menos que queramos dormir —y señaló con la cabeza al patrón y a los marineros— con estos cinco. Y la verdad es que tal propuesta a mí no me seduce. ¿Recuerda, Sirman, lo que le dije hace algunos días? Ahí está el puerto de Camaroneros. Y hay un sitio cercano en donde no sé si dormiremos, pero seguro que sí lo pasaremos bien. ¿Vamos hacia allá? Confíen en mí; les aseguro que el lugar no les defraudará. Ah, pagaremos nosotros, Enríquez: lo mínimo que podemos hacer es invitar al *mijnheer*[17] Sirman por todas las molestias que le hemos causado —el aludido vio con claridad que no podía negarse a la propuesta de Manuel, y haciendo de tripas corazón se resignó a pasar la noche en un lugar en el que bien poco le apetecía estar siquiera un instante—. Aún debe quedar en nuestra faltriquera algo de lo que nos dejó Moreruela, ¿no? En fin, al menos que de todo lo malo que hasta ahora nos ha ocurrido saquemos algo bueno.

****

El burdel, un local discreto y refinado, en el que no se admitía a cualquiera y que estaba regentado por una mujer de la vida que había conseguido, tras largos años de patear las calles en la mancebía del compás de la Laguna, establecerse por su cuenta —según se rumoreaba, tenía ricos protectores que le habían ayudado a montar su boyante negocio, los cuales participaban alegremente en los beneficios que les proporcionaba— estaba, como Manuel les había asegu-

---

17 Señor.

rado, cerca del puerto de Camaroneros y casi al lado de los molinos y el almacén de pólvora del francés Remón Martín. Ese era quizás el mayor inconveniente del lugar: el persistente olor a azufre que se metía por la nariz y que no salía de ella, aunque los pebeteros que quemaban delicados perfumes dentro del selecto establecimiento contribuían con éxito a hacer olvidar el olor punzante del explosivo.

Sirman y Enríquez advirtieron que don Fernando no era, en absoluto, un desconocido en el lugar: las mozas, vestidas y pintadas con lo que era a lo sumo un remedo de decencia, se arremolinaron a su alrededor una vez el veinticuatro hubo dejado su equipaje en manos de un criado para que se lo guardara. Un vihuelista ciego y un cantorcico —castrado sin duda, dada la finura de la voz— interpretaban algunas melodías en el patio, en donde algunas mesas, alumbradas por caras velas de cera en vez de los mucho más baratos candiles de aceite, estaban ocupadas por clientes —todos ellos, a lo que podía verse con facilidad, de mediana edad, habituales y acomodados— que jugaban a las cartas, escuchaban al cantor, consumían parsimoniosamente sus bebidas o disfrutaban de los preliminares de los que después serían unos satisfactorios servicios de las muchachas.

—Como verán tienen donde escoger. Señora Angélica, venga aquí vuestra merced —Manuel llamó a la dueña, que como tantas otras profesionales de tal ramo había elegido un sonoro nombre del Ariosto[18]—. Aquí, haga el favor. Dígame, ¿qué nos puede ofrecer hoy? ¿Sigue por aquí esa moza con la que estuve la otra noche, la última que vine? Era Alcina[19], ¿no? ¿Sí? Bien, bien. Muy bien, de hecho. Pues que no vaya con nadie, que ahora nos haremos los honores ella y yo. Y... veo a esa otra, sí, la pelirroja de la piel blanca. Esa —Manuel señaló a una de las mozas que, esperanzada, sonreía con una dentadura que, cosa rara, parecía aún completa, al

18 Angélica es la protagonista femenina del poema épico y caballeresco *Orlando Furioso,* de Ludovico Ariosto (1532).

19 Otro personaje femenino de la misma obra.

grupo que formaban el caballero y sus dos acompañantes—. ¿Qué le parece, Sirman? ¿es de su gusto?

—Don Fernando, de verdad, no necesito…

—Ande, ande. Todo no va a ser trabajar. Alguna vez ha de tomarse un respiro, hombre. Y ahora es el momento de hacerlo. Además, podrá entenderse bien con ella. Es flamenca, como vuestra merced. ¿Lo es, señora Angélica?

—Lo es, don Fernando. Y para el otro caballero… vaya, es alto y fuerte —la mujer observó a Enríquez con una mirada apreciativa—. Creo que hará las delicias de Marfisa[20], que es muy entusiasta, ¿sabe? Sí, Marfisa será una elección adecuada. Si me acompañan… acaban de disponer una mesa para que puedan cenar con tranquilidad, y luego podrán subir al alto. Hoy estamos llenos, don Fernando. Pero a vuestra señoría, como tan buen cliente que es, le serviremos con el mayor de los gustos. ¿Se acomodan? Ahí viene su cena, y ahora vendrán las muchachas a servirla.

****

La mujer se movía encima de Manuel, incesante, elástica, entregada a su tarea de dar placer. Su piel era de un color cobrizo, y su melena, oscura, rizada, ensortijada, cubría y destapaba sucesivamente el pecho oscilante, ascendente y descendente, del veinticuatro. Alcina… bueno, se llamara como fuera la mujer con la que ahora se encontraba en el lecho, él recibía en ese feliz momento una adecuada renta por el elevado pago que había tenido que dejar en manos de la rapaz dueña, que con cobros como el que un rato atrás había desembolsado el veinticuatro se aseguraba un poco más el siempre imprevisible futuro. Los pechos plenos de la prostituta, muy joven —el veinticuatro no le echaba más allá de dieci-

20 Otro nombre similar a los dos anteriores, procedente en este caso del *Orlando Innamorato* de Matteo Boiardo (1486).

séis o de diecisiete años, a lo sumo—, sus areolas amplias y oscuras, rematadas en enhiestas puntas; los ojos negros y rasgados, las cejas potentes y bien dibujadas, el vello que ascendía como por un breve sendero hasta el ombligo, taladrado por una pequeña ajorca —¿Sería morisca? Tal vez lo fuera—, algunos lunares aquí y allá, el perfume untuoso que desprendía con cada movimiento, los gemidos y jadeos, la boca cada vez más abierta mostrando los feroces dientecillos blancos, algún grito apenas reprimido, los suspiros, la saliva cálida, el sudor, el temblor que poco a poco iba invadiendo el cuerpo tostado de la mujer, que con los ojos ya casi en blanco se daba placer cada vez más rápido, cerca ya de esa muerte pequeña que hacía olvidar todos los males: todo eso excitaba al hombre, que a duras penas y con gran esfuerzo se contenía para tratar de retrasar un final inevitable.

Y entonces ocurrió lo más inesperado: un ruido atronador, un fogonazo atroz, una pared, un edificio, que caen; que caen a plomo.

La mujer, viva hacía un segundo y ahora muerta y casi partida en dos. Su cara, un momento atrás gozosa y olvidada de todo, traspasada por el vidrio afilado de un espejo que un minuto antes había estado colgado en la pared. Sus vísceras fuera —¿fuera? Sí, fuera de su cuerpo roto en pedazos—, ondeando al aire de la deflagración como banderas de carne desgarrada. Su costado adornado, como una impensable galera humana, por un madero recto —¿Un remo? ¿Una viga? Él no lo sabía, y no lo entendía tampoco— que a saber de dónde habría salido. Y sangre, sangre roja, oscura, a borbotones, por todas partes. Y fuego. Y negrura. Y fuera del cuarto, de donde salió arrastrándose, una, dos, tres cabezas reventadas. Un cuerpo —¿eso era un cuerpo?— sin brazos y sin piernas. Un torso con los pechos desgarrados. Un incendio que abrasaba las colchas y las sábanas. Un hombre que ardía y corría por lo que antes había sido un pasillo. Y gemidos, que ahora ya no eran de placer. Y gritos, que esta vez eran de un dolor no deseado ni buscado. Y un velo oscuro, cada vez más espeso, cada vez más negro, más opaco y más pesado, que sumió al veinticuatro en algo que no sabía si era la muerte, pero que —quién sabe— tal vez lo fuera, o se le pareciera mucho; y nada, nada después. Nada.

DIECINUEVE

Viernes, 22 de mayo de 1579

Abadía de Santa María de Párraces

La caja se había colocado sobre un escueto túmulo ante el altar mayor del monasterio jerónimo, donde, ante los restos de don Juan de Austria —traídos en secreto de Namur hasta Santander y de allí a Segovia— se sucedían los rezos, las misas y las oraciones. Al pequeño y enjuto fraile, de barba cerrada y espesas cejas, que estaba arrodillado ante el féretro, rezando desde horas atrás, se le habían dormido las rodillas.

Levantó la vista y miró la rica caja, forrada de terciopelo negro por dentro y por fuera, colocada sobre un paño de brocado y terciopelo carmesí. Dentro yacían los restos del señor don Juan, Dios tuviera misericordia de él. Así, y eso era digno de verse, acababan las glorias del mundo: delante de él yacía el vencedor de Lepanto y de las Alpujarras; el gobernador de Flandes, el hermano del rey, el hijo del emperador. Todo terminaba ahí: qué locos eran los hombres al no temer a Dios por ello, pensó el fraile.

Un pequeño estrépito sonó a su espalda: algunos capitanes estaban preparando el traslado de quien había sido su generalísimo. El rey don Felipe quería que su hermano descansara en San Lorenzo, en su fundación de El Escorial, y hoy saldría el cuerpo, en solemne procesión a lo largo de la meseta de Castilla, en busca de la gran arca de piedra que habría de albergarlo hasta el fin de los tiempos. Por ello llevaban algunos días organizando la solemne procesión que habría de llevar a quien había sido en todo, salvo en el nombre, un príncipe. Don Gabriel Niño de Zúñiga, que había traído el cuerpo desde Flandes, ordenaba ahora, con la ayuda del alcalde de corte Juan Gómez, a quien acompañaban cuatro alguaciles, la comitiva: doce capellanes reales, doce frailes que habían llegado desde San Lorenzo, el obispo de Ávila Busto de Villegas, el secretario del rey, Martín de Gaztelu, Juan de Alzamora, que había sido uno de los miembros del consejo del héroe muerto, y tantos otros caballeros y criados. En breve, la caja —rodeada en ese momento por blandones y hachas de cera, que daban una luz cálida, aunque escasa— saldría de la abadía para no volver jamás.

—Fray José, venga conmigo. ¿Es fray José de Sigüenza, no? —el monje asintió, y el prior le indicó que le acompañara a la sacristía, donde iba a revestirse para celebrar la misa—. Me ayudará en la ceremonia. Busque el hisopo y el cubo para asperjar el ataúd, y revístase. Empezaremos en muy poco tiempo.

—Enseguida, padre prior —Sigüenza notó cómo le crujían las rodillas. Se inclinó ante el féretro y poco a poco sus piernas comenzaron a entrar en calor. La única nave de la iglesia, fundada por el obispo cluniacense fray Pedro de Aachen en el siglo XII, se estaba atestando de gente. Caballeros, eclesiásticos, banderas y pendones abatidos y arrastrados por el suelo en señal de luto, las gentes de la comarca con sus mejores galas junto a los refinados cortesanos compartían el duelo por la muerte de don Juan. Pocas horas después, el difunto caudillo, acompañado por sus fieles seguidores, saldría a los campos en donde el trigo se vencía por el viento: y el susurro acallado de las espigas, y el redoble frío de las cajas destempladas, serían el único sonido que, acallados otros por el ominoso silencio último, final, definitivo de la muerte escucharían aquellos que acompañaban a su última morada los pobres restos.

VEINTE

Lunes, 25 de mayo de 1579

San Lorenzo el Real

«Al menos —pensó el secretario— escribe bien, con buen tono. Legible». El secretario Pérez dejó caer la carta de Manuel, enviada hacía unos días desde Sanlúcar por la posta, dentro de la chimenea; y miró cómo ardía hasta consumirse. Pronto no quedó nada de ella; tan solo un montoncillo de cenizas que se movía con el aire caliente de la hoguera.

Otro fracaso. Y ese podría ser el último. La plata perdida, las posibilidades de ayudar a Anjou reducidas a la nada. Y su futuro... ¿Su futuro? ¿Pero acaso había alguno? Él, desde luego —Antonio Pérez, el gran maquinador—, no sabía ahora mismo cómo iba a salir de ésta. Y ahora tenía que vestirse: la noche pasada había llegado a San Lorenzo, buscando al rey; pero días atrás el monarca había marchado a Aranjuez con Vázquez y los otros secretarios, y nadie le había dicho nada sobre su partida. Ahora no tenía más opción que quedarse, ya que ayer también habían llegado, para ser definitivamente sepultados bajo la gran mole fría del monasterio, los restos de don Juan. Don Juan, que un día fue su amigo. Don Juan, un ingenuo que confió en él.

¿Era remordimiento lo que sentía? Él y el hijo del Emperador se habían llevado bien; la estima que por el menudo e intrigante aragonés sintió casi enseguida el joven Austria sorprendió a todo el mundo salvo a él mismo, ya que había desplegado toda su capacidad seductora con el fin de atraerlo: regalos, parabienes, elogios, recomendaciones ante el rey, fiestas, juegos... todo un abanico de atracciones que llevó a don Juan hacia su bando, el del príncipe de Éboli. Hasta que don Juan marchó a Flandes, y vio la realidad de las cosas. Empezó a entender que lo que el secretario le contaba, allá lejos, en Madrid, ante una copa o unos naipes, podía no ser completamente cierto; y vio que los fondos, el dinero, esencial para que las venas de la guerra no se secaran, no fluía hacia su ejército, detenido por excusas dilatorias o por enrevesadas gestiones burocráticas. Por una escasa, o mala, o ninguna voluntad al cabo.

Esto había hecho a don Juan enviar a la corte a Escobedo, el secretario que de espía de Pérez ante el hijo del Emperador había pasado a ser el paladín del Austria, atraído por él como una mariposa por la llama, olvidado de su encargo primero de espiarle. Escobedo había llegado, y lo había entendido todo; entonces hubo que librarse de él; eliminarlo e implicar al rey, para asegurarse las espaldas. Y también tuvo que redoblar sus contactos con los otros personajes de la comedia que todos ellos representaban: los ingleses, los franceses, los holandeses. Isabel, Catalina, Orange. Y buscar salidas, y alternativas, a una situación —la suya en la corte del rey Felipe— cada vez más insostenible. Suspiró con brevedad, y se irguió. Ahora había que vestirse: dentro de poco comenzaría el réquiem, en el que pedirían por el joven caudillo muerto. Llamó, para que acudieran los criados: la ropa estaba ya dispuesta sobre el arca. Se volvió para tomar un par de anillos y colocarlos en sus dedos, y dejó atrás cualquier remordimiento. La vida —se dijo— estaba hecha de despedidas.

****

—Te decet hymnus Deus, in Sion; et tibi reddetur votum in Ierusalem. Exaudi orationem meam; ad te omnis caro veniet.

El obispo de Ávila, Busto de Villegas, y el vicario de la comunidad jerónima del aún inacabado monasterio de San Lorenzo, fray Hernando de Torrecillas, vestidos ricamente con unas elaboradas casullas negras, recitaban el oficio de difuntos en la iglesia de prestado, en donde iban a reposar temporalmente los restos de don Juan; serían trasladados, con los otros muertos de la familia, a la cripta de la nueva basílica una vez esta se concluyera. El espacio, pequeño, estaba abarrotado: un numeroso grupo de cortesanos, toda la comunidad y los acompañantes de un cortejo que había ido creciendo cada día de viaje atestaban un recinto en el que el calor comenzaba a ser ya sofocante. El humo del incienso dificultaba ver con claridad, o al menos eso era lo que le parecía al secretario Pérez, que se secó con un pañuelo las gotas de sudor que resbalaban por su frente.

—*In memoria aeterna erit iustus: ab auditione mala non timebit.*

Pérez se había colocado en el lugar preferente que le correspondía, y ahora tenía la incómoda sensación de que era él, y no los restos de don Juan, colocados sobre un túmulo para que todos los asistentes a las exequias pudieran verlos, el centro de todas las miradas. Unas miradas frías, despiadadas. Unas miradas que parecían reprocharle que estuviera allí. Que existiera, incluso. Casi podían oírse los pensamientos de quienes le observaban. Se secó el sudor de nuevo. Bajo el cristal, la cérea cara de don Juan miraba hacia la nada —la nariz estaba quizá un poco pelada, ¿no? Él no se había atrevido a acercarse mucho—. En el fondo, y ahora lo sabía, él también había apreciado al príncipe que ahora yacía sobre el túmulo. Recordó jornadas alegres, divertidas, desenfadadas; un mozo elegante, decidor, seductor, al que miraban todas las mujeres y que cautivaba a los hombres. Que tenía el valor del emperador, su padre.

—*Absolve, Domine, animas omnium fidelium defunctorum ab omni vinculo delictorum.*

A su lado, el maestre Niño de Zúñiga, que había traído el cuerpo; don Juan de Tassis, correo mayor del rey; don Pedro Zapata de Cárdenas; don Juan Enríquez; don García Bravo; don Gonzalo Saavedra, don Jerónimo Zapata, Juan de Alzamora y Martín de Gaztelu, secretario del rey, que toqueteaba nerviosamente un pliego que habría de leer una vez la ceremonia terminara. Con ellos, apiñados en el estrecho espacio, la comunidad de monjes, los soldados, otros muchos cortesanos, los regidores, los alguaciles.

No estaba el rey: sin duda, no había querido asistir. «¿Le remorderá la conciencia? —se preguntó Pérez—. Sin duda sí. Por eso no está aquí. No lo soportaría». Y Felipe había hecho lo que solía: irse, escaparse, orillar el problema. Ahora estaría en Aranjuez, tal vez cazando. Porque no había querido volver a mirar a la cara a su hermano. Y ya no lo vería más: el féretro se cerraría y el prior, cuando volviera del capítulo general de su orden, en donde en ese momento se encontraba, guardaría la llave, la custodiaría celosamente. Y el rostro de don Juan desaparecería para siempre de la vista.

—Dies irae, dies illa. Solvet saeclum in favilla: teste David cum Sibylla.

Sí, hoy. Hoy, y los días que vengan después serán días de ira —el secretario se estremeció involuntariamente—. Esa ira, bien lo sabía, caería sobre él. Cuando menos lo esperara recibiría el golpe. Y el rey asestaría ese golpe con todo su poder y con toda su fuerza, como solía. Como le había ocurrido a Montigny, o a Egmont, o a Hornes. «Y yo —pensó— ni siquiera soy caballero del Toisón». Si ellos no tuvieron inmunidad, ¿qué defensa iba a tener él, el hijo sacrílego y ambicioso de un simple clérigo venido a más, frente al rey?

En ese momento, Gaztelu se adelantó: ya habían terminado los cantos, y los dos medios responsos —en canto de órgano y en canto llano— que se habían dedicado al alma de don Juan, ya por encima de todas las penalidades y miserias del mundo. Aclarándose la voz, comenzó a leer:

—Venerable y devoto padre prior, vicario, frailes y convento del monasterio de San Lorenzo el Real…

Gaztelu leía el acta de entrega. El acta que definitivamente sepultaría a don Juan ahí abajo, en la pequeña cripta en la que ahora descansaban el emperador y sus hermanas, la emperatriz, el príncipe don Carlos y su madre, la reina Isabel, los hijos muertos del rey Felipe... Otro cadáver bajaba a una bóveda en la que la concurrencia era cada vez más numerosa —ley de vida, se dijo Pérez; y volvió a secarse el sudor. Ahora tenía frío, y se estremeció—. Desde luego, Felipe no tenía suerte. Pero en realidad él tampoco: la rueda de la Fortuna había dado una vuelta completa, y ahora le estaba aplastando. El camón de la rueda se le clavaba en la espalda, le hundía en el suelo. Trastabilló. ¿Un desmayo? Ojalá no. No había que mostrar debilidad, nunca; eso se lo había enseñado su padre. Volvió a prestar atención. Habían pasado solo unos segundos, y Gaztelu seguía leyendo:

—...os encargamos y mandamos le recibáis y pongáis en la iglesia de prestado de él, en la bóveda que está debajo del altar mayor de ella, donde están los demás cuerpos reales, para que esté allí en depósito con ellos hasta que se haya de enterrar y poner en la iglesia principal de él...

La iglesia principal. Junto al Emperador, y al lado del propio rey cuando este muriera. Y para siempre. Entonces Pérez supo que había perdido, irremisible y definitivamente. Que un muerto —el que ahora yacía en la caja que los clérigos asperjaban con agua y aromaban con incienso— le había vencido. Al fin y al cabo, vencer era algo que don Juan de Austria había hecho siempre: en las Alpujarras, en Lepanto, en Flandes. Esta batalla en una guerra que nunca se había declarado —la de Pérez contra todos, contra el mundo— el hijo del césar la había ganado también.

Sevilla

El viejo hospital dedicado a Santa Brígida de Irlanda estaba comenzando a abandonarse. Los fondos que lo sostenían, por lo que se veía, ya no eran suficientes; y los restos de caliches sin barrer en el suelo, las sábanas manchadas de fluidos cuyo origen era mejor desconocer, las manos temblorosas del par de ancianos ¿médicos? que atendían a los pacientes, el escaso aseo de la esclava negra que preparaba algo que a duras penas podía llamarse una comida y, en general, todo lo que caracterizaba a ese establecimiento benéfico que alguna vez había conocido mejores tiempos, mostraba a las claras una decadencia que más pronto que tarde, sin duda, se tornaría de temporal en definitiva.

El hombre, alto y bien constituido, con una venda en la cabeza de la que escapaban, díscolos, algunos cabellos de color rojizo oscuro y con otro lienzo más que apretaba unas tablas de madera puestas en el torso para tratar de fijar en su sitio una costilla que se le había roto, miraba al caballero adormilado que yacía en una cama por la que circulaban pequeños insectos —¿pulgas? ¿Chinches? Prefirió no comprobarlo— con la mayor impunidad. Su respiración era tranquila: parecía que, pese a la precariedad de los cuidados recibidos, don Fernando Manuel se recuperaría de la explosión que, tanto a él mismo como a Enríquez —que era quien estaba de pie al lado de la cama— los había llevado a alojarse con la mayor desgana en ese viejo hospital que daba el servicio que podía a los escasamente acomodados vecinos del arrabal de Triana.

Una explosión que había destruido el almacén y el molino de la pólvora contiguo al burdel en el que él, Manuel y Sirman, el flamenco —del que después de la explosión habían quedado poco más de dos o tres trozos— iban a pasar una noche que, al menos en su caso, se presentaba de la mejor manera: pero el entusiasmo de Marfisa, expresado del modo más favorable hasta la detonación que, por lo que había sabido, mató a unas doscientas personas, destruyó el burdel y treinta pares de casas de la collación (e incluso algunas vidrieras de la propia iglesia mayor), quedó muy disminuido cuando a ella misma se le cayó encima la pared —en la que apoyados ambos, estaban practicando algunas posturas amorosas que a Enríquez le estaban pareciendo hasta entonces no poco sugerentes— y la cabeza se le desplazó, insólitamente, a algunas varas de donde se había quedado el cuerpo, sostenido por Enríquez —o al menos, por una parte muy específica del aragonés— hasta que, en menos tiempo del que se tardaba en recitar un *Agnusdei*, cayó desmadejado al suelo, arrastrando con él al que había sido hasta entonces su despreocupado tenante.

Un momento después Manuel abrió los ojos, mirando con detenimiento —la vista aún la tenía un poco desenfocada— al recio aragonés que le observaba. Con la boca seca, trató de hablar:

—Me... me conmueve... y mucho... mucho, su desvelo por mí, En... Enríquez. ¿Agua? ¿Eso de ahí es... agua? Por favor...

Enríquez tomó la desportillada jarra de barro que estaba colocada en un hueco de la pared contigua a la cama, tapada con una pequeña madera para que no le entraran bichos; Manuel se incorporó y bebio ávidamente. Tosió, y parte del líquido se le derramó en el lecho. Ya con la voz más suelta, aunque aún algo pastosa, continuó hablando:

—¿Ha sido una explosión, no? Eso... eso me ha parecido oír por lo que decían los que me estaban atendiendo, aunque no estaba muy seguro de si estaba soñando o no cuando les escuchaba.

—Sí. Ha explotado el molino de la pólvora que estaba al lado del burdel. Casi todos los que estaban en él han muerto, Sirman incluido. La dueña de la casa, su amiga Angélica, también: ardió, pobre mujer, como una tea. Como todos los que estaban en el patio.

—Vaya. Sí, ahora recuerdo. La moza que estaba conmigo... tampoco tuvo una buena muerte. Eso sí, me salvó la vida; si yo hubiera estado sobre ella en vez de al contrario, el muerto habría sido yo.

—Sí, a mí me sucedió algo parecido. A la mía, a Marfisa, se le cayó la pared encima; yo me libré por poco.

—¿Y ahora, Enríquez? ¿Qué?

—Ahora a salir de aquí lo antes posible. Este negocio está terminado, ¿no cree? Solo falta repartirnos la plata que trajimos, y luego darle salida con discreción. Mi amo no tiene por qué saber que ha quedado algo de lo que mandó traer de las Indias. Al fin y al cabo, era de unos protestantes holandeses —el hombre de Pérez hizo una expresiva mueca—. Lo tomaremos como un pago, aunque magro, por nuestros desvelos. Y después iré a Madrid para ver a mi señor Antonio. ¿Qué hará vuestra merced?

—Ante todo —dijo Manuel, mientras aplastaba entre los dedos a una pequeña bestezuela que había tratado de chupar la sangre seca de la venda que le apretaba el brazo izquierdo contra el cuerpo— salir de este lugar e ir a mi casa para reponerme allí. Escribiré al teniente de mayordomo mayor, para que amplíe mi licencia. Después pasaré en Sevilla algún tiempo. La verdad es que incluso creo que llegaré a echarle de menos, Enríquez. Quién me lo iba a decir. Le deseo un buen viaje de vuelta, y diga al secretario que se hizo lo que se pudo. Que unas veces se gana y otras se pierde, aunque eso él ya lo sabe.

—El descubrimiento ha sido mutuo. No olvidaré con facilidad la noche en el caño, don Fernando.

—No, la verdad es que no. Bueno, y después de esto, que casi ha parecido una declaración de amor por la que podrían llevarnos a la hoguera —Manuel rió, casi como un ladrido—, ¿podría avisar a alguno de esos médicos que andan por aquí para que venga a verme? Hoy mismo, si es posible, pienso volver a mi casa: ya estoy harto de estos bichos y refiero que me piquen los míos propios.

VEINTIUNO

Domingo, 14 de junio de 1579

Sevilla

La mañana había amanecido templada: por fin parecía —aunque eso, con el tiempo tan descabalado que estaban sufriendo en ese año, no era tampoco muy seguro— que los fríos se habían marchado. Desde dentro de los muros de la catedral, amortiguado por las toneladas de piedra que conformaban el templo cristiano más grande del mundo, se oía el ronroneo de la ingente multitud que esperaba a que en ese domingo de la Trinidad, la fecha marcada por el rey don Felipe, se produjera el traslado de sus antepasados, de las reliquias de San Leandro y de las veneradas imágenes de Nuestra Señora que habían acompañado al bendito Fernando, rey de Castilla, a la nueva Capilla Real.

Pacheco formaba ya con los capellanes reales, que tendrían el privilegio y el fuero de acompañar, entonando continuos sufragios por las ánimas de los difuntos, las devotas imágenes de las Vírgenes que habían acompañado a los castellanos en la conquista, al final del cortejo. Medina se hallaba entre el grupo de los veinticuatros, respirando las espesas nubes de oloroso incienso que removían en el aire enrarecido los turiferarios, escuchando la envolvente música del coro, dirigido como siempre por el maestro Guerrero, y las afinadas y limpias notas del nuevo órgano que acababa de instalarse. En ese momento vio llegar a alguien conocido, y se adelantó para saludarle:

—Don Fernando, me alegra verle. ¿Pero qué le ha ocurrido a vuestra merced?

—Hola, Medina —respondió su compañero veinticuatro—. Ahora ya bien, aunque ya me ve, hecho un Eccehomo. Tuve la mala fortuna de que me cogiera en medio la explosión del molino de pólvora de Triana, ¿sabe? Y he salvado la vida de milagro. He pasado también algunos días en la cama, alojado a costa del hospital de Santa Brígida. En fin, todo ha quedado en unos rasguños y en poco más —Manuel señaló su brazo aún en cabestrillo, y la venda negra que rodeaba su cabeza—. Pero bien podría no haberlo contado.

—Es cierto, ha habido muchos muertos. Y casas destruidas —respondió Medina—. Una verdadera desgracia. Y mire ahí: algunas vidrieras de la iglesia mayor saltaron por causa de la explosión. Pero eso fue de madrugada, ¿no? ¿Qué hacía a esas horas en Triana?

—Es sencillo: volvía de Sanlúcar, embarrancamos en el río y me encontré con las puertas cerradas cuando al fin pude llegar. Un asunto que tenía por allí, ya ve; y que no admitía demora. Luego hube de quedarme a hacer noche en Triana, con el resultado que vuestra merced puede advertir.

—Pues ha tenido suerte, don Fernando. Ahora mismo podría estar muerto. Me alegra que se encuentre mejor y casi recuperado —en ese momento llamaron a Manuel para indicarle su sitio: el gentilhombre se despidió de él y marchó hacia la fila de caballeros que ya portaban sus velas encendidas. El agente del rey no pudo evitar quedarse pensativo: ¿Sanlúcar? ¿Qué haría Manuel en Sanlúcar? Era, sin duda, una singular casualidad. Era… extraño. Pero en ese momento, la cola comenzó a andar dejando detrás de sí el enorme túmulo, ciento diez pies, de tres grandes cuerpos que habían concebido Pacheco y Jerónimo Hernández, que iluminaba el oscuro y elevado trascoro con sus múltiples luces; y Medina desechó, por absurdos, los inverosímiles derroteros por donde su mente, siempre en exceso imaginativa, le estaba conduciendo.

****

Andrés Canel se acercaba, andando con la lentitud y la dignidad que el día exigía, a la mitad de la calle: hacía un rato ya que las representaciones habían salido del colegio de San Miguel, y el mayordomo, con su cirio encendido, acompañaba al estandarte —blanco, con una cruz roja— de su hermandad de la Pasión, que seguía —como más antigua que ellas— a un numeroso grupo de cofrades de otras dieciséis hermandades de disciplina (entre las que estaban la del Nombre de Jesús, la de los mulatos de la Presentación, la del Traspaso y la de la Santa Cruz de Jerusalén) y que precedía a otras cinco, entre las que se encontraban las dos más añejas fundadas en la ciudad: la Vera Cruz y la del Santo Crucifijo de San Agustín, imagen esta última muy milagrera y con gran devoción entre las gentes. La masa de cofrades que abría la procesión esa mañana limpia y al fin tibia del mes de junio era compacta: varios miles de ciudadanos graves y solemnes, de todo oficio y condición, ataviados con sus mejores galas —mangas, calzas y jubones de ricas telas, cadenas al pecho y todas las joyas o joyuelas que poseyeran— participaban en el gran acontecimiento del traslado.

El mayordomo de la hermandad se detuvo. Tras él pararon sus cofrades Nicolás Caballero —que había ocupado el mismo cargo que Canel seis años antes—, Alonso de Vargas y Pedro de Heredia: estos dos, como diputados, velaban por el orden de la marcha. Delante del mayordomo marchaba el capitán Álvaro de Valdés, sobrino del adelantado de Florida, que partiría en agosto a Tierra Firme con la segunda flota, y que hacía pareja con el maestre Pedro de Haro: de unos años a esta parte, los capitanes y maestres de las flotas, y también avezados mercaderes como el propio Canel, habían ingresado en la cofradía y permitido, con sus obsequios y donaciones —caso de un hermano, Juan de Chaves, que había regalado recientemente a la hermandad una barra de oro con la que se había pagado parte de la obra de la capilla nueva—, que esta creciera hasta haber podido asentarse, con riqueza y dignidad, en el gran cenobio mercedario cercano a la orilla del río.

Canel miró a su alrededor: los soportales y las tiendas, hoy abiertas y llenas de público, de la calle de Génova estaban atestadas. Las campanas de la torre mayor no paraban de sonar. Las músicas de los ministriles y los coros competían con los cantos de las aves que llenaban el cielo. Y la multitud, heterogénea, apiñada, compacta, mostraba a las claras la compleja realidad de la ciudad: algunos caballeros, aunque escasos —ya que el rey había pedido a los nobles, incluso a los forasteros, que se incorporaran al cortejo—, menestrales vestidos de domingo, dueñas y viudas con sus tocas, en grupos; pícaros que hoy no estafaban y no robaban bolsas, burgueses serios y vestidos con adecuada decencia, matrimonios de edad —ellos gruesos y barbados, y ellas cuidadosamente tocadas— que buscaban un sitio preferente; niños que corrían y alborotaban, esclavos negros y moriscos que acompañaban a sus amos, mulatos y libertos endomingados; mercaderes alemanes, genoveses y flamencos que hablaban y discutían entre ellos. La pecaminosa Babilonia de España, transmutada por la magia de la liturgia, del canto, del incienso y las plegarias en una nueva Jerusalén; en una santificada Roma. Las conversaciones subían de tono, mientras los espectadores trataban de identificar, por el color de sus estandartes, cuáles eran las hermandades que desfilaban, en una doble fila interminable, ante ellos. Más de doce mil cofrades: ese era el número de disciplinantes que había en la ciudad, según pudo escuchar a un individuo, tal vez un notario o un hombre de leyes, que en la puerta de una librería de la calle de Génova conversaba con otro, al parecer forastero. Doce mil… «muchos son ya —se dijo Canel—. Algún día habrá que controlar eso de algún modo, antes de que se nos vaya de las manos». Pero la fila se movió, y dejando a un lado esa quizá peregrina idea, el mayordomo de la cofradía de la Pasión siguió avanzando por el suelo barrido, y recién regado —unos peones pagados por el cabildo habían aderezado las calles por donde habría de pasar la procesión desde antes de la amanecida retirando las basuras, los excrementos, los despojos y los animales muertos— y alfombrado de hierbas aromáticas.

****

Gila de Ojeda había conseguido un buen sitio al resguardo de la entrada de la tienda de Pescioni, un librero de la calle de Génova amigo de Medina. A su lado dos hombres conversaban animadamente acerca de la procesión: sin duda un visitante y su anfitrión, que le estaba mostrando la ciudad a quien de seguro era un recién llegado. Acababan de pasar las cofradías de disciplina, y ahora estaban discurriendo por la calle las de luz, que hacían procesionar las andas de los santos patronos de la ciudad: San Hermenegildo, Santas Justa y Rufina y San Clemente. Gila —que iba acompañada de una dueña, ya que los niños, al ser muy pequeños, se habían quedado en la casa al cuidado de su aya— bebió un poco de agua fresca de una copa que su anfitrión había dejado a su lado para que se aliviara de un calor tibio que, poco a poco, se iba dejando sentir a medida que avanzaba la jornada. Un numeroso grupo de teatinos seguía a las hermandades, y estas precedían a los mínimos, a los mercedarios y a los carmelitas —descalzos y calzados— de los conventos que la orden poseía en la ciudad. Una fila interminable de religiosos con sus hábitos, tonsuras y cogullas pisoteaba las ramas, las hojas y las flores de juncia y romero, aromando el aire. Tras los carmelitas desfilaron los agustinos, los jerónimos de Buenavista y de San Isidoro del Campo —que habían llegado esta mañana a la collación de Santa María en varios carros—, los trinitarios, los franciscanos, los dominicos y los cartujos, y por último los benedictinos.

La mujer se levantó con los demás espectadores, mostrando su respeto a las andas que ahora se aproximaban: los caballeros y freires de la orden de Santiago llevaban el cuerpo del maestre don Fadrique, hijo de Alfonso XI y antepasado de los duques de

Alcalá, asesinado por su hermano don Pedro, cubierto con un paño de terciopelo azul bordado con veneras del apóstol. Tras los restos del maestre, las veinticinco cruces de las parroquias de Sevilla y el clero secular, acompañado por una multitud de diáconos que traían en parihuelas valiosos relicarios, al que seguía el cabildo de la Catedral: los racioneros de este llevaban, bajo un rico palio de tela de oro, las reliquias de San Leandro. Les seguían los canónigos y los mozos de coro, acompañados de los ministriles de la seo: el incienso —denso y espeso, que provocaba que a los participantes en la procesión les picaran la garganta y los ojos— y la música se elevaban a los cielos como otra ofrenda más de la ciudad; un perfume y una música celestial que caldeaban el alma y que hacían callar al más inquieto. Los propios canónigos cargaban en sus hombros las andas de la Virgen de los Reyes, coronada con una preciosa presea que había sido del bienaventurado rey Fernando y precedida por el beneficiado Pacheco, que llevaba en brazos a la pequeña imagen de la Virgen de las Batallas —Gila de Ojeda trató de saludarle, pero el beneficiado, con el mucho ajetreo del momento, no la vio—, e iban seguidos por las dignidades catedralicias —arcedianos, racioneros, deán y el resto—, ricamente revestidos, y por los inquisidores del Santo Oficio, la universidad de Santo Tomás, el colegio de Maese Rodrigo, la universidad de Mercaderes, los oficiales de la Contratación y por último el cabildo de la ciudad, precedido por maceros: primero los jurados, seguidos por ministriles que antecedían al teniente de alférez mayor, don Fernando de Solís. A este seguían doscientos alabarderos que formaban un doble pasillo entre la multitud y los cuerpos reales, algunos regidores y caballeros que portaban los restos de los infantes, hijos de Alfonso XI, y el ataúd de doña María de Padilla; tras ellos llegaron los veinticuatros, algunos con velas en las manos —Gila reconoció entre ellos a don Fernando Manuel, y no pudo evitar estremecerse involuntariamente, aunque no supo del todo el sentido de ese estremecimiento que le salió de dentro: ¿era miedo u otra cosa?— y otros que portaban —como el propio Medina, a quien el asistente finalmente había encomendado llevar los restos de la reina doña Beatriz de Suabia— los despojos de los principales personajes reales: los de don Alfonso X, seguido por cuatro maceros, por el estandarte de don Fernando III con el que se ganó la ciudad —en el que campeaban a lo largo de toda su superficie unos deteriorados y ya muy maltratados castillos de oro y leones púrpura—, que portaba un sobrino del arzobispo, don Juan de Rojas, por cuatro reyes de armas y por el propio asistente de la ciudad, que llevaba la lobera del rey don Fernando por la punta, envuelta en un paño de damasco rojo.

La comitiva continuaba: bajo un palio carmesí venía el cuerpo de don Fernando, rey de Castilla, el que más temió a Dios y el que más le hizo servicio, cubierto su ataúd con un rico brocado y protegido por un elevado palio, cuyos restos los portaban algunos de los títulos de la ciudad: el marqués del Valle, el de la Algaba, el de Alcalá y el de Villamanrique, con los condes de Castellar y de Gelves, seguidos por otros caballeros y mayorazgos que les darían el relevo. Detrás venía, con cirios blancos en las manos, la audiencia con sus regentes y oidores, todos ellos, al igual que el resto de los componentes del cortejo, destocados en señal de respeto. Ella sabía por Medina que el Ayuntamiento se había resistido con fiereza contra la orden real que garantizaba a la Audiencia un lugar del todo preeminente en la procesión, vulnerando sus privilegios: incluso durante el año anterior, las disputas entre ambas instituciones habían llevado a un numeroso grupo de capitulares a la cárcel. Pero ahí estaban ahora, al fin y al cabo.

Por fin la serpenteante e interminable procesión concluyó en una nube de humo y de oraciones: si subía ahora —pensó Gila, que en ese momento se despedía de su anfitrión, agradecida por haber podido asistir cómodamente al traslado desde su establecimiento, del que ella y Medina eran buenos clientes— por las herrerías reales dejando a un lado el Alcázar, pasando después junto al nuevo convento del Carmen descalzo que la madre Teresa de Ahumada había levantado hacía cinco o seis años en las casas que habían sido del arruinado banquero Pedro de Morga, y llegando de ahí a las que eran del marqués de Villamanrique, junto a Santa María la Blanca, en poco tiempo estaría en la collación de San Bartolomé y en la casa de la calle de los Levíes. Era tarde ya, y quería saber si los niños habían comido bien y si el ama los había acostado a dormir la siesta. Y sin demorarse más, seguida por la dueña que la acompañaba, se puso en marcha hacia su casa mientras la multitud —que había guardado un respetuoso silencio hasta entonces— comentaba, ya a voz en grito, todas las maravillas que habían pasado esa larga mañana ante sus ojos.

EPÍLOGO

Martes, 28 de julio de 1579

Madrid

El pedrisco que había caído con fuerza hacía dos noches había devastado el cuidado jardín de la casa de la plaza del Cordón. Antonio Pérez, que acababa de llegar en su coche del Alcázar, miró la confusa destrucción de sus parterres y sus árboles, y se estremeció: ¿frío o temor? No lo sabía del todo. Hoy había despachado con el rey algunos asuntos de Italia y Portugal, y el monarca le había mandado un billete con sus instrucciones para los italianos: sobre los portugueses aún no le había comunicado nada. Pero había sido sospechosamente amable, cordial y decidor. Era sin duda extraño. También había pasado a saludar a Antonio Perrenot, el cardenal Granvela, que ese mismo día acababa de llegar de Roma, y que —alegando un extremo cansancio— le había despedido tan pronto como los buenos modales lo consideraron posible, sin que el secretario pudiera llegar a ofenderse. Es decir, que se lo había sacudido de encima. Granvela... con lo mucho que le debía a su señor Ruy Gómez. Desde luego, no podía fiarse uno de nadie.

Decididamente, hacía ya bastante tiempo que las cosas no le salían bien. O incluso siquiera regular. Días atrás también había recibido a Enríquez, que venía maltratado de Sevilla, donde había quedado herido don Fernando Manuel; y su sicario aragonés le había contado por menudo el fracaso de la plata y la traición de

Moreruela. El fracaso de la plata, que era el de Anjou y el suyo propio. El duque había vuelto a escribirle: a mediados de agosto estaría en Londres, y probaría suerte con Isabel. Bien, ojalá pudiera prosperar ese designio, pero a Pérez le parecía que no. El abandono de Crato era un indicio significativo: pensando en ello durante el último mes, el secretario había atado cabos y había llegado a la conclusión de que la huida de Crato —porque eso es lo que era— había sido apoyada desde Londres. Estaba claro que el secretario de la reina no perdonaba a los Valois franceses las matanzas de 1572 y de la liga católica.

Al final, él —pensó, mirando los destrozados setos y arriates— había perdido. La destrucción del jardín era, sin duda, el trasunto de la de su propia carrera. No había calculado bien sus fuerzas, ni tampoco el cambio en los equilibrios del poder; del poder, tanto fuera como dentro de la corte. A veces, la complejidad de los asuntos que discurrían en las cabezas de los reyes superaba a los vasallos más inteligentes. Aunque eso, claro, ahora no era un consuelo. Tocó con la mano derecha una flor desmochada, fruto de una primavera que las furias del tiempo habían truncado, y subió las escaleras hacia su aposento. Aparentemente no había ninguna actividad en la casa: su mujer y sus hijos ya estarían en la cama, pero él tenía aún que trabajar. Aunque no tenía demasiadas ganas, y por ello se forzó a terminar la tarea que para ese día se había marcado. En realidad, el desánimo le había estado acorralando en esos últimos tiempos. Mientras se dirigía hacia la estancia —le había dicho a Diego, su mayordomo, que se fuera a dormir— oyó, dentro de un cuarto cuya puerta permanecía entreabierta, unos gemidos contenidos: sin inmutarse aparentemente, siguió andando unos metros y dejó sobre una repisa de la galería la lámpara de aceite con la que alumbraba su camino, volviendo atrás sin llevar una luz que alertara a los desprevenidos ocupantes de la pieza. Permaneció junto a la puerta y escuchó: risas de dos mozos cuidadosamente atemperadas, un gemido de placer ahogado, un grito leve y sofocado, el ruido continuo de un movimiento rápido y reiterado que mostraba a las claras que lo que ocurría allí dentro podría ser un asunto para el Santo Oficio. ¿Quiénes serían? Se preguntó. Seguramente Staes, el flamenco, y quizá, con él, alguno de los criados italianos. Ese tipo de amor nunca le había seducido del todo, aunque en Italia, mientras aún estudiaba, se había visto alguna que otra vez envuelto en esas prácticas. Pero luego nunca se había entregado a ellas: se asumían demasiados riesgos para las satisfacciones —escasas, fortuitas y obligadamente secretas— que aportaban. En otro momento, él hubiera entrado con el mayordomo y los habría arrestado, entregándolos a la Suprema. O tal vez se hubiera unido a ellos, como lo había hecho en Venecia en una ocasión. Ah, aquellos tiempos... hoy decidió marcharse: ya bastante complicada era su vida como para que se supiera que dos de sus pajes eran sodomitas. Ese asunto escabroso podría salpicarle, y bastante embrollada era ahora su existencia. Así es que, pisando sin hacer ruido, regresó por el pasillo hacia su estancia tomando la lámpara que había dejado a medio camino.

****

Había pasado algo más de una hora, y tras revisar con cuidado alguna correspondencia que había quedado pendiente —cartas del gran duque de Toscana y parte de la estafeta de Milán y de Saboya—, Antonio Pérez dejó a un lado los asuntos oficiales. Se levantó, se estiró brevemente para desentumecerse, y tomó del bufete que tenía al lado de su mesa los *Anales* de Tácito, encuadernados en un baqueteado pergamino y signados con su emblema del Minotauro en el laberinto. No había tenido tiempo de seguir traduciéndolos desde que sucediera todo el asunto de Anjou y de la plata, y por fin iba a volver a retomarlos. Abriendo las páginas del libro —que crujieron levemente— por donde entonces se había quedado, silabeó uno de los párrafos del libro tercero:

> *Tiberius atque Augusta publico abstinuere, inferius maiestate sua rati si palam lamentarentur, an ne omnium oculis vultum eorum scrutantibus falsi intellegerentur.*

Ah, los césares. Los césares, con todo su poder. Un poder omnímodo e imprevisible. Una bestia, que primero jugaba contigo y después te devoraba. Pero bueno, ahora no era el momento de divagar, sino de trabajar. Quería, deseaba con verdadero interés traducir las páginas de Cornelio Tácito, ese gran romano, que tanto tenía aún que enseñarles a los hombres de su tiempo. «Tiberio y Augusto se abstuvieron del trato público...» Sí, eso hicieron. Como hacía Felipe, siempre oculto: en Madrid, en Aranjuez, en San Lorenzo. ¿Otra vez divagaba? Desde luego, trabajar era imposible esa noche. En ese momento oyó un inusual alboroto en la calle, que penetró en el patio, ascendió hacia las escaleras y hasta su propia puerta: el paje, Staes, con la camisa por fuera de las calzas y la cara colorada a causa del rubor, abría ahora su cámara acompañado del mayordomo y de un numeroso grupo de alguaciles, precedidos todos ellos por un hombre alto y delgado, ataviado de negro riguroso y armado con espada y daga, que con el semblante adusto y serio le comunicaba una noticia inesperada, pero siempre, en realidad, temida:

—Dese vuestra merced preso, señor secretario. Vengo por orden de su majestad el rey nuestro señor. Soy Álvaro García de Toledo, alcalde de corte. Le ruego que se vista. Mozo —dijo, dirigiéndose al joven flamenco—, ayuda a tu señor. Mayordomo, prepare su equipaje. El secretario Pérez ha de venir con nosotros.

Un sudor frío, lívido, inundó su frente. Lo peor estaba pasando ahora. Ahora, sin remedio. ¿Qué le ocurriría? Nada bueno, seguro. ¿Y a la princesa? Posiblemente la estaban deteniendo a ella también. ¿Y dónde estaban sus amigos, sus aliados, sus clientes? ¿El arzobispo Quiroga, el presidente Pazos? ¿Ahora, cuando más los necesitaba? Entonces miró hacia su mesa, y vio el libro de Tácito; sonrió, con una sonrisa exangüe y resignada, y con un último pensamiento cuerdo se lamentó de que ya seguramente nunca, nunca podría traducir la obra del gran escritor romano.

CODA

El caso de Antonio Pérez y el año de 1579

Soy de los que creen que todo, o casi todo (al menos aquello que merezca la pena) ya está en Cervantes. Como es el caso —que cito al principio de este libro— de que un historiador, como yo, se meta a novelista. Y por segunda vez. Pero mis dos agentes, o pesquisidores, o detectives de la Sevilla del siglo XVI me han animado a seguir escribiendo sobre ellos. Y es muy probable que me sigan animando.

Pero vamos al asunto: el año de 1579 ha sido un verdadero filón, una tormenta perfecta para narrar y vincular tantos sucesos que acaecieron en esas fechas: incluso solo durante el verano y la primavera de ese año, tanto en Sevilla como en otros muchos lugares, como se habrá apreciado al leer las páginas que anteceden a esta —entiendo que necesaria, por explicativa— coda. En ese año se trasladan los cuerpos de los reyes a la nueva Capilla Real; se procesa al secretario real Antonio Pérez; el duque de Anjou pretende hacerse con Flandes y casarse con Isabel I de Inglaterra; Guillermo de Orange conspira insaciable; e incluso la hermandad de Pasión de Sevilla, que es la mía desde abril de 1979 (justo cuatro siglos después de los hechos que aquí relato), se estableció en una ampliada capilla del convento de la Merced, donde había sido fundada cuarenta años atrás. Evidentemente este hecho no tendrá la importancia de los anteriores; pero sin embargo ahí sigue la hermandad —ahora en la colegial del Salvador, tras desamortizaciones, revoluciones, guerras y vaivenes diversos—, cuando todos los personajes de esta obra ya no son más que polvo.

Me he tomado —y quiero advertirlo desde el principio— alguna que otra licencia, que he considerado necesaria para el desarrollo de la trama, porque como buena novela es fruto de la invención de su autor: el conde de Barajas ya no era asistente de Sevilla en la primavera y el verano de 1579, sino don Fernando de Torres y Portugal, conde del Villar (que tomó posesión del cargo el 15 de diciembre de 1578); pero me interesaba mantener a un personaje tan interesante, y tan vinculado a Mateo Vázquez, como Barajas en el oficio. Su relación con el secretario personal del rey, el clérigo sevillano Mateo Vázquez de Leca, daba pleno sentido a los acontecimientos que fabulo. El miércoles de ceniza de 1579 fue el 4 de marzo, aunque en esta novela modifico las fechas de la celebración de la Cuaresma y la Semana Santa por convenir a la fluidez de la trama. Otras licencias menores me tomé también en mi novela anterior, *El rey morirá en Sevilla*, localizando la sede de la hermandad de la Santa Caridad ya en el Arenal (por entonces aún se hallaba en la parroquia de San Isidoro), o citando antes de su existencia fundaciones como las de la iglesia de la O o el convento de los Remedios, para facilitar a los lectores las localizaciones geográficas de los hechos que narraba. La ciudad, sin embargo, era en general tal y como la he descrito.

Los mercaderes como Canel solían tener sus almacenes en los bajos de sus casas, algo que sucedía también en otras ciudades, como Amsterdam o Venecia, un hecho favorecido por la especulación inmobiliaria. El hospital de Santa Brígida ya estará en plena decadencia en el siglo XVII, convirtiéndose la actual parroquia de la O en ayuda de la de Santa Ana de Triana desde 1615. El puente de barcas se encontraba habitualmente en mal estado, lo que provocó la iniciativa de levantar un puente de piedra que se proyectó pero nunca se hizo: de esos hechos nos da cuenta Ariño en sus *Sucesos de Sevilla* (que concluyen en 1604). Negros y mulatos vivían en la collación de San Bernardo, y abundaban los moriscos en Triana (o en otras collaciones, como la de San Martín, con dos corrales de moriscos).

No es probable que Pérez confabulara con Orange, Walsingham o Anjou: pero sin duda pudo haberlo hecho. Antonio Pérez era un gran enredador, lo que demostró a lo largo de toda su vida. Esta novela refleja la pugna constante entre dos partidos, los albistas y los ebolistas, que lucharon por conseguir el favor del rey hasta la caída de Pérez y de la viuda de Éboli, Ana de Mendoza, en 1579. Mucho sobre eso nos cuentan, entre otros, historiadores como Marañón, Dadson o Parker. La partida la terminó ganando Mateo Vázquez, el oscuro y eficiente clérigo que acumuló un enorme poder como secretario real. Su biblioteca contenía, entre otros, todos los libros que aquí cito. El secretario sevillano, que tenía no pocas inquietudes intelectuales, fue amigo de Pacheco y de Arias Montano, y heredó efectivamente de su padrino —o padre— Vázquez de Alderete una casa en Sevilla. Pérez fue el gran perdedor de esta pugna: detenido en julio de 1579, por una orden del rey tramitada por el conde de Barajas —que ya estaba en la corte y no en Sevilla, como antes he explicado— fue preso primero en las casas de Álvaro García de Toledo, que le había prendido; de allí pasó a sus casas del Cordón en arresto domiciliario, trató infructuosamente de acogerse a sagrado y posteriormente estaría prisionero con mayor estrechez en el castillo de Turégano (en donde trató por primera vez de fugarse a Aragón), Torrejón de Velasco, Pinto y Madrid, mientras se preparaba el proceso por la muerte de Escobedo. Habían pasado ya casi diez años desde su prisión, y se le había asignado un juez severo: Rodrigo Vázquez de Arce, a quien conocemos por su retrato, obra del taller del Greco; y a quien Pérez motejaba —con un innegable ingenio— como *Ajo confitado.* Uno de sus métodos —habitual en esa época, en cualquier caso— fue el de someter a tortura al antiguo secretario de Felipe II. En 1590 Antonio Pérez se fugó a Aragón y el rey le echó encima a la Inquisición para evitar la protección del reo por sus fueros, lo que daría lugar a las alteraciones del reino y a la entrada de Felipe II en él para reprimir los disturbios, que costaron la cabeza, entre otros, al justicia Lanuza. Pérez trataría infructuosamente de fugarse de nuevo, aunque sería liberado por los revoltosos y finalmente escaparía a Francia, donde hallaría refugio en la corte de Navarra (la Navarra francesa o Bearn). Sería también acogido temporalmente en Inglaterra por Isabel I, la gran enemiga de Felipe II. Vuelto a Francia, donde publicaría sus *Relaciones*, se vería bienvenido por Enrique IV, aunque a la muerte del rey Borbón caería en la pobreza hasta su propio fallecimiento, olvidado ya de todos.

Una de las acusaciones que figuraron en la causa contra Pérez —y que fue esgrimida por el Santo Oficio— fue la de sodomita. Su relación con otros hombres pudo tal vez ser equívoca, aunque tuvo varios hijos con su mujer, Juana de Coello, y se le atribuyó un romance con la viuda del príncipe de Éboli (que era mayor que él, por cierto). No sabemos si este misterio podría desvelarlo el explícito Cupido del Parmigianino que Pérez poseyó, si pudiera hablar. A algunos de sus pajes se les acusó de lo mismo, probablemente para que testificaran contra él.

He descrito su casa de placer, la Casilla, con los cuadros y los muebles que fueron de su propiedad: figuran recogidos en un inventario judicial realizado antes de su subasta pública, que se celebró en 1585. Su gusto refinado podemos apreciarlo al ver, colgadas de sus paredes, obras de Tiziano, de Correggio o del Parmigianino.

Fernando Manuel, que ya apareció en la primera novela de esta serie, ha vuelto a estas páginas y es probable que continúe apareciendo en ellas en el futuro. Es —¿cómo decirlo?— el Moriarty de Medina y de Pacheco.

Fernando de Medina ya había perdido a su esposa cuando Felipe II le concedió un privilegio de hidalguía en 1583; he hecho que Gila de Ojeda conviva con él (también Medina tuvo hijos naturales, lo que se especifica en dicha ejecutoria), aunque la hija de Juan de Mal Lara no se nombró con el apellido de su madre, sino con el de su padre (Gila de Mal Lara), legando en su testamento de 1634 una dotación para la fundación de un patronato de casamiento de doncellas, del que se ocupó quien fue realmente su marido, Juan Caro, en el hospital de la Misericordia (agradezco, y mucho, este dato a Ana Gloria Márquez Redondo). Si entramos hoy en el templo, mantenido actualmente por la orden de San Juan de Dios, veremos, entre la relación de bienhechores relacionados en el muro de los pies, el nombre de nuestra protagonista.

El contador Moreruela se vio efectivamente involucrado en la quiebra de Morga, y no parece que tuviera —por la documentación conservada que le menciona— muy buena fama. He aprovechado esta situación dándole una nueva vuelta de tuerca e implicándole directamente en esta conjura surgida de mi imaginación. La Casa de la Contratación llevaba registros exhaustivos de los buques, sus mercancías consignadas y sus pasajeros: para embarcar a Indias se producían extensos expedientes.

El duque de Anjou pretendió el trono de Flandes y la mano de Isabel I, que cariñosamente se refería a él como «su rana», pero que finalmente le dio de lado, demorando primero y luego negándose a casarse con él. Era el hijo menor de Enrique II y Catalina de Médicis; siempre preterido, siempre orillado, conspiró activamente contra sus hermanos. En 1581, tres años después de la fecha de este relato, los Estados Generales declararon a Felipe II depuesto de sus títulos en los Países Bajos, y Anjou tomó posesión de ellos al frente de diez mil hombres. Volvió a Inglaterra y tanto Leicester como Walsingham estuvieron presentes en la ocasión de su proclamación, el 19 de febrero. Pero todo caería como un castillo de naipes: Orange fue gravemente herido en un atentado en marzo de 1582, y en 1583 los Estados Generales y Anjou ya estaban abiertamente enfrentados entre sí. Cayó en desgracia tras intentar controlar algunas ciudades —caso de Amberes— y abandonó, para no volver jamás, los Países Bajos en junio. Parma volvería a controlar y a reconquistar esos territorios seguidamente. Anjou moriría, seguramente de malaria, en 1584.

Isabel Tudor nunca contrajo matrimonio, aunque siempre se la vinculó estrechamente con Robert Dudley, conde de Leicester, que casó dos veces y acabó siendo el padrastro de un nuevo favorito real que apareció durante la vejez de Isabel: Robert Devereux, conde de Essex (1565-1601), que moriría ajusticiado por orden de la reina tras encabezar una infructuosa rebelión contra el gobierno del secretario Robert Cecil. Walsingham, contrario a la boda de Isabel con Anjou, era efectivamente su implacable jefe de espías, estre los que estaban Mylles y Phelippes, que tuvieron una actuación estelar en la causa que acabó con la muerte de María Estuardo. La reina, que nunca se sintió absolutamente segura en su trono, usaba siempre el *nos* mayestático, que sugería su interlocución directa con Dios. Isabel I creó sobre su persona un culto y una iconografía exitosos —que perviven hasta hoy— apoyada en un Estado decididamente represivo y policial. Construía para Anjou una cancha de tenis en 1579, que mostró repetidas veces a Simier, el enviado del duque. A la reina le encantaban los dulces, sobre todo los pétalos de violeta escarchados.

Es cierto que Felipe II, mientras fue rey consorte de Inglaterra como marido de María Tudor, promovió la construcción de una nueva flota para defender la isla: Obviamente, los acontecimientos de la Gran Armada de 1588 estaban por entonces muy lejanos.

El caso portugués preocupó —y mucho— a las cortes europeas a partir de 1580: el enorme poder de Felipe II provocó la ayuda inglesa al prior de Crato (que, tras ser derrotado, años después, trató infructuosamente en 1589 de invadir España participando de una armada tan fracasada como la de 1588, pero de la que los ingleses nunca hablan) e incluso que Catalina de Médicis se postulara a aquel trono, lo que obviamente nunca logró. Don Antonio de Avís, prior de Crato, odiaba efectivamente al rey Enrique de Portugal, con quien se había enfrentado en repetidas ocasiones.

El siglo XVI era una época en la que la norma eran las cartas y la lentitud en las comunicaciones, que cuando querían ser rápidas circulaban a uña de caballo: algo impensable para gentes del siglo XXI como nosotros, que nos regocijamos en la inmediatez. Quería que ese hecho apareciera de forma bien evidente en esta novela, porque era algo enormemente real. La comunicación era fundamentalmente epistolar, y un viaje —por ejemplo, entre Sevilla y Sanlúcar— duraba varios días.

Felipe II debió consternarse sobremanera cuando recibió la correspondencia y los papeles originales de su hermano, don Juan —no los que había manipulado Pérez—. Sin duda, ese hecho justificó su decisión de trasladar sus restos (del macabro modo que aquí he relatado, incluyendo su fragmentación en tres partes) desde Namur al Escorial. La procesión triunfal que finalmente los trajo hasta el real monasterio fue, sin duda, el precedente usado en 1939, cuando los restos de José Antonio Primo de Rivera recorrieron en triunfo un largo camino desde Alicante a San Lorenzo.

Para conocer el ambiente familiar que rodeaba a Felipe II, no hay nada como leer las cartas del rey a sus hijas Isabel Clara Eugenia y Catalina Micaela, recopiladas por Fernando Bouza. También aconsejo ir al Prado, y observar con detenimiento el retrato de ambas infantas obra de Sánchez Coello, pintado en torno a 1575: impresiona ver el rostro —y sobre todo la mirada, serena y fría— de Isabel Clara Eugenia. Sin duda, la hija heredó la indudable majestad de su padre. Nunca dejo de hacerles una visita cuando voy al museo.

Antonio Enríquez, al igual que Diego de Bustamante, fueron servidores de Antonio Pérez: el primero le fue leal, y le ayudó a escapar de su prisión en Aragón; el segundo le traicionó. De todo ello ofrece exhaustivos detalles Gregorio Marañón en su hoy no superada biografía del secretario.

El chocolate y la patata ya habían llegado de América: la primera noticia que tenemos del consumo de este tubérculo nos la da un apunte de un libro de contabilidad del hospital de la Sangre o de las Cinco Llagas de Sevilla en 1573. El quebracho es efectivamente una de las maderas más duras y pesadas que existen (la segunda del mundo según la escala Janka): el árbol fue descrito por Heinrich Gustav Adolf Engler y publicado en su *Flora Brasiliensis* (1876). La madera de los buques, de gran resistencia y calidad, podía reutilizarse con fines sorprendentes: con la quilla del galeón portugués *Cinco Chagas* mandó hacer Felipe II la cruz de madera sobre la que se fijó el Crucificado de los Leoni que hoy preside el retablo mayor de la basílica de San Lorenzo el Real del Escorial. La filigrana o marca en el papel ya se utilizaba en el siglo XVI, y servía para distinguir a los productores de dicho recurso y su origen geográfico. En España destacaba Valencia como un importante centro de producción, y en Europa Génova y Venecia.

El escultor Jerónimo Hernández, que tuvo su taller en la collación de San Juan de Acre o de la Palma, y el licenciado Francisco Pacheco diseñaron el túmulo catedralicio de 1579: su descripción, al igual que la de la procesión, la he obtenido de la crónica de la traslación realizada por el notario apostólico Francisco de Sigüenza de 1579 (editada en 1996, y escrita en forma de diálogo entre el sevillano Laureano y el toledano Eugenio, a la que he querido hacer un guiño en el capítulo que la describe) y por dos informes destinados a Felipe II: uno realizado por orden del arzobispo de Sevilla, don Cristóbal de Rojas y Sandoval —enviado al rey el 30 de junio de 1579— y otro de la mano, muy posiblemente, del propio Pacheco. Los dos se encuentran en el archivo catedralicio. También el analista Diego Ortiz de Zúñiga relaciona el acontecimiento con exhaustividad, que transcurrió tal y como lo describo. Con el palio que cubrió a San Fernando se realizó un manto para la Virgen de los Reyes, y el que cubrió los restos de San Leandro se regaló al Sagrario, como nos relatan las actas capitulares de cabildo pleno de 1579. El canónigo Luciano de Negrón (cuyo inquietante rostro retrató Francisco Pacheco, sobrino del canónigo, en su *Libro de Verdaderos Retratos* de 1599) se ocupó de la restauración de las vidrieras, destruidas en la explosión, histórica, de los molinos de la pólvora de Triana, que mató a doscientas personas, destruyó unas sesenta o setenta casas y provocó que a la zona donde se produjo, durante largo tiempo, la llamaran «la Quemada», según nos cuentan cronistas como Justino Matute.

Los conflictos entre el Ayuntamiento y la Real Audiencia fueron salpicando el siglo XVI: a ellos se sumó en algunos momentos el Santo Oficio. El ejemplo más bochornoso de estas peleas por precedencia se vivió con ocasión de los funerales de Felipe II, entre septiembre y diciembre de 1598, que he descrito exhaustivamente en un trabajo académico publicado en la revista *Archivo Hispalense* (2019) accesible en Internet (tomo CII, números 309-311).

Las cofradías de disciplina conocieron un gran empuje en estas fechas: su participación en la traslación de 1579 da fe de su peso e importancia en la ciudad. Algunas hermandades hospitalarias, como la de la Santa Cruz de Jerusalén, se reconvertirían a las nuevas fórmulas de penitencia por entonces. Una de las más antiguas, y sin duda la más importante (Felipe II fue hermano de ella) sería la de la Vera Cruz, fundada en el siglo XV. He hecho a Medina hermano suyo, porque formaron en ella un buen número de capitulares. La hermandad original, desaparecida en el siglo XIX, se refundó en el XX, tras la guerra civil. La de Pasión, de la que efectivamente tanto Escalante como Canel fueron cofrades (Canel era el mayordomo cuando Juan Martínez Montañés realizaba la portentosa imagen del Señor, en la década de 1610) estaba en esos momentos en pleno auge. Escalante nunca vio editado su *Itinerario de Navegación*: el Consejo de Indias prohibió su impresión, ya que daba demasiados detalles acerca de las rutas seguidas por los convoyes españoles, lo que podrían haber aprovechado los corsarios enemigos.

Las flotas estaban formadas por muy diversos barcos de todo tipo y calado: y el río era siempre un riesgo, debido sobre todo a los bancos de arena y a los navíos hundidos. El acceso por la barra de Sanlúcar era igualmente arriesgado, tal y como lo he descrito. Estos problemas provocaron que un siglo después la base de la flota pasara definitivamente a Cádiz. Los maestres que cito son rigurosamente históricos y participaron en la flota de Nueva España de 1579 (un dato que he de agradecer a Antonio Sánchez de Mora), aunque sus delictivas andanzas en esta novela son absolutamente fruto de mi invención. El río, que hoy vemos casi vacío, no estaba así en el siglo XVI: el tráfico en sus aguas era incesante, y su cauce estaba abarrotado. Los barcos fondeaban entre Sevilla y Bonanza o Barrameda, al igual que en otros fondeaderos a lo largo de su curso.

Bernardino de Mendoza, embajador, soldado y espía es un personaje de enorme interés: escribió unas excelentes crónicas de las guerras de Flandes (impresas en Madrid, en 1592) de las que soy afortunado poseedor en su edición original; y dirigió la red de espías españoles en Londres y después en París. Uno de sus colaboradores fue Pedro de Zubiaur. Espías… todos los usaban por entonces: los españoles, los ingleses, los franceses. Walsingham usó los servicios nada menos que de Giordano Bruno, que era el capellán del señor de Castelnau en la embajada francesa, como nos cuenta el historiador John Bossy (1994).

Para describir el Londres en el que vivieron Isabel, Walsingham, Mendoza o Castelnau he usado de una excelente herramienta online, *The Agas Map of Early Modern London* (https://mapoflondon.uvic.ca/agas.htm), en la que uno puede —casi como si estuviera en ellas— pasear por las calles de una ciudad que en 1579 estaba en pleno crecimiento: en ese año se terminaba de montar, sobre el puente de Londres, Nonsuch House, un gran edificio prefabricado transportado desde Holanda.

Enrique III, el vástago preferido por su madre, fue como su hermano Carlos un rey débil (y en su caso, sometido a los caprichos de sus favoritos o *mignons*). La reina Catalina —de quien he consultado cuidadosamente su itinerario y su correspondencia de 1579, accesibles en la Bibliothèque Nationale de France— era el poder en la sombra, que asumió a la muerte de su marido, Enrique II de Valois, quien la había desplazado en favor de su amante, Diana de Poitiers. Fue una mujer fuerte, política y diplomática avezada, de gran cultura. Entendió como pocos el mundo de su época, pero se vio inmersa en las guerras de religión de Francia, que debilitaron al país hasta la llegada de Richelieu y el posterior ministerio de Mazarino. Ella, en realidad, siempre apoyó el enlace de Anjou con Isabel y el acceso de su hijo al trono de los Países Bajos; pero tales hechos nunca ocurrieron, y Catalina siempre jugaba con varias barajas: hoy podía defender una cosa y al día siguiente la contraria, ya que era algo que se hallaba en su naturaleza. Raymond de Rouer, señor de Fourquevaux, ya había muerto en 1579 (falleció en 1574, en Narbona), pero me ha interesado mantenerle como embajador ante el rey de España a causa de su cercana relación con Felipe II y con Catalina de Médicis.

Francisco de Rivadeneyra fue corregidor de Sanlúcar en 1579: Figueredo y Rendón son también personajes históricos. La villa sería elevada a la categoría de ciudad en diciembre de ese año. La calle Ancha estaba llena de mesones y posadas, y la mancebía se localizaba en las calles de la Alcoba (un nombre realmente gráfico) y del Truco. El comercio principal se hallaba localizado en el entorno de la calle de los Bretones, que subía hacia la parroquia de la O y el palacio del duque, quedando abajo la marina, que se encontraba en la Ribera. En Sanlúcar, al igual que en Sevilla, existía por entonces (y aún lo hace, con unas reglas aprobadas en 1643) una hermandad de la Santa Caridad que se ocupaba de enterrar a los muertos. Su sede está en la plaza de San Roque. Agradezco su amabilidad a Manuel Parodi, que me ha proporcionado con generosidad datos y bibliografía, buena parte de ella generada con ocasión de la circunnavegación del globo protagonizada por Magallanes y Elcano (más que ilustrativa es la panorámica de Sanlúcar recreada por el excelente dibujante Arturo Redondo). Una espléndida vista de Wyngaerde, hoy en el Ashmolean de Oxford, retrata a la villa tal y como era en la década de 1560, desde la desembocadura del río.

Alejandro Farnesio fue un verdadero genio de la guerra: sustituyó exitosamente a don Juan de Austria en Flandes tras su muerte, aunque falló en coordinarse con el duque de Medina Sidonia para embarcar a sus tropas en las naves de la Armada que iba a invadir Inglaterra en 1588.

Un dicho que cito, poniéndolo en boca del maestre Niño de Zúñiga mientras trasladaba por Castilla los restos de don Juan, lo pronunció ante Juan Alfonso de Alburquerque el señor de Aguilar de la Frontera Alfonso Fernández Coronel, traidor al rey y degollado y quemado en 1353 por orden de Pedro I el Cruel (o el Justiciero, como Felipe II ordenó nombrarlo). Creo que es difícil definir mejor a Castilla que como lo hizo Coronel en el trance de su muerte.

El retablo que describo en el oratorio de Medina se conserva hoy en la capilla familiar (la capilla del Correo Mayor) del monasterio de Madre de Dios; y la Virgen del Subterráneo, una imagen mariana que fue propiedad de este linaje —y que presidía en el pasado su enterramiento en San Nicolás— se halla ahora en el altar mayor de esta parroquia, renovada tras el terremoto de Lisboa de 1755.

Jan van Immerseel y Elías Sirman fueron comerciantes flamencos en la Sevilla de finales del siglo XVI. Sirman no murió en 1579, sino todo lo contrario: su linaje prosperó y en el siglo XVII ya formaba parte de la aristocracia sevillana. El arzobispo Rojas y Sandoval fue un importante reformador de la Iglesia de Sevilla: impulsó, entre otras reformas, el sínodo de 1572; y apoyaría a Teresa de Jesús en sus afanes fundacionales, que dieron como resultado el convento de San José (las Teresas) que hoy pervive felizmente. Desgraciadamente, otros lugares no han sido respetados por el tiempo: la abadía jerónima de Santa María de Párraces es hoy un salón de celebraciones, en donde seguramente nadie recuerda que sus muros albergaron una vez los restos de don Juan de Austria. En esta novela aparece en ella quien una vez fue su prior y luego cronista del Escorial, el padre José de Sigüenza, cuyo retrato podemos ver todavía en la biblioteca del Real Monasterio.

El duque de Medina Sidonia solía obsequiar a sus amigos con piezas cazadas por él y preparadas en sus cocinas, como aquí hace con el arzobispo de Sevilla: lo sabemos gracias a los documentos del ingente archivo ducal hoy custodiado por la Fundación Medina Sidonia.

Otro protagonista de esta obra es el clima adverso que se sufrió en la Europa del siglo XVI: la llamada Pequeña Edad del Hielo provocó un tiempo frío que heló el Támesis en 1565 y que hizo que los mozos de Londres jugaran a la pelota sobre el río congelado. El frío fue constante en Europa entre 1550 y 1850, con tres periodos particularmente fríos: uno comenzando en 1650 (mínimo de Maunder, 1645-1715), otro en 1770 y el último en 1850, cada uno separado por intervalos de un ligero calentamiento. Efectivamente, el 26 de julio de 1579 cayó un fuerte pedrisco en Madrid: siendo Pérez tan supersticioso como era, ese hecho hubo, sin duda, de desazonarle no poco.

Y como siempre, gracias, gracias y gracias: tres gracias, tres. A mis dos Rosarios por leer, aconsejar y sugerir ideas siempre acertadas, y a Rosa García Perea, la mejor editora posible, por permitir que este libro, lector, llegue ahora a sus manos.

Sevilla, primavera de 2023
En la collación de Santa María, tras las casas del Corzo

Este libro se terminó de imprimir, en su primera edición, por encargo de la editorial Almuzara el 12 de enero de 2024. Tal día del 1610 en España se decreta la expulsión de los moriscos de Andalucía.